OPERAÇÃO MIAMI

OPERAÇÃO MIAMI

JAMES GRIPPANDO

Tradução de
Mariana Kohnert

Rio de Janeiro, 2016

Título original: Cash Landing
Copyright © 2015 by James Grippando

Direitos de edição da obra em língua portuguesa no Brasil adquiridos pela Casa dos Livros Editora LTDA. Todos os direitos reservados. Nenhuma parte desta obra pode ser apropriada e estocada em sistema de banco de dados ou processo similar, em qualquer forma ou meio, seja eletrônico, de fotocópia, gravação etc., sem a permissão do detentor do copirraite.

Contatos:
Rua Nova Jerusalém, 345 – Bonsucesso – 21042-235
Rio de Janeiro – RJ – Brasil
Tel.: (21) 3882-8200 – Fax: (21) 3882-8212/8313

CIP-Brasil. Catalogação na Publicação
Sindicato Nacional dos Editores de Livros, RJ

G885d

Grippando, James
    Operação Miami / James Grippando ; tradução Mariana Kohnert. – 1. ed. – Rio de Janeiro : HarperCollins, 2016.

    Tradução de: Cash landing
    ISBN 978.85.695.1430-5

    1. Ficção policial americana. I. Kohnert, Mariana. II. Título.

16-34585
                      CDD: 813
                      CDU: 821.111(73)-3

Para Tiffany

NOVEMBRO DE 2009

CAPÍTULO 1

Enriquecer em Miami era fácil. Ou foi o que disseram a Rubano Betancourt.

Miami tinha a expressão *boom econômico* estampada pela cidade — de novo. A Grande Recessão tinha acabado. Os perigos de adquirir empréstimos inconsequentes e que não exigiam que as pessoas tivessem bens ou renda eram notícias de ontem. O dinheiro em espécie mandava. Um Bentley Continental GT novo como o de Paris Hilton? Pago em espécie. Ir até Miami Beach para limpar a loja da Chanel no shopping Bal Harbour? Mais dinheiro vivo. Uma cobertura em Sunny Isles? Tudo pago em espécie, sem hipoteca. Brasileiros, argentinos, mexicanos: qualquer um com uma fortuna vindo da América Latina estava esbanjando dinheiro e comprando Miami.

Rubano via os carros caros e as joias ao seu redor, mas não fazia parte da "nova economia", e não entendia. Em um ano, os bancos o amavam, não paravam de conceder crédito, e convenceram Rubano e a esposa a comprarem uma casa e a fazerem um empréstimo que não tinham como pagar.

— Só precisa estar vivo e fazer uma análise de crédito — assegurou o corretor hipotecário deles.

Pelo visto, aquela coisa de estar vivo era opcional. Empréstimos fraudulentos para pessoas mortas estavam disparando, junto com os lucros bancários. Com dois anos da hipoteca de alto risco deles, os Betancourt foram despejados e estavam na rua. A casa dos sonhos foi tomada no tribunal por uma bagatela, por investidores que pagaram em — o que mais? — espécie. Do início ao fim, os bancos venceram, mas não dessa vez. Rubano ficou esperto e se concentrou no céu. Não nos novos condomínios com arranha-céus e torres comerciais que tinham remodelado a paisagem de Miami. Os olhos dele estavam nos "voos de dinheiro" — jatos comerciais abarrotados de sacolas com remessas de dólares nos compartimentos de carga.

— *Touchdown!* — gritou Rubano.

Ele estava no assento do passageiro de uma picape emprestada, ouvindo o jogo de futebol americano dos Miami Dolphins no rádio. O comentarista acrescentou o "É ISSO aí, Miami!", sua marca registrada, pelas ondas sonoras. Rubano comemorou com o cunhado, Jeffrey Beauchamp, que estava ao volante. A picape estava estacionada na Perimeter Road, próxima ao Aeroporto Internacional de Miami. O tio de Jeffrey, Craig "Mindinho" Perez, estava no banco de trás, com uma pistola Makarov nove milímetros semiautomática carregada e presa ao cinto.

— Mesmo assim vão perder — disse Mindinho.

O pessimismo tinha fundamento. O time estava "se reestruturando", e apenas oito semanas depois de começada a nova temporada, já tinha cinco derrotas.

— Talvez eu devesse comprar o time — falou Jeffrey.

— Talvez você devesse calar a boca — respondeu Mindinho.

— Talvez *você* devesse...

— *Todo mundo*, boca fechada! — disse Rubano. — Apenas calem a boca e observem as porras dos aviões.

A dinâmica familiar estava acabando com a paciência de Rubano. Procurara alguns amigos para executarem o golpe com ele, dois profissionais com os colhões tão grandes quanto o globo terrestre. Porém, ambos recusaram porque parecia arriscado demais. Ele precisou se contentar com a família. Mindinho provavelmente se sairia bem, com uma ficha criminal impressionante para provar. ele, por outro lado, tinha um metro e sessenta de altura e pesava 150 quilos, e a mulher mais importante da vida dele ainda era a mãe. Sempre alegre, Jeffrey adorava rir, até de si mesmo, mas era tão bobo quanto um menino de dez anos. Era como pedir que o perdedor do programa *The Biggest Loser* roubasse um banco, além do acréscimo do vício em drogas, o que significava que ele passava metade da vida com a cara cheia de cocaína e comendo compulsivamente, e a outra metade dormindo para se livrar da onda. Jeffrey seria o motorista. *Apenas* o motorista.

— Ei, o que é aquilo? — perguntou Jeffrey, ao olhar pelo para-brisa.

A picape deles estava na região sul do aeroporto, do outro lado de uma cerca retorcida de três metros com arame farpado por cima. O grupo tinha uma visão desobstruída da pista de pouso e decolagem e da torre de controle.

— Parece um jato jumbo para mim — disse Mindinho.

O avião desceu pelo oeste, sobrevoando o desabitado Parque Nacional Everglades, na Flórida. Rubano contara quase quarenta aterrissagens desde a uma da tarde, algo típico para o Aeroporto Internacional de Miami, o MIA, o segundo aeroporto mais atribulado do país para tráfego internacional. Porém, Rubano estava ficando ansioso. A hora de chegada prevista para o voo 462 da Lufthansa vindo de Frankfurt era 13h50. Agora eram duas da tarde. Ele sorriu quando viu a saliência característica na seção frontal de dois andares da fuselagem do Boeing 747.

— É isso, irmão!

— É isso aí!

O trem de pouso foi acionado, o nariz do avião se ergueu e a aeronave tocou o chão na ponta oeste da pista. Os motores gritavam quando o avião passou pelo grupo. A logomarca da companhia aérea — um círculo dourado na cauda azul-escura — parecia sorrir para os homens como se fosse o sol da Flórida.

— Dia de pagamento — falou Rubano.

— É ISSO AÍ, Miami! — falou Jeffrey. — *Touchdown!*

A ideia de um roubo tinha sido plantada na mente de Rubano no verão. Ele estava maravilhado com o que o velho amigo contava.

— Voos de dinheiro ocorrem todos os dias, irmão. Oito milhões de dólares. Cem milhões de dólares. Todos os dias, porra. — A filial de Miami do Banco Central de Atlanta fica a noroeste do aeroporto internacional, a uma distância de cerca de seis quilômetros, em uma reta, ou a uma viagem de 15 minutos de carro-forte. Quando um banco estrangeiro tem mais moeda americana do que o necessário, ele manda as notas físicas aos Estados Unidos para depósito em uma das 12 filiais do Banco Central. A comunidade sedenta por dinheiro do sul da Flórida fez de Miami um destino principal.

Rubano estava planejando e se preparando havia meses. Estudara mapas da área o suficiente para saber que o voo da Lufthansa passava direto pelo Banco Central em Miami quando se aproximava da pista de pouso sul. O destino final do carregamento, no entanto, era tão irrelevante quanto os eventos econômicos mundiais que tinham impactado o valor do dólar americano e que alimentavam esses voos de dinheiro. Para Rubano e os comparsas, o 747 não passava de sacolas de dinheiro, como frutas em galhos baixos, prontas para serem colhidas.

O telefone de Rubano tocou e ele atendeu imediatamente. Era a fonte — o velho amigo que dera a dica sobre os "voos de dinheiro". Era a ligação pela qual estava esperando: hora de agir.

— Entendido — disse ele ao celular. — Dez minutos.

Rubano desligou. A inspeção alfandegária costumava ser um processo de duas horas, mas os vigias do carro-forte estavam se movendo mais rápido do que o normal. O contêiner da Lufthansa fora transportado da aeronave para o armazém. Todas as sacolas tinham sido inspecionadas em busca de adulterações ou rasgos, o dinheiro tinha sido contado e as sacolas foram novamente seladas. O processo de carregar o carro-forte começaria em breve. Dentro de meia hora, o dinheiro seguiria para o norte, na via expressa Palmetto, a noventa quilômetros por hora — a não ser que Rubano agisse.

— Dirija — disse Rubano ao cunhado.

— De quanto estamos falando?

— Umas quarenta sacolas. Dois milhões por sacola, mais ou menos, dependendo da variedade de notas.

A matemática era difícil demais para Jeffrey.

— Beleza — disse ele, e virou a picape para a Perimeter Road.

Foi um caminho curto até o armazém do aeroporto, na rua Northwest Eighteenth. Rubano e Mindinho colocaram luvas de látex para se certificar de que não deixariam impressões digitais quando subissem na plataforma. Jeffrey estacionou do lado de fora da porta aberta da estação de carga e descarga. Ele deixou o motor ligado. Eram 15h08.

Rubano mal conseguia acreditar que a imensa porta da estação estava escancarada, embora soubesse que estaria. Era um dos muitos lapsos de segurança que tornariam o trabalho dele tão fácil. Cada uma dessas vulnerabilidades tinha sido relatada com antecedência. Pacotes de notas estavam expostos no piso de concreto. Havia uma lei federal que proibia que qualquer cidadão da iniciativa privada, incluindo vigias de carro-forte, carregasse armas para o local da inspeção alfandegária. Por isso, os vigias deveriam entregar todas as armas antes de entrarem no armazém e realizarem qualquer tarefa de inspeção. As câmeras do circuito interno de TV eram monitoradas pela equipe de segurança no terminal principal, bem afastado do armazém, e os bandidos estariam bem longe antes que o segurança do fim de semana percebesse qualquer coisa suspeita em um dos muitos monitores e chamasse a polícia. O pulo do gato nessa equação incrível era que as portas abertas da estação de carga e descarga davam para uma estrada de acesso público que percorria o prédio paralelamente. Um veículo de fuga rápido poderia passar direto pela cerca do perímetro do aeroporto e pela guarita e chegar à rodovia em menos de sessenta segundos.

Rubano conseguira todas essas informações com um velho amigo de confiança, um amigo de infância que havia crescido com ele em Cuba.

O nome de batismo de Rubano era "Karl", que não é um nome hispânico, mas décadas de influência soviética em Cuba resultaram em uma diversidade de rostos, inclusive o de seu pai, um soldado russo que jamais se casara com sua mãe e que fora enviado para o Afeganistão, onde foi morto, quando Rubano tinha três anos. Karl e a irmã mais velha eram meio-cubanos — "rubanos" — que viviam do salário de vinte dólares por mês da mãe solteira, pago em *moeda nacional* e suplementado por rações de feijão com arroz e outras "necessidades" fornecidas pelo governo cubano. Não tinham carro. A televisão funcionava intermitentemente, mas, de toda forma, só assistiam ao que o governo permitia. O regime de Fidel Castro proibiu os cidadãos de fazerem viagens internacionais, e isso significava que ninguém na família Betancourt tinha deixado a ilha desde 1959. Rubano estava entre a geração seguinte de refugiados, parte da crise cubana do presidente Clinton, tendo partido apenas quando decidiu ir embora de vez, aos 17 anos. Se algum dia voltasse, seria como um homem rico. Ficaria no Hotel Nacional, junto com os turistas europeus. Tomaria mojitos o dia todo e relaxaria nas praias de areia branca em Veradero, mas primeiro, tinha trabalho a fazer.

O verdadeiro trabalho de Rubano como gerente de restaurante o mantinha ocupado demais para se distrair com hobbies, mas ele tinha um: a coleção de armas. A maioria era de pistolas russas. Seriam úteis no novo trabalho.

— Pronto, Rubano? — perguntou Mindinho. O apelido "Rubano" tinha ficado. Nem mesmo a mulher o chamava de Karl.

— Vamos lá — respondeu.

Rubano e Mindinho colocaram óculos escuros para esconder os olhos e cobriram a cabeça com máscaras de esqui. Saíram da picape e subiram para a plataforma de carga e descarga. Mindinho puxou uma pistola semiautomática Makarov nove milímetros conforme correram para dentro do armazém. Rubano deu a ordem, primeiro em inglês, depois em espanhol.

— No chão! Todo mundo no chão!

A cena era exatamente como tinha sido descrita a Rubano. Um armazém cheio de caixas e de plástico para embalar. Sacolas de lona estavam logo ao lado das portas, protegidas por apenas um punhado de guardas desarmados e funcionários do armazém. Eles obedeceram imediatamente e se abaixaram.

Os ladrões agiram rápido. Rubano pegou quatro sacolas, duas em cada mão, quase o peso do próprio corpo em notas de cinquenta e cem dólares.

Mindinho empunhava a Makarov, sem jamais baixar a guarda, mas pegou mais duas sacolas com a mão livre.

— Como sacolas de cimento — disse Rubano, resmungando. Dinheiro fácil não significava que seria fácil de carregar. Uma sacola caiu na corrida de volta à picape.

— Merda!

— Deixa! Vai, vai, vai!

Os dois deixaram a sacola no chão, jogaram as cinco restantes na caçamba da picape quando desceram da plataforma de carga e descarga e saltaram para dentro da cabine.

— *Vaya!*

Jeffrey pisou no acelerador. A picape saiu em disparada. Os homens tiraram as máscaras de esqui, se cumprimentaram e se encheram de vivas e gritos de parabéns. Jeffrey sentiu a animação. Talvez demais.

— Ei, Rubano? — Ele estava dirigindo tão rápido que o volante vibrava nas mãos. — Para onde vamos mesmo?

Rubano o golpeou no braço. Tinham repassado a fuga inúmeras vezes.

— Merda, Jeffrey! Vire aqui!

Com uma curva acentuada à direita, os pneus cantaram conforme dispararam pela placa de parada. Estavam no centro do distrito dos armazéns.

— Esquerda! — gritou Rubano.

Jeffrey virou na direção do Depósito de Azulejos e Mármore de Miami. A loja fechava aos domingos, mas a porta da garagem se abriu quando se aproximaram. A picape preta entrou e seguiu pelo armazém sem parar, passando por pallets com azulejos e mármores empilhados do chão ao teto de cada lado. Conforme a porta da garagem se fechou, uma porta de carga e descarga se abriu adiante. Era a plataforma de carga e descarga dos fundos, onde um caminhão de entregas estava parado, de ré, encostado na plataforma. A porta de rolagem estava escancarada. Jeffrey dirigiu a picape direto para o compartimento vazio do caminhão de entregas, parou, e então acendeu o farol baixo para que pudessem enxergar. Rubano e Mindinho saíram da picape, travaram os eixos contra a caçamba da picape com correntes e prenderam as rodas com blocos de madeira.

— Pronto! — gritou Rubano.

Mindinho puxou para baixo a porta de rolagem. Rubano bateu na porta de metal entre ele e a cabine. O motorista era Marco, um operador de empilhadeira que era o segurança solitário dos domingos, um amigo de Mindinho.

— Vá!

Eles saltaram para a caçamba da picape. Sacolas de lona com dinheiro estavam entre eles conforme o caminhão de entregas arrancava da estação de carga.

— Sucesso — disse Mindinho. — Tão fácil!

Rubano se recostou em uma das sacolas, um colchão irregular de dinheiro.

— Fácil demais.

É isso que me preocupa.

CAPÍTULO 2

A busca por uma picape preta de cabine dupla estava a todo vapor.

Era liderada pelo FBI, mas envolvia uma sopa de letrinhas de siglas de agências estaduais e locais, desde a Polícia Rodoviária da Flórida e o Departamento de Segurança Pública da Flórida até o Departamento de Polícia do Condado de Miami-Dade e a sua subestação no aeroporto. Inúmeras viaturas policiais estavam alerta na área dos três condados, ao norte, até Palm Beach, e ao sul até Florida Keys. Helicópteros do FBI e do departamento de polícia estavam no ar, cruzando os céus. A picape preta era o Santo Graal deles, mas também procuravam sacolas de dinheiro, armas, luvas de látex ou máscaras de esqui descartadas pela estrada. Considerando que traçar um perfil psicológico era uma barreira legal, a polícia estava em busca de qualquer veículo com três homens dentro, possivelmente hispânicos, principalmente se estivesse se movendo rapidamente e parecesse estar em fuga. A estrada de acesso pela qual os ladrões tinham fugido estava completamente fechada, e o armazém inteiro e a área ao redor dele eram uma cena de crime fechada.

A agente especial Andie Henning foi a primeira do FBI a chegar ao armazém.

Andie estava começando o quinto ano no FBI. Esse tempo todo, exceto pelas últimas seis semanas, tinha sido passado na agência de Seattle, onde ela ficou 18 meses na unidade de assalto a banco. Construiu uma reputação com um longo trabalho como agente infiltrada em Yakima Valley, e lhe foi prometido mais trabalho desse tipo caso se transferisse para Miami. Até então, a promessa não fora cumprida. Andie foi designada para a Tom Cat, uma força-tarefa com múltiplas jurisdições que se concentrava no número crescente de quadrilhas de crime organizado envolvidas em roubo de carga. Pelo lado positivo, a transferência a colocava a três mil quilômetros de distância entre a agente e o ex-noivo, mas essa era outra história.

— Estou vendo que o FBI envia a novata nas tardes de domingo — disse o tenente do Departamento de Polícia do Condado de Miami-Dade, Elgin Watts. Ele era um dos cofundadores da Tom Cat.

Ela não era exatamente uma "novata", mas sabia o que ele queria dizer.

— Littleford está a caminho.

O agente especial supervisor Michael Littleford era o chefe da unidade de assalto a banco do FBI, um veterano com 25 anos de experiência.

Uma dúzia de oficiais do departamento de polícia já estava na cena, a maioria membro da Tom Cat. Não cabia a Andie dizer a eles — pelos menos não ainda —, mas a Tom Cat teria um papel de apoio nesse caso. Um roubo de carga típico envolvia uma infinidade de coisas, desde roupas de marca até fármacos, e a chave para o sucesso da polícia era encontrar os armazéns que as quadrilhas usavam para guardar os bens roubados. Nesse caso, o dinheiro roubado estava a caminho do Banco Central americano, e o armazém era apenas o ponto de partida. O FBI imporia sua jurisdição sobre roubo a banco assim que Littleford chegasse.

— Quanto levaram? — perguntou Andie. Estavam de pé diante das 36 sacolas de dinheiro que os ladrões tinham deixado intocadas. O carro-forte vazio não se movera, as portas estavam escancaradas.

— Ainda não temos certeza — falou Watts. — Mas se você gosta de detalhes, diria que pelo menos alguns milhões a mais do que no roubo do voo da Lufthansa do JFK. Talvez estejamos diante de um novo recorde.

Qualquer agente de segurança pública que tivesse trabalhado em um caso de assalto a banco ou a carro-forte conhecia o caso JFK, mas não estava na hora de debater o valor do dólar em 1978 *versus* no século XXI.

— Quem foi o primeiro a chegar à cena?

— Oficial Foreman. Ele trabalha na subestação do Departamento de Polícia do Condado de Miami-Dade no aeroporto.

— Quantas testemunhas? — perguntou ela.

— Quatro vigias e quatro funcionários do armazém. Estão sentados ali, com Foreman — disse ele, indicando com um aceno de cabeça.

Andie imaginou qual deles trocaria o uniforme pela roupa de presidiário.

— Um trabalho desses não acontece sem ajuda interna.

— É — respondeu Watts.

— E quanto às imagens da câmera?
— Duas câmeras externas, quatro internas. São todas monitoradas pela segurança do aeroporto do terminal principal. Os bandidos tinham dado o fora antes que a segurança reparasse em qualquer coisa e chamasse a polícia.
— Acha que o cara que observava os monitores estava envolvido? Talvez tenha virado o rosto?
— Sinceramente, não acho. Falei com o diretor da segurança do aeroporto. A equipe do fim de semana é escassa. Só três caras observando dezenas de monitores que cobrem o aeroporto inteiro.
— Não estariam mais concentrados neste armazém em especial quando cem milhões de dólares em espécie são inspecionados pela alfândega?
— A política é não avisar com antecedência sobre uma entrega de dinheiro aos vigias que observam os monitores do circuito interno de câmeras, ou para qualquer um que não faça parte de um círculo muito pequeno que precise da informação. Faz sentido: quanto mais funcionários com salário de 15 dólares por hora souberem exatamente quando cem milhões de dólares estarão distribuídos pelo chão do armazém, mais pessoas ficarão tentadas a planejar um trabalho interno.

Andie não podia discordar da lógica, mas ainda suspeitava de alguém interno. O olhar dela passou para os oito homens que estavam no armazém na hora do roubo, principalmente pelos guardas do carro-forte.

— Em qual deles está de olho? — perguntou.
— Um dos guardas. Octavio Alvarez. Cubano-americano.

Watts exibia o preconceito da experiência na Tom Cat, na qual a "conexão cubana" sempre fazia parte de qualquer investigação de um roubo de carga. As quadrilhas cubano-americanas em Miami perseguiam os nacionais cubanos em Havana e em outras cidades. O preço de uma viagem à Flórida era um bico por tempo indeterminado como "cargueiro", descarregando caminhões de mercadorias roubadas, seguido por uma fila de roubos pelo país. Para alguns rapazes, o risco de encarceramento nos Estados Unidos era mais vantajoso do que o risco de um bote furado para cruzar os estreitos infestados de tubarões da Flórida.

— Por que Alvarez? — perguntou Andie.
Watts gesticulou com os ombros.
— Só um palpite.

Era possível que o palpite estivesse correto, mas Andie estava tentando eliminar da sua mente os estereótipos que poderiam ser aplicáveis a um caso da Tom Cat. Roubo de carga, no FBI, era parte dos "Grandes Roubos", no mesmo grupo de roubo de joias, arte, veículos e afins. Roubo a banco era parte dos "Crimes Violentos", no mesmo grupo de gangues, sequestro, assassinato por encomenda e assassinatos em série. A questão não eram as guerras por territórios. Envolvia treinamento diferente, fazer os investigadores pensarem de outra forma e mudarem o modo como viam as coisas. No que dizia respeito às empreitadas criminosas, roubos de carga eram um risco comparativamente baixo, ao passo que ladrões que se concentravam em voos de dinheiro tinham historicamente demonstrado uma aptidão impressionante para acabarem mortos ou presos. Os "palpites" que um investigador seguia desde o início eram críticos, o que, para ela, ressaltava a necessidade de o FBI assumir o controle da cena do crime.

Onde está você, Littleford?

— Quero falar com todos os guardas — disse Andie.

— Melhor ir logo. Os advogados da Braxton Segurança chegarão aqui a qualquer minuto. Isso raramente é bom para o fluxo de informações.

A agente verificou o relógio. Littleford era prático, e Andie sabia que ele gostaria de participar dos interrogatórios às testemunhas. Daria mais dois minutos a Littleford, no máximo.

— Diga mais sobre as câmeras do circuito interno. O que conseguimos?

— Não muito mais do que as testemunhas oculares nos deram. As câmeras externas confirmaram que o veículo de fuga era um Ford F-150 preto. Também consegui um número de placa, mas, pelo visto, tinha sido roubado do Cadillac de uma idosa em Doral, então isso não nos leva a lugar algum. As câmeras internas mostram os dois criminosos, mas no fim das contas só nos restaram dois homens de altura e compleição medianas usando máscaras de esqui e óculos escuros.

— Vou pedir para que meu pessoal técnico tente melhorar o vídeo.

Andie mandou uma breve mensagem ao agente técnico, e então foi até a plataforma de carga e descarga. Watts mostrou a ela onde a picape preta tinha estacionado e apontou para a sacola que não chegara ao veículo. Ainda estava no chão, onde os ladrões a tinham largado.

— Essa mão furada saiu caro. Verifique se há digitais — disse Andie.

— Tenho certeza de que conseguiremos algumas, mas não dos bandidos. As testemunhas disseram que eles usavam luvas.

Uma van do FBI encostou do lado de fora das portas abertas do armazém. Vários agentes saíram do veículo e entraram no lugar. Outra van estava logo atrás. O agente especial Littleford subiu na plataforma de carga e descarga e entrou no armazém.

— Pode me inteirar — disse ele a Watts. — E o FBI toma a jurisdição a partir daqui.

A abordagem direta. Andie ouviu enquanto Watts deu a Littleford o mesmo resumo rápido, então ele prosseguiu com algumas perguntas.

— Nenhum tiro disparado? Confirmou isso? — perguntou Littleford.

— Certo. Nenhum.

— Os bandidos estavam bem armados?

— Pelo menos uma pistola, com certeza. Testemunhas concordam que parecia uma semiautomática.

— Já pedi que a equipe técnica verifique o vídeo de segurança — disse Andie. — Espero que consigamos o fabricante e o modelo da arma.

— A qual já devem ter descartado a esta altura, se forem espertos — acrescentou Littleford.

Watts concordou.

— Para mim, parece que vieram aqui sabendo que nenhum dos guardas estaria armado e queriam ter tantas mãos livres quanto fosse possível para carregar as sacolas de dinheiro. Mas seria possível presumir que havia mais poder de fogo na picape para afastar qualquer perseguição. O boletim de atenção diz "armados e perigosos" — acrescentou Littleford, referindo-se ao alerta de atenção à fuga.

Littleford caminhou para o outro lado do armazém acompanhado por Andie.

— Vamos falar com as testemunhas — disse ele, mas então parou subitamente diante da sacola de dinheiro que os ladrões abandonaram. — Esta aqui é nossa melhor amiga — continuou. — Mesmo que tenham usado luvas e que não consigamos uma única impressão digital.

— Como assim? — perguntou Andie.

— Nenhum tiro foi disparado, não há sangue e ninguém se feriu. Bem, isso está prestes a mudar. Não preciso ser uma mosquinha para ouvi-los discutindo a esta altura: "Cara, *foi você* quem soltou a sacola. Aquilo vai ser descontado da sua parte." Ah, sim. Vai ficar feio. Bem feio.

Andie retribuiu o fraco sorriso do policial. Aquele não era o trabalho como agente infiltrada pelo qual ela se transferira para o outro lado do país, mas gostava da forma como Littleford operava.

— Vamos — disse ele. — Vamos encontrar o informante deles.

CAPÍTULO 3

Cinco sacolas de lona seladas estavam empilhadas, uma verdadeira montanha de dinheiro escondido jogada no piso rachado e manchado de gasolina da garagem.

A transferência das sacolas de dinheiro do caminhão de fuga para a traseira do carro de Rubano ocorrera sem problemas. Marco, da loja de azulejos, fornecera a picape preta "emprestada", e era trabalho dele se livrar do veículo. Jeffrey e o tio saíram em carros separados e em direções opostas. Rubano saiu com o dinheiro, mas só depois de assegurar aos comparsas que todas as cinco sacolas permaneceriam seladas até que fosse hora de fazer a divisão. Eles concordaram que seria naquela noite, na garagem, na casa alugada dos Betancourt.

— Abra, irmão — disse Jeffrey.

Rubano estava de pé diante das sacolas com uma faca de cozinha na mão. Mindinho estava ao lado dele. Eram apenas os três. Os demais receberiam a parte deles depois.

— Espere aí — falou Mindinho. — E se houver um daqueles sacos de tinta azul do lado de dentro? Sabe, aqueles que explodem na sua cara quando se abre a sacola de dinheiro.

— Alvarez disse que não há sacos de tinta — respondeu Rubano.

— E se algum tipo de chip de rastreamento começar a emitir um sinal para os policiais quando você abrir a sacola?

— Alvarez disse que não. Nada além de dinheiro dentro.

Jeffrey deu um risinho.

— Aqueles burros precisam assistir a mais programas policiais. Abra a sacola, irmão.

Rubano tentou perfurar a sacola com a faca de cozinha e quase quebrou a lâmina. A sacola era impenetrável.

— Preciso de uma ferramenta elétrica.

Jeffrey pegou uma furadeira e uma broca da mesa de ferramentas. Rubano usou como se fosse uma serra para cortar um buraco do tamanho de um punho no fundo da sacola. Ele enfiou a mão lá dentro, ansioso, pegando e retirando monte após monte de notas. A sacola despejou notas de cinquenta e de cem até se esvaziar.

— Pu-ta merda — disse Jeffrey, encarando a pilha de dinheiro no piso de concreto.

— Bonita, né? — falou Rubano. — Mais quatro dessas.

— Quem vai contar? — perguntou Mindinho.

— Eu conto — respondeu Jeffrey.

— Não dá para contar tanto dinheiro assim.

— Então deixem Savannah contar — falou Jeffrey. — Ela vai acertar.

Savannah era a esposa de Rubano, e irmã mais nova de Jeffrey. A piada na família era que "Savannah herdou a beleza, mas... Savannah herdou a inteligência" — o que, estranhamente, sempre fazia o irmão Jeffrey rir. Ela era uma beldade latina, sem nenhum dos problemas com peso que o irmão tinha. "Uau", "maravilhosa", "sexy" e *"linda, como su madre"* eram formas típicas com que as pessoas a descreviam. Rubano era bonito, não no sentido clássico, mas no estilo bad-boy de Marc Anthony, então era óbvio por que ele havia se apaixonado pela versão de Jennifer Lopez do bairro. Alguns diziam que não havia nada que Rubano não faria para ficar com Savannah.

— Savannah não está em casa — respondeu Rubano. — Eu me certifiquei disso.

— Quanto ela sabe? — perguntou Mindinho.

Rubano olhou direto para o comparsa, certificando-se de que ele entendia.

— *Nada*. Savannah não sabe nada.

— Mas ela vai descobrir em algum momento — disse Jeffrey.

— Ela descobrirá quando eu estiver pronto para contar. Entendeu?

— É, claro. Como quiser.

— Eu conto o dinheiro — falou Rubano.

Levou horas para cortar as sacolas, contar cada nota e dividir a parte de cada participante em pilhas separadas. Por três vezes Jeffrey saíra para "usar o banheiro". Em cada vez ele voltava todo agitado e fungando, incapaz de parar de andar em círculo em volta do dinheiro. Obviamente, estava cheirando cocaína. Essa era uma droga para a qual Rubano não via utilidade. Alguns caras diziam que era afrodisíaca, mas até onde ele sabia, usar cocaína só deixava as pessoas com vontade de fazer uma coisa: usar mais cocaína.

Por volta da meia-noite, havia sete pilhas no chão. Rubano anunciou a contagem final. Um milhão para Alvarez, o informante do carro-forte. Outro milhão para Marco.

— O resto é nosso — disse Rubano. — Divido por três.

— Quanto? *Quanto?* — perguntou Jeffrey.

— Dois milhões e meio e uns trocados.

— U-huu! Espere. Isso é antes ou depois de impostos?

Era tarde, Rubano estava exausto e não tinha humor para as piadas do cunhado.

— Ouça — disse ele. — Vou me certificar de que Alvarez consiga o dinheiro dele. Mindinho, você e Marco decidiram um horário e um lugar para entregar a parte dele?

Mindinho levara Marco para o roubo. Eles se conheceram na cadeia.

— Vou cuidar disso.

— Por favor, me diga que tem um plano — disse Rubano.

— Vou cuidar disso.

— Droga, Mindinho. Não quero ligações de um lado para outro sobre a divisão do dinheiro. Dei instruções claras a Alvarez: na terceira terça-feira, às oito da manhã, na esquina da U.S. 1 com a Bird. Pronto. Octavio sabe que deve estar lá, nenhuma ligação necessária. Você e Marco deveriam fazer o mesmo.

— Alvarez é diferente. O FBI vai ficar de olho nos guardas como um falcão. Ninguém sabe que deve ficar de olho em Marco.

— Não podemos nos distrair em nenhum momento.

— Tenho um plano — falou Jeffrey. — Vou levar meu dinheiro agora. Vou *comemorar* esta noite.

— Não vai, não — disse Rubano. — Vamos ficar na encolha.

— Na encolha, aham, *bem encolhidos* — disse Jeffrey, com a voz grave e ritmada de um cantor de rap. Ele arqueou as costas e imitou um passo de dança, a camisa se levantou e expôs a enorme barriga acima do cinto. — Até onde... consegue se encolher... irmão?

Rubano deu um tapa na cabeça de Jeffrey, derrubando-o no chão.

— Estou falando sério. Pare de palhaçada.

Jeffrey se recompôs.

— O dinheiro é meu também, irmão.

— Estamos nessa juntos. Se um de nós for pego, todos seremos pegos.

— Se me pegarem, não vou entregar ninguém — disse Jeffrey.

— Apenas ouça — falou Rubano. — Vamos fazer o seguinte. Não sairemos para beber e comemorar. Não exibiremos dinheiro. Vamos levantar e fazer o que fazemos em uma segunda-feira normal.

— Boa. Eu durmo até meio-dia — respondeu Jeffrey.

— O disfarce perfeito para você seria sair em busca de trabalho — falou Rubano.

— Foda-se trabalho — disse Jeffrey. — Nunca mais preciso trabalhar.

— É uma questão de percepção — falou Rubano. — Já viu o filme *Os bons companheiros*, Jeffrey?

— Não. É o que, pornô gay?

— É sobre os caras que fizeram o maior roubo da história do aeroporto JFK. Foi perfeito.

— Exatamente como nós.

— É. Exceto que não queremos acabar como eles. Estavam cheirando coca antes de sequer contarem o dinheiro. Virou uma porra de guerra da máfia antes de tudo acabar. Uns dez caras acabaram mortos.

— É? E daí? Isso foi com eles.

— Poderia ser com a *gente*. Isso não é besteira, irmão. Precisamos ficar na encolha.

— O que fazemos com o dinheiro enquanto estamos na encolha? — perguntou Jeffrey.

— Escondemos — falou Rubano. — Por noventa dias, no mínimo. Agimos como se isso jamais tivesse acontecido.

— Não, não — disse Mindinho. — Precisamos lavá-lo. Eu vi isso num filme do Ben Affleck. Você compra umas merdas, vai para o cassino, você...

— Esqueça — disse Rubano. — Lavar o dinheiro é o que a polícia espera que a gente faça. Se fizermos o que esperam, seremos pegos.

— Então quando diz para esconder, quer dizer o quê? — perguntou Mindinho.

— Simples. Primeiro, colocamos o dinheiro em sacos selados a vácuo.

— Sacos de aspirador de pó? — perguntou Jeffrey.

— Não, imbecil. É uma máquina. Eu já comprei. Ela sela as coisas no plástico para que nenhum ar ou água entre. Pode usar para qualquer coisa, comida, roupas...

— Dinheiro.

— Isso aí. Então selamos os bolinhos em pacotes em que cabem desde dez a 25 mil, e enfiamos os pacotes dentro de tubos de PVC. Também já comprei os tubos.

— Tudo bem. E depois?

Rubano foi até a prateleira de ferramentas do outro lado da garagem e pegou uma pá.

— Nós o enterramos.

— Quer enfiar sete milhões e meio no chão? — perguntou Mindinho.

— Isso.

— Onde?

Rubano deu um leve sorriso.

— Onde ninguém jamais encontrará.

Jeffrey fez uma careta; obviamente não gostava da ideia. Mindinho se expressou mais vocalmente.

— Isso é burrice. Marco e Octavio recebem o dinheiro deles, mas nós precisamos enterrar o nosso?

— Não sou parente daqueles caras — disse Rubano. — Somos uma família. Precisamos agir como uma unidade. E essa unidade está fora do radar.

— Tudo bem — falou Mindinho. — Sele o dinheiro, e cada um de nós enterra as próprias partes.

— Não confio em vocês para enterrarem — falou Rubano.

— Não confio em você para guardar meu dinheiro — respondeu Mindinho.

— Isso não é negociável — falou Rubano. — Estou mantendo o controle.

— Não sobre meu dinheiro.

— Nem sobre o meu — falou Jeffrey.

— Fique fora disso, Jeffrey — disse Rubano.

Mindinho se aproximou.

— Me dê meu dinheiro, irmão, antes que isso fique feio.

Jeffrey recuou para longe deles, nervoso.

— Gente, vamos lá. Não vamos brigar.

Mindinho tirou o celular do bolso, o olhar se fixou em Rubano.

— Ninguém vai brigar. Ou saio daqui com meu dinheiro, ou ligo para minha linda sobrinha e conto a ela o que o marido anda fazendo.

— Eu mesmo vou contar — respondeu Rubano.

— Mentira — disse Mindinho. — Quer ficar sentado no dinheiro até pensar em alguma explicação que não envolva roubo.

Os dois se encararam e os olhares de raiva ficaram mais intensos. Nenhum dos homens piscou, e Rubano conseguia sentir a mudança de poder no ar. A lua de mel mal começara.

E já chegara ao fim.

CAPÍTULO 4

Eram cinco horas da manhã quando Rubano voltou para casa. Ele tentou não acordar Savannah quando se deitou, mas acertou a cabeça no travesseiro com tanta força que a mulher se virou. Ela se aconchegou perto do marido.

— Como foi? — perguntou Savannah.

Rubano tinha dito apenas que Jeffrey estava usando cocaína de novo, o que era verdade, e que a "intervenção" provavelmente o levaria a voltar tarde, o que era mentira. Os músculos de Rubano ainda doíam por ter enterrado o dinheiro: a parte dele, junto com a de Octavio e certa quantia da parte de Jeffrey. Mindinho conseguira o que queria.

— Estou muito preocupado com Jeffrey — disse Rubano à mulher.

— Amo tanto você por causa disso. Não sei o que minha pobre mãe faria sem você. Jeffrey dificultou as coisas?

— Ah, sim. Ele dificultou as coisas, sim.

A insistência de Mindinho para que cada homem escondesse o próprio dinheiro deixara Jeffrey mais valentão, e foi como uma Terceira Guerra Mundial conseguir que o rapaz deixasse para trás uma "reserva" de quinhentos mil dólares para que Rubano enterrasse.

"Pode levar o resto e esconder você mesmo", dissera Rubano ao cunhado, "mas se eu o vir exibindo dinheiro, você perde meio milhão". — Parecera uma solução prática no momento, mas Rubano estava reconsiderando.

— Acho que ele vai arrastar todos nós para o buraco — falou Rubano.

— Isso não vai acontecer — respondeu Savannah.

— Não tenha tanta certeza — disse Rubano. Eles estavam falando de duas coisas completamente diferentes, mas Rubano não estava pronto para contar à mulher sobre o dinheiro. Ainda não.

— Jeffrey não pode nos fazer mal — disse Savannah.
— Claro que pode. É um cheirador.

Savannah passou o dedo com suavidade pelo peito do marido.

— Isso é ele, não somos nós. Você é forte. É inteligente. Tem uma mulher linda e sexy. — Ela beijou o canto da boca de Rubano, mas ele não reagiu.

— Um deslize e tudo se acaba — disse ele. Rubano se apoiou no cotovelo, olhando para a mulher na escuridão. A luz do luar que entrava pelas cortinas era suficiente para que ele enxergasse. — O mínimo deslize é tudo que é preciso. *Puf*... Você pode perder tudo.

— Rubano, está me assustando.

Ele hesitou, imaginando se era a hora certa. Rubano entrou no assunto aos poucos.

— Esta noite não houve uma intervenção.
— O quê?
— A questão foi dinheiro.
— Está falando de nosso dinheiro?

Ele não respondeu. Savannah o olhou com preocupação.

— Rubano, estamos com problemas financeiros de novo?

O medo na voz dela era como um resquício bizarro dos velhos dias ruins, acordando de madrugada imaginando por quanto tempo mais conseguiriam pagar as prestações da hipoteca, imaginando se o banco colaboraria com eles, se poderiam evitar o despejo, se o dia seguinte seria aquele em que os oficiais do departamento de polícia apareceriam à porta com uma ordem de despejo para colocar o casal e os bens deles no jardim. Era uma jornada que Rubano e Savannah tinham feito juntos, e ele fora honesto com a mulher a cada passo sombrio do processo. Aquilo era diferente. Savannah não fazia parte daquilo.

— Jeffrey pisou na bola feio dessa vez — falou Rubano.
— Ele precisa de dinheiro emprestado? Não dê dinheiro a ele para que compre drogas.
— Não. Não é isso.

Rubano pegou o smartphone na mesa de cabeceira, abriu a primeira página do *Miami Herald* e entregou à mulher. Ela leu para si, o rosto confuso iluminado pela tela de LCD.

— Está dizendo que Jeffrey está envolvido nisso?
— Sim — respondeu Rubano. — Jeffrey e seu tio.
— Ah, não. Eu juro que queria que meu tio imprestável jamais tivesse saído da cadeia. Não tem um membro da minha família que ele não tenha enver-

gonhado ou ferido. Este sempre foi meu maior medo: que Jeffrey se metesse com ele.

— Está metido até o pescoço.

Savannah olhou para a tela, os olhos dela se arregalaram.

— Aqui diz que o roubo pode ser da ordem de milhões de dólares. Eles roubaram tudo isso?

— Com uns outros caras.

— Quem?

— Um dos amigos de Mindinho — disse Rubano, uma meia-verdade. — Fugiram com nove milhões e seiscentos mil dólares.

— Onde diz isso? — perguntou Savannah, verificando o artigo de novo.

— Não diz.

— Então, como sabe?

Se Rubano contaria à esposa, aquela era a oportunidade, mas era difícil dizer a verdade quando parte dele ainda não acreditava que tivesse tentado tal coisa, e ainda mais que tivesse escapado ileso. Mesmo depois de segurar o dinheiro nas próprias mãos, Rubano Betancourt como o gênio por trás do maior roubo da história de Miami não parecia nada com a verdade.

— Era onde eu estava a noite toda — disse ele. — Eu os ajudei a esconder a parte deles do dinheiro.

Savannah se sentou, praticamente dobrando a cama ao meio.

— Rubano... Não!

A reação da mulher o fez saltar, e empurrou Rubano ainda mais na direção da nova verdade.

— O que eu deveria fazer, Savannah? Os dois apareceram em nossa casa com grandes sacolas de dinheiro, a polícia estava atrás deles, e nenhum dos dois tinha a mínima ideia do que fazer.

— Eles deveriam devolver.

— Não se pode simplesmente devolver o dinheiro e fazer com que isso desapareça. Não é diferente de roubar um banco, e seu tio tinha uma arma. Usar uma arma de fogo para roubar tanto dinheiro assim poderia colocar os dois na cadeia pelo resto da vida.

— Ai, minha pobre mãe.

— Não precisamos contar a sua mãe. Não precisamos contar a ninguém.

Savannah se recostou de novo no travesseiro.

— O que vamos fazer?

— Está sob controle por enquanto. Eles prometeram não gastar o dinheiro e mantê-lo escondido até descobrirmos o que fazer.

— Não pode confiar que eles manterão a promessa!

Os dois concordavam nisso, mas Rubano precisava acalmar as preocupações da mulher.

— Está tudo bem. O dinheiro está enterrado em sacos selados.

— Todo ele?

Mais uma mentira não machucaria.

— Sim. Todo ele.

— Mas se você os ajudou a esconder o dinheiro, isso nos torna parte disso.

Rubano pegou a mão da esposa.

— Não. Isso *me* torna parte disso. Não você.

Mesmo na escuridão, Rubano percebeu que comovera Savannah. Ela se esticou de novo e abraçou o marido com força.

— Ah, querido. Minha família é tão problemática, e você passa um tanto da vida catando os cacos dela. Mas isso é muito mais do que posso pedir.

— Não, somos todos uma família. Vou consertar as coisas. Apenas não conte a Jeffrey ou ao seu tio que você sabe de alguma coisa. Eles confiaram em mim. Se descobrirem que contei, vão desenterrar o dinheiro e vai ser um inferno.

— Não direi nada, mas, por favor, não deixe que isso se prolongue. Precisamos logo tomar uma decisão.

Savannah abraçou o marido com força. Rubano se recostou no travesseiro. Savannah se aconchegou contra o marido e deitou a cabeça no peito dele.

— Acha mesmo que pode consertar isso?

— Sim. Ficaremos bem. Apenas lembre-se: mantenha isso entre nós. Vou cuidar de tudo.

— Tudo bem. Prometo. — Savannah se afastou.

Mais uma coisa para acrescentar à lista em um dia inacreditável: Savannah acreditara.

Rubano estava morto de cansaço, mas não conseguia fechar os olhos. Enquanto encarava o teto, a verdade começou a percorrer sua mente. Rubano e Mindinho correndo para o armazém. O roubo do dinheiro. A fuga. Rubano afastou essas imagens inesquecíveis e olhou para a esposa. A curva do corpo de Savannah sob o lençol. Ela estava logo ao lado, mais perto do que nunca — mais perto do que a sacola de dinheiro, do que os dois milhões de dólares que soltara e deixara no piso do armazém.

Não pense nisso.

Ele estendeu o braço e apoiou a mão suavemente no quadril da mulher.

— Está bem agora? — perguntou ele.

— Estou muito melhor.

Rubano inspirou fundo e expirou. O ar-condicionado parou de fazer barulho. O quarto ficou em silêncio.

— Eu também — disse Rubano, para a escuridão.

CAPÍTULO 5

Na segunda-feira de manhã, Andie e o agente Littleford visitaram a Braxton Segurança. Uma frota de carros-fortes estava estacionada a menos de três quilômetros do Banco Central em Miami, os cofres do banco com oficialmente nove milhões e seiscentos mil dólares a menos. Andie se perguntou se os ladrões não estariam bem do outro lado da rua, no Country Club Doral, fumando charutos e torcendo os narizes para a polícia do bem-cuidado gramado da "Blue Monster", um dos campos de golfe mais famosos do mundo.

— Joga golfe, Andie? — perguntou Littleford.

Andie olhou pela janela do carona conforme passavam pela extensão do campo.

— Não.

— Se algum dia quiser perder quatrocentos dólares por cinco horas de exasperação e 18 motivos para xingar até ficar sem voz, esse é o lugar.

— Vou me lembrar disso.

Littleford parecia pronto para uma partida de golfe, a calça cáqui e a camisa havaiana de mangas curtas não eram apenas para os fins de semana. As entrevistas da tarde de domingo no armazém do aeroporto correram conforme o esperado. Ninguém falara, confessara ou implorara por misericórdia. Dois dos guardas foram marcados para entrevistas posteriores. Principalmente Alvarez. Andie e o agente supervisor se encontraram com ele em uma sala de reuniões no escritório da empresa. O assessor jurídico da Braxton também estava na sala, com um funcionário júnior da equipe jurídica interna. Andie fez as entrevistas. Cada uma levou cerca de uma hora. Chamaram Alvarez de volta para uma entrevista de seguimento breve, mas direta. Os advogados da Braxton deram sinal verde ao FBI para que pegasse mais pesado. Andie foi em frente.

— Sr. Alvarez, serei direta: achamos que está escondendo alguma coisa.

— Eu? Não. Nada para esconder.

Andie permitiu que silêncio recaísse sobre a sala. Era incrível o que um suspeito nervoso podia dizer quando era deixado refletindo, sem pergunta pendente.

Alvarez morara em Miami por quase 15 anos. Fora para a Flórida apenas seis meses depois de se formar no ensino médio, em Havana. Era impossível conseguir um emprego na Braxton com uma ficha criminal, e a dele estava limpa, pelo menos desde que fora para os Estados Unidos. Andie se perguntou sobre a inacessível ficha criminal de menor que ele deixara para trás em um país que não se assemelhava em nada com os Estados Unidos.

Ela se aproximou, apoiando os antebraços cruzados na mesa.

— Um dos funcionários do armazém disse que viu você usando um celular antes do roubo.

Era um blefe, mas o FBI estava convencido de que alguém dentro do armazém sinalizara aos ladrões. O cara permaneceu tranquilo.

— Isso é mentira — falou Alvarez. — Eu nunca uso meu celular em serviço.

Andie não hesitou.

— Vou ser clara, Sr. Alvarez. Vamos revirar aquele armazém. Talvez tenha clonado o celular de alguém para que não pudesse ser rastreado. Talvez tenha usado o celular da sua irmã. Talvez seja descartável. Qualquer que tenha sido o telefone que você usou, precisou largá-lo em algum lugar naquele armazém. Vamos encontrá-lo. Estou dando a chance de me dizer agora, antes que não tenha mais chance de se salvar.

— Talvez não tenha ouvido da primeira vez — disse Alvarez, sem qualquer hesitação na voz. — Nunca uso celular em serviço.

— Como quiser — falou Andie. — Mas lembre-se do que estou dizendo hoje. Primeira sentença: Octavio Alvarez conspirou para obstruir o comércio por meio de roubo, ao levar aproximadamente nove milhões e seiscentos mil dólares em moeda americana sob ameaça e efetivas força e violência. Segunda sentença: Octavio Alvarez e os comparsas, conscientemente, cometeram tal crime de violência com o uso de uma arma de fogo. Acho que 15 anos em uma prisão federal pela primeira sentença. Mais dez a 15 pela segunda. Essas são apenas as acusações óbvias. Tenho certeza de que o promotor vai jogar mais duas ou três, inclusive a ordem de restituição de todo o montante do roubo que vai persegui-lo pelo resto da vida. Acho que será um homem de sessenta anos desejando poder pagar por Viagra quando sair da prisão e quiser fazer amor com uma mulher de novo. Tenha um bom dia, Sr. Alvarez.

Alvarez se dirigiu aos advogados da empresa.

— É só isso?

— Sim, Sr. Alvarez. Pode ir.

Ele se levantou, o advogado júnior o acompanhou até a porta e Alvarez deixou a sala.

— Acha que é o cara? — perguntou o assessor jurídico.

— Difícil dizer — respondeu Littleford. — Se é, sabemos que não usou um celular registrado no próprio nome.

— Como sabe disso?

Andie explicou.

— Não precisamos de um mandado para conseguir os detalhes de transações do celular de uma pessoa. Isso inclui hora e data de ligações, coordenadas de GPS da localização de quem liga e os números discados. O celular de Alvarez está limpo por toda a tarde de ontem. Nenhuma ligação. O mesmo com todos os guardas da Braxton.

— Como deveriam estar — falou o advogado. — Guardas não podem falar ao celular enquanto estão em serviço.

— Por isso achamos que o informante usou um telefone que não está registrado no nome dele e o jogou em algum lugar naquele armazém — disse Littleford.

— Ou pode estar em mil pedaços depois de ter sido jogado fora pela descarga de uma privada — disse Andie.

— E agora? — perguntou o advogado. — Vai colocar uma escuta no telefone dele? Segui-lo?

— Nós avisaremos — disse Littleford.

— Tem mais uma coisa que deveríamos discutir — falou Andie. — A recompensa.

— Estamos cuidando disso — disse o advogado. — Braxton oferecerá 250 mil dólares por informações que levem à prisão e à condenação dos responsáveis e a devolução do dinheiro.

— Tenho um problema com isso — falou Littleford.

— É uma grande recompensa. Qual é o problema?

— Não condicione a recompensa à devolução do dinheiro.

O advogado sorriu levemente, mas não foi um sorriso amigável.

— Não quero ofender, mas é trabalho do FBI pegar os criminosos. O interesse principal da Braxton aqui é a devolução do dinheiro.

— Está pedindo que alguém arrisque a vida ao se pronunciar e apontar os caras que fizeram isso. Prisão e condenação bastam. Não seja o imbecil que diz:

"Desculpe, mas só recuperamos nove dos nove milhões e seiscentos mil, então, nada de recompensa." Isso não o torna melhor do que aqueles anúncios de carro que oferecem um sedan de luxo, o melhor da categoria, por 99 dólares por mês, mas as letras miúdas requerem que você dê 29 mil de entrada no ato da compra.

— Discordo. Ainda bem que ninguém se feriu aqui. Só estamos falando de dinheiro, então a recompensa está condicionada à devolução dele.

— Você não está enxergando direito — disse Littleford.

— Posso assegurá-lo de que reflexão cuidadosa e consideração são empregadas na formulação de nossas recompensas.

Littleford assentiu, como se para aceitar o argumento oficial.

— Vou dar a você e a sua empresa uma perspectiva diferente. Todos se lembram do roubo da Lufthansa no JFK, em dezembro de 1978 porque Martin Scorsese fez um filme sobre ele.

— *Os bons companheiros*. Eu sei. É praticamente obrigatório assistir em nossa linha de trabalho.

— Veja bem, esse é o problema. As pessoas se esquecem de todos os outros roubos, dos outros assaltos em Nova York. Mas eu lembro porque meu velho estava na polícia de Nova York quando eu era criança. Um golpe grande enfia ideias na cabeça dos bandidos. Alguns meses depois do roubo do JFK, Nova York teve 18 assaltos a banco, *18 em três dias*. Cinco na segunda-feira, dez na terça-feira, e mais três na quarta-feira. Dois deles foram grandes, mais de um milhão de dólares, como o do JFK. O prefeito Koch ficou doido, dizendo aos caras nos jornais e na TV para que se lembrassem do que aconteceu com Dillinger, o ladrão de bancos morto pelo FBI.

— Essa é uma bela aula de História, mas temos um excelente histórico de segurança.

— A história se repete. Você tem muitos carros-fortes nas ruas de Miami todos os dias. Centenas de gangues e criminosos menores com ideias grandiosas viram os noticiários do roubo multimilionário no aeroporto. Uma pequena pista é a forma mais rápida de resolver esse caso. É nossa melhor chance de recuperar seu dinheiro. E pegar esses bandidos é a melhor forma de nos certificarmos de que não veremos 18 assaltos a carros-fortes na próxima semana.

O advogado pensou por um momento.

— Entendo o que quer dizer. Vou recomendar à matriz que usemos prisão e condenação para a recompensa. Nenhuma condição de que o dinheiro seja devolvido.

— Boa decisão — falou Littleford. — Mantenha Andie informada disso. Ela vai assumir um papel importante nesta investigação.

— Pode deixar.

— Entrarei em contato — disse Andie.

Os agentes deixaram o prédio e caminharam até o carro.

— Bom trabalho lá dentro — falou Andie.

— Obrigado.

Eles entraram e fecharam as portas. O sol estava forte e a temperatura tinha subido pelo menos cinco graus desde a chegada dos dois, bem além dos 25 graus Celsius. Era verdadeiramente um clima de praia. Littleford aumentou o ar-condicionado.

— Ah, novembro em Miami — disse ele. — Não é como Seattle, hein?

— Não. Com certeza não.

Littleford engrenou a marcha, mas manteve o pé no freio.

— Ei, eu sei que você não se transferiu para cá para ser alocada em minha unidade, mas fazemos um bom trabalho aqui.

— Eu sei disso.

— Muitos agentes jovens pensam que querem os trabalhos infiltrados, aquelas coisas que colocam nos filmes. Só estou dizendo: gosto do que vejo em você. Mantenha a mente aberta.

Andie sorriu levemente. Era difícil conseguir elogios no FBI. Principalmente para a recém-chegada Andie.

— Obrigada. Farei isso.

Littleford arrancou do estacionamento e foi para a rua. Eles passaram por uma longa fileira de carros-fortes que estavam estacionados do outro lado da cerca retorcida. Dezenas de carros-fortes. Talvez centenas. Conforme passavam, Andie estava pensando na aula de história de Littleford sobre a onda de assaltos em Nova York, e percebeu que estava contando os caminhões alinhados na fileira mais próxima.

Andie parou no número 18.

CAPÍTULO 6

Rubano se ateve ao plano e foi trabalhar; apenas mais uma semana no trabalho.

De segunda-feira até quarta-feira, não houve surpresas. Quinta-feira era o dia da reunião mensal dele com um fornecedor de comida nicaraguense que, como sempre, queria aumentar o preço do camarão que era usado no prato mais famoso de Rubano: *borscht* russo com *camarones* grelhados em uma marinada cubana. Eles se encontraram às oito horas da manhã e negociaram enquanto tomavam xícaras fumegantes de café no salão vazio do Café Rubano.

O Café Rubano era a menina dos olhos de Rubano, uma combinação de cozinha russa e cubana que resultava em pratos únicos, desde a entrada de iúca caramelizada com caviar até doces russos que se tornavam uma sobremesa divina quando embebidos em café cubano. O café tinha sido originalmente aberto no bairro de Little Havana, em Miami, onde foi um desastre completo. Expatriados exigentes se opunham veementemente à noção de que qualquer coisa positiva, muito menos comestível, pudesse vir de uma Cuba dominada pelos soviéticos. Por fim, essa mentalidade funcionou como uma vantagem para Rubano. Até onde ele sabia, o concorrente mais próximo era O! Cuba, em São Petersburgo, na Rússia, não na Flórida. Rubano mudou o restaurante para "Little Moscou", em Sunny Isles, onde estava apenas começando a dar certo quando o mundo financeiro de Rubano e de Savannah foi pelos ares.

— Por favor, Rubano — suplicou o fornecedor. — Mais cinco centavos por quilo. Você pode pagar.

Mal sabe ele.

— Não — disse Rubano. — *Nyet*.

Não que Rubano se importasse com umas moedinhas aqui e ali. A questão era manter o chefe dele feliz, o chefe que insistia em ser firme com os fornecedores.

O Café Rubano tinha o nome dele, mas Rubano não era o dono. Não mais. Era um ótimo conceito, e um cliente russo abastado gostara tanto que se oferecera para comprar o negócio. Rubano não quis vender. Então ele e Savannah atrasaram a hipoteca da casa. Atrasaram muito. O banco prometeu que, se regularizassem os pagamentos, renegociaria o empréstimo para um valor que pudessem pagar. Rubano foi até o amigo russo e pegou vinte mil emprestados, com o restaurante como garantia. Ele pagou o banco, que então simplesmente se recusou a renegociar a dívida. O "jeitinho" prometido fora uma mentira, é claro, a mesma que milhares de proprietários estressados ouviram no ápice da crise das hipotecas. O valor da hipoteca de juros ajustáveis chegou às alturas, enchendo o casal de mais dívidas ainda. O banco retomou a casa. O Café Rubano tinha um novo dono russo, que foi inteligente o bastante, e sortudo o bastante, para manter Rubano como um gerente assalariado.

Rubano mal podia esperar para comprar o lugar de volta.

O fornecedor dele concordou com mais um mês de camarão pelo preço atual. Rubano recebeu um cumprimento da chef.

— O chefe vai ficar muito feliz — disse a mulher.

— Espero que sim — disse Rubano. — Ele parece puto porque não vou fazer a festa de aniversário de Savannah aqui.

— Acho que ele entende.

A chef Claudia conhecia Savannah desde o ensino médio, e fora Savannah quem sugerira que ela e Rubano se unissem para abrir um restaurante. O despejo, no entanto, acabara com a atmosfera positiva do restaurante, pelo menos do ponto de vista de Savannah.

— Você vai no sábado, certo? Club Media Noche.

— Não saio do trabalho antes da meia-noite.

— É o aniversário de 29 anos de Savannah, não o de 49. Ainda estaremos comemorando à meia-noite.

Claudia riu.

— Então eu vou.

— Ótimo.

Claudia se dirigiu para a cozinha, mas Rubano a impediu.

— Ei, me empresta seu cérebro rapidinho? Estou empacado com o presente. O que acha que Savannah quer de verdade?

Claudia deu um leve sorriso, mas foi meio triste.

— Sabe o que ela quer *de verdade*.

Rubano sabia. Mais do que ninguém.

— Tudo bem, tirando isso, o que seria bom?

— Escolha algo brilhante.

— Joia?

— Não estou falando de fogos de artifício.

O casal tinha penhorado as melhores joias de Savannah tentando salvar o restaurante — outro motivo pelo qual não faria a festa ali. Rubano não comprara uma joia para a mulher desde o despejo.

— Vou cuidar disso — disse ele.

— Savannah ficará feliz.

Claudia foi para a cozinha. Rubano atravessou o salão de jantar na direção da adega. Precisava verificar o inventário e se certificar de que o novo atendente do bar não o estava roubando, mas uma batida na janela da frente chamou sua atenção. Era Mindinho, o outro novo milionário da família que Rubano havia adquirido com o casamento. Estava do lado de fora do restaurante, de pé na calçada.

Rubano foi até a porta da frente e a destrancou, mas não o deixou entrar.

— Vamos caminhar — disse ele, e levou Mindinho para a lateral do prédio. Os dois conversaram conforme caminhavam pelo beco.

— O que está fazendo aqui? — perguntou Rubano.

— Você disse nada de celulares. Eu só tenho um celular.

Mindinho era das antigas, o oposto do sobrinho viciado em drogas. Com Mindinho, se você recebe uma ordem, cumpre; se desobedece, morre.

— É melhor que seja importante — falou Rubano.

— Não consigo entrar em contato com Marco. Falou com ele?

Os dois pararam no fim do beco, diante da caçamba de lixo. Engraçado, um restaurante podia servir a comida mais exótica do sul da Flórida, mas todos os lixos tinham o mesmo cheiro.

— Não — respondeu Rubano. — Era você quem deveria dar a parte dele.

— Já fui duas vezes ao apartamento de Marco. Nenhum sinal dele.

— Ele tem esposa, namorada?

— Nada. Marco é solitário. A única coisa em que consegui pensar foi verificar onde ele trabalha.

— Merda, Mindinho! Você voltou para o depósito dos azulejos?

— O que eu deveria fazer? Precisava encontrá-lo. Não quero que ache que estamos roubando a parte dele.

— O que disseram na loja?

— Ninguém o viu a semana toda.

Rubano começou a caminhar de um lado para outro. Ele fazia isso sempre que o estresse tomava conta.

— Acha que a polícia o pegou?

— Não sei. Por isso vim até aqui. Estava esperando que você soubesse de algo.

— Você e Marco deveriam ter combinado uma hora e um lugar para se encontrarem antes de fazermos o trabalho. Foi o que fiz com Alvarez. Ele sabe exatamente onde e quando...

— Eu sei, eu sei. Na terceira quinta-feira depois de blá-blá-blá. Marco e eu não fizemos isso. Então não ajuda você me dizer o que deveríamos ter feito.

Rubano parou de caminhar de um lado para outro e inspirou.

— Você está certo. Chega de "deveriam".

— Então, o que fazemos?

— Primeiro, *jamais* retorne ao armazém. Não vá até o apartamento dele também.

— Então como eu devo encontrá-lo?

— Faz o que eu disse para todos fazerem no domingo: mantenha a rotina normal, vá trabalhar e vá para casa todos os dias, exatamente como antes. Deixe que Marco encontre *você*.

— E se ele não vier?

— Nós devemos um milhão de dólares a ele. Marco virá.

— E se não vier?

Rubano encarou Mindinho.

— Se não soubermos dele, temos problemas muito maiores do que encontrar Marco.

CAPÍTULO 7

No sábado de manhã, Rubano buscou o cunhado em South Miami. Estava na hora de gastar um dinheiro.

A primeira semana estava no banco, por assim dizer. Ainda não havia notícia de Marco, mas, fora isso, tudo se passara sem problemas. Rubano acompanhara a cobertura do noticiário da televisão, e ouvira alguns fregueses no restaurante conversando enquanto tomavam mojitos cubanos feitos com *brandy* russo — "Ei, soube daquele roubo no aeroporto?" — mas foi só isso. O FBI não tinha pistas, pelo menos nenhuma noticiada pela mídia. Rubano ainda se vestia da mesma forma, agia do mesmo jeito e ainda dirigia um Chevy Malibu com dez anos que tinha o painel do lado do motorista diferente do restante do carro. Ele encostou diante de uma sorveteria do bairro chamada Sabor e Calda. Jeffrey se sentou no banco do carona com o café da manhã nas mãos.

— Está comendo uma banana split às dez horas da manhã?

— Tem leite, banana e nozes. É praticamente comida saudável.

Rubano dirigiu para o leste ao longo da arborizada e "histórica" Sunset Drive. Jeffrey dava as direções enquanto comia. Uma longa fila de ciclistas de fim de semana atravessou a rua diante deles. Estavam em High Pines, um bairro tranquilo com casas vintage estilo rancho dos anos 1960, a maioria das quais tinha sido reformada por famílias de classe média alta com crianças pequenas. Era onde morava o amigo de Jeffrey, "Sully, o joalheiro", um atacadista que só costumava vender para lojas, embora fizesse alguns negócios por fora para clientes que se encaixavam nos padrões mínimos de poder de compra dele e que pagavam em espécie. Era o dia do aniversário de Savannah. Rubano tinha desenterrado um único pacote de notas de cinquenta dólares embaladas a vácuo para cobrir a despesa.

— O que vai comprar para ela? — perguntou Jeffrey.

— Uma coisa legal. Veremos o que seu amigo está vendendo.

— Isso é uma surpresa total? Ou contou a ela sobre o dinheiro?

— É uma surpresa. Mas, sim, eu contei a ela. — Rubano deixou de fora a maior parte da mentira, que levara Savannah a crer que Jeffrey e o tio tinham executado o roubo sozinhos.

— Ela aceitou?

— Vai aceitar.

— Savannah não disse uma palavra para mim a respeito.

— Eu pedi que ela não dissesse. Não quero ninguém falando sobre isso, então, é melhor que não diga nada a ela também.

Principalmente sobre mim.

Estavam dirigindo diante de um cemitério antigo e abandonado, quatro acres de pinheiros e verde que faziam daquele bairro ainda mais tranquilo. Jeffrey pegou uma colherada de calda de chocolate da vasilha.

— Deveria comprar um relógio de pulso para ela. Sully é o cara do Rolex.

— Isso poderia dar certo.

— Ele também dá bons preços. Eu comprei um.

Rubano virou bruscamente o olhar para o cunhado.

— Você comprou um Rolex? Merda, Jeffrey. Eu disse para não gastar dinheiro nenhum.

— Irmão, *você* está gastando dinheiro.

— É o aniversário de Savannah.

— Eu comprei um Rolex. Isso nos deixa quites.

Rubano expirou para liberar a raiva.

— Está bem. Um relógio. Mas só isso. Não saia gastando o dinheiro ainda. É cedo demais.

— Não se preocupe, irmão. Não se preocupe.

Eles estacionaram na entrada de cascalho da garagem, sob a sombra de um enorme flamboyant e foram até a porta. Jeffrey jogou a vasilha vazia no mato, limpou as mãos na camisa e bateu com firmeza. Nenhuma resposta. Ele ligou para o celular de Sully, não foi atendido, então ligou de novo. Ainda sem sorte. Um minuto depois, um homem negro de quase dois metros seguiu para a porta arrastando os pés, ainda sonolento, usando apenas cueca samba-canção. Tinha o corpo atlético e a forma como se coçava fez com que Rubano pensasse em um jogador debeisebol.

— Acordei você? — perguntou Jeffrey.

— Não — respondeu o homem, coçando-se de novo. — Algum babaca fica ligando para o meu celular.

— Que coincidência — falou Jeffrey, decidindo não confessar. Em vez disso, ele fez uma apresentação rápida e todos entraram para a sala de estar. — Rubano quer comprar um Rolex para a esposa. Minha irmã.

Sully olhou para Rubano, que era um bonitão latino capaz de ter uma esposa bonita, então voltou o olhar para Jeffrey, que não passava exatamente a impressão de que a beleza era de família. A expressão no rosto de Sully era típica, e Jeffrey lidou com ela como sempre.

— Savannah ficou com toda a beleza — falou Jeffrey.

— Eu jamais teria adivinhado — respondeu Sully, sarcástico. Ele se dirigiu ao armário no corredor e voltou com um cofre de metal, o qual abriu com uma chave. Dentro havia uma variedade de relógios caros, a maioria Cartier e Rolex. Sully pegou um Rolex masculino.

— Este aqui pode ser para você — falou Sully.

— Foi esse o que eu comprei — disse Jeffrey.

— Rolex Daytona encrustado de diamantes — falou Sully. — Quarenta e cinco mil.

Rubano ficou de queixo caído.

— *Quarenta e cinco mil?*

— Muito caro? Talvez este — disse ele, ao apontar para um Cartier. — Praticamente dei este a Jeffrey por trinta mil. Pode levar pelo mesmo.

Rubano lançou outro olhar severo para o cunhado.

— Você disse que só comprou um relógio.

— Eu disse um *Rolex* — respondeu Jeffrey.

— Olhe, sou atacadista — disse Sully. — Não vendo para pessoas que compram um relógio. Estou abrindo uma exceção para você porque Jeffrey me disse que está pensando em entrar para o negócio.

— É mesmo? — perguntou Rubano.

— Vamos conversar sobre isso depois — disse Jeffrey.

— É, pode apostar que vamos — replicou Rubano.

— Tudo bem, certo — disse Sully. — Um relógio feminino é o que você quer?

— Vinte mil é meu preço máximo — falou Rubano.

Sully sacudiu a cabeça, nada satisfeito.

— Vinte mil? Não sei. Tenho um de ouro em dois tons que não sai por menos de 25 mil, mesmo em outlets. E, a esse preço, é provavelmente uma imitação ou roubado. Vendo a coisa verdadeira. Acho que poderia chegar a vinte, considerando que Jeffrey comprou quatro desses.

— *Quatro!* — disse Rubano, os números rapidamente se somando na mente dele. — Cem mil em relógios femininos? Mais 75 em masculinos? Está completamente lou...

Rubano parou de falar, o olhar dele se fixou no rosto do cunhado.

Jeffrey congelou.

— O que está olhando?

Rubano não tinha reparado nos dentes do cunhado mais cedo.

— O que é isso na sua boca?

— Nada.

Ele quase avançou em Jeffrey, separando os lábios do cunhado. As coroas de ouro nos dentes inferiores brilharam de volta.

— Está encapando os dentes?

— Gente, gente — falou Sully. — Querem comprar um relógio ou não?

— Não, esqueça — disse Rubano. — Jeffrey, vamos.

Rubano pegou o cunhado pela camisa e levantou todos os 150 quilos do sofá. Desconfortável, Jeffrey pediu desculpas para Sully e saiu aos tropeços conforme Rubano o arrastava para a porta. Rubano esperou que estivessem de volta ao carro antes de repreendê-lo duramente.

— Para quem está comprando quatro Rolex femininos?

— Não é da sua conta.

— Jeffrey, se estiver dando relógios de 25 mil dólares para strippers, vou escorraçar você daqui até o Iêmen.

— Não estou dando os relógios para ninguém. São um investimento.

— Ah, mentira. Jeffrey, se começar a esbanjar dinheiro, morreremos. Ou a polícia vai reparar, ou você vai virar alvo de alguns dos filhos da puta mais assustadores que já conheceu na vida. Há gangues inteiras por aí que não fazem outra coisa a não ser roubar criminosos. Entende o que estou dizendo? Pela última vez: fique na encolha.

Jeffrey não respondeu.

— E não esqueça que ainda estou com meio milhão de dólares da sua parte. Se esbanjar dinheiro, vai perder. Último aviso. — Rubano deu marcha a ré para sair da garagem e seguiu para a estrada.

— Desculpe, irmão — disse Jeffrey, baixinho.

— Estou dizendo isso para seu próprio bem — falou Rubano.

— O que eu faço com os relógios?

Rubano grunhiu, buscando uma solução na mente. Não havia nenhuma.

— Fique com essas porcarias de relógios, então, mas chega de coroas de ouro para os dentes. Pare nos dentes inferiores.

— Tudo bem.

Eles seguiram em silêncio por alguns quarteirões. Então Jeffrey falou, com a voz mais tímida.

— Quer dar um dos relógios femininos da Rolex para Savannah? De graça. Pode ficar com ele.

Rubano olhou para o cunhado. Jeffrey parecia um estudante que levara um sermão; a papada múltipla repousava sobre o peito dele.

— Merda, você é patético, sabia?

Jeffrey limpou a mancha de chocolate e morango da camisa.

— É. Eu sei. As pessoas me dizem isso o tempo todo.

Rubano suspirou. Olhos de filhote de cachorro. Jeffrey tinha pouca semelhança com a irmã mais nova, mas ambos eram mestres naqueles olhos de cachorrinho triste.

— Ah, tudo bem, Jeffrey. Um para Savannah. Mas nada de presente. Vou comprar de você.

— Obrigado, irmão.

— De nada. — *Burro desgraçado.*

Savannah queria sair para dançar à meia-noite. O que ela queria, conseguia. Era a regra de Rubano. E pela primeira vez na vida, tinha dinheiro para bancar isso.

O jantar fora no restaurante preferido deles — o qual não tinha o nome de Rubano. Era o lugar que frequentavam em Kendall, não longe da casa da qual um dia foram donos. O vestido de Savannah não era novo, mas era o vermelho que dizia ao mundo que Rubano Betancourt tinha a esposa mais sexy de Miami. Estavam sentados no carro, estacionados do lado de fora do Club Media Noche, quando Rubano decidiu dar a Savannah um presente de aniversário diferente de todos que já dera até então.

— Vá em frente, abra — disse ele, sorrindo tanto que estava prestes a explodir.

Savannah devolveu o sorriso, no banco do carona.

— O que você fez?

— Apenas abra.

Ela desatou a fita e rasgou o embrulho. A insígnia na caixa entregou a surpresa.

— Está de brincadeira? Um Rolex?

Rubano estendeu a mão e abriu a caixa para a esposa. Estavam estacionados do lado de fora da entrada da boate, e os diamantes cintilavam ao brilho multicolorido da placa de neon.

— Isso é um Rolex *de verdade*?

— É o verdadeiro.

Savannah pareceu preocupada.

— Quanto pagou por isto?

— É lindo, não é?

Savannah inspirou fundo, obviamente ciente de que Rubano tinha se esquivado da pergunta.

— Usou parte daquele dinheiro?

Ele sorriu. Ela, não.

— Rubano, está maluco? Você disse que *todo* o dinheiro ficaria enterrado até descobrirem o que fazer.

— E você disse que não tinha problema com isso.

— *Não tinha problema* com isso? — replicou Savannah, o ódio tomando conta. — Eu disse que não tinha problema com não ligar para a polícia e entregar Jeffrey e meu tio. Ainda podemos precisar fazer isso em algum momento.

— Não!

Savannah recuou; o tom de Rubano era ríspido demais.

— Preciso de um pouco mais de tempo para pensar nisso — disse ele, com uma voz mais racional.

— Tudo bem. Pense nisso. Mas não pode tocar nesse dinheiro. Isso é estupidez.

— É mesmo?

— É. E, ah, aliás, é roubo.

— É, como se os bancos não roubassem.

Savannah não respondeu imediatamente. Tinham tido aquela conversa durante várias noites em claro antes.

— Não pode transformar isso no que aconteceu com a gente.

— Eu pesquisei — falou Rubano. — As cinco sacolas que Jeffrey e seu tio roubaram somam menos do que uma gota do bolão. Aquele avião estava carregando 88 milhões de dólares. Esse banco na Alemanha envia isso toda semana. Às vezes até mais.

— Isso não é verdade.

— É verdade. Perder nove ou dez milhões não é *nada* para esse banco. Está tudo no seguro mesmo, então o banco não perde nada de fato.

— Isso não faz com que seja certo tomar o dinheiro.

— Foi certo tomar nossa casa? Meu restaurante?

— Querido, eu sei que tudo isso dói. Ainda sinto. Mas Jeffrey e meu tio imprestável erraram feio dessa vez. Se você começar a cavar o dinheiro e gastar, seremos tão ruins quanto eles. Sinceramente, em que estava pensando?

— Eu estava pensando que não compro uma joia para você há uma eternidade. Estava pensando que é seu aniversário e que você gostaria.

— Eu *gosto*. Mas, merda, Rubano. Essa é a coisa mais idiota que você já fez.

Rubano afundou no assento do motorista, a cabeça dele se inclinou para trás quando ele olhou para o teto. Savannah seria ainda mais difícil de convencer do que ele pensara.

— Tudo bem, sinto muito. Vou devolver o relógio.

— Promete?

— Sim — disse ele. — Mas...

— Mas o quê?

— Por que não usa esta noite?

— Esqueça.

— Por favor. Uma vez na vida, toda mulher deveria saber como é ter um Rolex no pulso. Experimente.

— Não.

— Por favor — disse Rubano, empurrando o relógio para a mulher. — Só para me fazer feliz.

Savannah resistiu a princípio, então deixou que Rubano deslizasse o relógio pela mão dela.

— Pronto — disse Rubano, com um sorriso.

Savannah hesitou, mas era impossível não dizer *alguma coisa* boa.

— Ele é lindo — disse ela.

Rubano beijou o pescoço da esposa.

— Como você.

Ela segurou o relógio contra a luz, admirando o brilho.

— Uau. Sinceramente, é a coisa mais linda que já vi.

— Use na festa.

— Rubano, não. Como seus amigos poderiam olhar para este relógio e *não* achar que você roubou um banco?

— Direi que o restaurante está indo muito bem, o que está. O lugar fica lotado toda noite.

— Mas isso não *nos* torna ricos.

— Ninguém precisa saber disso. Esta é sua noite. Quantos aniversários de 29 anos terá ao longo da vida? Use. São apenas algumas horas.

Savannah se aproximou do marido, dividida por mais um momento, depois assentiu.

— Tudo bem. Vou usar esta noite. Mas depois ele volta para o lugar de onde veio.

— Combinado — respondeu Rubano. — Vamos, minha linda esposa. Vamos arrasar.

CAPÍTULO 8

Marco Aroyo foi cegado pela luz. A cabeça dele latejava com a dor. Um fio de sangue e suor fez com que seus olhos ardessem, e um deles estava quase completamente fechado, de tão inchado. Os pulsos de Marco queimavam devido às correntes de metal repuxadas que o atavam à parede.

O homem que fazia as perguntas era uma silhueta: sua imensa estrutura estava escondida nas sombras atrás do holofote branco.

— Uma última vez — disse o homem, sibilando. — Onde está o dinheiro?

Fugir. Aroyo não era muito bom nisso, mas era tudo o que ele fazia desde o roubo. Fugia e se escondia, com medo de ir para casa ou para o trabalho. Com medo de contatar Mindinho ou Rubano a respeito da parte dele do dinheiro, medo até mesmo de fazer uma ligação que pudesse indicar seu paradeiro. Aroyo estava correndo para sobreviver.

— Eu não sei. Juro, não sei!

Tinha sido responsabilidade de Aroyo se livrar da picape. Ninguém dissera a ele o quanto esse trabalho seria perigoso. Quando colocaram a picape no caminhão de entregas e Aroyo saiu do armazém de azulejos, ele achou que a parte de um milhão de dólares dele seria o dinheiro mais fácil que ganharia. Antes mesmo de o carro ser levado para a oficina de desmanche, no entanto, as notícias estavam percorrendo todas as telas de televisão em Miami: "Picape preta Ford F-150 envolvida em roubo multimilionário no Aeroporto Internacional de Miami." Uma oficina de desmanche cheia de ferramentas afiadas não é lugar para se estar quando uma garagem repleta de brutamontes subitamente junta as peças e percebe que o cara com a picape preta tem o mapa do tesouro na cabeça.

— Você é um *mentiroso*! — gritou o homem, ao chutar a virilha de Aroyo de novo. — Onde está o dinheiro?

Aroyo se curvou de dor, as correntes chacoalharam quando ele caiu de joelhos no chão. Mal conseguia respirar, muito menos falar.

— É... a verdade — conseguiu dizer, de alguma forma.

O homem o chutou com mais força, dessa vez no rim. Foi como se alguém tivesse apagado a luz. Aroyo lutou para permanecer consciente. O homem se aproximou e o segurou pelos cabelos, obrigando-o a olhar para cima.

— Isso não vai terminar bem para você, Marco.

— Por favor, estou implorando.

— Conte agora, e isso vai acabar rapidamente. Se continuar nesse joguinho, faremos do meu jeito.

Aroyo ergueu a cabeça, quase incapaz de falar.

— Nada a dizer — falou, sem fôlego.

O homem bateu com a cabeça de Aroyo no chão.

— Agora conseguiu — disse o homem. — Vou ter que pegar minhas ferramentas.

Aroyo fechou os olhos, seu rosto ainda estava pressionado contra o chão. Sentiu a vibração das passadas firmes conforme o homem se afastou. Ele ouviu o chiado súbito de um tanque de propano, e o rugido de chamas concentradas subitamente perfurou a escuridão. As chamas flutuaram até Aroyo como um cometa azul, parando não perto o bastante para queimar a pele. Devagar, progressivamente, o calor se intensificou, queimando os pelos no peito exposto de Aroyo. Era indolor, até então, mas ele conseguia sentir o cheiro de queimado.

— Tudo bem, tudo bem! Eu conto!

— Tarde demais — disse o homem, ao aumentar a chama. — Você escolheu o *meu jeito*.

Aroyo teria contado qualquer coisa, queria contar tudo. Porém, o que ouviu a seguir foi o próprio grito.

Rubano e Savannah ainda estavam dançando às duas horas da manhã. A boate estava lotada e dezenas de amigos estavam festejando com eles.

Media Noche era *a* boate do centro, e todo sábado à noite ela pulsava com música latina ao vivo. Rubano estava chegando ao limite de cubas libres, e Savannah não estava muito atrás, com a vodca com suco de cranberry. Os dois tinham dito aos atendentes do bar, às garçonetes, aos amigos na pista de dança e a todos em quem esbarraram que estavam comemorando. Todos desejaram um feliz aniversário a Savannah, mas para Rubano era uma dupla comemoração. Gabar-se novamente do restaurante fez com que ele se sentisse como o velho Rubano, e disse a alguns dos amigos mais próximos que estava até mesmo pensando em comprá-lo de volta. O Rolex no pulso de Savannah era o suficiente para convencê-los de que não era apenas um devaneio.

A princípio, Savannah parecera envergonhada com os elogios ao presente. Ela até mesmo disse a alguns que não era verdadeiro. Em algum momento depois da meia-noite, no entanto, Rubano viu Savannah sorrindo e permitindo que uma amiga experimentasse o relógio.

— Venha comigo, linda — disse Rubano, ao pegar a mão da mulher e levá-la pela pista de dança. Era uma música lenta, e Rubano envolveu Savannah em um abraço.

— Estou amando a minha festa — sussurrou ela ao ouvido do marido.

— Amou o seu presente? — perguntou Rubano.

— Amo *você*. — Savannah passou as unhas pela nuca do marido. — Ei, quer se sujar?

— Sério?

— Pegue uma pá. Vamos cavar um dinheiro.

Rubano parou de dançar, surpreso, e recuou um passo.

— Só estou brincando — disse Savannah, sorrindo ao puxar o marido para perto de novo.

Rubano a segurou com força e os dois se balançaram ao ritmo da música. Tudo estava bem. Savannah estava linda. Eles estavam apaixonados, como eram antigamente. Talvez levasse um tempo, mas Savannah passaria a amar o dinheiro.

Rubano podia sentir.

CAPÍTULO 9

— Talvez seja nossa primeira descoberta — disse Andie, ao telefone.

Ela deu as informações a Littleford rapidamente. A Tom Cat tinha intensificado o patrulhamento ao longo do rio Miami desde o roubo, imaginando que os bandidos poderiam fazer a picape sumir colocando-a em um cargueiro com o carregamento habitual de veículos roubados. Tinham uma identificação positiva.

— Encontramos a picape? — perguntou Littleford.

— Um caminhão de entrega roubado — disse Andie. — Watts fez busca na cabine e acha que a picape pode estar, ou pode ter estado, no compartimento de carga. Apenas por segurança, disse a ele para conseguir um mandado.

— Que bom. Onde está o caminhão?

— Terminal B da Seabird, no fim da rua do parque aquático Rapids à margem do rio Miami.

— Encontrarei você lá.

Fora uma semana de becos sem saída para o FBI. Tinham pegadas e marcas de pneus do armazém, mas nenhuma digital e nenhum DNA com que trabalhar. As descrições dos ladrões dadas pelas testemunhas oculares eram incertas e conflitantes. Agentes de tecnologia do FBI conseguiram aprimorar o vídeo da câmera de segurança, mas apenas até certo ponto. Nem mesmo os peritos conseguiam ver através de máscaras de esqui. Basicamente, estavam procurando por dois homens de altura e peso medianos. A única coisa em que as testemunhas concordavam era que os homens falavam espanhol com um sotaque americano. Ainda menos úteis foram as centenas de chamadas que congestionaram a central de denúncias. Uma recompensa de seis dígitos era uma motivação séria, e não precisava ser um caso de vingança entre famílias para que as pessoas reportassem um "vizinho suspeito" no fim da rua. Os carros da polícia estavam rodando a semana toda, sem parar. Até a manhã de domingo.

A área de embarque próxima ao parque aquático Rapids fica rio acima, mais perto do aeroporto e bem longe da arquitetura luxuosa à margem do rio, no centro de Miami. Muitos terminais de carga velhos e aos pedaços tinham sido fechados pelo Departamento de Segurança Nacional depois do 11 de Setembro, mas o comércio continuava fluindo, parte dele tão poluída quanto o próprio rio. Enormes guindastes trabalhavam incessantemente, erguendo montes de contêineres de metal em cargueiros que se dirigiam ao Caribe. Alguns carregavam eletrônicos e outros bens. Outros carregavam veículos com os números de chassis raspados. Caminhões e veículos com tração nas quatro rodas eram especialmente procurados, como qualquer morador de Miami que *tinha* uma Range Rover afirmaria. Andie se perguntou sobre uma picape preta específica.

Ela estacionou ao lado da cerca retorcida. Círculos de arame farpado se estendiam pelo topo como uma mola devoradora de gente. Se aquilo não bastasse para proteger a pilha de contêineres de três andares do outro lado da cerca, os cães da raça dobermann poderiam fazer com que ladrões pensassem duas vezes. Littleford estacionou bem ao lado de Andie. Juntos, caminharam até um caminhão branco de caçamba fechada que tinha sido manobrado para fora e separado do carregamento que era colocado no cargueiro com destino à Jamaica. O tenente Watts esperava por eles.

— Já tem seu mandado de busca? — perguntou Andie.

— A qualquer minuto — respondeu Watts. — Conseguimos o número do chassi no para-brisa e fizemos a verificação do veículo. Pertence a uma loja de eletrodomésticos em West Kendall. Foi dado como roubado na segunda-feira de manhã depois do roubo no aeroporto, quando o motorista apareceu para trabalhar e viu que tinha sumido. Meu palpite é que foi levado na noite de sábado, antes do crime.

— Assim como muitos outros veículos. O que o faz pensar que este aqui poderia ter uma picape dentro dele?

Watts mostrou uma sacola de evidências selada com um pedaço de papel dentro.

— Encontramos um bilhete escrito à mão sob o visor do lado do motorista.

— Você fez busca na cabine sem mandado?

— É um veículo roubado. Podemos fazer um inventário.

Watts estava tecnicamente certo, mas quando havia tempo de conseguir um mandado, Andie não gostava de arriscar.

— O que tem no bilhete?

— Marcações de horário. A primeira é às 13h55.

— Essa era a chegada prevista para o voo 462 — disse Andie.

— Veja que está riscada — disse Watts. — Alguém escreveu 14h08. Foi a hora de chegada de fato. Então há mais duas marcações de horário abaixo dessas: 15h45 está riscada e alguém escreveu 15h58 no lugar; 13 minutos depois.

— Exatamente quantos minutos o voo se atrasou — falou Andie.

— Isso mesmo. Minha teoria é que essa segunda marcação, 15h45 que mudou para 15h58, foi um horário estimado para algum tipo de encontro envolvendo este caminhão. Essa caçamba é grande o bastante para guardar uma F-150.

O olhar de Andie se voltou para o caminhão. A suspensão estava reta entre a frente e a traseira; nenhum sinal de carga no compartimento.

— Aquela picape provavelmente pesa quase três toneladas. Não está aí dentro agora, isso é certo.

Littleford fez a mesma observação.

— Eles poderiam ter trazido a picape aqui no caminhão de entrega e despachado em outro cargueiro. Um que já se foi há muito tempo.

— Exatamente — falou Watts. — E se estou certo quanto a isso, teriam feito algumas modificações no compartimento de carga para evitar que a picape rolasse pela porta.

Outro carro encostou e uma jovem assessora da promotoria saiu de dentro dele.

— Aí está seu mandado — disse Watts.

A promotora tinha uma expressão irritada no rosto. Obviamente não estava muito feliz em trabalhar em um domingo.

— Sabe, não precisam de um mandado para fazer inventário em um veículo roubado — disse ela.

Andie imediatamente julgou que a mulher fosse do tipo de promotora que vira o rosto e culpa o policial assim que uma evidência crucial é excluída em julgamento pelo fracasso em se conseguir um mandado.

— Pecar pelo excesso — disse Andie. — Essa sou eu.

Eles caminharam até a traseira do caminhão, onde um dos agentes estava de pé. Watts disse a ele que abrisse. A porta de enrolar não estava trancada, e um bom empurrão bastou. O compartimento estava vazio.

Andie apontou a lanterna para dentro e a luz se cruzou com o feixe mais forte da lanterna profissional do agente. As correntes e as madeiras usadas para prender a picape estavam facilmente visíveis, assim como marcas de pneu no piso do caminhão.

— Olhem só — disse Littleford.

A lanterna de Andie iluminou uma fileira de pontinhos marrons no piso metálico do compartimento.

— Definitivamente pode ser sangue — disse ela quando o feixe de luz parou em algo no canto mais afastado.

— O que é aquilo? — perguntou Littleford.

— Talvez uma barra de chocolate. Poderíamos dar sorte e encontrar saliva.

Andie queria entrar e olhar, mas sabia que não deveria contaminar a cena do crime, principalmente se havia sangue envolvido. O agente do departamento de polícia tinha levado os binóculos da viatura dele. Andie se concentrou no objeto no canto. O zoom era poderoso o suficiente para que ela visse formigas em ação.

— Não é uma barra de chocolate — disse Andie, quando abaixou os binóculos. — É um dedo humano.

Littleford pegou os binóculos emprestados.

— Açoitaram ele com correntes até ficar ensanguentado e então cortaram fora o dedo. Se está vivo, está mal. Se estiver morto, não foi uma morte agradável.

— Olhe só aquilo — disse Watts, apontando para outra parte do piso.

Andie apontou a lanterna para as manchas pretas.

— Parecem marcas de queimadura — disse ela.

— Estou achando que foi uma morte desagradável — falou Watts.

— Muito desagradável — replicou Andie.

— Vou colocar a divisão de homicídios em alerta.

Ele começou a seguir para a viatura. Andie e Littleford ficaram atrás do caminhão de entregas aberto.

— O que acha? — perguntou Andie.

— Previ isso no armazém, quando vi a sacola no chão. Acho que é o cara que deixou cair os dois milhões de dólares quando ia para o caminhão.

— A análise forense vai ser interessante. Posso ficar e esperar por eles. Não precisa ficar por aqui durante a tarde inteira de domingo.

— Obrigado. Ligue quando souber de algo. — Littleford seguiu para o carro dele, e então parou. — Ei, Henning.

— O quê?

— O que está achando da unidade de assalto a banco até agora?

Andie estava aprendendo sobre o senso de humor de Littleford, e ainda não tinha certeza que o homem podia lidar com o dela. Andie resistiu à vontade de dar uma resposta engraçadinha.

— Respondo essa depois, chefe.

CAPÍTULO 10

Rubano acordou se sentindo péssimo, e não foi apenas a noite regada a rum no Club Media Noche. Savannah o fizera cumprir a promessa. A piada na pista de dança sobre "se abaixar e se sujar" e desenterrar um dinheiro fora justamente isso — uma piada. Devia ser o álcool. Savannah devolveu o Rolex para a caixa antes de deitar, e de manhã cedo deu a ordem a Rubano:

— Leve de volta. Hoje.

O que Savannah quer, Savannah consegue.

Ele dirigiu até South Miami e conversou com Sully, que, na verdade, pareceu feliz ao vê-lo. Sully convidou Rubano para entrar e indicou para que ele se sentasse no sofá, aparentemente farejando mais uma venda.

— Decidiu comprar o relógio, no fim das contas? — perguntou ele.

Rubano tirou a caixa do bolso do casaco e a colocou na mesa.

— Não. Acabei comprando um dos que você vendeu a Jeffrey. Minha mulher não gostou, então precisamos devolver.

Sully sorriu com interesse.

— Isto aqui não é uma loja. Não aceito devoluções.

— Sei que é um incômodo, então fique com mil pelos problemas, me dê 24 e estamos quites.

— Não está ouvindo? Não aceito devoluções.

— Estou dando mil dólares a você por nada. Jeffrey pagou 25 mil.

— Todas as vendas são definitivas.

Rubano conteve a raiva, mas o olhar dele dizia tudo.

— Está sendo irracional. Isso não é inteligente.

Sully piscou, e pareceu ter entendido. Ele pegou a caixa do Rolex e abriu.

— Não posso aceitar de volta. Foi usado.

— Uma vez. Como sabe?

Sully cheirou a pulseira.

— Consigo sentir o cheiro do perfume.

— Então limpe.

— Você deixa sua esposa usar o relógio e eu devo aceitar de volta? Porra nenhuma.

— Tudo bem. Aceito vinte mil.

— Dê o fora.

— Você está começando a me irritar — falou Rubano.

Os homens se encararam, mas Rubano não se moveu, e ele conseguia sentir Sully recuando.

— Está bem — disse Sully. — Vinte. Vou pegar o dinheiro.

Ele foi até o armário. Não era o melhor negócio que Rubano tinha feito, mas ele contara tantas mentiras a Savannah que não conseguia dar conta delas. Era importante contar a verdade sobre *alguma coisa*, e a devolução do Rolex era algo bom para começar.

— Saia — disse Sully. Ele apontava uma arma para Rubano do outro lado da sala. Não fora até o armário pegar dinheiro.

— Ei. Relaxe, amigo.

— Não me diga para relaxar. Seu cunhado é legal. Você, não. Leve o relógio e não me deixe ver sua cara aqui de novo.

— Vai atirar em mim por isso? Sério?

— Somente se você me obrigar.

Rubano observou Sully. Ele não parecia nada confortável segurando aquela pistola. Rubano se perguntou se o homem já disparara aquela coisa.

— O que é isso aí? — perguntou Rubano. — Taurus nove milímetros?

— O que interessa?

Rubano se levantou do sofá.

— É, parece uma Taurus.

— Pegue o relógio e saia — disse Sully.

Rubano deixou o relógio na mesa e começou a se afastar devagar do sofá.

— Eu tinha uma Taurus — disse ele.

— Caminhe para a porta. — Sully apontou na direção com a arma, apenas por um segundo, mas tempo o suficiente para que Rubano visse a lateral da pistola.

— A Taurus é uma boa arma de coldre — falou Rubano. Ele estava caminhando devagar, direto para Sully.

— Na direção *da porta* — disse Sully.

Rubano manteve o olhar fixo em Sully, como um laser.

— Vou dar uma última chance para que você aceite vinte mil pela devolução.

A arma começava a tremer, e Sully começava a parecer um homem que desejava não ter levado a Taurus para a discussão.

— Nada feito — disse Sully.

Rubano deu mais dois passos; não tinha muito mais para onde ir.

— Pare bem aí! — falou Sully.

Ele deu outro passo e, então, o último.

— Pare ou...

Rubano segurou o cano da arma e o apontou para o chão. Sully congelou.

— Primeiro — disse, com um tom de voz firme e equilibrado —, eu sabia que você não tinha colhões para atirar em mim. Segundo, conheço a Taurus. Vi o pontinho branco quando você apontou para a porta. Um ponto vermelho significa que está pronta para disparar. Você deixou a trava de segurança ativada, imbecil.

Sully engoliu em seco o nó que se formou na garganta. Com um movimento rápido, Rubano pegou a arma, soltou a trava e empurrou o cano sob o queixo de Sully.

— Vou levar meus 25 mil agora — disse ele, falando colado ao rosto de Sully.

Sully ergueu os braços devagar.

— Sem problemas.

Com mais um movimento rápido, Rubano pressionou o ferrolho da arma contra a orelha de Sully e puxou, arrancando um pedaço do lóbulo quando a primeira bala entrou na câmara.

— Ai! — Ele estava sangrando.

Rubano pressionou a arma contra a nuca de Sully.

— Cale a boca e vá na frente.

Sully fez como ordenado. Havia um cofre embutido na parede no fundo do armário, e a mão de Sully tremia conforme ele discava a combinação e o abria. Ele enfiou a mão dentro e tirou um pacote selado a vácuo. Rubano reconheceu como um dos pacotes que dera a Jeffrey na noite do roubo, e soube que continha precisamente 25 mil dólares. Então enfiou o pacote sob a camisa, empurrou Sully para dentro do armário e fechou a porta.

— Fique até terça-feira — disse ele, alto o bastante para que Sully ouvisse. — Entendeu?

— Aham.

Rubano saiu pela porta da frente, atirou a pistola de Sully nos arbustos e escondeu o dinheiro no porta-malas do carro antes de arrancar. Estava a meio caminho de casa quando percebeu que saíra com pelo menos dois mil a mais do que esperava conseguir de Sully pela devolução, o que usaria para dar um presente de aniversário legal para Savannah. Mas bastava de lidar com safados que faziam negócios escuros. Estava na hora de comprar como pessoas de verdade, pessoas com classe, pessoas com dinheiro. Rubano pegou a via expressa e seguiu para o centro de Miami.

O Seybold Building é um centro comercial de dez andares recheado de nada além de joalherias e joalheiros. Pessoas vinham do mundo todo comprar nele, e Rubano ouvira muitos clientes do Café Rubano se gabarem do novo penduricalho do Seybold. Ele passou direto pelas primeiras lojas da galeria, as quais vendiam em grande parte anéis antigos e outras joias vintage. No meio do shopping, Rubano encontrou uma loja que vendia "designs contemporâneos", mais o estilo de Savannah. Ele viu um par de brincos por dois mil dólares. Vendido. Rubano entrou e pediu ao atendente.

— Gostaria que embrulhasse para presente?

— Sim, gostaria.

Rubano olhava os mostruários de vidro enquanto o atendente embrulhava os brincos. Ele perambulou até a seleção de relógios finos, onde um Rolex lhe chamou atenção. Era idêntico àquele que acabara de "devolver" a Sully.

— Está interessado em um relógio também? — perguntou o ajudante de vendas.

— Talvez. Quanto custa aquele Rolex feminino?

O atendente destrancou o armário e dispôs o relógio em uma almofada de veludo.

— Este é bonito. Ouro 12 quilates com borda de diamantes e rubis. Custa dois mil e quinhentos dólares.

Rubano se sobressaltou.

— Quer dizer 25 *mil*, certo?

O vendedor riu.

— Não. Pode levar *dez* deles por 25 mil. Sinceramente, é um modelo antigo. Dois mil e quinhentos é o valor. Posso conseguir um preço um pouco menor, se pagar em dinheiro.

Rubano estava irritado demais para falar.

— Senhor?

— Desculpe — falou Rubano. — Só os brincos hoje.

Rubano pegou a sacola, o atendente agradeceu e ele saiu da loja. Tentou se concentrar no quanto os brincos deixariam Savannah feliz, mas não conseguia esquecer o fato de que Sully tinha cobrado do seu cunhado burro dez vezes o preço de varejo em quatro relógios femininos. O lucro sobre os relógios masculinos deveria ser tão ultrajante quanto.

Não é à toa que ele sacou uma arma.

O celular de Rubano tocou. Ele atendeu enquanto caminhava de volta para o carro. Era o tio de Savannah — Mindinho.

— Temos um problema com Marco.

Rubano parou na calçada.

— O que foi agora?

— Eu estava vendo o noticiário do meio-dia. A polícia encontrou o caminhão de entregas perto do rio.

— Droga, Mindinho! A única tarefa de Marco era fornecer a picape e então se livrar dela. Você o contratou. Disse que ele podia dar conta.

— Não coloque a culpa disso em mim. Foi *sua* ideia colocar a picape dentro do caminhão de entregas e colocar tudo no cargueiro. Marco estava apenas encarregado da execução.

— É muito difícil executar isso? — disse Rubano, erguendo a voz. — Agora deu tudo errado.

— Relaxe, está bem? — falou Mindinho. — Não disseram nada no noticiário sobre encontrarem a picape. Ela sumiu. Talvez não tivesse espaço no cargueiro para o caminhão de entregas. Mas se o noticiário estiver certo, tem um problema maior. Encontraram correntes ensanguentadas dentro do caminhão de entregas. E o dedo de alguém.

Rubano congelou.

— Merda. É do Marco?

— Não disseram.

— Conseguiu falar com ele depois que conversamos, na quinta-feira?

— Não.

— Então ainda está com o dinheiro dele?

— É. Ainda estou.

Rubano retomou a caminhada até o carro, como se isso pudesse ajudá-lo a pensar.

— Onde está o dinheiro?

Silêncio na linha. Então Mindinho gargalhou e disse:

— Num local seguro. Combinamos isso na noite da divisão. Você esconde seu dinheiro, eu escondo o meu.

— Isso não é seu. É de Marco. Eu vou guardar.

— O que foi? Não confia em mim, irmão?

Rubano abriu o carro e, antes que pudesse responder, um sem-teto se aproximou por trás dele.

— Ei, amigo. Não conheço você? — O homem segurava uma placa que dizia "Que Deus o pegue", o que poderia ser uma tentativa de humor ou a "Evidência A" no julgamento dele por se embriagar em público.

Rubano gesticulou para o homem ir embora, entrou no carro e trancou a porta.

— Mindinho, se Marco morreu, precisamos dividir a parte dele.

— Ainda nem mesmo sabemos se ele está morto.

— Não seja burro. Não enxerga o que aconteceu aqui? Marco abriu a boca para as pessoas erradas. Elas o espancaram com uma corrente e cortaram fora o dedo dele para descobrir onde o dinheiro está escondido, e não acreditaram quando Marco disse que ainda não tinha sido pago. Ele está morto.

— Provavelmente.

Outro pensamento surgiu na mente de Rubano, mais importante do que dinheiro.

— Acha que Marco nos entregou?

— Como é que eu vou saber, irmão?

— Ele era seu amigo.

— É um ladrão de carro de segunda que eu conheci na prisão. Olha, tudo que posso dizer é que vou dar o fora daqui. Não tem como eu ir trabalhar amanhã como se tudo estivesse normal. Vou abrir meus sacos fechados a vácuo e dar o fora de Miami.

— Mindinho, não. Precisamos nos manter unidos aqui.

— Besteira. Seu cunhado está enfiando cocaína no nariz e jorrando dinheiro em boates de striptease como se tivesse os bolsos furados. Está usando um alvo no peito. Ou você faz com que ele pegue leve, ou posso sair para praticar tiro ao alvo.

— Isso não é legal. Jeffrey é seu sobrinho.

— Ele é um merda. Isso é coisa de peixe grande. Há uma chance de Marco não ter nos entregado. Mas se alguém ao menos torcer o dedo gordo de Jeffrey, de *forma alguma* ele vai deixar de nos entregar. Precisa tomar controle da situação. Se não tomar, eu tomo.

— Não me ameace.

— Não é ameaça. É um acordo. Controle o gordão e dividimos a parte de Marco. Caso contrário, vou ficar com ela. É tudo o que tenho a dizer.

Mindinho desligou. Rubano atirou o celular no assento do carona. A primeira semana fora um sonho. Já a segunda estava se revelando um pesadelo. A pergunta de Mindinho o acertara em cheio: "O que foi? Não confia em mim, irmão?"

Rubano não confiava em ninguém. *Preciso tomar o controle.*

Então deu partida no motor e quase atropelou o sem-teto quando deu ré no estacionamento. A janela do motorista guinchou quando ele a abaixou.

— Que Deus o pegue — disse ele, ao arrancar.

CAPÍTULO 11

Andie passou na casa de Littleford depois do jantar. Fora uma tarde ocupada, e, do laboratório forense, a casa dele ficava a caminho da casa dela.

— Marcas de pneu batem — falou Andie. — A picape usada no roubo esteve definitivamente dentro do caminhão de entrega em algum momento.

Estavam sentados em um conjunto de cadeiras Adirondack no quintal dos fundos. O sol tinha se posto e uma meia-lua subia pela cerca alta de fícus. Era o auge do outono no sul da Flórida, aquela única noite em cada novembro na qual os habitantes de Miami saíam das caixas com ar-condicionado e se perguntavam: *Ei, para onde foi a umidade?*

— Isso nos dá alguma coisa — disse Littleford. — Fique na Tom Cat esta semana para continuar buscando a picape, mas minha aposta é que ela provavelmente está percorrendo as ruas de Nassau ou Santo Domingo enquanto conversamos.

— Ou foi cortada em pedaços que em breve serão espalhados pela América do Sul.

— E quanto ao dedo?

— Mais notícias ruins: nenhuma digital.

— Formigas?

— Não apenas formigas. Dermestídeos. Besouros comedores de carne. Cada vestígio de epiderme se foi. Juro, dá para encontrar os insetos mais bizarros nesses terminais de carga no rio.

— O que descobriu sobre o sangue nas correntes?

— B positivo. Bate com o DNA do dedo. Vítima do sexo masculino. Infelizmente, não temos nada do armazém do aeroporto com que comparar, então não tem como saber se foi um dos bandidos do roubo.

— Alguma outra digital com que possamos trabalhar?

— O departamento de polícia tirou algumas do bilhete escrito à mão que foi encontrado sob o visor, e da cabine do caminhão de entregas. Mas não foi encontrado nenhum resultado nos bancos de dados.

A esposa de Littleford saiu e entregou a ele uma fatia de cheesecake em um prato.

— Tem certeza de que não quer, Andie? — perguntou ela.

— Estou bem, obrigada.

— Sabe, sobremesa é na verdade uma atividade obrigatória na minha unidade — falou Littleford.

— Você faz com que seja tentador, mas meu plano ainda é uma dieta equilibrada de trabalho como agente infiltrada depois que este caso for resolvido.

Littleford pegou um pedaço com o garfo e saboreou.

— Está ótimo, Barbara.

— Obrigada, querido — respondeu ela. — Você cozinha, Andie?

— Somente quando me deito sob o sol.

— Como é?

— Desculpe, piada ruim. Não, não sou muito boa cozinheira.

— Mas ela consegue atirar e arrancar a tampa de uma garrafa de Coca--Cola a 45 metros de distância — disse Littleford.

Era um pequeno exagero, mas Barbara não pareceu impressionada.

— Michael disse que você se mudou de Seattle para cá.

— Isso mesmo — respondeu Andie.

— Está saindo com alguém?

— Ei, um novo recorde mundial! — falou Littleford. — Quinze segundos até Barbara sondar uma pessoa para o pobre e solitário primo divorciado dela.

— Pare com isso, Michael. John não é pobre.

— Eu não quis dizer que ele é...

— Sei o que ambos querem dizer — falou Andie. — Não, não estou saindo com ninguém e não estou querendo sair no momento. Mas obrigada.

— Ótima resposta — disse Littleford.

Barbara ficou de pé.

— Bem, se você mudar de ideia...

— Eu aviso — disse Andie.

Barbara sorriu e os deixou sozinhos.

Littleford apoiou o prato no braço da cadeira.

— Bem, isso não foi gracioso? Passo a semana toda tentando convencer você a ficar na unidade de assalto a banco e em dois minutos minha esposa faz com que saia correndo para o trabalho.

Andie gargalhou.

— Não se preocupe.

— Tudo bem. Vamos falar sobre esta semana. Quero que coordene com o departamento de polícia para descobrir quem perdeu um dedo.

— Sem problemas.

— Algum motivo para voltarmos para o armazém do aeroporto?

Andie pensou um pouco.

— Ainda acho que um dos vigias, provavelmente Alvarez, ligou para os bandidos do armazém e disse a eles quando irem. Mas praticamente viramos aquele armazém do avesso em busca de um telefone e não achamos nada.

— Sua reação inicial provavelmente foi precisa — disse Littleford. — Ele foi ao banheiro, fez a ligação, destruiu o telefone em milhares de pedacinhos e deu descarga.

— Deveríamos ficar de olho em Alvarez. Em algum momento ele precisará se encontrar com alguém e pegar a parte do dinheiro roubado.

— A não ser que outra pessoa lave o dinheiro e ele acabe em uma conta nas Ilhas Cayman. Talvez devêssemos voltar para a Braxton para falar de novo com Alvarez.

A esposa de Littleford voltou com duas pequenas xícaras.

— Expresso? — perguntou ela.

— É descafeinado? — perguntou Andie.

Littleford fez uma careta.

— Sobremesa de verdade, café de verdade. Entre no ritmo, Henning.

Andie sorriu e aceitou a xícara.

— Esqueci de perguntar — disse Barbara. — O que acha de advogados?

— Barbara, esqueça isso — pediu Littleford.

— Desculpe. — Ela voltou para dentro.

— Minha esposa tem um bom coração, mas é uma daquelas pessoas casadas que não descansa até que o restante do mundo esteja casado também.

Andie sentiu necessidade de mudar o rumo da conversa. Ela optou pela distração perfeita para qualquer homem, voltando a conversa para ele.

— Não quero mudar de assunto, mas desde as entrevistas na Braxton eu queria dizer que adorei a forma como trabalhou naqueles 18 roubos em três dias depois do roubo da Lufthansa no JFK. Achei que estivesse blefando, mas pesquisei no Google. Não era mentira.

— Não. Agosto de 1979.

— Então, seu pai era da polícia de Nova York?

— Não. Essa parte da história eu inventei.
— Está brincando?
— Não. Ele nem mesmo era policial.
— Nossa — disse Andie, sorrindo. — Você me fez acreditar mesmo. O que ele fazia? Espere, não conte. Aromaterapeuta, certo?

Littleford sorriu, e depois ficou sério.

— Dirigia um carro-forte no Bronx.
— Mesmo? Por que não contou às pessoas da Braxton?

Littleford fez que não com a cabeça.

— Não conto para ninguém, na verdade.

Andie parou, confusa, sem saber por que Littleford se sentiria envergonhado com aquilo.

— Por que não?
— Quer saber mesmo?

Andie não tinha certeza.

— Sim. Se você quiser me contar.

Littleford apoiou a xícara e olhou para o quintal enquanto falava.

— Aconteceu em uma terça-feira — disse ele. — Era minha última semana no terceiro ano e mal podia esperar pelas férias de verão. Meu pai estava no estacionamento do lado de fora de um shopping. Quatro homens cercaram o carro-forte. Dois deles estavam armados. Fugiram com 292 mil dólares. Ninguém sabe ao certo por que, mas atiraram nos dois guardas antes de fugirem com o dinheiro. Um sobreviveu. Meu pai morreu antes de eu chegar em casa da escola.

Andie não sabia o que dizer.

— Sinto muito. Não fazia ideia.
— Tudo bem. Não falo muito sobre isso, principalmente com as companhias de transporte blindado. Pode imaginar o que diriam? "Ah, lá vai Littleford de novo, aumentando a recompensa, ainda tentando fazer com que paguemos por jamais termos descoberto quem matou o papai dele."

Andie observou o perfil de Littleford, que parecia mais uma silhueta ao brilho fraco remanescente do pôr do sol.

— Ofereceram uma recompensa?
— É claro que sim.
— Vou chutar aqui — disse ela. — Só valia para informações que levassem a uma prisão, condenação *e* a devolução do dinheiro?

Por fim, Littleford olhou para Andie.

— Garota esperta.

Andie se sentou mais na ponta da cadeira e falou sem nem mesmo piscar os olhos.

— Vamos pegar esses caras.

Littleford olhou mais uma vez para as longas sombras no gramado.

— É — disse ele. — Sei que vamos.

CAPÍTULO 12

Jeffrey Beauchamp estava em modo de comemoração. Era o aniversário de uma semana de sua vida de milionário. Os bolsos estavam cheios de dinheiro, as narinas estavam dormentes com cocaína e a bunda perfeita de uma de suas estrelas pornô preferidas estava descendo sobre Jeffrey durante uma dança de quatro minutos.

— Calma, querida — disse Jeffrey.

— Ah, Jeffy, seu menino safado. Eu sabia que tinha um pau em algum lugar embaixo dessa barriga enorme.

Os homens na mesa ao lado riram, e Jeffrey também.

A dança era uma forma de arte bem cultivada no Gold Rush, no centro de Miami. Mulheres totalmente nuas trabalhavam com homens muito bêbados, e a velha música sobre um tolo e o dinheiro dele estava eternamente no topo das paradas. Muitos clientes de ressaca acordavam na manhã seguinte e descobriam que os mesmos coquetéis de cinco dólares que compravam para si custavam cinquenta quando comprados para uma dançarina, e que o amor da vida deles, que não conseguia parar de falar sobre o volume imenso que tinham na calça, tinha "erroneamente" cobrado mil e duzentos dólares por uma dança que custava cem — *Ops, desculpe, amor.* Dançarinas vinham do mundo todo: da Tailândia até a Índia, de Londres a São Paulo, e havia deusas caribenhas aos montes. A mais cara era a "Estrela" da semana, em geral uma atriz pornô de alguma fama. A maioria dos clientes era de fora da cidade, exceto por um punhado de frequentadores que incluíam um ex-congressista e um ex-advogado do Estado que perdera o emprego depois de dar carteirada para entrar sem pagar — e Jeffrey.

— Você nunca vai para casa, Beauchamp?

Ele sorriu. Danças sensuais todo dia, o dia todo, pernas e ovos para o café da manhã, frango grelhado com um pouco de fricção como acompanhamento no almoço.

— Esta é minha casa.

A música ficou mais alta. Bambi levou a bunda para uma posição mais estratégica, lentamente e com firmeza.

— Jeffy?

Jeffrey virou a cabeça para trás e o espelho no teto ofereceu uma visão nítida de Bambi em sua melhor posição de dançarina.

— O que foi?

— Pode me dar um Rolex?

— Uhmm. Tudo bem.

— Um com diamantes?

— Aham.

— Quero agora.

— Ohhh. Ohhh. Oh... certo.

Bambi saiu do colo de Jeffrey. Ele entornou mais uma dose de tequila e se levantou. Metade de sua bunda estava para fora da calça, e ele conseguia sentir o ar frio na pele, mas não se importava. Jeffrey limpou o resíduo de cocaína sob o nariz e Bambi o seguiu para além da fileira de dançarinas nos mastros e depois do bar, para uma cabine escura nos fundos. Sully estava com duas strippers venezuelanas. Jeffrey reconheceu uma, mas a outra garota era nova. Ele gostou da tatuagem de cobra que subia pelo braço dela. Muito sexy.

— O queee... — Jeffrey começou a dizer, mas as palavras não saíam. Aquela última dose de tequila o atingira como um coice de mula. Então tentou de novo. — Quee... teceu... sua orelha, irmão?

Sully puxou as ataduras.

— É meu visual Vincent Van Gogh.

— Hã?

— Nada. Precisa de mais um Rolex?

Bambi assentiu.

— Jeffrey disse que me daria um.

Sully estalou os dedos para a garota nova com a tatuagem de cobra. O Rolex era a única coisa que ela usava, e a jovem fez biquinho ao precisar entregá-lo.

— Gosta desse? — perguntou Sully ao entregar o relógio a Bambi.

Ela subiu na mesa e encostou o Rolex nos pelos púbicos.

— Você gosta, Jeffy?

Estava tão próxima, tão na cara dele, que Jeffrey sentia o cheiro da mulher.

— Sim, sim. Amo.

— Vinte e cinco mil — disse Sully.

— Coloque na minha cooonta — falou Jeffrey.

— Não — falou Sully. — Chega de conta.

— Por quê?

— É minha nova regra. Em espécie na entrega.

Bambi se virou, se abaixou e segurou nos tornozelos para dar a Jeffrey a vista preferida dele.

— *Por favor*, Jeffy?

— Tudo bem. Dinheiro — falou Jeffrey. — Meu carro.

— Vamos — disse Sully. — Com licença, senhoritas.

Sully saiu da cabine. Jeffrey saiu cambaleando pelas dançarinas nos mastros e em direção à porta. A garota com a tatuagem de cobra o seguiu.

— Ei, Jeffrey — disse ela. — Eu também gosto de relógios.

Rubano estava afundando no sofá, a uma piscadela de cair no sono, quando Savannah o empurrou. O noticiário das dez horas estava passando.

— Acham que encontraram o caminhão que foi usado no roubo — disse ela, a voz cheia de urgência.

Rubano se sentou e se recompôs. A notícia estava quase acabando, mas uma imagem final do caminhão de entrega apareceu na tela. Ele ficou aliviado quando não viu a picape, mas não era algo que compartilharia com Savannah.

— Pode ser.

O repórter lembrou os espectadores de ligarem para a central de denúncias se tivessem "qualquer informação sobre a possível vítima", e o noticiário seguiu para a próxima matéria da noite.

— Encontraram um dedo humano nela! — disse Savannah.

Rubano não tinha certeza do que pensar daquilo, mas estava preocupado o suficiente para pedir mais detalhes à esposa.

— Disseram algo sobre uma picape preta?

— Não. O que sabe sobre uma picape preta?

— Jeffrey me contou — respondeu ele.

Savannah se aproximou, as unhas dela se cravaram no antebraço do marido.

— Acha que esse dedo pode ser do meu tio?

— Não — respondeu Rubano, pensando em outra mentira imediatamente. — Mindinho disse que contrataram alguém para se livrar do caminhão. Acho que pode ser esse cara.

— Ai, meu Deus, Rubano! Esse é o tipo de coisa que eu temia! Precisamos ir até a polícia.

— Apenas fique calma.

O telefone de Rubano tocou e os dois saltaram.

— Fique de olho no noticiário para ver se há alguma atualização — disse à Savannah. Então, se afastou para atender a ligação onde a mulher não pudesse ouvir. A voz na linha era jamaicana.

— Rubano, você está com um problemão, cara.

Era o atendente do bar no Gold Rush que costumava trabalhar com ele no Café. Rubano jamais deveria ter desistido de enterrar a parte inteira de Jeffrey no quintal, mas cem dólares por noite para que Ramsey ficasse de olho em Jeffrey era o modo de monitorar uma situação ruim.

— O que foi agora? — perguntou ele.

— Seu cunhado está fora de controle, cara. *To-tal-meeente* fora de controle.

Rubano deu um último olhar na direção de Savannah antes de entrar na cozinha. Ela estava vidrada na televisão, esperando qualquer atualização sobre o roubo.

— Diga — falou Rubano ao telefone.

— Está maluco, cara. Dinheiro, coca, garotas. Esta noite está comprando relógios Rolex para as strippers.

— O quê?

— Rubano, não sei onde Jeffrey conseguiu esse dinheiro. Não é da minha conta, mas se isso não acabar logo, ele vai terminar morto num estacionamento.

Rubano começou a caminhar de um lado para outro, para trás e para frente, do fogão para a geladeira.

— É o que venho dizendo a ele. Estou dizendo, e dizendo e dizendo!

— Você está dizendo, cara, mas ele não está ouvindo. Precisa *fazer* alguma coisa. Ou vai ser uma situação *repulsiva*.

Rubano parou na pia e passou a mão pelo cabelo, então soltou um risinho sem humor. Os jamaicanos tinham um jeito com as palavras.

— Está certo nisso, irmão. Uma situação *repulsiva*.

Rubano acordou antes das cinco da manhã, mas não de propósito. Ele achou que tinha ouvido Savannah ao telefone. Enterrou a cabeça no travesseiro e torceu para que estivesse sonhando.

Tinha ido dormir à meia-noite, e não estava de bom humor. Qualquer que fosse a coisa certa que Rubano tivesse feito ao devolver o Rolex tinha sido esquecida com o presente substituto. Os brincos estavam em promoção no shopping, jurara Rubano, nenhum dinheiro sujo envolvido. Savannah não se deixou enganar.

— Rubano, acorde!

Ele abriu os olhos. O quarto estava escuro e Savannah estava praticamente em cima do marido. O celular dela estava apertado contra a orelha.

— Jeffrey está com problemas!

Rubano grunhiu e se virou. Savannah puxou o ombro do marido e o obrigou a olhar para ela.

— Precisa falar com você!

Ele verificou o relógio na mesa de cabeceira.

— Preciso dormir.

Savannah empurrou o telefone contra ele.

— Ele parece morto de medo. Fale com ele!

— Está bem — disse Rubano, ao pegar o telefone. — Jeffrey, não tenho cocaína. Hora de ir dormir. Boa noite.

Rubano desligou e atirou o telefone longe.

— O que está *fazendo*? — gritou Savannah.

O telefone tocou imediatamente. Savannah atendeu e Rubano conseguia ouvir a ansiedade na voz dela enquanto a mulher falava ao telefone.

— Jeffrey, você está bem? Onde está?

Rubano ficou na cama, mas a mulher se levantou e começou a caminhar de um lado para outro. Ele não estava tentando ouvir, mas ela falava alto e com agitação. A parte dela da conversa era a mesma frase, diversas vezes: "Ai, meu Deus. Ai, meu Deus. Ai, meu Deus." Por fim, Savannah abaixou o telefone e falou com o marido.

— Alguém pegou Jeffrey.

Rubano se apoiou no cotovelo.

— Como assim *pegou* Jeffrey?

— Raptou. Sequestrou. Como preferir chamar. Levaram ele do estacionamento do Gold Rush.

— Quando?

— Há trinta minutos.

Rubano se jogou de volta no travesseiro.

— Ai, merda.

Savannah voltou para o telefone.

— Jeffrey, preste atenção. Quero que faça o que eles... Jeffrey? Está aí?

Mesmo na escuridão, Rubano podia ver o pânico na expressão da mulher.

— Ele se foi! — disse ela. Savannah discou de volta freneticamente, então soltou o telefone. — Sem resposta. Rubano, o que faremos?

Ele se sentou na beira da cama.

— Primeiro, precisamos nos acalmar. Nervosismo só vai piorar as coisas.

— Preciso ligar para a polícia!

Rubano pegou o telefone antes que Savannah pudesse fazer a ligação.

— *Não* vamos ligar para a polícia.

— Meu irmão foi sequestrado!

— Você não sabe se ele foi sequestrado. Ninguém pediu resgate. Até onde você sabe, ele deixou o Gold Rush com alguma prostituta que está ameaçando espancá-lo porque acabou o dinheiro.

— Não, não é isso. Eu consegui ouvir na voz dele. Isso é ruim.

— Foi justamente isso que avisei a Jeffrey e seu tio quando disse para esconderem o dinheiro. Um cara sem emprego, sem dinheiro e sem vida está procurando confusão quando subitamente começa a agir como se fosse um ricaço. As strippers não são as únicas que reparam.

— Que dinheiro? Você se certificou de que estivesse enterrado. Todo ele. Foi o que me disse.

Rubano tinha contado isso na noite da partilha. Não tinha? Rubano não tinha certeza. Hora de ser criativo.

— Devem ter mentido para mim e escondido uma parte eles mesmos. A questão é que...

— A *questão* é que estamos falando de meu irmão. Precisamos ajudar o Jeffrey!

— Sim, e estou cuidando dele. Se chamarmos a polícia, esse roubo todo que ele e Mindinho fizeram vai ser descoberto. Jeffrey vai passar o resto da vida na cadeia — disse Rubano, sem mencionar a si mesmo. — Precisamos resolver isso sozinhos.

— Como?

— Esperamos que ele ligue de volta.

— *Esperamos?* E se Jeffrey acabar como aquele cara nos fundos do caminhão de entrega? A única coisa que sobrou *dele* foi um dedo!

— Isso não vai acontecer com Jeffrey.

— Como sabe?

Rubano precisou pensar muito para responder essa.

— Porque Jeffrey tem uma família que se importa com ele. E não vou deixar que isso aconteça.

Savannah se sentou ao lado do marido na beira da cama. Ela estava encarando a escuridão, inexpressiva, mas apoiava a cabeça no ombro de Rubano. Ele parecia ter escolhido as palavras certas.

— O que faremos? — perguntou ela?

Rubano pegou a mão da mulher.

— Vamos trabalhar, como fazemos toda segunda-feira de manhã. E vamos esperar.

CAPÍTULO 13

Savannah precisava estar na lavanderia às sete horas. Rubano a levou de carro.

— Meu irmão sumiu e vou trabalhar — disse ela, olhando pela janela do carona. — Isso é loucura.

Era a rotina normal de segunda-feira deles: Savannah de pé, atrás do balcão, hora após hora, sorrindo e garantindo a mais uma esposa rica de Coral Gables que o vestido Hermès dela não cheiraria mais a Dom Pérignon, caviar e Chanel Nº 5. O restaurante não abria às segundas, mas Rubano ainda precisava aparecer e contar as notas fiscais do fim de semana.

— Não há nada mais a fazer até termos notícia de Jeffrey.

Ou do sequestrador dele. Rubano não disse isso, e nem Savannah. Mas ela estava pensando. Constantemente.

Savannah saiu devagar do banco do carona. Odiava o emprego na lavanderia. Turnos seguidos atrás do balcão às segundas, às sextas e aos sábados, no entanto, compensavam os ganhos minguados dela de terça à quinta-feira como assistente em meio período em uma creche. Cuidar de crianças em idade pré-escolar era recompensador o suficiente. Os clientes da lavanderia só faziam com que Savannah se sentisse sem valor, mesmo que tentassem ser agradáveis do jeito deles — como a Sra. Willis, terceira esposa de um rico banqueiro investidor, que deixara um vestido de festa de arrasar com uma pequena mancha de vinho tinto na bainha. Ela e Savannah tinham mais ou menos a mesma altura e o mesmo peso, sem falar da idade.

— Não acho que vai sair — dissera Savannah a ela.

— Tem certeza?

— Não sem descolorir o tecido, o que seria uma pena. Um vestido tão lindo. Quero dizer, *eu* usaria com essa manchinha. Mas estou falando de mim.

A Sra. Esposa-Troféu estendeu a mão para o vestido, parou, então o empurrou sobre o balcão na direção de Savannah.

— Por que não fica com ele, querida? Acho que ficaria bonitinha nele.

A mancha tinha saído, na verdade, sem descolorir. O vestido estava novo em folha. Mas Savannah jamais contava ao cliente. Era o mais perto a que ela chegava de roubar, mas conseguia racionalizar a situação.

Querida? Ficaria bonitinha? Pode enfiar isso nessa sua bunda de lipoaspiração, dona.

Savannah temia que Rubano estivesse começando a praticar a mesma ginástica mental, convencendo-se de que não tinha problema comprar um Rolex e brincos para a esposa com o dinheiro roubado de Jeffrey.

Como se os bancos não roubassem, Savannah.

Ela ouvira o marido dizer isso muitas vezes. Vezes demais, ainda mais ultimamente. Era um caminho perigoso.

— Vai ficar tudo bem — disse Rubano, atrás do volante.

Savannah hesitou antes de fechar a porta do carro.

— Tem certeza?

— Total. É melhor esperar no trabalho do que sentada em casa.

— Promete me ligar assim que souber de alguma coisa?

— Prometo.

Savannah fechou a porta e seu marido saiu do estacionamento.

Rubano não foi para o trabalho, mas para um café em West Miami, onde tinha negócios a tratar com um certo atendente de bar jamaicano.

Ramsey Kincaid estava esperando-o em uma mesa do lado de fora. Rubano se juntou ao homem, colocou um envelope na mesa e o empurrou na direção de Ramsey.

— Aqui está metade — disse ele.

Ramsey enfiou o envelope na pochete, sem se incomodar em contar o dinheiro. Os dreadlocks do homem estavam presos em um chapéu de tricô. Uma tatuagem de Bob Marley chamava atenção no bíceps direito dele. Ramsey fora direto do trabalho no Gold Rush, depois de fazer o turno das onze da noite às sete da manhã.

— Como está nosso garoto esta manhã? — perguntou Rubano.

— Não sei.

— Hã?

Ramsey abriu um pacotinho de açúcar. A mão dele tremia tanto que caiu mais açúcar na mesa do que no café.

— Temos um problema, cara. Um problemão.

Rubano o encarou. Tinham combinado ao telefone que a melhor forma de fazer com que Jeffrey parasse de exibir dinheiro era deixá-lo morto de susto. Ramsey concordara em fazer isso, por três mil dólares.

— Ramsey, juro, se meu cunhado teve uma overdose e morreu sob seus cuidados eu vou...

— Não, não, não. Jeffrey não está morto, cara.

— Onde ele está?

— Não sei.

Rubano semicerrou mais os olhos.

— Pare de dizer que não sabe e comece a explicar.

— Tudo deu certo no início. Jeffrey festejou a noite toda, como sempre faz. Por fim, saiu às quatro da manhã. Andei com ele até o carro. Estava tão chapado que quase caiu no porta-malas. Meus amigos, eles o levaram...

— Espere aí — falou Rubano. — Você não foi com eles?

— Não, cara. Eu trabalho até às sete da manhã.

— Eu paguei três mil. Você disse que *você* faria isso.

— Não, cara. Eu disse que *faria com que acontecesse*. Sequestro não é minha praia. Consegui profissionais para você.

Rubano estava pronto para apertar o pescoço de Ramsey.

— Seu idiota! Eu não falei para envolver mais gente.

— Calma aí, irmão. Não me disse para *não* fazer isso.

Rubano expirou o ódio que sentia.

— Quem são seus amigos?

— Não são amigos de verdade. Mais como amigos de amigos.

— Você nem conhece esses caras, conhece?

— Amigos de amigos, cara.

Rubano se apoiou na mesa, apontando conforme falava.

— Ouça, Ramsey. Precisa trazer Jeffrey de volta agora mesmo.

— Está bem, cara.

— Estou dizendo *agora mesmo*.

— Sem problemas. Bem, talvez um problema. O resgate.

— Do que você está falando? Não tem resgate.

— Seu cunhado, ele tem a boca grande, cara. Antes mesmo de o empurrarmos para o porta-malas do carro, ele disse merdas como: "Ah, por favor, por favor, sr. Sequestrador, não me machuque. Eu tenho muito dinheiro. Pago um milhão de dólares."

A cabeça de Rubano estava prestes a explodir.

— Espero que seus amigos não tenham acreditado.
— Não meus amigos, cara. Amigos de amigos.
— Não importa. Eles acham que Jeffrey tem mesmo um milhão de dólares?
— Eles me ligaram há uma hora. Querem um senhor resgate.
— De quanto?
— Acabei de falar. Um milhão.
— Sem chance.
— Vamos lá, Rubano. É seu cunhado.
— Não vou pagar um resgate de um milhão de dólares. Não vou pagar nada.
— Esses sujeitos são maus, cara. Vão matar Jeffrey.

Rubano olhou na direção do trânsito da hora do rush, pensando. Então voltou o olhar para Ramsey.

— Eis minha contraoferta: diga a seus amigos que libertem Jeffrey.
— Não são meus amigos, cara. Amigos de amigos.
— Não me importa que porra eles são, Ramsey.
— Não está entendendo, cara. Sujeitos maus. Muito maus.

Rubano se aproximou, apoiando os antebraços na mesa, perfurando o jamaicano com os olhos como se fossem laser.

— Sabe quem é o tio de Jeffrey?
— Não.
— Craig Perez. Conhecido como Mindinho. Pergunte por aí sobre ele.
— O que está me dizendo, cara?

Rubano não tinha intenção alguma de envolver Mindinho, mas era o melhor blefe em que podia pensar.

— Diga a esses sujeitos maus que soltem Jeffrey. Ou Mindinho vai atrás de *você*.

CAPÍTULO 14

Rubano deixou o gerente-assistente no comando do restaurante e buscou Savannah na lavanderia. Não era nem hora do almoço, e ser buscada cedo fez com que ela pensasse o pior. A tensão estava estampada em seu rosto quando ela se sentou no banco do carona, fechou a porta e se preparou para o inominável.

— Por favor, diga que Jeffrey está bem — disse ela.

O motor estava ligado, mas ainda estavam no estacionamento do shopping aberto. Pessoas entravam e saíam da lavanderia e da farmácia, alheias à mulher de expressão preocupada que conversava com o marido no carro.

— Tenho certeza de que Jeffrey está bem — falou Rubano.

— Parece que você não sabe.

— Só tive notícias dos sequestradores. Não falei com Jeffrey.

A preocupação de Savannah piorou.

— Eles não deixaram que você falasse com ele?

— Não foi assim. Passaram uma mensagem para mim por um dos atendentes do bar no Gold Rush. Um jamaicano.

— Está trabalhando com eles?

Rubano não podia contar a Savannah que tinha contratado Ramsey e que o plano de assustar Jeffrey dera errado. Ele manteve o relato vago.

— Não. Acho que não.

— Qual é a mensagem?

— Se quisermos Jeffrey de volta, o resgate é um milhão de dólares.

Savannah afundou um pouco mais no assento do carona, o olhar dela se fixou inexpressivamente no painel.

— Com que facilidade você consegue desenterrar um milhão do que eles roubaram?

Muita facilidade, se contassem com a parte de Rubano e o milhão que ele estava guardando para Octavio.

— Isso é colocar a carroça na frente dos bois. Não pagaremos um milhão. Vamos negociar.

Savannah olhou para Rubano.

— Como sabe que é negociável?

— Tudo é negociável.

— Rubano, isso é um sequestro, não um leilão do eBay.

— Não podemos perder o controle com isso.

— Não perder o controle? É meu irmão, Rubano!

— Respire, está bem? Somente um tolo entregaria um milhão só porque uns brutamontes pediram. Já conheceu a família Mendoza, nossos vizinhos que moram a duas portas de nós?

— Quem... O que eles têm a ver com isso?

— Estou explicando. Há uns dois meses, conversei com o *abuelo* quando ele saiu para passear com o cachorro. Cinco membros diferentes da família dele foram sequestrados antes de finalmente deixarem Medellín. O velho não me deu os detalhes, mas jamais pagaram a primeira exigência do resgate. Sempre foi negociado para menos.

— Rubano, isso aqui não é Medellín.

— Também não é Cabul. Não estamos enfrentando o Taliban ou outros lunáticos tentando fazer uma afirmação religiosa ou política. A questão aqui é dinheiro. Negociaremos.

Savannah refletiu, mas não por muito tempo. Ela olhou para o marido no assento ao lado e disse, com a voz firme:

— Não.

— *Não* o quê?

— Sem negociação. Se ferirem Jeffrey, juro que jamais perdoarei você, Rubano. Pague um milhão de dólares.

Ele riu, mas não porque era engraçado.

— Ei, ei, ei.

— Ei o quê?

Apenas meio milhão da parte de Jeffrey estava enterrado no quintal deles.

— Vamos pensar nisso direito — respondeu Rubano.

— O que precisamos pensar?

Rubano olhou para o volante, em busca de algo a dizer que não fosse a verdade: pagar um milhão de dólares significava usar a parte *deles*. Então isso cabia a ele.

— Seu primeiro instinto estava certo, Savannah. Quando comprei o Rolex, você disse que não podíamos tocar no dinheiro.

— Mas isso é diferente.

— Não, não é. Se precisarmos explicar isso para a polícia, não vão se importar com o que gastamos. Tudo o que saberão é que escondemos o dinheiro e que um milhão de dólares está faltando.

A expressão de Savannah ficou tensa. Era o olhar de nervoso dela, que significava que Rubano a estava convencendo.

— Tudo bem. Então, o que fazemos? — perguntou Savannah.

— Pelo modo como Jeffrey vem queimando dinheiro, ele obviamente tem um dinheiro forte escondido em algum lugar. Se encontrarmos, usamos para pagar o resgate.

— De que forma isso é melhor?

— Pelo menos podemos dizer com sinceridade que jamais tocamos em nada do dinheiro que estava sob nosso controle.

— Acho que faz sentido. Mas como saber onde procurar?

— Se você fosse Jeffrey, onde esconderia seu dinheiro?

— Não faço ideia.

— Savannah, vamos lá. Seu irmão é um viciado em cocaína de 32 anos que mora com a mãe. Tirando o quarto que ele tem desde a escola, o único mundo que conhece é o Gold Rush. Só nos resta torcer para que não tenha escondido o dinheiro no clube de striptease. Sinceramente, onde acha que está?

Ela se esticou e se virou, apoiando o ombro esquerdo no encosto do assento.

— Não, de jeito nenhum. Se começarmos a destruir a casa da minha mãe em busca do dinheiro de Jeffrey, vou precisar contar a ela que ele foi sequestrado, e mamãe vai infartar. Ela vai sair correndo para pegar o rosário e vai cair morta no chão.

— Sua mãe não vai morrer.

— Não podemos arrastá-la para isso. Ela não sabe nada sobre o roubo.

— Prefere que ela saiba pelos sequestradores?

— Não há motivo para que liguem para ela.

— Está certa. Não ligarão. Quando Jeffrey ceder à pressão e contar a eles onde está o dinheiro, vão simplesmente derrubar a porta da casa dela e apontar uma arma para a cabeça da sua mãe. É isso que você quer?

— Meu Deus, não!

— Precisamos encontrar esse dinheiro, esconder em outro lugar e mandar sua mãe em umas férias de um mês para Fiji.

Savannah se recostou e pensou.

— Está bem — disse ela, exalando um suspiro carregado. — Mas deixe que eu conte a ela.

— Agora está sendo sensata — falou Rubano, ao sair da vaga.

Savannah sacudiu a cabeça, olhando pela janela.

— Nada disso faz sentido algum — disse ela, sussurrando.

— *Ay, Dios mío!*

Rubano revirou os olhos ao entrar na cozinha para reabastecer a compressa gelada. A sogra não tinha recebido bem a notícia. Durante dez minutos, gemia, choramingava e suplicava intervenção divina. Savannah estava ao lado da mãe no sofá, tentando, em vão, consolá-la.

— *Mi niño, mi niño precioso!*

Certo. O "menino precioso" cuja noção de "ficar na encolha" era gastar dez vezes o preço do varejo em modelos antigos de relógios Rolex e dá-los a strippers. *Idiota.*

— Rubano, rápido! — gritou Savannah da sala.

Ele foi até o freezer, envolveu gelo no tecido e voltou para a unidade de tratamento intensivo — a sala. A sogra estava de costas, com os pés erguidos no sofá e a cabeça no colo da filha. Savannah pegou a compressa e a colocou na testa da mãe.

Beatriz Beauchamp tinha mais melodrama do que o corpo humano podia suportar. Qualquer coisa desde a morte do marido até a perda de apetite do periquito era o suficiente para jogá-la no sofá, rezando para São Lázaro. Savannah herdara o lindo rosto da mãe, mas só isso. O restante dela — o andar, a estrutura de um metro e meio, os quilos a mais —, Beatriz passara para o filho.

Rubano estava sentado na poltrona, diante das duas.

— Precisamos de um plano para ajudar Jeffrey — disse ele.

— *Sí, sí. El plan de Dios.*

— Não, não o plano de Deus. *Nós* precisamos de um plano.

Savannah lançou um olhar de raiva para o marido.

— Não *agora*, Rubano.

— Isso não pode esperar — disse ele, então falou diretamente com a sogra. — Savannah e eu decidimos pagar o resgate.

— Por que não chamar a polícia?

Boa pergunta, mas Rubano estava pronto para ela.

— Os sequestradores disseram que o matarão se chamarmos a polícia.

— *Ay, no!*

— Concordo plenamente. Ay, ay, ay; blá-blá-blá. Mas precisamos conseguir algum dinheiro.

Savannah tocou a testa da mãe com o tecido.

— Quanto? — perguntou Beatriz.

— *Muito* — respondeu Rubano. — Achamos que Jeffrey pode ter algum dinheiro pela casa.

— *Sí, sí.* Ele ganhou na loteria. A de seis números.

— A loteria, é? Que garoto de sorte — falou Rubano. — Sabe onde ele guarda?

— *Sí.* Encontrei quando estava limpando o quarto dele. Debaixo do colchão.

Debaixo do colchão. Só de pensar em Jeffrey como seu comparsa, Rubano quis se matar.

— Volto já.

Rubano saiu pelo corredor. A porta estava fechada, mas destrancada. Ele entrou, sem saber que desastre esperar, mas o quarto estava limpo e arrumado — exatamente como uma mãe cubana zelosa o manteria. Nenhuma placa de cocaína na cômoda. Nenhuma pornografia nas paredes. Nem sequer um grão de poeira no batente da janela ou na mesa de cabeceira. A cama estava feita com precisão militar. Rubano foi direto para ela e virou o colchão. Benjamin Franklin o encarou de volta através dos pacotes selados a vácuo. Rubano marcou cada pacote com um valor em dólar na noite da partilha. Ele fez uma conta rápida na parte de Jeffrey, reuniu tudo e voltou para a sala.

— Quatrocentos mil — disse Rubano ao dispor os pacotes na mesa de centro. — Seu irmão torrou mais de um milhão em uma semana.

— Isso não é possível — falou Savannah.

— Faça a conta.

Ela não se deu ao trabalho.

— Talvez tenha escondido mais em outro lugar.

— O que acha, Beatriz? — perguntou Rubano. — Mais algum esconderijo excelente além do colchão?

— Talvez. Pergunte a El Padrino — disse ela. — Acho que Jeffrey deu uma parte para ele guardar.

— Quem é El Padrino? — perguntou Rubano.

— O padrinho dele — falou Savannah.

— Eu sei o que quer dizer *el padrino. Quem* é ele?

— Carlos Vasquez — respondeu Savannah.

— Onde ele mora?

— *No sé* — disse Beatriz. — Jeffrey é o único na família que tem contato com ele. O restante de nós... não.

— Devo arriscar perguntar por quê?

— Ele virou padre — disse Beatriz.

— Você o excluiu porque ele virou padre?

Savannah espremeu o excesso de água do tecido no balde aos pés dela, com o cuidado de não derramar o que restara dos cubos de gelo.

— Um padre da Santería.

Rubano já vira Santería em Cuba, e ela ainda era praticada em algumas partes da comunidade de imigrantes afro-cubanos em Miami. Um grupo de Hialeah tinha conseguido defender o direito de conduzir sacrifícios animais perante a Suprema Corte dos Estados Unidos. Para Rubano, a morte de galinhas, pombos e tartarugas para fornecer aos espíritos a nutrição necessária para possuir sacerdotes durante rituais era mais feitiçaria do que religião.

— Jeffrey deu o dinheiro dele a um padre da Santería? — perguntou Rubano, incrédulo.

— Para guardar — falou Beatriz.

Rubano encarou os pacotes selados a vácuo na mesa. Quatrocentos mil dólares. Se somassem ao meio milhão do dinheiro de Jeffrey que estava enterrado no quintal, chegavam perto da exigência do resgate. Mas pagar o valor cheio fazia quase tanto sentido para Rubano quanto dá-lo a um padre da Santería.

— Brilhante — disse Rubano. — Apenas brilhante.

CAPÍTULO 15

Savannah queria almoçar, mas com quatrocentos mil na mala do carro, Rubano se recusou a parar. Ele deixou a mulher na lavanderia e foi direto para casa. O dinheiro de Jeffrey coube no tubo de PVC restante. Rubano selou o tubo, deu um minuto para que o cimento líquido secasse e o enterrou em trinta centímetros de areia sob os azulejos do quintal.

Embaixo do colchão? Rubano juntou as ferramentas e tirou a areia dos sapatos. *Só pode estar brincando, Jeffrey.*

Rubano guardou as ferramentas na garagem e foi até o armário trancado na sala de televisão. Faltava à coleção de armas um revólver Makarov semiautomático, a arma de coldre padrão militar e policial da União Soviética durante quarenta anos, aquela que Mindinho empunhara no armazém do aeroporto e que agora estava no fundo do rio Miami, para nunca mais ser vista. Rubano tinha outras armas russas, mas se era para "ficar na encolha", era melhor não sair mais de casa com nada russo: parecia provável que pelo menos um dos seguranças tivesse visto com atenção a Makarov de Mindinho para identificar a origem da arma. Restavam muitas escolhas não russas. Rubano pegou uma Glock e um pente de munição padrão nove milímetros e outro pente com munição traçante militar. Era um exagero, mas subitamente Rubano sentiu necessidade de estar preparado para qualquer coisa.

Estava na hora de visitar *El Padrino*.

Encontrar o endereço de Carlos Vasquez se revelou muito mais fácil do que o esperado. O Facebook, pelo visto, não tinha problema algum com sacerdotes da Santería, pelo menos não aqueles com 18 mil "curtidas" e que não postavam fotos de sacrifícios animais. Vasquez não tinha templo físico. As sessões aconteciam na casa dele, em Hialeah, e os comentários e as fotos no Facebook indicaram a Rubano a casa exata. Ficava a menos de 15 minutos.

Ele deixou a porcaria do carro velho na entrada da garagem e tirou a lona empoeirada da motocicleta. A Kawasaki Ninja ZX-14R era uma máquina de precisão que, aos olhos da maioria dos motoristas, não passava de um borrão disparando pela via expressa. Longos passeios para lugar nenhum eram um tipo de terapia. Até o acidente.

Rubano não pegara a moto desde então.

A ignição ligou, mas o motor não respondeu. Desuso e negligência sob uma lona empoeirada tinham cobrado seu preço. Ele tentou de novo, e dessa vez a moto respondeu com um rugido. Rubano saiu da garagem e foi para a rua com cautela, como um caubói que retorna a um cavalo que o atirou no chão. Ele obedeceu ao limite de velocidade nas ruas sombrias do bairro, mas quando se aproximou da via expressa, sentiu o puxão do passado, o anseio pela velocidade. Na metade da rampa de acesso, ele acelerou.

O trânsito já estava lento na via expressa Palmetto, mas Rubano ziguezagueou entre carros e caminhões como se não passassem de cones em uma pista de testes, reduzindo pela metade a viagem de 15 minutos. O poder era viciante, e parte dele queria continuar em frente, mas obrigou-se a se concentrar. Rubano pegou a segunda saída para Hialeah, seguiu pelas ruas vicinais a leste para o destino final e estacionou diante da casa. O coração de Rubano batia forte quando ele desceu da Kawasaki.

A residência Vasquez era como milhares de outras casas vintage dos anos 1960 de Hialeah — uma caixa de sapatos de concreto com quatro carros estacionados no jardim da frente para as três famílias que compartilhavam 165 metros quadrados de espaço habitável: três quartos e dois banheiros. Rubano tirou o capacete e subiu a calçada. Seus acompanhantes até a porta foram duas galinhas que cacarejavam e estavam alegremente alheias ao papel principal que teriam no próximo ritual de Santería.

Rubano tocou a campainha. Um velho abriu a porta apenas o bastante para esticar a corrente. Ele não tinha certeza de como se dirigir a um sacerdote da Santería.

— Padre Carlos Vasquez?
— *Babalawo* Vasquez — respondeu ele.
— Sou o cunhado de Jeffrey Beauchamp.

A porta bateu na cara de Rubano. Ele tocou de novo, mas não teve resposta. Caminhou na direção da entrada da garagem, e então parou. Estacionado ao lado da casa estava um novíssimo Cadillac Eldorado. O veículo ainda estava sem placa. Rubano sentiu o ódio subir. Ele voltou para a porta e bateu com força suficiente para conjurar um monte de espíritos da Santería. Por fim, Vasquez atendeu.

— Você pegou o dinheiro de Jeffrey? — Foi uma exigência, não uma pergunta.

— Não, *señor*. Foi um presente para a igreja.

— É, estou vendo que a igreja precisava de um novo Cadillac.

— Rezo todos os dias para Jeffrey.

— Ele precisa do dinheiro de volta. Está com problemas.

— Dinheiro não resolve problemas. Dinheiro causa problemas.

— Então você vai ficar muito feliz em devolver.

O homem riu e fez que não com o dedo quando falou.

— Ho-je não, *señor*.

Rubano se recostou contra a porta antes que Vasquez conseguisse fechá-la, e prendeu o joelho na abertura para que ficasse aberta.

— Jeffrey precisa do dinheiro dele.

Os dois homens se encararam pela abertura, a corrente estendida entre eles. O velho fez um ruído gutural esquisito que se acumulou na barriga e estremeceu a garganta. Devagar, o ruído ficou mais alto, mas tinha um ritmo, como algum tipo de cântico.

— Vá-á-á-á — disse ele.

— Não vou embora até conseguir o dinheiro de Jeffrey.

— V-á-á-á. Ou sinta a ira do Orixá.

— Não vou... aiê! — gritou Rubano, tirando a perna de entre a porta e o portal.

— O Orixá está muito irritado agora.

— Men-tira, Orixá. Você só me espetou com uma porra de caneta!

— Vá-á-á-á-á. Ou vou ligar para a polícia. Estou discando — disse Vasquez, ao mostrar o celular a Rubano. Então, a porta bateu. Rubano a esmurrou.

— Abra a droga da porta!

— A polícia está vindo! — gritou Vasquez, de dentro da casa.

Fique na encolha. Estava se tornando cada vez mais difícil seguir a própria regra, mas esperar a polícia chegar faria com que Rubano fosse ainda mais burro do que Jeffrey. Ele deu mais um bom chute na porta, deixando que Vasquez soubesse que não tinha terminado. Então foi até a moto, colocou o capacete e saiu.

Vasquez era um merda, mas não era o problema. Jeffrey era o problema, e os quatrocentos mil que Rubano encontrara sob o colchão estavam bem longe de ser a solução. Precisava de respostas que não envolvessem um sacerdote da Santería que tinha a polícia na discagem rápida.

Ele parou para abastecer antes de voltar para a via expressa. Meio tanque serviria. Então se afastou das bombas de gasolina para fazer uma ligação antes de voltar para a motocicleta. Da última vez que falara com o tio de Savannah, ele havia lhe dito que estava saindo da cidade. Rubano arriscou e discou o número dele. Mindinho atendeu, e Rubano foi direto ao ponto.

— Jeffrey foi sequestrado.

— Eu sei.

— Você sabe?

— Sei. Ele me ligou às quatro horas da manhã para pedir dinheiro. Implorou para que eu ajudasse. Eu disse: "Sou seu tio, não seu banco. Ligue para sua irmã."

— Mindinho, os sequestradores querem um resgate. Isso é sério.

— Não é meu problema. Jeffrey se meteu nesse problema. Ele pode sair. Se você e Savannah quiserem ajudar, vão em frente.

— Preciso da parte de Marco para pagar o resgate.

Mindinho gargalhou.

— O que é tão engraçado? — perguntou Rubano.

— Agora entendi. Acha que sou burro? Isso tem golpe estampado por todo lado.

— Golpe? Mindinho, isso não faz sentido algum.

— Jeffrey é sequestrado e a primeira pessoa para quem liga para pagar um resgate de um milhão de dólares é o tio Mindinho? Por favor. Ele não foi sequestrado. Isso é *você* tentando me dar um golpe para ficar com o dinheiro de Marco.

— Isso não é verdade. Ele ligou primeiro para você porque sabia que eu o mataria por se meter nessa confusão.

— Mentira, Rubano. Um milhão de dólares era exatamente a parte de Marco. Como se fosse coincidência. Estou fora daqui. Entende? Vou ficar com o dinheiro de Marco e vou embora. Fodam-se todos vocês.

Ele desligou antes que Rubano pudesse dizer mais uma palavra.

Rubano deveria ter ido para o sul, mas não iria para casa. Seguiu para o norte na direção da I-75, uma via com pedágio que cortava os Everglades. Ele pegara a via até Tampa antes, uma das muitas longas viagens na moto. Dessa vez, não iria tão longe assim.

O dia começara mal e só ficava pior. Vasquez era um merda. Mindinho não era melhor. Ramsey era um idiota. Jeffrey era um problema sem solução.

Um resgate de um milhão de dólares seria um curativo, na melhor das hipóteses. Momentos como aquele eram uma questão de autopreservação.

O tráfego do meio-dia na I-75 não era nada em comparação com as vias mais movimentadas do sul da Flórida. Rubano dividia cinco pistas com apenas um punhado de carros, e sentia o puxão do passado de novo, a ânsia de velocidade. Não porque queria voltar. Ele queria deixar tudo para trás — de vez. O acidente que colocara a motocicleta sob uma lona na garagem deixara ele e a Kawasaki sem um arranhão. Savannah era outra história.

Rubano atingira a velocidade máxima na Kawasaki muitas vezes, mas sempre sozinho. Savannah não via problema em andar com ele pela cidade, mas nunca andava na via expressa. Rubano comprou uma roupa de couro e kevlar para a mulher, botas e luvas de proteção e um capacete de ponta, mas mesmo assim, ela se recusava a subir no assento atrás dele e flertar com a morte na praticamente deserta I-75 depois da meia-noite. Até que chegou a hora de deixar a casa. A noite em que o banco apareceu.

— Rubano, estão levando o carro!

A casa estava vazia, e tinham recebido a ordem para sair até meia-noite. A porta da frente estava escancarada, e Savannah observava os homens na entrada da garagem. A equipe de coleta era rápida.

Rubano foi até a bolsa de ginástica que estava no chão. Nela estava a coleção de pistolas, e Rubano cairia atirando antes de entregar *isso* ao banco. Ele abriu a sacola e pegou uma Glock.

— Não vão levar mais porra nenhuma.

— Pare! — gritou Savannah.

— Não podem levar!

— É um carro idiota!

Rubano segurou a pistola. Tinha sido levado ao limite, mas havia uma parte racional dele que entendia que Savannah estava certa.

— Não vale a pena ir para a cadeia por causa disso — disse a mulher.

Não. Ela estava absolutamente certa. Se ele arriscaria ir para a cadeia, seria por algo grande — grande o bastante para fazer com que o banco se arrependesse do dia em que mexeu com Rubano Betancourt.

Ele ficou parado à porta e observou os coletores darem marcha à ré com o carro deles para fora da garagem, então as luzes laranja dos faróis traseiros sumiram na noite.

— Vamos — disse.

O carro tinha ido embora, mas os dois ainda tinham rodas. Rubano já perdera o restaurante, e Savannah oferecera as joias antes de permitir que o marido penhorasse a amada moto na batalha perdida para permanecerem de pé. A Kawasaki estava na casa ao lado, na garagem. Os vizinhos tinham sido despejados no mês anterior, os décimos terceiros no bairro, e a casa estava vazia.

Rubano e Savannah esperaram na garagem até uma hora da manhã, para se certificarem de que os coletores tinham saído da vizinhança, de que ninguém observava. A amiga de Savannah em Broward dissera que o casal podia ficar com ela por algumas noites. Rubano prendeu as malas deles à moto. Depois de colocarem os capacetes, os dois partiram.

A via expressa era deles, mas Rubano controlou a velocidade. Aquela era a primeira vez de Savannah na interestadual. Ele não investira em microfones para os capacetes, então eles inventaram um sistema: um puxão no cotovelo direito de Rubano caso Savannah precisasse que ele reduzisse. Vinte minutos de viagem tranquila, um pouco abaixo do limite de velocidade. Nenhum sinal de Savannah. Rubano acelerou para 110 quilômetros por hora. Ainda bom para ela.

Então algo tomou conta dele. Rubano não conseguia tirar os coletores da cabeça, a sensação de impotência conforme observava-os levarem o carro dele embora. Precisava retomar o poder.

Aos poucos, ele foi acelerando. A força G aumentou. E a raiva dele também. Savannah segurou mais forte na cintura do marido, mas Rubano não sentiu o puxão no cotovelo. Ele verificou o velocímetro. Estava a 150 e subindo. A essa velocidade, a cada subida do indicador, o aumento da vibração, do vento e do rugido do motor eram de uma ordem de magnitude. Rubano começava a se sentir como um homem de novo, não aquele desgraçado pobre e impotente cuja carcaça financeira poderia ser limpa por algum abutre de terno risca de giz. A quase 160 quilômetros por hora, Rubano sentiu, enfim, Savannah puxar o cotovelo dele. Estavam tão perto. Precisava chegar aos 160. Ela puxou com mais força. Só mais um segundo, era tudo de que precisava. Ela puxou o braço do marido com tanta força que quase os fez girar.

O médico de Savannah explicaria depois o fenômeno a Rubano. Era a mesma sensação que algumas pessoas têm quando se aproximam demais da beira de uma varanda e sentem como se fossem pular. Savannah tivera aquela sensação aterrorizante e não conseguira controlar.

Ela puxou várias vezes o braço do marido. Precisava sair daquela moto. Rubano reduziu a velocidade para 140, 110, cem quilômetros por hora, mas

Savannah puxou com ainda mais força. Estavam a uns oitenta quilômetros por hora quando ela simplesmente não aguentou mais. Ela se soltou.

Savannah!

Rubano sentia a vibração do motor, sentia-se no controle da besta conforme a motocicleta corria pela via expressa sob o sol da tarde.

A roupa de couro e kevlar que literalmente salvara a pele de Savannah e o capacete todo fechado tinham evitado uma catástrofe. Se ela tivesse conseguido permanecer em um deslize constante, como os corredores profissionais, talvez saísse ilesa. Mas estendera o braço, tentando se escorar, o que apenas fez com que seu corpo disparasse às cambalhotas — diversas e diversas vezes. Savannah passou semanas no hospital. O braço esquerdo foi quebrado em três lugares. A pélvis fraturada lacerou seu apêndice. Esse se revelou o verdadeiro desastre. A infecção resultante se espalhou para lugares para os quais jamais deveria ter se espalhado. A dor durou meses, mas a verdadeira perda foi algo que Rubano jamais conseguiu compensar, embora tentasse.

O que Savannah quer, Savannah consegue. Exceto a única coisa que ela jamais poderia ter: um filho.

Rubano saiu da via expressa e dirigiu na direção de um dos imensos berçários de mudas paisagísticas que brotavam do solo fértil ao longo dos limites dos Everglades. O asfalto deu lugar a uma estrada de cascalho, e poeira subiu atrás dele. Vinte hectares de palmeiras maduras se estendiam adiante. Era a menos de um quilômetro e meio da I-75, mas era, de fato, o meio do nada. Ali, até os fraudadores de seguros mais ineptos conseguiam se esconder, dirigindo-se a canais de irrigação em plena luz do dia, desovando um veículo caro demais em dois metros e meio de água turva, e então dando o carro como roubado. Rubano estacionou a moto na grama na beira do canal, abriu o bagageiro e pegou a Glock.

Durante dois anos, ele prometera a Savannah que se livraria da motocicleta. Vendê-la não lhe daria nada, pois estava alienada ao banco que os despejara de casa. Mais precisamente, uma venda não teria ajudado a resolver o problema dele.

Rubano estendeu a mão sob a estrutura externa da moto e raspou o número de identificação do veículo com a chave. Ele caminhou até o meio da estrada. Fileiras organizadas de incontáveis árvores e palmeiras de todas as variedades estavam entre ele e a interestadual. Embora não conseguisse ver além do berçário de mudas, estava praticamente na altura do lugar em que Savannah saltara. Rubano se virou para olhar para a Kawasaki, ergueu a pistola e mirou com cuidado o tanque de gasolina. Ele deu um tiro. Um golpe direto, mas não houve fogo, nenhuma explosão. O furo cumpriu sua função, no entanto, derramando gasolina por toda parte. Rubano trocou o pente de nove milímetros pela munição traçante militar — o outro pente que levara apenas com aquele propósito. Alguns atiradores gostavam de seguir a trajetória de uma bala durante os treinos de tiro ao alvo, e traçantes tinham pólvora o suficiente no exterior da cápsula para emitir uma fumaça branca visível — e o bastante para inflamar gasolina.

Rubano disparou um segundo tiro, e a Kawasaki se acendeu em chamas.

Ele observou de longe. Levara três anos para economizar e comprar aquela máquina, mas planejava aquele momento desde o acidente. Os velhos amigos motociclistas podiam ver como um desperdício, mas ele tinha dinheiro o suficiente agora para comprar centenas de motocicletas. Se as quisesse. Mas não queria. Queria apenas uma coisa, aquilo que o banco e a motocicleta tinham levado embora.

O fogo queimou por vários minutos, e quando baixou até virar quase nada, Rubano caminhou de volta para a moto. Um chute ágil na estrutura derrubou os resquícios carbonizados. O que restou da Kawasaki caiu pela margem íngreme para dentro do canal preto. O metal quente chiou e afundou até o fim, sumindo para sempre.

A civilização ficava a um quilômetro e meio subindo a estrada. Rubano ligou para um táxi do celular, disse ao motorista que o encontrasse em vinte minutos no único posto de gasolina que havia por perto e começou a caminhar.

O que Savannah quer, Savannah consegue.

Ele só precisava descobrir como o dinheiro poderia comprar aquilo de volta.

CAPÍTULO 16

O dedo decepado se mostrou útil para o FBI.

— Temos um resultado de DNA — falou Andie. Ela estava com Littleford no escritório dele, no segundo andar.

— O CODIS conseguiu de novo? — perguntou ele. O Sistema de Catalogação Combinada de DNA (CODIS) é um sistema de informática financiado pelo FBI que armazena DNA em perfis passíveis de busca, para fins de identificação. Criminosos condenados estão no banco de dados.

— Isso — respondeu Andie, ao colocar o relatório diante de Littleford. — Marco Aroyo — disse ela. — Quarenta e um anos. Extensa ficha criminal. Seis anos na prisão por roubo de carro.

— Ele rouba caminhões de entrega usados em fugas?

— Eu gostaria de descobrir.

— Onde ele mora?

— Condomínio Sand Dunes, em West Miami. E por acaso também trabalha em um armazém de azulejos de cerâmica que fica a menos de um quilômetro e meio do aeroporto.

Littleford sorriu.

— Agora estamos chegando a algum lugar. Fico com o apartamento. Você verifica o armazém.

Andie coordenou com o tenente Watts no departamento de polícia enquanto dirigia para o Depósito de Azulejos e Mármore de Miami no distrito dos armazéns, perto do aeroporto. No caso da remota chance de Marco ainda estar vivo e ter, de fato, aparecido para trabalhar sem um dedo, Andie gostaria de reforços. Acabava de passar das duas da tarde quando a agente entrou no estacionamento. O rugido dos motores de avião no ar fez com que ela se sentisse ainda mais perto do aeroporto do que realmente estava. Um 747 passou diretamente por cima, aproximando-se da pista de pouso. Andie olhou para cima e se perguntou quantos milhões estariam no compartimento de carga.

Watts a encontrou do lado de fora do armazém, e juntos eles entraram no escritório do gerente, que estava ao telefone. Andie conseguiu encará-lo pela janelinha na porta, principalmente porque uma mulher bonita era uma visão inesperada naquele ambiente predominantemente masculino. Um lampejo do distintivo de Andie conseguiu a atenção total do gerente. Ele terminou a ligação e saiu para encontrar a agente na tumultuada área do armazém. Andie e o tenente Watts se apresentaram.

— Mahoney — disse o gerente, em resposta. — Todd Mahoney.

Eles apertaram as mãos e os calos confirmaram a primeira impressão de Andie, de que o homem começara de baixo no armazém, até chegar ao escritório principal. Mahoney parecia deslocado usando uma gravata, e vestia uma camisa social de manga curta de trabalhador braçal pouco comprometido com gerência. Era de meia-idade e estava acima do peso, mas tinha a aparência troncuda e atarracada de um cara que podia mover todo um pallet de azulejos de cerâmica sem usar uma empilhadeira.

— Estamos aqui para falar de Marco Aroyo — disse Andie.

Uma empilhadeira apitou atrás do grupo. Estava dando ré com um pallet com duas toneladas de mármore. Mahoney tirou Andie do caminho.

— Boa sorte — disse Mahoney. — Não vejo Marco há mais de uma semana. Contratei um substituto para ele esta manhã. Nem mesmo pegou o último pagamento.

— Já verificou com a família?

— Marco é um merda. Ele não tem família.

Isso explicava a ausência de um boletim de desaparecimento.

— Que tipo de homem ele era? — perguntou Andie.

— Vencedor da bolsa de estudos Rhodes. Cantava no Coral dos Meninos de Viena. Exatamente como todos os cabeças-de-vento aqui.

A empilhadeira apitava e vinha ainda mais rápido na direção deles. Mahoney tirou Andie do caminho mais uma vez.

— Ei, idiota! — gritou ele para o motorista. — Pode ir fazer seu trabalho em um lugar onde ninguém seja morto?

O motorista fez um gesto com os ombros, como se dissesse "Foi mal", então passou para outra pilha de mármore. Mahoney olhou para Andie e falou:

— Marco era *assim*.

— Sabia que ele era um criminoso condenado? — perguntou Andie.
— Ele mencionou isso, sim. Aceito o que consigo.
— Tenho certeza de que ouviu falar do roubo do voo da Lufthansa, do aeroporto, há oito dias.

Mahoney deu um leve sorriso, quase desejoso, algo que Andie percebia ser uma reação comum. Para as pessoas normais, havia um romance esquisito, estilo Bonnie e Clyde, no que dizia respeito a escapar com milhões na caçamba de uma picape.

— Sim — disse Mahoney. — Não é longe daqui.
— Marco é um suspeito.
— Marco? Está de sacanagem?
— Por que isso o surpreende?

Mahoney olhou para o outro lado do armazém, encarou alguns idiotas que estavam fazendo corpo mole, então respondeu.

— Pelo que ouvi no noticiário, foram quase dez milhões de dólares. Difícil imaginar Marco milionário. Até meio engraçado.

— Não acho que Marco esteja rindo — falou Andie. — Temos razões para crer que ele está gravemente ferido. Talvez até morto. Precisamos encontrá-lo.

A expressão de Mahoney mudou, como se ele subitamente se lembrasse de que as coisas não tinham dado muito certo para Faye Dunaway e Warren Beatty na telona.

— Como eu disse, não o vi.
— Seu armazém estava aberto no domingo em que ocorreu o roubo?
— Não. Nunca abrimos aos domingos — disse ele, mas então uma luz pareceu se acender. — Mas Marco estava aqui.
— Como sabe?
— Há dois meses, mais ou menos no Dia do Trabalho, ele disse que precisava de horas extras. Perguntou se poderia ser o segurança aos domingos. Tivemos problemas com roubos aos domingos, então eu disse que sim.
— Ele estava aqui sozinho?
— Até onde sei, sim.
— Tem câmeras de segurança que podem ter registrado qualquer atividade naquela tarde?
— Sério? Aqui? O último armazém nesta área que instalou câmeras de segurança acabou com elas roubadas.
— Reparou algo incomum aqui quando veio trabalhar na segunda de manhã?

Mahoney sacudiu a cabeça.

— Não.

— Dois veículos são de interesse especial. — Andie descreveu a picape e mostrou a ele uma foto do caminhão de entregas. Mais uma vez, o gerente sacudiu a cabeça. O detetive Watts interrompeu.

— Você se importa se eu der uma olhada por aqui?

— Vá em frente — disse Mahoney. — Preciso mesmo voltar a trabalhar.

— Um segundo — falou Andie. — Sabe algo sobre os amigos de Marco? Pessoas com quem ele andava?

— Marco não tinha amigos aqui. Ficava na dele. Mas tinha um cara que costumava trazer ele para o trabalho de vez em quando. Os dois se encontravam para almoçar às vezes também. Na verdade, o cara passou aqui no início da semana procurando Marco.

Andie pegou o bloquinho.

— Sabe o nome dele?

Mahoney coçou a cabeça, pensando.

— Marco chamava ele de Mindinho.

— Ele usa anéis no dedo mindinho?

— Perguntei o mesmo para Marco. Ele conseguiu o apelido na prisão. Banhos coletivos, nenhuma privacidade. Supostamente, o cara tem um pau que vai até os joelhos, então começaram a chamar ele de "Mindinho" como uma piada. Como se chama um cara alto de "Baixinho".

Andie não escreveu isso no bloquinho.

— Mais alguma coisa que lembra a respeito dele?

— Hmm. Não. Eu nem mesmo conseguiria dizer como o cara é. Só a coisa do mindinho se sobressai. Sem nenhuma intenção de trocadilho.

— Não é uma boa pista — disse Andie. — A não ser que o cara esteja escondido em uma colônia de nudismo.

— Queria poder ajudar mais — respondeu Mahoney.

Andie guardou o bloquinho, em branco.

— Eu também.

CAPÍTULO 17

Jeffrey piscou os olhos e os abriu, mas apenas por um instante. Doía demais abrir o olho direito, então ele usou apenas o esquerdo. A luz era irritante, mas, devagar, a sala estranha entrou em foco.

Jeffrey estava de costas, deitado em um piso de concreto frio e inacabado. Uma única lâmpada pendia de um fio no teto. Jeffrey deu impulso para se levantar e quis ficar de pé, mas só conseguiu se sentar. Estava com os pulsos e os tornozelos acorrentados a um gancho de metal exposto na parede. Havia corrente o bastante para que ele se movesse no máximo sessenta centímetros em qualquer direção — esquerda, direita ou para cima. As correntes chacoalharam quando Jeffrey se abaixou de novo.

Nossa, que tonteira.

O simples movimento de levantar e abaixar dissipou a confusão na mente de Jeffrey, lembrando-lhe por que o olho direito doía tanto. Ele conseguia sentir o inchaço. Quase sentia aquela bota de novo, o aríete com bico de metal que deformara seu rosto. As súplicas por piedade — "Pare, pare, eu imploro!" — tinham sido inúteis.

A lembrança da noite retornava a Jeffrey agora. Cambaleara para fora do Gold Rush, até o estacionamento. Alguém o agarrara por trás. Um golpe forte na nuca e um cara xingando-o de "gordo filho da puta" conforme homens o empurravam para dentro do porta-malas do seu próprio carro. Ofereceu-lhes dinheiro na hora, mas a porta bateu e lá se foram eles. Não muito longe. Alguns minutos depois, o carro parou, mas Jeffrey não tinha certeza de onde estavam quando o porta-malas se abriu. Os homens não o deixaram sair. Entregaram--lhe um telefone e disseram:

— Ligue para alguém que acha que você vale seu peso em ouro, gordo desgraçado. — Jeffrey não queria envolver Savannah, então tentou o tio. Mindinho não foi de nenhuma ajuda.

— Você se meteu nessa confusão, então saia dela.

Somente depois disso Jeffrey ligou para a irmã.

Ele não se lembrava do que tinha dito a Savannah. Lembrava que alguém arrancara o telefone e fechara a porta da mala. A viagem seguinte foi muito mais longa. Jeffrey estava apertado contra o estepe, e era difícil respirar. A barriga dele era tão grande que não conseguia sequer virar de lado. Devia ter desmaiado àquela altura. A seguir, Jeffrey se lembrava de estar no chão com o rosto contra o concreto. Uma garagem? É, talvez. Os sequestradores deviam tê-lo tirado do carro, jogado no chão e acorrentado a um dos ganchos na parede.

Jeffrey abriu o olho esquerdo o máximo que conseguiu e percorreu a garagem com um único olho. Ele viu a bancada de ferramentas ao longo da parede e o polegar direito começou a latejar. A dor retornava. A lembrança se tornava mais clara. Lembrou-se do alicate de pressão, da voz irritada de um desgraçado sádico, e da risada dos amigos que estavam observando.

"Onde está o dinheiro, Jeffrey? Onde está a porra do seu dinheiro?"

Jeffrey se encolheu ao pensar nisso, e o som de seus próprios gritos lhe passou pela mente. Tentou se sentar mais uma vez, então parou. Ele ouviu passos do lado de fora. Alguém estava vindo. Jeffrey ouviu com cuidado. Apenas um conjunto de passos era tudo o que conseguia discernir.

Por favor, Deus, não o maníaco do alicate.

A porta se abriu — não a porta grande da garagem, mas a lateral. Jeffrey prendeu o fôlego, se sentou e então virou de costas. Reconheceu aquele rosto lindo. Conhecia aquele corpo perfeito, mesmo vestido. Era Bambi, do Gold Rush. Ela foi até Jeffrey e se ajoelhou ao lado dele.

— Ai, meu Deus, Jeffy. Você está bem?

— Não. Olhe meu polegar. Eles arrancaram a unha.

— Ah, coitadinho.

Jeffrey tentou não ficar emotivo, mas o lábio inferior começou a estremecer, e ele não conseguiu segurar. O doce som da voz de Bambi era demais. Jeffrey começou a chorar — um pouco a princípio, depois descontroladamente.

— Ai, querido — disse a mulher, ao aninhar a cabeça de Jeffrey contra os seios. — Não chore.

Ele se recompôs.

— Pode me tirar daqui? Por favor?

Bambi mudou o tom de voz. Não era severo, mas firme.

— Não posso fazer isso, Jeffy.

Ele fungou.

— Por quê?

— Só você pode se tirar daqui.

Jeffrey olhou em volta, confuso.

— Estou acorrentado. Não posso fazer nada.

— Esses caras que você está enfrentando são muito maus, Jeffy. Mas não são irracionais. Sabem que você tem dinheiro.

— Eu não tenho. Não tenho mesmo! Torrei tudo. Cada centavo se foi.

— Eles não acreditam em você.

— É verdade!

— Acham que tem mais escondido em algum lugar.

Jeffrey não respondeu.

Bambi acariciou o queixo dele, forçando-o a encará-la.

— Seu cunhado tem mais? — perguntou ela.

Jeffrey ficou em silêncio.

— Quero ajudar — disse Bambi. — Mas você precisa ser sincero com esses homens. Precisa contar a eles quanto dinheiro tem.

— Eu já disse... estou duro!

— Não estou falando só de você. Estou falando da família toda, Jeffy. Sua família encontrou algum dinheiro?

Ele olhou para o chão, mas Bambi carinhosamente puxou o queixo dele de novo, obrigando-o a olhar para ela com o olho bom. *Um rosto tão doce.*

— Aham.

— Muito dinheiro? — perguntou Bambi.

— Sim.

— Pode me contar sobre isso?

Ele hesitou, e, por um instante, ficou tentado a responder. Mas, por fim, sacudiu a cabeça.

— Não posso. Não posso contar a ninguém.

Bambi se aproximou um pouco mais, pressionando mais do corpo firme contra o tronco flácido de Jeffrey.

— Pode me contar. Será nosso segredo.

— Se eu contar a você, todos ficarão com raiva de mim.

— Não ficarão, não, Jeffy. São sua *família*. Olhe para você — disse Bambi, ao segurar o rosto de Jeffrey cuidadosamente, com as mãos em concha. — Tão lindo. A única forma de ficarem com raiva de você é se não fizer *tudo* que puder para que esses homens muito, muito maus parem de bater em sua linda cabeça. Quer que eles parem, não quer?

— Sim. Eu quero. Quero muito.

— Quanto pode pagar, Jeffy? Sussurre ao meu ouvido.

Bambi roçou o corpo contra Jeffrey, deixando que uma mecha de cabelo tocasse o rosto dele. O cheiro fez com que ele perdesse o controle. Era o truque de Bambi, enfiar o dedo na vagina e então usar o próprio cheiro no pescoço da forma como outras mulheres usam perfume.

— Quatrocentos mil — sussurrou Jeffrey. — É tudo.

Bambi o beijou na testa.

— Esse é meu garoto. Tão inteligente. Tão, tão inteligente. Voltará para o lugar a que pertence rapidinho. Agora, diga onde todo esse dinheiro está.

Jeffrey resistiu. De maneira alguma queria arrastar a mãe para aquilo.

— Não posso contar.

— Jeffy, pode me contar tudo.

— Não.

— Por favor, Je...

— Eu disse *não*.

Isso assustou os dois. Jeffrey jamais dissera não a Bambi, ainda mais com o tom de voz irritado. Ela se afastou e disparou um olhar gélido para ele.

— Você me desapontou.

— Não posso contar isso.

— Tudo bem. Que assim seja.

— Desculpe.

Bambi ficou de pé e parou acima de Jeffrey, olhando para baixo como se ele fosse uma pilha de algo em que ela acabara de pisar.

— É tarde demais para pedir desculpas, *Jeff* — disse Bambi, enfatizando que ele não era mais "Jeffy".

— Não, sério, descul...

— Esqueça. Você teve sua chance. Não precisa me contar onde está. Pode contar a *eles*.

Um calafrio percorreu a coluna de Jeffrey. Ele queria consertar as coisas, mas a mente estava vazia, e não conseguia encontrar as palavras. Observou em silencio conforme Bambi saía, e a porta bateu quando ela se foi.

CAPÍTULO 18

Rubano buscou Savannah no trabalho às sete da noite. Ele não pegou a estrada de sempre para casa, mas Savannah estava ou cansada demais ou distraída demais para reparar até que estivessem no pedágio.

— Aonde vamos? — perguntou ela.

— É surpresa — respondeu Rubano.

— Já tive surpresas o suficiente por um dia, obrigada.

— É uma coisa boa. Vai gostar.

Savannah olhou pela janela do carona. Um mar de subúrbios de Miami brilhava sob a noite preta-arroxeada.

— Como quiser.

Definitivamente cansada.

Os redutores de velocidade na estrada lançavam vibrações pelo carro. Estavam se aproximando das pistas de pedágio pré-pago. Rubano guiava com uma das mãos enquanto segurava o transmissor contra o para-brisa, para que o leitor eletrônico pudesse detectar. Rubano era um dos últimos motoristas em Miami que ainda tinha um daqueles velhos e desengonçados transmissores que se prendia ao vidro com suportes de sucção, e os suportes tinham quebrado.

— Sei que falei para você não gastar nenhum dinheiro — disse Savannah. — Mas realmente acho que podemos comprar outro transmissor.

— Não se sempre precisarmos tirar seu irmão de problemas.

— Não deveria ter ajudado a esconder o dinheiro. Deveríamos ter simplesmente ido à polícia e implorado por perdão.

— Não podemos voltar atrás agora.

Savannah inspirou e expirou, e olhou pela janela de novo.

— É que estou tão preocupada com ele.

Rubano estendeu o braço e segurou a mão da mulher.

— Tudo vai dar certo. Ramsey vai trazer Jeffrey de volta. Ele prometeu que traria.

— Você fala como se esse Ramsey fosse o Homem-Aranha, ou algo assim. E se esses forem os mesmos caras que cortaram o dedo daquele homem no caminhão de entregas?

— Não são os mesmos caras. Esses são criminosos de meia-tigela.

— Como sabe?

Rubano olhou para a mulher. Ela parecia uma pilha de nervos. Precisava tranquilizá-la, e dessa vez, nada além da verdade ajudaria.

— Os caras que sequestraram seu irmão são amigos de Ramsey.

— Você me disse que ele não estava envolvido.

— Não está. — Rubano hesitou, sem saber como soaria, mas falou mesmo assim. — Contratei Ramsey para assustar Jeffrey.

— Como é? — disse Savannah. Era aquele tom de acusação, não era mesmo uma pergunta.

— Jeffrey estava fora de controle. Não queria ouvir ninguém. Pedi que Ramsey o assustasse para que parasse de exibir dinheiro.

— Então ele não foi sequestrado de verdade?

— Bem, ele foi, na verdade. Deu errado. Ramsey pediu que os amigos cercassem Jeffrey no estacionamento do lado de fora do Gold Rush para assustá-lo. Mas seu irmão é tão pamonha que começou a oferecer dinheiro aos caras antes mesmo que colocassem um dedo nele... Antes mesmo de pedirem um centavo. Então eles pegaram Jeffrey e agora querem um dinheiro forte. É só uma confusão. Mas não são os mesmos caras que sequestraram Marco. Não podem ser.

— Rubano, em que merda você estava pensando?

— Vai ser consertado.

— É, e *nós* precisamos consertar. Jeffrey foi sequestrado porque seu plano deu errado.

— Não se preocupe. Tenho outro plano.

Outro suspiro de Savannah. Ela não estava feliz.

— Isso muda tudo. Quero dizer, sim, Jeffrey roubou um dinheiro. *Muito* dinheiro. Mas ele não feriu ninguém. Agora pode ser morto, e é *nossa* culpa.

Rubano trocou de pista e virou para a saída do pedágio. Ele se atrapalhou mais uma vez com o transmissor eletrônico quando passaram pela cabine eletrônica.

— Aonde vamos? — perguntou Savannah. A mudança perfeita de assunto.

— Feche os olhos.

— Rubano, não estou com humor para surpresas.

— Estou tentando ajudar. Se quer se sentir melhor, entre na brincadeira por dois minutos.

— Ah, tudo bem — disse Savannah, resmungando.

Estavam passando pelo outro aeroporto do condado de Miami-Dade, Kendall-Tamiami Executive, uma área menor que servia em grande parte a aviões de propulsão leves e monomotores. Ficava do outro lado da rua de várias comunidades residenciais. Rubano se certificou de que Savannah estava de olhos fechados quando ele virou para a Country Walk. Passou por diversas casas de um e dois andares, depois parou no fim da rua sem saída.

— Tudo bem — disse Rubano. — Pode abrir os olhos.

Estava escuro, mas havia postes o suficiente e luzes acesas nas varandas para que Savannah reconhecesse o bairro. Parecia basicamente igual a antes de os bancos os despejarem e tomarem de volta oito das dez casas na rua.

— É nossa antiga casa — disse ela.

— Errado. É nossa nova casa.

— O quê?

— Eu comprei de volta.

A boca de Savannah se escancarou, e ela precisou de um momento para formar as palavras.

— Por que você faria isso?

— Quero que seja feliz.

— Isso não me deixa feliz.

— Você chorou quando perdemos essa casa.

— Já superei.

— Por favor — disse Rubano. — Saia por um segundo e veja os atributos da fachada.

— Atributos da fachada? Com quem andou falando, algum mau-caráter naquele reality show sobre imobiliárias?

— Apenas veja. Vai se apaixonar de novo.

— Rubano, não! Você simplesmente comprou uma casa? Com dinheiro roubado?

— Não, não é o que você está pensando.

— Não minta para mim. Onde mais conseguiria o dinheiro para uma casa?

— O negócio não está fechado, está bem? Mas só quero que você veja o quanto isso poderia ser fácil.

— O quanto *o que* poderia ser fácil?

— Todo esse dinheiro.
— Pare!
— Espere, ouça. Isso acontece todo dia no sul da Flórida. A única pessoa que sabe que estou envolvido é meu agente imobiliário. Damos um depósito em dinheiro não reembolsável, nenhum nome envolvido. Não fechamos por mais 120 dias, depois é seguro voltarmos a gastar dinheiro. Até então, o vendedor nem mesmo sabe quem é o comprador.
— Isso é loucura. Rubano, não é *nosso* dinheiro.
— Fodam-se os bancos, Savannah. Eles nos destruíram!
— Você precisa retomar o autocontrole agora mesmo. Concordamos em não tocar em nada do dinheiro que você enterrou, nem para me dar um presente de aniversário, nem mesmo para pagar o resgate de Jeffrey. E agora quer comprar uma casa?
— Não é uma casa. É nosso lar.
— Não, não é nosso. Não podemos voltar para onde estávamos.
— Sim. Podemos sim.
— Não. Essa casa imensa era de quando estávamos falando de quatro filhos, dois cachorros e...
— Podemos ter tudo isso.
— Não, não *podemos*, Rubano, não pode comprar de volta o que foi perdido.
O celular dele tocou. Rubano verificou o número. Era do Gold Rush.
— Pode ser Ramsey — disse a Savannah. Ele atendeu. Era Ramsey.
— Cara, precisa conseguir o dinheiro. Rápido! — Ramsey falava muito rápido, quase sem fôlego.
— Devagar — falou Rubano. — Comece do início. Qual é o negócio?
— O *negócio* é que vão matar seu cunhado se você não pagar.
— Eu falei que não vou pagar um milhão de dólares.
— Eles não querem mais um milhão. Querem quatrocentos mil.
Rubano congelou. Era a quantia exata que ele encontrara sob o colchão de Jeffrey.
— Estão blefando — disse ele.
— Não, não. Não estão blefando. Sabem que Jeffrey tem quatrocentos mil, e sabem que está na casa da sua sogra. Vão invadir a casa e pegar, cara, se você não der a eles.
A cabeça de Rubano estava começando a girar. Ele cobriu o telefone, olhou para a mulher e disse:
— Jeffrey falou. Disse a eles que o dinheiro está na casa de sua mãe.
— Ah, não! — falou Savannah.

Rubano falou ao telefone:

— Darei cinquenta mil.

Savannah segurou o marido, os olhos dela estavam arregalados de ódio e medo. Ele gesticulou para se desvencilhar, mas Ramsey ficou igualmente chocado.

— Você é *maluco*, cara. Cinquenta mil?

— Apenas veja se eles aceitam.

— Não vão negociar, cara. Vou mandar o vídeo para você.

— Que vídeo?

— Vai ver do que estou falando. Veja suas mensagens de texto em um minuto e ligue de volta para esse número. — Ramsey desligou.

Rubano esperou com o celular na mão.

— O que ele disse? — perguntou Savannah.

— Espere aí. — O celular apitou com uma mensagem de texto nova. Não havia nada escrito. Apenas um vídeo. Ele tocou para abrir, e o rosto de Jeffrey preencheu a tela. Rubano prendeu o fôlego.

— O que é isso? — perguntou Savannah.

O vídeo passou sem áudio por vários segundos, começando com um plano do rosto inchado e cheio de hematomas de Jeffrey. Parecia que alguém o usara como saco de pancadas. Então o vídeo deu um zoom, um close de terror completo. Mais zoom, dessa vez para a boca de Jeffrey, que foi aberta a força com um tipo de ferramenta. Alicate de pressão. O áudio começou, e o grito de Jeffrey interrompeu o silêncio no carro escuro do casal.

— Ah, meu Deus! — gritou Savannah cobrindo as orelhas.

Rubano fechou o vídeo e tentou guardar o celular. Savannah pegou a mão dele e começou a arrancar o aparelho dos dedos do marido.

— O que foi?

— Deixe! — disse ele. — Você não vai querer ver.

Lágrimas encheram os olhos dela, mas continuou puxando a mão do marido, tentando pegar o telefone dele.

— O que fizeram com Jeffrey?

— Savannah, apenas fique calma.

— Não posso me acalmar! Mataram ele?

— Não, ele não está morto.

— O que fizeram?

Rubano segurou o telefone com ainda mais força, sem resposta para a mulher. Ela bateu no ombro dele.

— Diga o que fizeram com meu irmão!

Não tinha como suavizar.

— Arrancaram as coroas de ouro dos dentes dele — falou Rubano, e depois acrescentou a pior parte. — E alguns dentes junto.

Savannah gritou quase tão alto quanto Jeffrey tinha gritado, e enterrou o rosto nas mãos, chorando. Rubano estendeu o braço e apoiou a mão na lombar dela, mas não havia tempo de consolar a mulher. O celular tocou. Era Ramsey.

— Viu aquilo, cara? Viu?

— Sim. Eu vi.

— Precisa pagar. Precisa dar a eles o que pedirem.

Rubano olhou para Savannah, que o encarava com raiva.

— Tudo bem — disse ele. Estava falando ao telefone, mas também falava pelo bem de Savannah. — Pagaremos o que pediram.

Ramsey ficou tão aliviado que a linha estalou com o suspiro dele.

— Muito esperto, cara. Dê a eles o que estão pedindo, assim termina melhor para todos.

— Ligue para eles agora mesmo e diga que a troca será esta noite — falou Rubano. — Encontro você no Gold Rush em uma hora.

Ramsey concordou e desligou. Rubano olhou para a esposa.

— Já foi resolvido — disse ele, com o tom de voz mais reconfortante.

— Pague o resgate — pediu ela, com a voz trêmula.

— Eu vou.

— Pague o resgate — repetiu Savannah, o medo se tornando ódio. — E tire esta casa idiota da cabeça. Isso já foi longe demais. Ouça, Rubano, ou juro que vou deixar você.

Eles se encararam por alguns segundos, mas pareceu muito mais tempo. Nunca, depois de tudo por que tinham passado, Savannah ameaçara deixá-lo.

Rubano olhou para além da mulher, na direção da casa de cinco quartos e do jardim da frente que era do tamanho perfeito para duas redes de futebol. Então ele virou a chave e ligou o carro.

— Tudo bem — respondeu ele. — Está feito.

CAPÍTULO 19

Rubano dirigiu para casa mais rápido do que deveria. Qualquer encontro com a lei deveria ser evitado, mesmo uma multa por excesso de velocidade, mas se livrou dessa vez. Estacionou na entrada da garagem e tentou não comparar a casa dos sonhos em Kendall e a merda alugada que parecia uma caixa de sapatos e a qual ele e Savannah chamavam de lar desde o despejo. Rubano pegou uma pá na garagem, foi até o quintal atrás da casa e começou a cavar. Savannah foi ver o marido enquanto ele colocava o pavimento de volta no lugar. O cano de PVC selado de vinte centímetros estava ao lado da pá.

— Você enterrou o dinheiro de Jeffrey em nossa casa? — perguntou ela.

Ele não respondeu. Não estava nem de perto pronto para confessar que fora ele quem dera as ordens quando dividiram o dinheiro roubado, que o dinheiro sob o colchão do cunhado era apenas parte do quinhão de Jeffrey, e que Rubano segurara meio milhão de dólares para manter o rapaz sob controle. Ele simplesmente pegou o cano de PVC e o carregou até a garagem. A única forma de remover a tampa da ponta do cano era cortando. Quase uma dúzia de pacotes de dinheiro dispararam do tubo quando Rubano terminou de serrar. Savannah pegou uma bolsa de ginástica no armário e ele enfiou o dinheiro dentro. Rubano entrou na casa e abriu o armário de armas.

— Precisa mesmo disso? — perguntou Savannah.

Rubano escolheu a MRI "Baby" Desert Eagle e dois pentes de munição parabellum nove milímetros, com dez balas em cada. A coleção incluía armas com ainda mais poder de fogo, mas ele adorava segurar a Baby, e os israelenses sabiam fazer uma arma de combate confiável. Ele enfiou a arma no cinto.

— De jeito nenhum vou desarmado.

Savannah não insistiu. Rubano deu um beijo de despedida na mulher, disse a ela que trancasse a porta e foi até o carro. Ela acenou da janela da frente, como se dissesse "boa sorte". Rubano acenou de volta, como se dissesse que precisaria de sorte, então arrancou com o carro. Estava na via expressa Dolphin, a meio caminho do clube de striptease, quando Ramsey ligou para o celular dele.

— Não precisa vir ao Gold Rush — disse Ramsey. — Me encontre no shopping Dadeland. No estacionamento, do lado oeste. Aquele mais perto da via expressa. Meus amigos disseram que faremos a troca ali.

— Achei que tivesse dito que não eram seus amigos.

— Amigos de amigos, cara. Só isso.

Rubano tinha dúvidas demais para ficar feliz por ter levado a Baby Eagle.

— Tudo bem. Encontro você lá. — Rubano deixou a Dolphin, pegou a Palmetto e dirigiu para o sul.

O shopping Dadeland era um dos mais movimentados da Flórida. Muitos moradores o evitavam, mas todos sabiam onde ficava, e turistas sul-americanos chegavam em ônibus cheios como parte de pacotes de viagens contratados. Estacionar nunca era fácil, mas em uma segunda-feira à noite, uma hora antes de fechar, o estacionamento oeste, perto do ponto da Sacks Fifth Avenue, era uma boa escolha para a troca. Não estaria excessivamente cheio, então negócios de qualquer tipo poderiam ser feitos sem testemunhas, mas haveria inocentes observadores o suficiente para evitar que Rubano sacasse a arma. Ele entrou no estacionamento pela Kendall Drive e dirigiu devagar pela Sacks. Não tinha certeza de para onde ir, exatamente. Uma mensagem de texto de Ramsey respondeu à questão: "Estacione no fim da fileira 11."

O estacionamento estava meio cheio, com a maioria dos veículos estacionada mais perto do prédio. Rubano passou por eles até o fim da fileira 11, parou e desligou o motor. O Dadeland ficava em uma área segura do subúrbio; a maioria das pessoas não se lembrava do sangrento tiroteio do caubói da cocaína no shopping, em julho de 1979, que reforçara a fama de Miami como a cidade mais violenta dos Estados Unidos. Mesmo assim, Rubano queria poder ouvir os passos de qualquer um que pudesse se aproximar. Ele abriu as janelas, o que também eliminou o reflexo no vidro, dando a ele uma vista livre do estacionamento iluminado. Pegou a arma do cinto e a colocou entre as pernas, no assento, onde poderia pegá-la rapidamente. Então esperou.

Um minuto depois, ouviu uma batida com os nós dos dedos do lado do carona. Era a forma de Ramsey de avisar que era ele, por mais que fosse desnecessária: não havia muitos homens com dreadlocks no estacionamento do lado de fora da Sacks. Ramsey abriu a porta e sentou no banco do carona.

— Tem o dinheiro, cara?

Rubano entregou a ele a bolsa de ginástica. Ramsey abriu e olhou dentro dos pacotes de plástico selados a vácuo.

— Você me trouxe dinheiro ou bacon, cara?

— Tem exatamente quatrocentos mil. Os cinco pacotes de notas de cem somam 250. Seis pacotes de notas de cinquenta somam 150. Pode contar, se quiser.

— Confio em você, cara. — Ramsey discou no celular e relatou aos sequestradores. — Ele trouxe. Está tudo aqui.

Ramsey manteve o celular colado ao ouvido, atento, mas Rubano não conseguia ouvir a outra parte da conversa. Então ele desligou e guardou o telefone.

— Onde está Jeffrey? — perguntou.

— Está vindo agora mesmo — respondeu Ramsey, apontando.

Rubano olhou pelo para-brisa na direção da estrada escura de acesso que percorria o outro lado da cerca retorcida. A estrada não era iluminada como o estacionamento, mas mesmo a uma distância de cinquenta metros não havia como confundir a bola de boliche de 150 quilos que cambaleava na direção do portão de entrada. Alguém estava ao lado dele, e parecia ser uma mulher.

— Quem está com ele? — perguntou Rubano.

— É uma das strippers do Gold Rush.

— Está envolvida nisso?

— Não, cara. Ela não. Nem eu também. Só estamos tentando ajudar Jeffrey nessa situação *repulsiva*.

A expressão preferida de Ramsey, mas dessa vez, fez Rubano querer pegar a pistola. *Vou lhe mostrar uma situação repulsiva.*

— E se eu não acreditar em você?

Ramsey sorriu.

— O que vai fazer, cara? Chamar a polícia?

Era o velho dilema, o motivo pelo qual criminosos adoravam caçar outros criminosos. Rubano encarou Ramsey por mais um momento, e depois voltou a atenção a Jeffrey e à acompanhante dele. Estavam quase no portão, a 15 metros, ainda encobertos demais pela escuridão para que Rubano visse bem a mulher.

Jeffrey subitamente pareceu reconhecer o carro de Rubano, algo que o animou. Ele se libertou, não precisava mais da ajuda da acompanhante. Ela o deixou ir, sem parecer ter qualquer intenção de se aproximar, ir aonde as luzes do estacionamento pudessem expô-la. Adrenalina carregou Jeffrey pela distância restante. Ele abriu com força a porta traseira, entrou no carro e bateu a porta.

— Ah, obrigado, irmão! Obrigado, obrigado!

Jeffrey se deitou, estatelado, no banco traseiro. A luz do teto permaneceu acesa e Rubano olhou por cima do banco para verificar a condição de Jeffrey. Não estava tão ruim quanto no vídeo, mas o rosto dele ainda estava uma confusão roxa. Sua camisa estava suja de sangue seco.

— Jeffrey, sorria para mim.

Ele forçou o sorriso mais idiota que Rubano tinha visto. Ainda tinha os dentes superiores, o suficiente para formas palavras, mas os inferiores eram uma fileira de cotocos ensanguentados.

— Riram de mim quando arrancaram as coroas — disse Jeffrey.

Rubano sentiu um rompante de ódio. Ele segurou o colarinho da camisa de Ramsey.

— Seus amigos não precisavam fazer isso com ele — falou, a voz como um chiado.

— Calma, cara!

— Poderiam ter espirrado nele e Jeffrey teria contado o que queriam saber.

— Não sou eu, cara. São eles. Os caras maus. Gostam de fazer essas merdas.

A luz do teto piscou e se apagou. Jeffrey grunhiu na escuridão, as palavras quase inaudíveis.

— Quero ir para casa, Rubano. Me leve para casa, por favor.

Rubano encarou Ramsey, ainda segurando o colarinho dele.

— Leve ele para casa — disse Ramsey.

Foi a primeira coisa que Rubano ouvira a noite inteira que fizera sentido. Ele soltou Ramsey e ligou o carro. O jamaicano abriu a porta do carona e Rubano quase o empurrou para fora, na calçada. O carro arrancou tão rápido que a porta bateu apenas com a força da aceleração.

O grunhido de Jeffrey se transformou em gemidos graves e patéticos.

— Quero ir para casa.

Rubano ligou para Savannah enquanto dirigia para a saída do estacionamento.

— Estou com ele — falou.

— Ah, graças a Deus! Ele está bem?

Outro gemido gutural do banco traseiro apenas alimentou sua raiva.

— Ele vai ficar bem — disse à mulher.

— Você está bem? — perguntou ela.
— Estou bem.
— Então não precisou da arma no fim das contas?

Rubano escolheu as palavras com cuidado, pensando em Ramsey, nos amigos sádicos dele que "gostam de fazer essas merdas", e naquela situação repulsiva.

— Não — respondeu ele. — Não precisei da arma.

Não esta noite.

CAPÍTULO 20

Rubano dirigiu direto para casa. Antes de seguir para a casa da sogra e deixar que Beatriz visse o filho naquelas condições, ele queria que Savannah limpasse o irmão. Porém, ele estabeleceu algumas regras antes.

— Jeffrey, acorde.

O cunhado estava aninhado no banco traseiro. Rubano o sacudiu com cuidado, tentando acordá-lo.

— Preste atenção — disse ele.

Jeffrey resmungou, mas pareceu relativamente alerta.

— Savannah não faz ideia de que eu fiz parte do roubo. Acha que foi apenas você, seu tio e um dos amigos dele. Entendeu?

— Aham.

— Se disser alguma coisa para fazer com que ela pense que eu fiz parte disso, vai desejar que os sequestradores jamais o tivessem libertado. Entendeu?

— Sim, como quiser, irmão.

— Bom. Vamos — disse Rubano, tirando-o do banco. Jeffrey era um peso morto total, de ajuda nenhuma ao sair do carro. Os braços dele pendiam, inertes, sobre os ombros de Rubano, e ele conseguiu tirá-lo do banco traseiro sobre os ombros. Jeffrey teria caído de cara no chão da entrada da garagem se não tivesse curvado o corpo sobre as costas de Rubano, que teve dificuldades para colocar um pé diante do outro; os pés de Jeffrey se arrastavam atrás dele como se fossem arados mecânicos. Savannah correu para fora para encontrar os dois na garagem.

— Ah, coitado! O que fizeram com seu rosto?

Jeffrey resmungou algo ininteligível, babando na nuca do cunhado enquanto tentava falar.

— Deveríamos levá-lo para o pronto-socorro — falou Savannah.

Rubano mal conseguia ficar de pé sob aquele peso.

— *Eu* preciso do pronto-socorro.

Os degraus da entrada foram um desafio, mas finalmente conseguiram entrar com Jeffrey e deitaram-no no sofá. O rosto surrado dele parecia ainda pior à luz. Savannah revirou o armário de remédios e trouxe de tudo, desde analgésicos até bolas de algodão. Rubano agiu como o próprio quiroprático, arqueando e torcendo a coluna até que estalasse e voltasse para o lugar. Ele observou da poltrona enquanto Savannah cuidava do rosto do irmão.

— Abra a boca, Jeffrey. — Ela deu batidinhas nas gengivas dele com um pano úmido, mas mesmo um leve toque fez com que ele gritasse. — Graças a Deus que são apenas os dentes inferiores — disse ela.

— Eles só levaram o ouro — replicou Rubano.

— Ele precisa de um dentista.

— Tem uns muito bons na Tailândia. Baratos.

— Por favor, fale sério.

— Estou falando totalmente sério — respondeu Rubano. — É para onde vou enviá-lo. E sua mãe também. Jeffrey contou aos sequestradores que o dinheiro estava na casa de sua mãe. Os dois precisam sair de Miami. Fora do país é melhor ainda.

— Conversamos sobre isso depois. — Savannah colocou dois comprimidos de Tylenol na boca de Jeffrey e mandou o irmão engolir.

— Vamos conversar agora — falou Rubano. — Temos um problemão. Não se esqueça que esses caras começaram pedindo por um milhão de dólares. Eles aceitaram quatrocentos mil, mas agora sabem que Jeffrey é um alvo fácil. Se não o tirarmos de Miami, voltarão.

Savannah olhou para o marido com preocupação.

— E quanto a você e eu? Somos alvos fáceis? E se sequestrarem um de nós?

Rubano encarou o cunhado, lembrando-o das regras que tinham estabelecido no carro.

— E aí, Jeffrey? O que disse a eles sobre Savannah e eu?

— Nada, irmão. Eu disse a eles que o dinheiro era meu, de mais ninguém. Queriam saber quem poderia encontrá-lo, e eu respondi que meu tio ou minha irmã. Só isso.

Bom garoto. Rubano se sentou mais para a frente na poltrona, em modo de interrogatório.

— Contou a eles como conseguiu o dinheiro?

— Eu disse que foi um bilhete de loteria premiado.

Isso batia com o que El Padrino tinha contado a Rubano na Igreja da Santa Santería de Nossa Senhora do Novo Cadillac.

— Acreditaram em você? — perguntou Savannah.

— Não disseram que não acreditaram — respondeu Jeffrey.

— Foi uma boa tentativa — disse Rubano. — Mas tenho quase certeza de que sabem que não veio de um bilhete de loteria. Ramsey praticamente me desafiou a chamar a polícia e relatar o sequestro. Ele sabe que não posso, o que significa que sabe que o dinheiro de Jeffrey não é legal.

— Isso não quer dizer que sabem que é do roubo — falou Savannah. — O que contou a Ramsey quando o contratou para ficar de olho em Jeffrey?

Jeffrey tentou se esticar no assento, mas estava com dor demais.

— O quê? — perguntou ele, fazendo uma careta. — Contratou?

Rubano lançou à mulher um olhar que dizia "Cale a boca". Savannah enfiou mais dois comprimidos na boca de Jeffrey.

— Aqui, querido. Tome seu remédio.

Jeffrey cuspiu os comprimidos.

— O que você disse sobre contratar Ramsey para ficar de olho em mim?

— Eu usei mal as palavras — falou Savannah.

— Não, eu ouvi.

A verdade viera à tona.

— Eu fiz por seu bem — disse Rubano.

— Então contratou Ramsey e ele fez com que eu fosse sequestrado?

Fora esse o papel de Rubano, mas ele não via vantagem em concordar com Jeffrey.

— Não sabemos o que aconteceu.

— *Mentira* — falou Jeffrey. — Foi exatamente o que aconteceu. Não vou para a Tailândia. Não vou a lugar nenhum.

— Ah, vai, sim — disse Rubano.

— Não vou, não. Diga a seu amigo Ramsey que me deixe em paz.

— Por quê? Para você enfiar mais cocaína no nariz e jogar dinheiro nas putas do Gold Rush?

— Vai se foder, Rubano.

— *Eu* me foder? — disse Rubano, ficando de pé. — Quem vai proteger você da próxima vez?

— Ninguém pediu para você me proteger.

— Sua *irmã* pediu.

— É, como você protegeu ela quando a derrubou da moto?

Rubano disparou contra Jeffrey, mas Savannah saltou entre os dois antes que ele conseguisse golpear.

— Parem!

Rubano congelou. Jeffrey olhou por entre os dedos, tendo instintivamente erguido as mãos para cobrir o rosto.

— Não podem ficar brigando um com o outro — disse ela.

— Você tem sorte de eu não arrancar o resto dos seus dentes — falou Rubano.

— Você tem sorte de eu não contar...

— Chega — falou Savannah, impedindo Jeffrey no meio da frase. E foi bom que o fizesse. Rubano tinha quase certeza de que o cunhado estava à beira de denunciar o papel dele no roubo. — Vocês dois... ouçam.

Rubano deu um passo para trás. Jeffrey estava sem fôlego devido à agitação, a barriga dele subia e descia.

— Vamos superar isso — falou Savannah. — Não importa quem sequestrou Jeffrey. Se acham que ele só tinha quatrocentos mil dólares, deve ser o fim da história.

— É exatamente o que acham — falou Jeffrey. — Eu contei a Bambi que era tudo que havia sobrado, e ela acreditou.

— Quem é *Bambi*? — perguntou Rubano.

— É a mulher que me levou até o estacionamento. É minha amiga.

Rubano resmungou.

— Irmão, ela fez você andar sozinho até meu carro para que eu não pudesse ver o rosto dela. Não é sua *amiga*.

— É sim...

— Não importa! — gritou Savannah, alto o bastante para que os dois homens se assustassem e ficassem em silêncio. Ela tomou fôlego e continuou falando. — Ouçam. Graças a Rubano, pagamos menos da metade do resgate que eles pediram. Então, mesmo que tivesse direito a esse dinheiro, algo que você não tem, não pode ficar com raiva de nós.

— Tudo bem. Contanto que eu possa gastar o que sobrou.

— Você tem mais dinheiro na casa de mamãe?

— Não. Dei parte para El Padrino guardar para mim.

— Quanto? — perguntou Rubano.

— Não é da sua conta.

Rubano fez que não com a cabeça.

— Nunca mais vai ver aquele dinheiro, Jeffrey. Já falei com ele. Não vai entregar.

— Para você, não. Mas, para mim, sim.

— Silêncio — disse Savannah. — Chega de gastar dinheiro. Jeffrey, se e quando você recuperar alguma coisa com seu padrinho, dê para Rubano, e resolveremos isso. Talvez contratando um advogado.

— *NÃO!* — gritaram os dois em uníssono.

— Está bem, talvez não um advogado. Mas chega de gastos desenfreados.

— É meu dinheiro.

— Não pode tocar nele, e a única forma de ter certeza de que não fará é dar o dinheiro para Rubano controlar.

— Mas preciso do meu dinheiro, Savannah.

— Não. Você disse a essa Bambi que o resgate era o último centavo que tinha. Contanto que continuemos agindo como se não tivéssemos dinheiro, eles não têm motivos para sequestrar nenhum de nós. Certo dia, você teve quatrocentos mil dólares. Não importa se ganhou na loteria ou roubou de um traficante. Agora acabou, não tem mais. Fim da história. Estou certa, Rubano?

Rubano ainda estava se recuperando do comentário de "contratar um advogado", mas, tirando isso, as palavras da mulher faziam sentido.

— Posso agir como se estivesse duro por quanto tempo for necessário — disse ele. — Não sei se Jeffrey consegue.

— Ele consegue, se não souber onde está o dinheiro dele.

— Isso é uma droga — falou Jeffrey.

— Jeffrey, quer que eu conte para a mamãe que você está praticamente morando no Gold Rush?

Savannah usava o maior medo de Jeffrey: filha obriga mãe a enxergar a verdade; mãe tem um infarto fulminante, ou pior, expulsa o filho imprestável de casa.

— Merda — disse Jeffrey, baixinho.

— Promete seguir as regras dessa vez? — perguntou ela.

Jeffrey fez uma careta, mas era mais pela dor de dente do que uma expressão de discordância.

— Acho que sim — disse ele, encolhendo o corpo.

— Que bom — falou Savannah. — Está decidido. Próximo problema. Vou ver se consigo ligar para um dentista. Vocês se comportem.

Ela saiu da sala para buscar o telefone. Rubano desabou na poltrona. Jeffrey tentou encontrar uma posição mais confortável no sofá, mas era como uma baleia encalhada, e a bunda afundou ainda mais na fenda entre as almofadas. Os dois homens evitaram contato visual, e o silêncio estava ficando esquisito.

— Rubano?

Ele não respondeu. O ódio ainda fervilhava, e começar uma conversa sem Savannah na sala para agir como juíza era uma proposta arriscada.

— Desculpe por eu ter mencionado a moto — disse Jeffrey. — E eu sei que você não empurrou Savannah.

Rubano suspirou. Não esperava um pedido de desculpas, e era uma atitude decente de Jeffrey tentar amenizar as palavras ditas com ódio. Mas não importava muito que Rubano não tivesse derrubado Savannah da moto. Poderia muito bem ter feito.

— Obrigado, irmão — respondeu Rubano, sem sinceridade. — Agradeço mesmo.

— Mesmo quando aqueles caras arrancaram as coroas dos meus dentes, eu não disse nada sobre você ter o dinheiro ou ser parte do roubo. Fiquei restrito ao meu papel e disse a eles que só tinha quatrocentos mil. Por isso pediram esse valor de resgate.

Parecia verdade, e Rubano chegara a essa conclusão.

— E não vou contar a Savannah que você fez parte de você-sabe-o-quê. Então, estamos bem?

Rubano olhou para cima. O rosto de Jeffrey era uma confusão inchada, e a perda das coroas de ouro tinha deixado a parte inferior da boca deformada. Jeffrey era um mala, mas estava obviamente buscando a aprovação de Rubano, o que tornava difícil permanecer com raiva. Ele só parecia querer alguém que dissesse "Você se saiu bem, Jeffrey".

— Sim, estamos bem — disse Rubano, mas não acreditava nisso. — Por enquanto.

CAPÍTULO 21

Savannah ficou assistindo à televisão sozinha, enquanto Rubano levava Jeffrey para casa.

Ela limpou o irmão o melhor que pôde, mas não queria estar lá para a choradeira quando a mãe pusesse os olhos no rosto espancado dele. O dentista o atenderia de manhã cedo. Cabia a Rubano decidir quanto dinheiro dar a Jeffrey para consertar os dentes.

— Eca — disse Savannah. Jeffrey deixou uma mancha de sangue no braço do sofá. Ela pegou um pano para limpar, o que levou apenas alguns minutos, mas foi tempo o bastante para que ela perdesse o fio da história no drama televisivo a que estava assistindo. Savannah mudou de canal em busca de mais entretenimento fútil, mas nada a interessou. Não era culpa das emissoras: havia exemplos mais do que o suficiente de "é tão ruim que chega a ser bom" na programação para distrair o espectador comum. Era a falta de concentração dela. Sua mente estava em outro lugar.

A viagem até a antiga casa deles em Kendall fora um desvio inesperado. A menção de Jeffrey ao acidente de moto completou a reviravolta emocional. Os médicos tinham levado muito tempo para avaliar a total extensão dos ferimentos às trompas de falópio de Savannah, e depois de seis longos meses de depressão, ela tomou a decisão de não remoer "a situação". Mas aquela noite fora como um soco no estômago, voltar ao lugar onde tinham planejado criar filhos, junto com o abrupto lembrete de que não podia tê-los.

"Rubano, você não pode comprar de volta o que foi perdido."

A única pessoa que dissera que tinha jeito fora o padrinho de Jeffrey — El Padrino —, que afirmou a Savannah que ela permaneceria estéril enquanto levasse uma vida pecaminosa. Ela mandou o homem e as crenças dele em Santeria para o inferno, sem nem sequer se incomodar em observar que não era mais pecadora do que milhões de mulheres que pareciam não ter problema algum em expelir bebês. Mas agora Savannah se perguntava. Pensando bem, talvez fosse punição pelo pecado multimilionário que ela ainda não tinha cometido, o maior pecado da vida: deixar que o irmão e o tio escondessem todo aquele dinheiro, sem dizer nada à polícia. Até então, ela jamais roubara nada. Jamais escondera algo tão grande. Bem, talvez *uma coisa*.

Tinha a ver com o emprego dos sonhos dela. Aquele que lhe escorreu entre os dedos.

Miami tinha sua parcela de escolas particulares de renome, mas para qualquer um que quisesse a opção ininterrupta de "pré-escola ao ensino médio", a Academia Grove era particularmente famosa. O campus arborizado de vinte mil metros quadrados ficava em Coconut Grove, diante da baía Biscayne, e os alunos que não iam para a escola toda manhã em um Lexus ou BMW talvez fossem de barco. Nenhuma sala de aula tinha mais de 12 alunos. Mandarim era obrigatório a partir dos três anos. As salas de aula tinham a mais recente tecnologia de quadro SMART Board, e qualquer aluno que não tivesse um laptop novinho todo mês de setembro estava vivendo na Idade Média. Uma vez a cada década, alguém chegava ao quinto ano sem ser nomeado uma das crianças do programa de identificação de talentos da universidade Duke, mas os melhores dos melhores não estavam de olho em Duke, ou qualquer outra universidade ao sul de Cambridge, com a possível exceção daquela em New Haven.

Savannah jamais se esqueceria do dia em que conseguiu o emprego no departamento de artes.

Ou do dia em que o perdeu.

— A diretora Burns quer vê-la no escritório dela, Savannah.

Ela ergueu o rosto da mesa, na minúscula sala. Era uma das duas aprendizes que respondia à professora permanente de Grove, a qual estava de pé à porta aberta. O dia escolar ainda não tinha começado, mas em 45 minutos uma dúzia de alunos do sétimo ano entraria na sala de artes, esperando trabalhar com acrílico.

— Agora?

— Sim. Imediatamente.

Savannah olhou, nervosa, para o relógio na parede, preocupada por não estar pronta para a aula. Mas quando a diretora chamava, a mais nova professora-assistente na escola não respondia "depois". Ela deixou o trabalho de lado e correu escada abaixo, até o escritório administrativo.

— Por favor, sente-se — disse a diretora.

Burns não estava sorrindo, o que Savannah tomou como um sinal muito ruim. Ela era a administradora perfeita, com habilidade para sorrir durante as circunstâncias mais difíceis, mesmo que estivesse contando que sua casa estava em chamas ou, muito pior, que seu filho não estaria no prestigiado programa de matemática de Cingapura. Sorriso nenhum significava algo sério de verdade, o que só foi confirmado pelo fato de que a diretora-assistente também estava no escritório.

— Tem algo errado?

— Vou direto ao ponto — disse a diretora. — Estamos aqui para educar nossos alunos, mas nada na Academia Grove é mais importante do que a segurança de nossas crianças.

— É claro.

— Por isso nosso processo de contratação é tão seletivo.

— Estou honrada por trabalhar aqui.

Isso era um eufemismo. Durante cinco anos, Savannah fora instrutora de artes na escola de ensino fundamental West Miami, onde oitenta por cento dos alunos falavam inglês como segunda língua. O diretor tinha recomendado Savannah para a Academia Grove e ela os impressionara o bastante para conseguir uma posição de aprendiz. Na verdade, era uma redução salarial, mas a questão era que a vaga só se tornara disponível porque a Academia enviara a predecessora de Savannah para obter um mestrado da Escola do Instituto de Artes de Chicago — com manutenção total do salário e bolsa de estudos. Era a chance de Savannah de conseguir o mesmo reconhecimento, de ser alguém, de derrotar a piada que ouvia desde o ensino médio: pode tirar *la niña* de Hialeah, mas não pode tirar Hialeah de *la niña*.

— Seu emprego aqui é exatamente o motivo desta reunião — disse a diretora.

Subitamente, respirar se tornou difícil.

— O que quer dizer?

— Não requeremos que professores-assistentes preencham candidaturas de emprego sob juramento, mas levamos muito a sério qualquer inverdade ou omissão quando se trata de ficha criminal.

A garganta de Savannah se apertou, mas ela sabia exatamente do que a diretora estava falando.

— Posso explicar...

— Por favor, não torne as coisas piores ao mentir descaradamente. Pesquisamos até chegar ao registro de prisão.

— Mas...

— Sra. Betancourt, seus serviços não são mais necessários aqui. Volte imediatamente para seu escritório, junte seus pertences e vá embora antes do primeiro tempo.

Um par de faróis brilhou pelas venezianas. Savannah foi até a janela da frente e verificou a entrada da garagem. Rubano estava de volta.

Além dela, Rubano era a única pessoa que sabia da história por trás da demissão — *os dois* lados da história. Ele sabia como tinha sido arrasador para Savannah. Sabia que o momento não poderia ter sido pior. Ela perdera o emprego cinco dias antes de eles perderem a casa. Cinco dias antes de os coletores irem buscar o carro e o casal ter ido embora na moto de Rubano. Tinham um ao outro nesses momentos, apenas um ao outro, e Savannah contara ao marido tudo em que estava pensando e que sentia. Mas havia uma coisa que ela jamais contaria.

As luzes do carro se apagaram. Savannah ouviu a porta do veículo se fechar.

Era difícil para ela descrever o que estava passando pela sua cabeça naquela noite, quando sentou na traseira daquela moto, a última coisa de valor que possuíam, embora não a possuíssem de verdade; possuíam apenas enquanto pudessem esconder do banco. Savannah envolveu a cintura de Rubano com os braços e os dois dispararam pela interestadual, o motor rugindo, a vibração chacoalhando os ossos dela. Ela lembrava da vontade de pular, mas o que veio a seguir era confuso. Mais tarde, o médico no hospital chamaria de fobia, uma sensação incontrolável que tomara conta e tornara impossível para Savannah passar mais um segundo naquela máquina de velocidade. Seu marido aceitara o diagnóstico. Ela também, por um tempo, mas apenas porque queria acreditar que os especialistas estavam certos. Bem no fundo, ela sabia que era diferente. O que a fez saltar daquela moto não fora fobia. Nem um ataque de pânico. Fora uma decisão momentânea, mas no momento confuso, parecera uma solução. Seu coração partido não tinha conserto. Por trás do escudo colorido do capacete, lágrimas escorriam pelo rosto dela.

Savannah simplesmente pulou.

A porta da casa se abriu e Rubano entrou. Ela foi até o marido, abraçou-o tão apertado quanto deveria ter feito na noite que mudou a vida deles.

— Por que isso? — perguntou Rubano.

Savannah não conseguia soltá-lo.

— Nada — sussurrou ela, segurando as lágrimas. — É só... nada.

CAPÍTULO 22

Era o primeiro alvorecer de Andie em South Beach. Um fiapo laranja emergiu do Atlântico conforme ela se aproximou da torre de salva-vidas em Third Street, em Miami Beach. A maré estava baixa, o que deixava o horizonte da costa a meia distância, mas o ritmo suave das ondas quebrando podia ser ouvido na escuridão decrescente. Um punhado de corredores passou pelo calçadão, mas a praia estava deserta, exceto por Andie e uma dezena de outros madrugadores que tinham se reunido para a aula de ioga das sete horas. Ela pedira transferência para Miami sem conhecer ninguém, e não era fácil fazer amigos fora da polícia. A nova amiga dela, Rachel, era a professora.

— Você veio mesmo — disse Rachel, surpresa.

Andie frequentava regularmente o estúdio de ioga três noites por semana. Rachel a importunava para que tentasse a aula na praia, embora tivesse negado que instrutores de ioga "importunassem" alguém.

— Isso é espetacular — falou Andie.

— E melhor ainda: é grátis. Mas eu aceito gorjetas, e espero que o grupo de hoje entenda que conselhos como "vá dormir cedo" ou "escolha o tapete antiderrapante com cuidado" não pagam as contas.

— Isso não é muito zen da sua parte — disse Andie, com um sorriso.

— Ei, não estou comandando um culto de ioga aqui.

Andie não mencionou, mas descobriu a ioga depois de prender um instrutor de Seattle que convencera as alunas mulheres de que entregar as posses materiais delas e transar com ele eram ações necessárias para despertar o Kundalini.

A aula durava uma hora. Andie não chegou nem sequer à primeira posição do cachorro olhando para baixo. Em um mundo perfeito, teria desligado o celular e começado o dia direito. O chefe da unidade tinha outros planos. Andie se afastou da aula, caminhou até o outro lado da guarita do salva-vidas e atendeu a ligação dele.

— Conseguimos uma pista pela central de denúncias — disse Littleford.

— Ótimo. Quantas são até agora? Nove mil, ou nove mil e uma?

— Essa parece real. Mecânico de carros. Ele trabalha em uma oficina de lanternagem perto do rio. Diz que sabe o que aconteceu com a picape preta.

Desde o assalto, agentes da unidade de roubo de carros do FBI estavam fazendo uma varredura pelos distritos de oficinas mecânicas entre o aeroporto e os portos ao longo do rio Miami. A suspeita era de que a picape preta tivesse sido reduzida a pedaços em uma oficina de desmanche.

— Então a recompensa funcionou mesmo? — perguntou Andie.

— Veremos. Vá falar com ele. O tenente Watts está levando-o para a delegacia agora.

— Chegarei em breve.

Andie jamais ia a lugar algum sem uma muda limpa de roupas de trabalho na mala do carro, então dirigiu direto para o escritório, trocou-se rapidamente no banheiro e encontrou Watts na sala de interrogatório. Leonard Timmes, um homem de aparência nervosa e trinta e poucos anos estava sentado do outro lado da mesa de tampo de fórmica. No local não era permitido fumar, mas exceções eram feitas para informantes prestes a dispararem porta afora se não conseguissem uma dose de nicotina. A luz fluorescente e forte parecia incomodar os olhos de Timmes, e Andie suspeitava de que o homem não dormira muito na noite anterior. Não era incomum que um informante mudasse de ideia e decidisse não se envolver no fim das contas, e Watts fizera bem ao levar o homem imediatamente.

Andie se apresentou e agradeceu Timmes por comparecer. Ele acendeu outro cigarro, o terceiro. Andie passou os primeiros minutos tentando acalmar o homem, mas nada menos do que Valium teria conseguido. Ela foi direto para o cerne da questão antes que Timmes se calasse.

— Já viu este homem? — perguntou Andie, ao dispor o iPad sobre a mesa. Tinha fotos e tudo o mais de que precisava no aparelho.

— Esse é o cara — falou Timmes. — O nome dele é Marco.

No alvo.

— Quando viu Marco pela primeira vez?

— Foi uma segunda-feira. Antes do roubo no aeroporto.

— Falou com ele?

— Não. Apenas ouvi. Estava me preparando para colocar uma camada de verniz em uma picape Toyota. Meu chefe trouxe Marco para que ele desse uma olhada. Queria pegar uma picape emprestada.

— Emprestada?

Timmes deu um trago no cigarro, então olhou para Watts.

— O tenente disse que não haveria questões sobre isso.

Watts confirmou com um aceno de cabeça, do qual Andie inferiu que era um acordo típico: Timmes ajudaria com a investigação do roubo, mas não estava ali para derrubar a oficina de desmanche e colocar o chefe e os colegas de trabalho na cadeia por roubo de carros.

— Por quanto tempo Marco queria pegar o carro emprestado? — perguntou Andie.

— Ele disse que devolveria no domingo à noite.

— No domingo do roubo?

— Isso. Mas ele não gostou da Toyota. Disse que precisava de uma cabine com banco traseiro.

Dois atiradores, um motorista, provavelmente algumas armas. Fazia sentido.

— Seu chefe mostrou a ele outra picape?

— Não. Não tínhamos nada assim. Mas meu chefe disse a ele que eu provavelmente poderia conseguir o que Marco estava procurando.

— Conseguiu uma para ele?

Outro longo trago no cigarro, seguido por outra troca de olhares entre Timmes e Watts. O detetive respondeu para o informante:

— Digamos que uma apareceu.

— Certo — falou Timmes. — Uma apareceu na sexta-feira. Uma Ford-150 preta.

— Marco foi buscar?

— Imagino que sim. Ele deveria buscar no sábado, mas não trabalhei nesse dia porque concordei ir no dia seguinte para a entrega. Não costumamos abrir aos domingos.

— Então estava na loja quando a picape voltou?

— Isso. Eu e mais dois caras.

— Quem? — Andie não esperava uma resposta, e não recebeu uma.

— O Sr. Timmes não se lembra dessa informação — falou Watts.

— Certo. Não me lembro. Não é importante mesmo. O que você precisa saber é que quando a picape voltou no domingo, estava dentro do compartimento de carga de um caminhão de entregas.

Andie abriu outra fotografia para o informante.
— Como este?
— Bingo — falou Timmes.
— Quem estava dirigindo o caminhão de entregas?
— Marco.
— Alguém com ele?
— Não. Apenas ele.
— O que aconteceu a seguir?
— Desmontamos a picape.
— Vocês a desmancharam?
— Esse termo é muito negativo — falou Timmes. — Nós resgatamos as partes e carregamos as peças de volta para o caminhão de entregas. Então Marco saiu dirigindo. O trabalho todo provavelmente levou três horas, eu diria.
— Que horas começou?
— Por volta das três e meia.
A hora batia. Timmes estava provando ter muita credibilidade.
— Alguém saiu com Marco no caminhão de entregas?
— Não. Ele chegou sozinho e saiu sozinho.
— Para onde foi?
— Não faço ideia. Nunca mais o vi, jamais tive notícias.
— Ele pagou você?
— Não. Meu chefe me pagou e fui para casa. Mais tarde, estava vendo o noticiário na TV. Foi quando soube do roubo no aeroporto. Alguns caras em uma picape preta fugiram com milhões. Então liguei para meu chefe.
— O que disse a ele?
— Eu estava meio de brincadeira, mas também falava sério. Disse que não tínhamos recebido o suficiente.
— Seu chefe confirmou que era a picape usada no roubo?
— Não precisou. Todos soubemos que Marco tinha subitamente se tornado um homem muito rico.
— Alguém falou sobre ir atrás dele?
— Não comigo.
Andie se apoiou na mesa, dando à pergunta um pouco mais de intensidade.
— Sabe de alguém que possa cortar fora o dedo de Marco e espancá-lo para descobrir onde estava escondendo a parte dele do dinheiro da remessa?
Timmes amassou o cigarro e pegou outro no maço.
— Não conheço ninguém assim.
Andie olhou para as mãos do homem. Estavam trêmulas.

— Então, por que está tão nervoso por vir aqui?

— Não estou nervoso. — Timmes riscou um fósforo, e precisou de várias tentativas, mas finalmente estabilizou a chama por tempo o bastante para acender outro cigarro.

— Isso é muito útil, Sr. Timmes. Obrigada.

— Ganho a recompensa?

— Cedo demais para dizer. Ganhará se essa informação levar a uma prisão e uma condenação dos criminosos responsáveis pelo roubo.

— Bem, isso não é exatamente o que eu queria ouvir — disse Timmes. — Pelo que vi no noticiário, esse Marco provavelmente virou comida de peixe no rio Miami. Não pode prender um homem morto. Eu ainda deveria receber a recompensa.

— Não funciona assim.

O nervosismo de Timmes deu lugar ao ódio.

— Isso é sacanagem. Falei tudo que prometi ao tenente Watts que contaria.

— E o FBI fica muito grato — respondeu Andie.

— Então me dê a droga do meu dinheiro!

Uma batida soou à porta. Andie pediu licença e saiu da sala. Watts a seguiu. Era um dos outros agentes no caso.

— Perdi o rastro de Alvarez — disse ele.

A entrevista de Andie na Braxton Segurança tinha se concentrado em Alvarez, e ele ainda era o suspeito principal do FBI entre potenciais informantes internos da companhia de carros-fortes. O agente Benson tinha sido designado para seguir Alvarez.

— Você o *perdeu*? — falou Andie.

— Eu o observei entrar no apartamento na noite passada, por volta das dez horas. Deveria estar no trabalho às seis da manhã para começar as entregas de mercadorias do dia, mas não saiu. Liguei para a Braxton e pedi que verificassem, vissem por que não tinha ido trabalhar. Eles pediram que o senhorio abrisse o apartamento. Alvarez sumiu.

— Ele não pode simplesmente sumir — falou Andie.

— Não está no apartamento dele, e não o vi sair.

Andie olhou para Watts.

— Faça outra varredura ao longo do rio.

— Está pensando o mesmo que eu?

— Apenas um palpite — disse Andie. — Podemos ter mais comida de peixe.

125

CAPÍTULO 23

A manhã de Rubano foi cheia. A primeira parada foi na creche. Ele deixou Savannah às seis e meia.

Às vezes era chato precisar levá-la para todo lugar, mas Rubano não reclamava. Ela parara de dirigir depois do acidente. Parece que existe uma fobia reconhecida clinicamente para praticamente todo medo debilitante — fobofobia: medo de fobias — mas não para o medo de dirigir. "Transtorno de estresse pós-traumático" foi como o médico do pronto-socorro rotulou a condição de Savannah. Um grande ataque de pânico a levou ao hospital Jackson Memorial. Ela parara subitamente na pista do meio da I-95, incapaz de se mover, interrompendo o tráfego que vinha do centro de Miami na hora do rush, por três quilômetros atrás dela. Não era problema mecânico. Savannah subitamente não podia lidar com carros mudando de pista em volta dela, cortando-a, parando subitamente, ultrapassando-a em velocidade, piscando faróis, soando buzinas, com caminhões de lixo rugindo — *não consigo respirar!*

— A que horas busco você? — perguntou Rubano quando o carro encostou na calçada.

— Às seis.

Savannah levou a mão à maçaneta, então parou para digitar uma mensagem no celular.

— Vou encaminhar para você a mensagem que mandei para Jeffrey com a informação do ônibus que ele precisa pegar para ir ao dentista. Precisa estar lá às oito em ponto. Pode ligar para ele e garantir que chegue?

— Acho que sim. Você não pode ligar para ele?

— Não posso usar o celular no trabalho.

A entrada das crianças na creche começava às 6h45. Savannah só conseguia trabalhar lá três dias na semana, e Rubano sabia o quanto o emprego era importante para ela.

— Tudo bem. Vou ligar.

Rubano deu um beijo de despedida na esposa e dirigiu de volta para a via expressa; próxima parada, centro de Miami. Ele estava com pressa e ia rapidamente. Rubano pegou a saída do estádio de beisebol, deu a volta no quarteirão, parou sob a ponte e saiu do carro. A interestadual rugia acima conforme trabalhadores entravam na cidade para mais um dia de trabalho. Os sem-teto não pareciam se incomodar com o barulho. Meia dúzia ou mais deles estava dormindo profundamente em colchões de papelão. Uma mulher carregava seus pertences em um carrinho de supermercado, mais um dia inútil. Um velho urinava bem à vista. Um rosto familiar se aproximou e Rubano reagiu devagar demais para evitar o homem.

— Ei, você de novo — disse o homem. — Eu disse que conhecia você!

Era o cara na rua, do lado de fora do Seybold Building, com a placa de "Que Deus o pegue".

Rubano tomou a direção oposta e recrutou três candidatos mais confiáveis. Jorge, o veterano da Guerra do Iraque com apenas um braço e olhos tristes. Marvin, o aposentado que perdera tudo para Bernie Madoff. Alicia, de rabo de cavalo e vinte anos, que fugira de casa e poderia ser a sobrinha ou prima de alguém. Rubano os usara antes, e os três sabiam o que fazer. Eles entraram no banco traseiro do carro e foram até Coral Gables.

O cruzamento da U.S. 1 com a Bird Road era um famoso território de esmolas. Milhares de trabalhadores ficavam sentados nos carros todas as manhãs esperando que o sinal de trânsito mudasse. Alguns motoristas estavam ocupados demais falando ao celular ou passando maquiagem para reparar nos rostos tristes do lado de fora dos carros. Outros reparavam, mas viravam o rosto, desconfortáveis. Poucas almas generosas abaixavam o vidro e ofereciam trocados, um dólar, às vezes mais. Essas eram as pessoas com quem Rubano e a equipe dele contavam.

— Todo mundo para fora — falou Rubano.

O trio de sem-teto se agitou no banco traseiro. Uma viagem de carro de vinte minutos era o sono mais confortável que tinham. Rubano os apressou e entregou a cada um uma placa para o dia. *"Homem de Família, Perdi o Emprego." "Veterano do Exército — Não Use Drogas." "Grávida, Por Favor Ajude."*

Rubano não era o "dono" do cruzamento da Bird Road. Apenas o alugava toda terça-feira, de um antigo membro de gangue que era o dono dos principais cruzamentos da U.S. 1, entre Coconut Grove e Pinecrest, dois dos subúrbios mais ricos de Miami. Era o trabalho de Rubano levar os funcionários para o local uma vez por semana, coletar o dinheiro no fim do dia e levar a equipe de volta para dormir debaixo da ponte. O dono do cruzamento com a Bird Road ficava com os primeiros duzentos dólares. Rubano levava os cem dólares seguintes. Os sem-teto ficavam com o resto. Qualquer um que não conseguisse o mínimo diário de trezentos dólares para cobrir as despesas entrava na lista negra e saía da rotação.

— Voltarei depois da hora do rush da noite — disse Rubano a eles. Ele voltou para o carro, abriu a porta e quase caiu com o cheiro. — Merda! — exclamou Rubano. Cheiro de merda era exatamente o cheiro que sentia. Ele suspeitava do velho. Aquele trampo mal valia o esforço. Era típico dos negócios pequenos que o tinham feito saltar diante da chance de "pensar grande". Ele mal podia esperar até parar de ficar na encolha e aproveitar os espólios do roubo.

— Rubano!

Ele se virou e viu o amigo, mas se Octavio Alvarez não tivesse falado, Rubano jamais o teria reconhecido. Alvarez estava usando roupas velhas, um chapéu grande, óculos escuros e uma barba falsa. Antes do roubo, tinham concordado que Rubano não deveria ter contato com um vigia de carro-forte. O plano era que Otavio aparecesse como um sem-teto no cruzamento da Bird Road e coletasse a parte dele em uma mochila. Mas esse encontro só deveria acontecer na semana seguinte.

— O que está fazendo aqui hoje? — perguntou Rubano. — É na terça *que vem*.

— Eu sei. Precisamos conversar. Entre no carro.

— Cara, saia daqui!

— Entre no carro! — disse Alvarez ao abrir a porta e sentar no banco do carona.

Rubano não gostou nada daquilo, mas obedeceu. O coração dele batia tão forte que achou que estivesse tendo um ataque de pânico estilo Savannah. Rubano bateu a porta e olhou com raiva para o amigo.

— Qual é o seu problema? Não tenho seu dinheiro hoje.

— Eu sei, eu... — Alvarez se interrompeu e fez uma careta. — Que cheiro é esse?

— Esqueça isso. Seu dinheiro está escondido. Vai receber em uma semana.

— Preciso dele agora.

— Não! Não foi isso que combinamos.

— Estou sendo seguido.

— E isso torna ainda mais estúpida a ideia de vir até aqui. Agora eles *me* conhecem!

— Não se preocupe, despistei quem seguia. Saí pela janela na noite passada e ninguém me seguiu. Está agindo como se eu tivesse aparecido com meu uniforme da Braxton. Ninguém vai me reconhecer vestido assim.

Rubano respirou com mais tranquilidade, mas o odor o atingiu de novo. E a Alvarez.

— Droga — falou Alvarez. — Preciso abrir uma janela.

— Não, não quero que ninguém nos veja!

Janelas fumê faziam mais do que manter o sol afastado. Rubano ligou o carro e colocou o ar-condicionado no máximo. Alvarez enfiou o nariz nas saídas de ar e inspirou.

— Quem está seguindo você? — perguntou Rubano.

— Não tenho certeza. Mas estou preocupado. Soube de Marco.

— O que você soube?

— Só o que está no noticiário, mas não sou burro, cara. Alguém na oficina de desmanche deve ter descoberto que Marco participou do roubo. Eles o seguiram até o rio e o despedaçaram até que contasse onde estava a parte dele.

— Mindinho acha que Marco não contou nada. Por isso o mataram.

— Mindinho não sabe de nada. E se Marco deu o meu nome?

— Não é possível. Marco jamais soube seu nome.

— Você jura?

— Sim.

Isso pareceu fazer com que Alvarez se sentisse melhor, mas deixou uma pergunta óbvia.

— Então quem está me seguindo? — perguntou Alvarez.

— A polícia interrogou você?

— É claro — disse ele. Alvarez contou sobre o interrogatório do FBI. — Dois agentes. Um cara mais velho chamado Littleford. Uma mulher chamada Henning. Ela é até meio gostosa.

— Tenho certeza de que ela acha que você também é bonitinho. Que merda, quem se importa se ela é gostosa?

— Só estou dizendo. Mas é uma boa observação. Não importa. Assim como não importa quem está me seguindo. Estou sendo seguido. Ponto-final. Preciso de meu dinheiro, e preciso sair de Miami.

— Má ideia. Não vou deixar você fazer isso, irmão.

— Não vai me *deixar*?

— Seu dinheiro está escondido. Ficará escondido, e todos ficaremos quietinhos até a polícia decidir que o roubo do voo da Lufthansa no aeroporto está se dirigindo para os casos sem solução.

— Esse era um bom plano antes de Marco ser morto.

— Ainda é um bom plano.

Alvarez se inclinou para a frente, inspirou mais uma lufada de ar fresco da saída do ar-condicionado, então sacudiu a cabeça.

— Isso começou com a gente pegando algumas malas de dinheiro de um banco alemão importante que remete centenas de milhões de dólares *toda semana*. Uma pequena vingança para os coleguinhas banqueiros deles em Miami que tomaram nossa casa e ainda estão dirigindo os Porsches e as BMWs.

— Aqueles desgraçado em Frankfurt nem se importam se o avião aterrissa — falou Rubano. — Ainda ficam ricos. Está tudo no seguro.

— Tudo isso é verdade — falou Alvarez. — Mas tudo mudou agora. Marco virou picadinho na traseira de uma picape e alguém está me seguindo. Hora de um novo plano.

Rubano não contou a ele que Mindinho também estava pronto para fugir. E não ousou contar sobre Jeffrey.

— Vamos ficar bem. Precisamos ficar juntos.

Alvarez parou, como se sentisse que as palavras não seriam bem recebidas.

— Estou pensando em voltar para Cuba.

Rubano mal conseguia acreditar nos próprios ouvidos.

— Está *o quê*?

— O FBI não pode me tocar lá. Minha irmã ainda mora no meio do nada, trinta quilômetros a oeste de Guantánamo. Posso esconder o dinheiro e me esconder com ela durante seis meses. Um ano, se for preciso. Quando o FBI parar de me procurar, desenterro o dinheiro e estou garantido pela vida toda.

— Ótimo plano — falou Rubano, debochado. — Mas o que você fará quando colocar os pés em solo cubano e eles o jogarem na cadeia por desertar quando tinha 17 anos?

— Isso não vai acontecer, irmão. É o tipo de merda que as pessoas falam quando concorrem a prefeito de Miami.

Rubano sacudiu a cabeça, rindo sem sinceridade.

— O que é tão engraçado? — perguntou Alvarez.

— Lembre de 15 anos atrás — falou Rubano. — Eu ainda lembro do olhar no seu rosto quando entramos naquela balsa. Uma caixa de madeira apoiada em tubulação, garrafas de plástico e qualquer outra coisa que flutuasse.

Alimentada pelo motor de um cortador de grama. Um jarro de vagalumes para podermos ver a bússola à noite. Sabe que está com problemas quando não tem espaço para levar qualquer coisa exceto uma lata de café para tirar a água de dentro da balsa.

— Aquela foi uma viagem e tanta. Que bom que tínhamos aquela virgem com a gente, alguém para rezar para Deus para que cruzássemos os estreitos da Flórida.

Os dois compartilharam um sorriso, mas estava manchado com um toque de tristeza.

— Nós fomos os sortudos — disse Rubano, e ele conseguia ver as lembranças ofuscando os olhos de Octavio. Tinham sido parte do êxodo dos botes cubanos no verão de 1994. Alguns chegaram até a costa dos Estados Unidos. A guarda costeira recolheu mais 31 mil do mar e os enviou para campos de refugiados superlotados na base naval americana em Guantánamo. Um número desconhecido sucumbiu a ondas de mais de três metros, tempestades, desidratação, exposição aos elementos da natureza, botes que não deveriam estar nem perto da água ou apenas azar, os destinos selados no fundo do oceano, ou nas barrigas de tubarões.

— E se eu dissesse então que seria um milionário antes dos 35 anos? — perguntou Rubano.

— Eu o teria chamado de louco.

— E se também tivesse dito que, nove dias depois que todo esse dinheiro fosse seu para sempre, você me encararia e diria que estava voltando para Cuba?

Isso garantiu uma gargalhada sincera.

— Eu teria dito que você é um *maluco, porra*.

A expressão de Rubano ficou muito séria.

— É exatamente o que quero dizer, irmão.

Alvarez tomou um minuto para considerar, encarou a saída da ventilação. Então olhou para o outro lado do painel e disse:

— Está bem. Entendi. Vou ficar na minha.

— Bom — disse Rubano.

Alvarez tocou na maçaneta da porta.

— Mas a reunião da terça que vem está de pé. Eu recebo meu dinheiro.

— Acordo é acordo — falou Rubano.

Alvarez assentiu, abriu a porta e saiu pelo lado do carona.

— Rubano? — disse ele, antes de fechar a porta.

— Sim?

— Pegue parte do meu dinheiro — falou Alvarez, fungando — e compre um desodorizador de ar.

Rubano sorriu quando a porta se fechou e Alvarez se afastou do carro. Então ele arrancou para o tráfego, ignorando os rostos tristes e famintos dos sem-teto conforme pegava o cruzamento para a hora do rush matinal.

CAPÍTULO 24

Savannah estava ansiosa.

A chegada das crianças de manhã na creche tinha ido bem, nada fora do comum. Às nove horas, no entanto, a diretora chamou Savannah no escritório dela. Dois advogados chegaram inesperadamente, e o mais jovem fechou a porta depois que Savannah entrou.

— O que foi? — perguntou Savannah. Estava tentando parecer animada, mas os homens com trajes executivos fizeram com que a voz dela falhasse.

— Temos um assunto muito sério nas mãos — disse o diretor.

Savannah se sentou e ouviu.

— Temos uma ordem judicial — falou o advogado.

Da última vez que Savannah vira uma dessas, perdera a casa. Dessa vez, os pensamentos dela dispararam para algo ainda mais assustador: o roubo. Talvez os advogados representassem a companhia aérea, o aeroporto ou o Banco Central. Talvez fossem do escritório da procuradoria-geral dos Estados Unidos.

— Como isso diz respeito a mim? — perguntou Savannah.

A diretora abriu a gaveta da escrivaninha e entregou um pincel a Savannah. Ela era a professora de artes do centro, mas ensinar advogados a pintar carinhas felizes parecia além de suas habilidades.

— Você fez aquela placa na frente da creche? — perguntou o advogado.

— Sim. Por quê?

— Precisamos mudá-la — falou a diretora.

Os advogados eram especializados em propriedade intelectual. A ilegal "Creche Mickey & Minnie" precisava de um novo nome e novos mascotes, ou seria imediatamente fechada. Savannah tentou não parecer aliviada demais conforme aquele "assunto muito sério" era explicado a ela.

— Vou começar imediatamente — falou Savannah.

Ela levou cerca de uma hora. As orelhas foram um desafio, mas Mickey e Minnie foram transformados em "Mikey e Millie", os guaxinins mais simpáticos de Miami.

Savannah limpou os pincéis e conseguiu respirar de novo, mas não foi a suposta violação de marca registrada que a deixou tão transtornada. Quando entrou no escritório da diretora e viu os ternos, pensou seriamente que o Departamento de Justiça estava na propriedade e que ela sairia algemada. Foi tão perturbador que Savannah violou a regra de não usar celulares para checar Jeffrey. Ela ligou para ele do banheiro.

— Foi ao dentista? — perguntou Savannah.

— Não. Estou na cama.

Passava das dez horas.

— Jeffrey, você deveria ter chegado lá há duas horas.

— Eu vou quando quiser.

— Não está sentindo dor?

— Esfreguei cocaína nas gengivas. Estou todo dormente. Está tudo bem.

Savannah não passou o sermão "diga não às drogas". Isso era um problema intermitente para Jeffrey desde o ensino médio. Ele tinha parado por um tempo, mas perder o emprego o lançara em uma espiral descendente, a qual agora durava dois anos. Mudar-se de volta para a casa da mãe não fora apenas uma questão de moradia. Savannah suspeitava que, sem que mamãe soubesse, pelo menos metade da pensão dela ia para o nariz de Jeffrey.

— Levante a bunda da cama e vá ao dentista — disse ela. — Ou vou contar a mamãe sobre as strippers.

Jeffrey resmungou. A mãe deles podia virar o rosto para o vício em drogas, uma doença tratável, mas strippers eram para pervertidos, e pervertidos não podiam morar na casa de mamãe. Savannah desligou, sabendo que tinha convencido o irmão, e voltou ao trabalho.

Ela ficou ocupada pelo resto da manhã, ajudando crianças de três anos a pintarem autorretratos. A aluna preferida de Savannah estava vomitando e precisou ser buscada mais cedo, mais um motivo para colocar aquele dia na categoria "não tão divertido como costuma ser". Mas a verdadeira fonte para a dor no estômago — de Savannah, não da garotinha — era a reunião à tarde com a assistente social do Departamento de Serviço Social Infantil e Familiar da Flórida.

O órgão era a agência do estado incumbida de alocar crianças negligenciadas ou abandonadas. Era a melhor chance de Savannah de adotar, embora não fosse onde a jornada dela começara. Savannah e Rubano estavam tentando havia meses. Tinham começado com uma agência de adoção particular. Naturalmente, estavam nervosos com aquilo. Embora todas as acusações contra Savannah tivessem sido retiradas, sem condenação, o histórico de prisão tinha custado a ela um emprego na Academia Grove. Savannah fora para a reunião com a conselheira de adoção particular totalmente preparada para explicar que o irmão Jeffrey tinha pegado emprestado o carro dela, que ela foi parada por excesso de velocidade no dia seguinte e que o baseado perfeitamente enrolado que a polícia vira no banco traseiro "totalmente à vista" pertencia a Jeffrey, não a ela. Savannah jamais teve a chance de dar a explicação. A prisão não fora o problema.

— Creio que tenha notícias ruins para você. — As palavras da conselheira pegaram Savannah desprevenida. A primeira reunião deles com a agência privada de adoção tinha isso bem, pensara ela.

— Quão ruins? — perguntou.

— Seu requerimento foi recusado.

Rubano estava sentado ao lado dela, mas Savannah falava.

— Mal começamos. Você disse que haveria uma série de reuniões. Iria até nossa casa, conversaria com nossas referências, tudo isso.

— Como posso explicar isso para vocês? — perguntou a conselheira. — Às vezes uma bandeira vermelha impede o processo de adoção subitamente.

— Acho que sei do que está falando — disse Savannah. — Mas há uma explicação perfeitamente inocente para essa "bandeira vermelha".

— Olhe, serei sincera com você. Você *pode* encontrar uma agência que os aprove, mas duvido. Certamente *esta* agência não aprovará, não importa a explicação.

— Isso não é justo. As acusações foram retiradas.

Rubano pegou a mão da mulher.

— Vamos, Savannah.

— Não — disse ela, com firmeza. — Isso é loucura. Nós dois temos empregos. Somos donos de uma casa. Somos boas pessoas. Tudo bem, houve uma prisão. Podemos explicar isso. Mas uma prisão não é uma condenação.

A conselheira fechou a pasta.

— Primeiramente, não ajuda que você minta sobre o histórico criminal.

— Não estou mentindo sobre nada.

— Olhe — disse a conselheira. — No fim das contas, uma agência privada de adoção é um negócio. Não podemos *continuar* atuando se uma mãe biológica tem qualquer dúvida sobre a alocação do filho dela em um ambiente seguro.

Rubano cutucou a mulher.

— Savannah, sério. Vamos embora.

— Não. Eu fui presa, mas jamais fui sequer julgada. O caso foi desfeito.

A conselheira pareceu momentaneamente confusa. Ela olhou para Rubano, que não a encarava, e pareceu perceber a falta de comunicação marital.

— Sr. Betancourt, tem algo que não contou a sua mulher?

Rubano não disse nada, então a conselheira respondeu por ele.

— Sra. Betancourt, seu marido é um criminoso condenado.

A boca de Savannah se escancarou, mas não saíram palavras. Desde o dia em que ela conheceu Rubano, soube que ele era alguém que assumia riscos, algo que ela não era, e foi o que a atraiu. Aquele não era o tipo de ousadia que aceitara.

Ela se afastou da mesa, contendo a vontade de gritar.

— Obrigada por seu tempo — disse Savannah à conselheira. — Rubano, vamos embora agora. Você e eu precisamos conversar.

Era uma lembrança amarga, e Savannah tirou aquilo da cabeça conforme levava a assistente social do Departamento de Serviço Social Infantil e Familiar para o parquinho atrás da creche. As duas mulheres se sentaram sozinhas a uma das mesas de piquenique. Um mar de folhas de eucalipto caídas se estendia desde a mesa delas até o trepa-trepa. Carvalhos volumosos sombreavam todo o parquinho.

Savannah desistira de tentar encontrar uma agência de adoção privada que colocasse uma criança na casa de um criminoso condenado. A porta internacional se fechara com a mesma rapidez; de acordo com a lei federal, uma condenação criminal era um impedimento absoluto à adoção internacional. Sua esperança era que uma agência estadual fosse mais flexível com relação à situação de seu marido. Ela também esperava que trabalhar em uma creche ajudasse, pois o lugar não parecia ter qualquer problema com o marido dela. Naquele dia o Departamento de Serviço Social Infantil e Familiar deveria observar Savannah no emprego e falar com os colegas de trabalho dela.

— Desculpe se pareço nervosa — falou Savannah.

— Não precisa pedir desculpas.

A assistente social atendia por "Betty", mas seu nome era Beatriz, o que Savannah acreditou ser boa sorte, pois era o nome de sua mãe.

— É que isso é muito importante para mim — disse Savannah.

Betty assentiu, parecendo entender.

— Como eu disse antes, você tem uma ficha complicada.

— Eu sei. Sou muito grata por você ter podido nos trazer a este ponto. Se eu puder ter a chance de dar ao departamento de serviço social uma visão do todo, sei que serei aprovada.

— Bem, vamos esclarecer algo. Há circunstâncias em que o departamento pode contornar uma... — Betty parou para encontrar um eufemismo adequado para "condenação criminal", bastante ciente de que estavam em um parquinho infantil. — Em que o departamento de serviço social pode contornar uma *situação* como a do seu marido. Principalmente se foi há muito tempo e se há circunstâncias atenuantes.

— Esse é exatamente o caso aqui.

— Então há esperança — falou Betty. — Mas isso está longe de ser uma certeza. Quero aconselhar que não alimente esperanças demais.

Savannah respirou fundo, contendo a animação.

— Não vou — respondeu ela, mas era a maior mentira que contara até o momento.

Uma mentira ainda maior do que sua ficha.

CAPÍTULO 25

Sexta-feira era a noite de encontros de Andie.

A policial fugira de muitos esforços para encontrarem um par para ela desde que se mudara para Miami. Na casa do chefe da unidade, no domingo à noite, fora educada, mas clara a respeito da falta de interesse em conhecer o primo de Barbara Littleford — o pobre advogado recém-divorciado que "não é pobre". Determinada, a Sra. Littleford retornou no meio da semana com uma mensagem de voz direto do arco do cupido.

— Apenas se encontre com ele para uma taça de vinho depois do trabalho na sexta-feira. Ele pode ser seu tipo.

Um advogado? Meu tipo?

Ironicamente, a desculpa à prova de questionamentos de Andie viria do marido de Barbara. Ele e o agente especial assistente encarregados do escritório de campo de Miami marcaram para Andie um "encontro" com o agente especial Benny Sosa. Foi o primeiro trabalho de Andie como infiltrada em Miami.

— Coloquei perfume demais? — perguntou Sosa, do assento do motorista.

Sosa era um belo ex-atleta com o cabelo arrumado demais, os músculos grandes demais e a camisa apertada demais. Parecia bastante adequado que exagerasse na poção do amor. A rinite alérgica de Andie começou apenas dois minutos depois de entrar no carro.

— Está bem forte — disse ela, ao abaixar as janelas.

— Desculpe. Achei que cabia ao papel.

Eles se dirigiam ao Night Moves, um clube privado para casais que gostavam de trocar de parceiros. O dono do clube, Jorge Calderón, era também dono de uma oficina de pintura e lanternagem perto do aeroporto — a oficina de desmanche que Marco Aroyo usara para a picape preta depois do roubo. De acordo com a fonte do FBI, Leonard Timmes, Calderón passava toda sexta à noite no clube. Era a melhor pista que tinha recebido naquela semana. Não havia mais informações sobre Marco Aroyo. Octavio Alvarez tinha voltado ao trabalho na Braxton Security na terça-feira; nenhuma outra atividade suspeita. O plano na Night Moves era que o jovem e atraente casal flertasse com o Sr. Calderón para ver se algo emergia, de certa forma.

Eles pararam no estacionamento pouco antes da meia-noite e Sosa encontrou a última vaga. A Night Moves alegava ser a maior boate de "estilo de vida adulto" do sul da Flórida, o "parque de diversões preferido de casais sexy e solteiros seletos". As noites temáticas eram populares. Andie ficou aliviada ao ver que tinham perdido a "Noite do Sushi na Pele" de quinta-feira. Comer peixe cru do peito cabeludo de algum homem que ela nunca tinha visto não era bem a praia dela.

— Não pagaremos a entrada hoje se você usar adesivo rosa nos mamilos — falou Sosa, apontando para a placa do lado de fora da entrada.

— Não vai acontecer — falou Andie.

A boate era do tipo "traga sua bebida" — não tinha licença para vender bebidas alcoólicas —, então Andie levou uma garrafa de falsa vodca para compartilhar. Música estilo dance os recebeu quando os agentes passaram para o saguão de entrada. A placa na parede dizia "NÃO ENTRE se você se sente ofendido por qualquer tipo de nudez ou atividade sexual", mas a nudez vinha depois. Modelito "elegante e sexy" era requerido de qualquer um que não se vestisse de acordo com o tema da noite de adesivos areolares rosa, "colegial" ou o que fosse. O leão de chácara deu o OK para o vestido de festa preto de costas nuas de Andie. A recepcionista verificou as identidades com foto deles, as quais eram falsificações convincentes; então checou os nomes no banco de dados do clube. Andie era Celia Sellers.

— Primeira vez, pelo que vejo — disse ela. — Vou pedir que um casal de nossos mentores do clube apresente tudo a vocês.

— Isso não é necessário — falou Andie.

— É obrigatório. Volto já.

Mentores e um tour não foram mencionados no dossiê de campo do FBI que Andie estudara. O leão de chácara explicou, depois que a recepcionista saiu:

— Não é realmente obrigatório. É para novatos que eles querem impressionar.

Lisonjeada, com certeza.

A recepcionista voltou com os mentores e fez as breves apresentações. O protocolo do tour era separar os homens das mulheres. O agente Sosa seguiu com um belo homem latino que poderia ter sido seu colega de faculdade. Os homens sumiram na barulhenta pista de dança. Priscilla levou Andie pelo corredor para um salão silencioso onde elas poderiam conversar.

— Vocês dois são casados? — perguntou Priscilla.

— Não. Só estamos saindo.

— Quando foi a última vez que transou com outra pessoa?

— Faz tempo demais. — Andie não estava mentindo.

— Boa atitude — respondeu Priscilla.

Um punhado de casais estava no bar, todos totalmente vestidos e de acordo com o código de vestimenta "elegante e sexy". Andie não estava em South Beach, mas até então a aparência e a atmosfera do clube não eram diferentes. Night Moves não era como o clube de swing da vovó, nenhuma aspirante a *Pantera* convidava homens com costeletas longas para transar em um carpete em frangalhos e desbotado. Priscilla levou Andie até um lugar no sofá, cruzou as pernas e sorriu. A frase tatuada na panturrilha dela chamou a atenção de Andie: "Nem todos os errantes estão perdidos."

— Vou explicar o que está acontecendo agora — disse Priscilla. — Seu namorado está recebendo o tour completo. Primeiro, ele verá a pista de dança, que pode ser bastante erótica. Algumas pessoas estarão vestidas, outras estarão se despindo. Algumas estarão se tocando, outras podem estar fazendo mais. Então o tour seguirá para o Salão Vermelho. É nele que você pode de fato fazer as coisas com as quais fantasiou na pista de dança. Se tiver vontade, pode levar alguns amigos que acabou de conhecer. O Salão Vermelho atende ao nível de conforto de qualquer membro. Algumas pessoas gostam de fazer abertamente, onde qualquer um pode assistir. Chamamos de *ginásio do amor*. Outros preferem um local mais reservado. Alguns de nossos membros andam totalmente nus. Outros querem um roupão. Fica a seu critério.

Andie considerou a resposta, ciente de que precisava trabalhar dentro das restrições da conduta aceitável de agentes de acordo com o manual de operações de infiltração do FBI.

— Serei sincera: não chegarei ao Salão Vermelho em minha primeira visita.

— Não se preocupe. Nem faz parte do tour desta noite para você — respondeu Priscilla. — Mas seu namorado vai voltar de lá todo excitado para uma orgia e pronto para assinar a linha pontilhada por uma filiação vitalícia ao clube. Meu conselho para você na primeira visita é se divertir e permanecer vestida. Então vá para casa e faça o melhor sexo que você e seu namorado já fizeram.

— Isso parece um bom conselho — disse Andie.

— É. Vocês são o tipo de pessoa que queremos. Têm classe. São bonitos. E por mais que o material de marketing do clube diga que os membros são, na maioria, pessoas na faixa dos vinte e dos trinta anos, muitos deles apenas *desejam* ser jovens assim de novo. O clube precisa de mais pessoas como nós.

Andie tentou não dar um sorriso cínico demais. Priscilla estava obviamente na categoria dos que desejavam ser mais jovens.

— Então... — disse Priscilla, levantando-se. — Vou mostrar a pista de dança.

A moça foi na frente, e Andie a seguiu pelo conjunto de portas duplas cromadas no fim do corredor. Do lado de dentro havia a típica música alta e as luzes estroboscópicas. A pista de dança era espaçosa, mas estava lotada, com talvez cinquenta casais. Andie viu mais pele nua do que Priscilla a fizera acreditar que veria. O tema "adesivos rosa" aparentemente atraíra os exibicionistas aos montes. Sofás baixos e mesas cercavam a pista. Muitas das mesas tinham mastros de cobre. Donas de casa com calcinha fio dental aperfeiçoavam as habilidades amadoras de strippers. Homens usando cuecas apertadas brincavam de ser modelos de roupa íntima. Alguns até mesmo tinham o abdômen tanquinho perfeito para isso. Na imensa parede atrás do DJ havia pelo menos uma dúzia de telas planas. Tecnologicamente, era páreo para os maiores bares esportivos, mas a única coisa que podia ser assistida era pornografia.

— Está vendo aquele cara ali? — perguntou Priscilla, indicando com um sutil aceno de cabeça.

Andie olhou discretamente para o outro lado da pista de dança. A parceira do homem estava tirando a camisa dele.

— Bonito, não é? — perguntou Priscilla.

— Eu diria que sim.

— Um aviso: ele só tem um testículo. Eu sei, acha que sou superficial, e sua reação politicamente correta é provavelmente "Ah, uma bola, e daí?". Um fato engraçado sobre bolas, no entanto. Você não dá muita atenção a elas, mas meio que sente falta quando não estão lá.

Andie não tinha certeza de como responder.

— Como avós, acho.

Priscilla gargalhou.

— Eu gosto de você. É. Avós.

Andie virou o rosto, mas Priscilla puxou o braço dela.

— Ali — disse a mulher —, no fim do bar. É definitivamente uma pessoa sobre a qual deve ser avisada.

Ela estava falando de outro homem que estava definitivamente na faixa etária dos "desejosos". A morena no braço direito dele e a loira no esquerdo tinham pouco mais da metade da idade do homem e, pela estimativa rápida de Andie, eram areia demais para o caminhão dele.

— Ele não é nada demais — falou Andie.

— Craig tem o maior membro do clube.

— Ah.

— Não estou brincando. Medi. A coisa vai do meu cotovelo até a ponta do mindinho, sem exagero. Devem ser necessários noventa por cento do sangue do corpo dele para conseguir...

Priscilla continuou falando, mas Andie tinha se desligado depois de "mindinho". Estava se lembrando da conversa no armazém de azulejos, no início da semana. No momento, a piada do gerente do armazém sobre o apelido de presidiário do amigo de Marco parecera supérflua. Não parecia mais.

— Com licença — falou Andie —, mas você disse do cotovelo até o mindinho?

— Isso. Até a ponta. Dá para acreditar?

— Por acaso as pessoas o chamam de Mindinho?

— Na verdade, chamam, sim. É uma piada. Chamam ele de Mindinho porque...

— Ele é enorme — falou Andie, terminando a frase para Priscilla.

— Exatamente. Como sabia disso?

Andie olhou para o bar. Só podia ser o mesmo Mindinho, o amigo de Marco, o que era satisfatório em vários sentidos. Dera a sorte grande sem precisar comer sushi cabeludo, usar adesivos rosa ou tomar um banho de uma semana.

— Digamos que a reputação o precede — falou Andie.

CAPÍTULO 26

No sábado de manhã, Rubano desenterrou mais dinheiro.

Sexta-feira tinha sido outra noite tumultuada no restaurante, e passava das duas horas da manhã quando ele finalmente foi para casa. Rubano acordou antes do alvorecer para que os vizinhos não o vissem cavando no quintal. Ele pegou apenas o que precisava, deixou o restante no tubo de PVC e cobriu o buraco. O movimento da faca removeu a embalagem a vácuo. As notas foram para dentro de uma mochila. Savannah ainda estava na cama quando Rubano saiu do banho, e não era intenção dele acordar a mulher antes de sair. Ele quase conseguiu.

— Aonde vai, querido?

Ele estava na porta da entrada, levava a mão à maçaneta. Savannah estava de pé do outro lado da sala, envolta no roupão felpudo de cor pêssego, com os cabelos presos para o alto.

— Ah, você está acordada.

— Agora estou — respondeu Savannah. — Aonde vai?

— Estou voltando para o restaurante — respondeu Rubano, mentindo. — Um cano quebrou na cozinha ontem à noite. Preciso ver se consigo consertar. Estou com as ferramentas aqui — disse ele, batendo na mochila de dinheiro.

— Não pode ligar para um encanador?

— Rá — disse Rubano, sorrindo. — Faz ideia de quanto cobra um encanador no fim de semana? Precisaria pedir que Jeffrey atacasse outro voo de dinheiro para cobrir a conta.

Savannah cruzou os braços, obviamente não achando engraçado.

— Por favor, não brinque com isso. Jeffrey tem sorte de estar vivo. Ainda estou muito preocupada com ele.

— Nós dois estamos. — Rubano colocou a mochila no chão, mantendo uma distância segura entre Savannah e o que estava realmente ali dentro. Então ele atravessou a sala e abraçou a mulher. — Eu disse a ele e a sua mãe que deveriam fazer as malas e sair de Miami. Não posso colocar uma arma na cabeça deles e obrigá-los a irem.

Savannah apoiou a cabeça no peito de Rubano, mas manteve os olhos bem abertos, pensando.

— Acho que deveríamos entregar o dinheiro.

Rubano congelou, e depois deu um passo para trás.

— Você o quê?

— Não precisamos contar à polícia que Jeffrey roubou. Podemos dizer que estávamos caminhando por uma trilha de ciclismo quando vimos uma nota de cem dólares no chão. Olhamos em volta e vimos mais uma, e depois outra. Então encontramos uma bolsa inteira de dinheiro que os bandidos enterraram, e alguns animais deviam ter desenterrado.

Animais? Desenterrado? Era realmente possível. Rubano deu mais um passo para trás, subitamente sentindo vontade de se sentar, e se apoiou contra o encosto do sofá.

— Isso é uma má ideia.

— Por quê?

— Encontramos milhões de dólares em uma bolsa, e simplesmente entregamos? Essa é nossa história?

— Sim. Fizemos a coisa certa. Por que é uma má ideia?

— Não é crível.

— Por que não?

— Primeiro, onde acha que moramos, numa cidade de conto de fadas? Ninguém em Miami encontra tanto dinheiro assim e simplesmente devolve.

— Isso não é verdade. Eu me lembro de uma história no noticiário há poucos anos. Um carro-forte virou na I-95, num acidente. Dois garotos devolveram o dinheiro.

— Não. Eu também sei dessa história. Foi quase meio milhão de dólares que saiu do carro-forte. Dois garotos encontraram 55 dólares e devolveram. O resto das pessoas simplesmente ficou com o dinheiro. A cidade praticamente fez um desfile em honra dos meninos que entregaram o dinheiro porque ninguém acreditou que tinham feito aquilo. *Essa* é Miami.

Savannah deu a volta pelo sofá e se sentou no braço. Estava logo ao lado de Rubano, encostada nele.

— Tenho medo de que quanto mais tempo mantivermos o dinheiro escondido, mais difícil será pensar no que fazer a respeito dele.

Rubano estendeu o braço até a mão da mulher e a segurou.

— Vai ficar tudo bem.

— E quanto a Mindinho?

Ele sentiu um calafrio.

— O que tem ele?

— Ainda tem a parte dele do dinheiro, certo?

Rubano não tinha, mas dissera o oposto a Savannah, e reafirmaria isso.

— Isso, a dele e a de Jeffrey. Ou pelo menos achava que tinha. Jeffrey tinha dinheiro do qual eu não sabia. O bastante para conseguir o resgate de quatrocentos mil dólares. Imagino que Mindinho também tenha.

— Podemos entregar o que temos. Quanto é?

Rubano jamais contara à mulher, e atribuir um número exato ao dinheiro tornaria ainda mais difícil manter o equilíbrio na maré de mentiras misturadas à verdade.

— Savannah, tire essa ideia da cabeça. Se não tivermos todo o dinheiro, entregar parte dele não resolve nada.

Ela suspirou profundamente.

— Mindinho é tão desprezível. Mesmo que possamos convencer Jeffrey a entregar o dinheiro, ele jamais consertará as coisas.

— Não tem como saber o que vai acontecer.

— Esteve em contato com ele?

— Da última vez que nos falamos, ele disse que estava deixando Miami.

— Que bom. Ele me dá medo. Sempre foi legal comigo quando eu era pequena. Costumava levar presentes sempre que nos visitava. Mas mesmo antes de ser preso, ele me dava medo.

— Eu cuido de Mindinho.

Savannah olhou para Rubano com preocupação.

— O que quer dizer com isso?

— Não se preocupe. Não vou fazer nenhuma estupidez.

— Promete?

— Precisa confiar em mim, Savannah.

Eles se encararam. Então ela sorriu um pouco, mas foi um sorriso triste.

— Tudo bem. Confio em você.

Rubano dirigiu para o sul e não parou até estar quase em Florida Keys. Era a primeira visita que fazia ao Eden Park.

A comunidade de casas Eden Park consistia em aproximadamente cem mil metros quadrados de casas pré-fabricadas, um trecho plano e sem árvores de terreno para agricultura que o país considerara "residencial" para acomodar milhares de imigrantes que trabalhavam nos campos de feijão e tomate no entorno todo inverno. Como muitos que tinham perdido uma casa por despejo, Rubano e Savannah consideraram a opção das casas pré-fabricadas antes de decidirem alugar. Alguns parques de casas pré-fabricadas eram lindos, tendo sobrevivido de uma estação de tornados até a seguinte com quase nenhum sinal de danos dos ventos ou da chuva. Eden Park não era um desses. Quando se tratava de tempestades tropicais, aquele lugar era como aquela criança distraída da escola fundamental que caminha o dia todo com uma placa de "Me chute" presa às costas. A comunidade tinha as marcas de todas as grandes tempestades que haviam atingido o continente na última década. Era cheia de lotes vazios, as casas demolidas havia muito tempo tinham sido levadas. Alguns donos compravam unidades danificadas pela tempestade por preços mais baixos e as consertavam, deixando-as novinhas em folha. Alguns compravam como estavam, incapazes de pagar pelos consertos necessários. Janelas permaneciam cobertas com compensado de madeira o ano todo, o telhado perpetuamente fechado por lona plástica azul, as soluções "temporárias" que jamais terminavam.

O mais azul de todos ficava no fim de Eden Lane.

Rubano parou e estacionou na estrada de cascalho que dividia o parque. Abaixou o vidro da janela e ficou sentado ao volante por um minuto. Logo adiante, um pouco mais longe na rua, meninos e meninas chutavam uma bola de futebol. Eles pareciam estar na faixa etária do jardim de infância. Em um lugar como Eden Park, videogames eram luxo. As crianças aprendiam a chutar uma bola de futebol quase antes de conseguirem andar. Todos aqueles jovens eram bons. Um menino, em particular, era habilidoso para a idade dele. Bom controle de bola, driblava com os dois pés, excelente velocidade. Rubano o observou com interesse passageiro, concentrando-se mais na menininha briguenta que ficava roubando a bola dele.

Rubano, não pode comprar de volta o que foi perdido.

Savannah estava tão errada. Ela não poderia estar mais errada.

Ele saiu do carro, olhou mais uma vez para a Copa do Mundo de Eden Park, então caminhou até a porta da frente do trailer com o telhado azul. Rubano carregava a mochila. Então bateu com firmeza na porta. Ninguém atendeu. Bateu de novo e a porta principal se abriu, mas a porta contra tempestades permaneceu fechada. A senhora do outro lado da tela da porta não estava sorrindo. A expressão dela ficou ainda mais azeda quando a mulher o reconheceu.

— O que você quer? — perguntou ela.

— Podemos conversar?

— Não temos nada sobre o que falar.

— Por favor. Quero acertar as coisas.

A mulher riu com escárnio e sacudiu a cabeça.

— Pode render algum dinheiro a você — disse Rubano.

Dinheiro. A palavra mágica com Edith Baird. Ela certa vez fora profissional em contornar o sistema. Quando a filha de Edith e Rubano namoravam, a mulher vivia confortavelmente em uma casa de quatro quartos com piscina. Uma condenação criminal por fraude no seguro social colocou um fim ao golpe. Infelizmente, o pêndulo oscilou demais para a direção oposta, e agora o cheque mensal de assistência nem chegava perto do que ela precisava.

— Tem dois minutos — falou a mulher, ao abrir a porta de tela.

Rubano agradeceu a Edith e entrou. A sala de estar era uma confusão entulhada. Na verdade, não era usada como sala de estar. Uma tábua de passar estava no centro. Várias pilhas úmidas da lavagem da manhã pendiam nos secadores. A maioria era de roupas infantis. Muito rosa.

— Como está, Edith?

Ela era uma mulher grande com tríceps flácidos enormes que caíam murchos por cima dos cotovelos, e com os calcanhares tão inchados que Rubano teria jurado que a mulher não os tinha. O velho vestido de verão dela estava pelo menos dois tamanhos menor, o que não tornava fácil curvar o corpo na altura da cintura. Simplesmente se abaixar na cadeira parecia deixar Edith sem fôlego.

— Como parece que estou?

— Mindy está bem? — Rubano estava se referindo à ex-namorada, a filha única de Edith.

— Presa. Outra violação da condicional. Pelo menos se está na cadeia sei que não está vendendo o corpo e usando drogas. Acho que é algo por que agradecer. Não pode ser por isso que você está aqui... Para falar sobre Mindy.

— Não. — Rubano passou para a beira do sofá, olhando diretamente para Edith. — Estou aqui porque quero saber sobre minha filha.

— Kyla não é sua filha, Rubano. Você jamais se casou com a mãe dela, e abriu mão de qualquer direito paterno que tinha quando eu a adotei.

— Entendo. E me arrependo disso.

— Bem, que pena. Tarde demais.

— É mesmo?

— Claro que sim. Kyla passou a vida inteira comigo. Ela fará cinco anos no mês que vem.

Rubano parou, certificando-se de usar o tom de voz certo.

— Edith, eu estava vendo as crianças jogando futebol na rua antes de vir até sua porta. Quantas crianças está criando neste trailer?

Edith olhou para as roupas secando no meio da sala.

— Três. Kyla, Alex e Dylan. Eles dividem o outro quarto.

— Por quanto tempo mais uma garota consegue compartilhar o quarto com dois meninos?

— Por quanto tempo precisar.

— Os pais ajudam com os meninos?

— Mindy nem sabe quem são os pais — disse ela. — Você é o único namorado oficial que ela já teve. E que traste você se mostrou ser.

Rubano desviou o olhar, depois encarou Edith.

— Desculpe quanto a isso. Eu mudei.

— É, Mindy também. Para pior.

— Quero ajudar.

Edith riu com escárnio de novo, desconfiada.

— Mesmo? Como?

A mochila estava aos pés de Rubano. Ele a pegou e entregou para a mulher.

— Abra.

— O que é isso?

— Pode olhar.

A mulher abriu o zíper, olhou dentro e congelou.

— Dinheiro — disse ela, arquejando. — Meu Deus, quanto é?

— Cem mil dólares.

— Onde *você* conseguiu esse dinheiro todo?

— Estou indo bem ultimamente.

— Mentira.

— Não importa onde consegui — falou Rubano. — A questão é: você quer?

— Que tipo de pergunta é essa?

Rubano respondeu com o tom de voz mais equilibrado e casual que conseguiu.

— Você quer, Edith?

— Bem, é claro que quero. Quem não iria querer cem mil dólares? Mas tenho experiência. Sei que não existe essa coisa de dar algo em troca de nada.

Rubano falou no mesmo tom equilibrado.

— Quero adotar Kyla.

— Ah! — disse Edith, meio gargalhando, meio debochando. — Quer Kyla?

Rubano estava impassível, nenhuma mudança na expressão dele.

— Bem, isso é lindo — falou Edith. — Você quer Kyla. *Kyla*. Acha que pode simplesmente entrar aqui e comprar uma menina como se ela estivesse à venda?

O tom de voz de Rubano não mudou.

— Sim. Acho.

Silêncio. Rubano tomou isso como um bom sinal. Se não fosse uma opção, Edith o teria expulsado imediatamente.

— Eu amo aquela criança — falou Edith.

— Cem mil dólares é minha oferta inicial, Edith. É negociável.

— E ela me ama.

— Você é bem convincente. Será tratada de forma justa. Tenho certeza de que podemos concordar em um número.

Edith piscou. Outro bom sinal. Rubano viu um lampejo de esperança, uma faísca nos olhos da mulher que lembrava a velha Edith, aquela que fingia estar à beira da morte e então dividia dez mil dólares com o médico que cobrara do seguro social o tratamento jamais feito.

— Como posso ter certeza de que esse dinheiro não é falsificado? Até onde sei, você entrou em uma loja chique de cópias e imprimiu sozinho.

— Pegue uma. Escolha qualquer nota.

Rubano pegou uma pilha da mochila e dispôs as notas na mesa, abrindo-as como um leque de cartas.

— Olhe com atenção — disse ele. — Algumas notas estão novas em folha. Outras estão gastas nas beiradas. Não são falsificações recém-impressas com números de série consecutivos. *Estas* notas circularam.

Edith pareceu entender o que Rubano queria dizer, mas ele ainda via desconfiança nos olhos da mulher.

— Pegue uma — continuou ele. Edith tirou uma nota do meio da pilha. — Fique com ela. Leve para a loja de departamentos que quiser de Miami. Eles verificarão a marca d'água, testarão o papel com aquela caneta colorida que usam. Dirão se é verdadeira. Então você me liga.

Rubano ficou de pé. Ele levou a mão à mochila, mas Edith a segurou por um ou dois segundos, e Rubano conseguiu sentir o puxão quando recuperou a mochila. Um olhar de angústia tomou conta de Edith quando ela finalmente soltou o dinheiro.

Rubano deu um sorriso fraco, e ficou sério em seguida.

— Não se preocupe. Esta oferta não vai desaparecer. Pense a respeito, e me avise. Bom ver você de novo, Edith.

Rubano jogou a mochila por cima de um dos ombros e saiu.

CAPÍTULO 27

Mindinho acordou no Salão Vermelho. Sozinho.

O Night Moves fechava às cinco da manhã, mas não era incomum que Mindinho encontrasse uma cama vazia em um dos espaços particulares e dormisse até o meio-dia de sábado. Era uma vantagem de ser um dos "Cavalheiros Seletos" do clube, um punhado de membros com "talentos especiais" dos quais não se exigia uma mulher como companhia para entrar. Eles davam prazer às mulheres de outros membros.

Mindinho tateou na escuridão e encontrou o interruptor na parede. Mesmo no máximo, a iluminação era tênue na melhor das hipóteses, o que não era problema. Seus olhos não poderiam lidar com uma agressão direta.

Sua cabeça latejou quando ele saiu do quarto. Não tinha certeza do que bebera a noite toda, mas tornara tudo um borrão. Quase tudo. Lembrava-se de deixar o bar com duas mulheres. Era um cenário típico. Os maridos delas dançaram com outras mulheres na maior parte da noite, e as esposas estavam curiosas para descobrir se os boatos anatômicos sobre Mindinho eram verdade. Como sempre, ele ficou mais do que feliz em comprovar. As manhãs seguintes, no entanto, estavam ficando mais e mais difíceis.

Droga, minhas costas doem.

Mindinho esticou o nó na coluna, subiu as calças e foi até o vestiário. Membros pagavam mais por um armário e por acesso ao chuveiro, mas para os Cavalheiros Seletos era mais uma gratuidade. Mindinho tinha um armário privilegiado bem em frente à janela panorâmica que dava para o "ginásio do amor", onde parte da ação mais quente no clube acontecia, em geral por volta das duas da manhã. Ele encontrou a chave e abriu o armário. O kit de barbear estava na prateleira do alto, onde Mindinho o deixara. O dinheiro não estava.

— Aquelas piranhas!

Mais cinco mil dólares perdidos. Era a segunda vez desde o roubo que prostitutas alegando ser mulheres de outro cara o atraíam para um quarto, enchiam-no de uma mistura especial de bebida trazida por elas até que Mindinho desmaiasse e então limpavam o dinheiro do armário dele. Mindinho jamais poderia provar, é claro. Não havia câmeras nos vestiários, de segurança ou outro tipo. Ele começava a se sentir tão burro quanto o sobrinho no Gold Rush.

Pelo menos estou transando de verdade.

Mindinho tomou banho, se vestiu e seguiu pelo salão mal iluminado até a saída. O amigo o parou no saguão antes que ele chegasse à porta. Era o dono do clube, Jorge Calderón.

— Preciso falar com você — disse Calderón.

— Sobre o quê?

— Em meu escritório. É importante.

Mindinho o seguiu. "Importante" podia querer dizer muitas coisas, principalmente entre dois velhos amigos que se conheciam desde o segundo ano do ensino médio na escola Miami Senior. Tinham se afastado desde a formatura, mas se reconectaram uma década depois, quando Calderón era dono da oficina de lanternagem. Mindinho nem conseguia contar o número de veículos roubados que vendera pela oficina de desmonte do amigo. O negócio era tão bom que Jorge expandira com o Night Moves. Mindinho não tinha participação financeira em qualquer dos negócios, mas os benefícios do clube eram definitivamente tangíveis.

— Sente-se — falou Calderón.

Mindinho se acomodou na cadeira. O amigo se sentou atrás da mesa.

— Irmão, porque a seriedade? — perguntou Mindinho.

— Desculpe, Mindinho. Não pode mais ficar por aqui.

— O quê?

— Todos os outros Cavalheiros Seletos do meu clube têm menos de trinta anos. Você tem 45. Teve uma boa carreira, mas está na hora.

— Mas eu não pareço ter 45 anos.

— Você está parecendo Priscilla. Tem se olhado no espelho ultimamente?

— Então está me expulsando do clube?

— Não. Pode vir se trouxer uma mulher. Mas chega do status de Cavalheiro Seleto.

— Isso é bem cruel, irmão.

— Não é nada pessoal — falou Calderón. — São negócios.

— Negócios?

— Estou arrumando o clube para vender. Tenho investidores vindo do Brasil, de Cingapura, de todo canto. Essas pessoas têm um instinto aguçado para quanto um clube deste vale. Precisa ser de primeira qualidade. Não posso ter meus Cavalheiros Seletos pedindo desconto de aposentado na mensalidade do clube.

— Não sou tão velho assim.

— Está mais perto do que pensa. A questão é que, se vou conseguir o valor máximo pelo clube, preciso me livrar dos dinossauros.

— Por falar em dinossauros, tamanho é documento.

— Não para esses compradores. Estão buscando uma operação de primeira, com estilo e elegância, não um show de horrores do distrito da luz vermelha.

— Ai. Agora está ficando cruel de verdade, irmão.

— Desculpe, mas não estou apenas sondando para ver o que consigo. Preciso vender este lugar.

O olhar de Mindinho foi até a montagem de fotos na parede: "Noite das Enfermeiras". Ele estivera à toda naquele evento. *Difícil acreditar que foi há 12 anos.*

— E se *eu* comprar o clube?

Calderón sorriu e fez que não com a cabeça.

— Não consegue angariar todo esse dinheiro.

Mindinho não contara ao velho amigo sobre o envolvimento no roubo, nenhuma palavra sobre desmontar a picape na oficina de Calderón, e menos ainda sobre o trabalho que o mecânico de lanternagem dele fizera com um maçarico em Marco Aroyo.

— E se eu conseguir angariar o dinheiro?

— Caia na real, Mindinho. Estou pedindo cinco milhões.

Mindinho fez os cálculos rapidamente. A parte dele era de dois milhões e meio. Ainda tinha a parte de Marco, de um milhão. Tinha torrado pelo menos cem mil, mas não estava fora de alcance.

— Aceitaria quatro?

— De jeito nenhum. Cinco é praticamente o valor do terreno. Meu agente imobiliário me trancaria em um hospício se eu baixasse o valor um centavo. E vamos parar de fingir que você sequer tem quatro.

— Me dê duas semanas. Posso conseguir cinco.

— Está falando sério?

Mindinho olhou para as fotos na parede de novo. Enfermeiras aos montes, e o equipamento dele era exatamente o que o médico receitara.

— Nunca falei mais sério na vida, irmão.

* * *

— O nome verdadeiro dele é Craig Perez — disse Andie.

Ela parou na casa de Littleford para atualizar o supervisor, e estava no quintal dele de novo. Littleford tinha a edição de sábado do *Miami Herald* no colo. Era um daqueles tipos nostálgicos que se agarrava ao jornal de verdade no fim de semana, principalmente quando relaxava na cadeira Adirondack em uma tarde perfeita do sul da Flórida em novembro. O olhar de Littleford estava fixo em um par de gaios-azuis no flamboyant enquanto Andie o informava a respeito de Mindinho.

— Eu gostaria de pedir uma escuta.

Littleford voltou a atenção dos pássaros para Andie, nada impressionado.

— Tem um cara com o membro grande e uma condenação por roubo de automóveis que passou pelo depósito de azulejos procurando por Marco Aroyo depois do roubo. É isso?

— E que também pediu demissão dois dias depois do roubo. Eu verifiquei isso esta manhã.

— Ainda não é o bastante — falou Littleford.

— Voltei e assisti ao vídeo das câmeras de segurança. Mindinho tem a mesma estatura do bandido com a arma. O andar dele é parecido também.

— Está chegando perto.

— Não quero ofender, Michael, mas isso teria sido o bastante para meu supervisor em Seattle.

— Você não está em Seattle.

— Tenho um pressentimento com relação a isso.

— Um pressentimento não é um motivo provável para uma escuta.

Andie tinha outro ponto de vista, mas nesse momento, a esposa de Littleford parou para dizer oi.

— Andie, oi. Uma pena você não ter conseguido encontrar meu primo John ontem à noite.

— Por falar em membro — murmurou Littleford.

— Como é, querido? — perguntou Barbara.

— Nada — disse ele.

Ela sorriu para Andie.

— Talvez possamos marcar uma coisa para o fim de semana que vem.

— Preciso verificar minha agenda.

— Por favor, verifique — disse Barbara. — E me avise. Vou deixar vocês dois sozinhos agora. — Ela voltou para a cozinha e fechou a porta de vidro de correr. Littleford pediu desculpas.

— Não se preocupe — disse Andie. — De volta ao nosso cara. Esqueça a escuta por enquanto. Vamos segui-lo. Não precisamos de uma causa provável para fazer isso.

— Não, mas precisamos de dinheiro. Entre seguir Alvarez e seu trabalho infiltrada no Night Moves, já torramos metade de nossa verba com vigilância.

— Pode pedir um aumento?

— Não com base no que me contou. Olhe, Andie. Miami-Dade está com a investigação do homicídio de Marco Aroyo. Do ponto de vista do FBI, isso é basicamente um crime de propriedade que não envolve terrorismo, ameaças virtuais, corrupção pública, direitos civis ou grandes grupos criminosos. A não ser que esse Mindinho tenha uma ligação direta com a al-Qaeda, não tem chance alguma de eu conseguir um aumento orçamentário para segui-lo.

Os gaios-azuis estavam brigando, o que atraiu o olhar de Andie para a árvore.

— Desculpe — disse ele. — Não quis parecer condescendente. Mas no mundo em que vivemos, minha unidade faz mais com menos. É o esperado. Sinceramente, acho que é parte do desafio que me faz acordar todas as manhãs. Trabalhar em um caso significa *trabalhar* em um caso, não fazer um pedido de orçamento para a mais nova geringonça que faz os adolescentes dizerem "Que maneiro!".

— Tudo bem. Entendi.

— Eu provavelmente não estou colaborando com meus esforços de recrutá-la para a unidade de roubo a banco, estou?

— Pelo contrário. Eu entendo de verdade.

Os dois se sentaram em silêncio por um momento. Então ele era um supervisor que acreditava no que estava fazendo e não tentava fazer parecer melhor do que era — isso só fazia Andie querer trabalhar mais.

— Tem alguma objeção se eu o seguir em meu tempo livre? — perguntou Andie.

— Não, mas entenda que será realmente no seu tempo livre. Não conta como pagamento de hora extra, você não receberá créditos por trabalho não agendado, e não será reembolsada por qualquer despesa.

Ela fez um gesto com os ombros.

— O que mais vou fazer com meu fim de semana? Sair em um encontro às cegas com o primo da Barbara?

Littleford sorriu.

— Me mantenha informado sobre o que acontecer. E, quem sabe? Talvez você consiga uma escuta no fim das contas.

— Pode contar com isso — respondeu Andie.

CAPÍTULO 28

Na terça-feira de manhã, Rubano tinha uma entrega de um milhão de dólares para fazer. A hora do rush estava começando, e ele estava no horário.

Três pistas de tráfego na direção norte percorriam a U.S. 1 na direção do centro de Miami. Os subúrbios a oeste fluíam para o tráfego a norte da Bird Road. Nas horas de pico do trânsito, os trabalhadores podiam facilmente esperar no cruzamento durante quatro ou cinco ciclos do sinal de trânsito, bons vinte minutos, apenas para fazer aquela temida curva à esquerda. Sombreada pelos trilhos elevados do metrô, havia uma oportunidade privilegiada de pedir esmolas para qualquer um que tivesse os pré-requisitos para isso. Naquela terça-feira, como em qualquer outra terça-feira, cabia a Rubano decidir quem tinha o que era preciso e quem não tinha. Os suspeitos sem-teto de sempre viajavam no banco traseiro do carro dele, com a exceção notável do desastre da semana anterior, o cara que depositara o maior sintoma de síndrome do intestino irritável no estofado do seu carro. Os outros tinham perdido ou esquecido as placas de "Por Favor, Ajude" — é claro. Rubano deu a eles novas placas e os mandou com a ordem de sempre do mínimo de trezentos dólares.

Migalhas em comparação com o que havia na mochila no banco ao seu lado.

Ele parou no acostamento e observou a equipe dele se posicionar. Conheciam a rotina. Ninguém caminhou diretamente para a sombra sob os trilhos e se aninhou para tirar uma soneca, o que foi uma surpresa. Em geral, pelo menos um palhaço se sentava em serviço desde o início. Rubano reparou em um velho passando de carro em carro na pista mais afastada, coletando um ou dois dólares pelos bonecos que fizera à mão com folhas de palmeira. Grilos e borboletas eram os maiores sucessos de venda. O homem era um artista. Também era um intruso, operando sem autorização, e, tecnicamente, Rubano deveria ter usado os músculos e mandado o homem dar o fora. Naquela manhã, no entanto, ele não estava com humor para a mesquinharia de Miami.

Mal posso esperar para acabar com essa porcaria.

Passou a marcha e voltou para a Bird Road. O tráfego para oeste era inexistente, então Rubano cruzou a rua até o estacionamento diante da loja de conveniência, o ponto escolhido para o encontro e a entrega.

Sentia-se bem com aquela partilha. Mindinho era um traste. Jeffrey era um perdedor. Marco — quem sabia até que ponto da baía as correntes do rio e as marés tinham levado o corpo dele? Mas Octavio Alvarez era amigo de Rubano desde a infância. Eles começaram a lutar boxe juntos na academia aos sete anos, se socando pelo ringue, igualmente determinados a serem o próximo medalhista de ouro de Cuba. Costumavam ver o time nacional de *béisbol* cubano treinar por um buraco na cerca do lado direito do campo, então juntavam a *moneda nacional* deles para comprar uma bola de sorvete de chocolate na mundialmente famosa Coppelia. Os resultados de testes e outros indicadores acadêmicos os levaram a escolas diferentes no ensino médio, e a maioria dos amigos de Rubano no Instituto Vocacional de Ciências Exatas Pré-Universidade parou de falar com ele depois que foi expulso do caminho para a faculdade por violar a proibição do governo sobre o acesso à internet. Não pareceu importar que ele não estivesse planejando derrubar o regime, que estivera procurando informações sobre o pai russo morto. Alvarez foi o velho amigo que ficou ao lado de Rubano. Mais do que ao lado.

— Vamos pegar um bote para a Flórida — disse Alvarez a Rubano. Então eles foram.

E, é claro, se não fosse por Alvarez e o trabalho dele na companhia de carros-fortes, não haveria roubo.

Rubano verificou o espelho retrovisor. Um homem sem-teto estava se aproximando da Bird Road. Ele usava jeans azul, uma jaqueta militar, um gorro e tênis. A barba embaraçada e os óculos escuros baratos eram o toque final em um disfarce convincente. Se Rubano não soubesse que Alvarez estava vindo, jamais saberia que era o amigo. Rubano abaixou o vidro.

Alvarez foi até o lado do motorista e estendeu a mão.

— Tem trocado, Sr. Trump?

Rubano entregou a mochila ao homem. Ele levara notas de cem para Octavio, para deixar a carga mais leve, mas trinta centímetros cúbicos de notas embaladas a vácuo ainda pesavam uns bons dez quilos.

— Não gaste tudo de uma vez.

— Obrigado, irmão.

— Boa sorte.

Alvarez jogou a mochila por cima de um dos ombros, sorriu e se afastou do carro. Rubano continuou observando pelo retrovisor. As pistas na direção oeste da Bird Road ainda estavam livres, o tráfego da hora do rush seguia na direção oposta. Alvarez nem mesmo se incomodou em olhar antes de atravessar, ou talvez tivesse olhado, mas simplesmente não viu. Rubano viu e ouviu tudo — o borrão de metal azul sobre rodas, o momento de pânico quando o amigo congelou no meio da rua, o estampido nauseante de um corpo humano do lado mais fraco da colisão entre quadril e capô contra um automóvel azul em alta velocidade.

— *Octavio!*

O impacto lançou Alvarez pelos ares pelo menos noventa metros antes de ele cair no asfalto. O carro freou com um guincho, mas Alvarez estava imóvel, seu corpo era uma pilha grotesca na estrada. Rubano saiu correndo do carro. O olhar dele se fixou no amigo, mas pelo canto do olho ele viu o homem com os bonecos feitos de folhas de palmeira — o artista sem-teto — correr na direção de Alvarez.

O artista pegou a mochila, abriu a porta do carona e saltou para dentro do carro. O automóvel disparou de ré. Como o carro não tinha placa na frente, Rubano não conseguiu ver a numeração. Apenas quando o motorista chegou ao fim do quarteirão ele recuou para uma garagem, fez a volta e saiu cantando pneus. A essa altura o carro estava longe demais para que Rubano visse a placa no para-choque traseiro.

— Merda!

Ele começou a se aproximar do amigo, então parou. Vários outros trabalhadores tinham saído dos veículos e já estavam cuidando dele. Um estava ao celular, provavelmente falando com a polícia. Uma poça de sangue manchava a calçada. Alvarez não estava se movendo.

Rubano deu mais meio passo para a frente, e então parou novamente. A consciência o empurrava na direção do amigo e lhe dizia para fazer o possível para ajudar. Outra voz lhe dizia que não havia nada que ele *pudesse* fazer, pelo menos nada além do que os outros bons samaritanos já não estivessem fazendo. A mensagem mais convincente era também a mais assustadora: ficar na cena significaria falar com a polícia, o que o ligaria diretamente ao informante do carro-forte que organizara o roubo.

Desculpe, meu velho amigo.

Rubano olhou uma última vez para o corpo sem vida na estrada, então se virou e entrou no carro. Ele seguiu para oeste no estacionamento, no sentido contrário à hora do rush, sem trânsito para enfrentar. Verificou o retrovisor e viu as luzes piscando. Uma ambulância e duas viaturas estavam chegando. Fora bom Rubano ter ido embora, e não apenas porque a vítima era Alvarez. Conforme dirigia para longe, um pensamento se fixou na sua mente.

O cara dirigindo o carro, correndo em marcha ré: ele se parecia muito com Mindinho.

CAPÍTULO 29

Savannah estava com o estômago embrulhado.

Não tinha nada a ver com suas tarefas habituais na creche. A chegada das crianças tinha sido tranquila. O juramento à bandeira tinha seguido como o habitual: "Eu juro lealdade à bandeira..." Apenas duas crianças tinham feito xixi nas calças durante o recreio do início da manhã. A causa da indigestão era a reunião de acompanhamento marcada com o departamento de serviço social. Deveria acontecer às nove da manhã, enquanto as crianças de três anos estavam na aula de "movimento" com a instrutora de dança. Betty podia ter notícias de verdade para Savannah. Ou notícias muito, muito ruins.

Faltando cinco minutos para as nove horas, Betty telefonou do carro. Estava no estacionamento da creche e queria que Savannah saísse para encontrá-la.

O estômago embrulhado ficou mais pesado.

Savannah rapidamente reuniu as crianças na sala de brincadeiras. Elas deveriam se sentar de pernas cruzadas em um grande círculo para a aula de movimento, mas a turma de Savannah parecia mais uma ameba. Uma colega a ajudou, e ela tentou não parecer nervosa demais quando pediu licença, saiu do prédio e encontrou Betty de pé ao lado do carro compacto dela.

— Savannah, desculpe chamar você até o estacionamento, mas tive medo de poder haver lágrimas na frente das crianças.

Foi como uma facada no peito.

— Não serei aprovada?

A mulher fez que não com a cabeça.

— Não. Você não foi aprovada.

Savannah inspirou. Quando Betty dissera "poder haver lágrimas", Savannah jurou internamente que não haveria. Mas ela se viu derramando uma lágrima.

— É por causa... — Savannah parou e olhou por cima do ombro para se certificar de que ninguém pudesse ouvir. — Por causa de Rubano?

— Sim.

— Mas você me disse que a ficha criminal dele não era um impedimento definitivo.

— Isso era verdade — falou Betty. — Há circunstâncias nas quais o departamento de serviço social pode contornar isso, dependendo do motivo da condenação. Principalmente se foi há muito tempo.

— Rubano tinha 18 anos. Um adolescente. Disse isso ao comitê de revisão?

— Eu disse.

— Não entendo. Se algum dia houve um caso com... Como você chamou? Circunstâncias?

— Circunstâncias atenuantes.

— Isso. Este é um desses casos. É fato comprovado que membros do crime organizado de Miami iam até Havana para dizer a adolescentes que poderiam ganhar uma viagem gratuita para a Flórida. Rubano mordeu a isca e então, quando chegou aqui, disseram a ele que precisava sequestrar um carregamento de jeans de alta costura, ou algo assim, ou o mandariam de volta para Cuba. Ele foi pego e cumpriu sua pena. Não foi deportado. Ele se endireitou e é um cidadão americano. Não há motivo pelo qual não deveria ser pai.

Betty não respondeu.

— Então... não concorda comigo? — perguntou Savannah.

A assistente social virou o rosto, então olhou de volta para Savannah.

— Vou dizer isto: não acho que você esteja mentindo para mim.

— Não, não estou mentindo. É a verdade.

Betty hesitou, como se buscasse as palavras certas.

— Quando digo que não acho que está mentindo, quero dizer que, de acordo com minha opinião, você acredita totalmente que isso seja verdade.

— É claro que acredito. Confrontei meu marido a respeito disso quando a agência privada me disse que ele tinha uma condenação criminosa. Rubano me contou a história toda.

— Sim. Foi isso que ele contou a você: uma história.

Os instintos defensivos de Savannah entraram em ação, e ela precisou se conter para evitar falar alto demais.

— Está acusando Rubano de inventar isso?

— Sinto muito por ser a pessoa que precisa contar isso a você, Savannah. Fizemos uma verificação completa do passado de seu marido. Ele foi condenado por um crime, mas não quando era adolescente, e não por sequestrar um caminhão.

Savannah olhou na direção das crianças mais velhas do outro lado da cerca. Uma discussão se intensificava no trepa-trepa. Outra assistente cuidou daquilo. Savannah se reconcentrou.

— Quando foi?
— Não sabe mesmo?
— Aparentemente não.
— A primeira condenação dele foi há cinco anos.
— Isso foi antes de nos conhecermos. Mas, espere: *primeira* condenação? Há mais de uma?
— Creio que sim.
— Qual o motivo?
— Violência doméstica.

O embrulho no estômago de Savannah apenas piorava.

— Isso não é possível. Sou a primeira esposa dele.
— Entendo sua confusão. A Flórida era um dos poucos estados que tinham leis antigas que criminalizavam a coabitação, mas, felizmente, a legislatura achou adequado estender a proteção contra violência doméstica quando um homem e uma mulher não são casados, mas moram juntos. Seu marido estava morando com a mulher que o acusou.
— Bem, violência doméstica pode querer dizer muitas coisas.
— Sim, pode. E por vezes demais é um padrão comportamental. Por isso vim até aqui hoje. Não queria simplesmente fazer uma ligação e cancelar o compromisso. — Betty estendeu a mão e tocou a mão de Savannah. — Eu me preocupo com você.

Uma brisa morna farfalhou as palmeiras atrás das mulheres, mas Savannah subitamente sentiu calafrio.

— O que ele fez?

Betty levou a mão à bolsa e pegou o arquivo do Departamento de Serviço Social Infantil e Familiar da Flórida.

— Tem algum lugar onde possamos discutir isso?
— Não. Não quero ir a lugar nenhum. Conte agora. Conte exatamente o que Rubano fez.

Betty entreabriu a pasta de arquivo e colocou os óculos.

— Vamos começar do início — disse ela.

CAPÍTULO 30

Uma lona branca estava sobre o asfalto na forma fantasmagórica de uma vida interrompida cedo demais. Fitas amarelas demarcavam uma extensão de um quarteirão na Bird Road, desde a tumultuada U.S. 1 até a loja de conveniência na esquina.

— Agente especial Henning — falou Andie, exibindo o distintivo para os oficiais de controle de perímetro.

Faróis giravam no alto de meia dúzia de viaturas e faíscas disparavam de uma fileira de sinalizadores de estrada conforme a Polícia Rodoviária da Flórida redirecionava o trânsito para um desvio lento. O redirecionamento afetava apenas o tráfego na direção oeste, mas curiosos da hora do rush na direção leste faziam o possível para atrasar todos para o trabalho. Uma multidão observava de um estacionamento. Muitos tiravam fotos, aproveitando a oportunidade para atualizar a página do Facebook com algo mais emocionante do que o habitual close do que estavam comendo no café da manhã. Duas ambulâncias estavam na cena, mas os paramédicos estavam parados. Não havia nada a fazer. Uma van branca simples do escritório do médico-legista estava estacionada na pista mais exterior, as portas traseiras estavam abertas, uma maca estava pronta. As camisas pretas que os investigadores do departamento de polícia usavam eram padrão, mas pareciam ressaltar o fato de que aquilo era, realmente, uma fatalidade, um motivo de luto.

— O tenente Watts está aqui — disse o policial quando Andie passou por baixo da fita. — Ao lado do corpo.

As pessoas que chamaram a polícia descreveram a vítima como um homem hispânico sem-teto, mas o primeiro policial na cena rapidamente notou a barba falsa. Era igualmente estranho que um sem-teto carregasse uma carteira com uma habilitação válida e uma identidade atualizada da Braxton Segurança. Andie chegou na cena antes da confirmação oficial de que era o mesmo Octavio Alvarez que era suspeito no roubo do aeroporto.

— É definitivamente ele — falou Andie, ao puxar a lona.

Watts estava ao lado da agente, junto com o sargento Collins, da Unidade de Homicídios no Trânsito do Departamento de Polícia do Condado de Miami-Dade. Um helicóptero da imprensa sobrevoava, atraindo a atenção de Andie do asfalto ensanguentado para o céu azul limpo.

— O que sabemos sobre o veículo? — perguntou Andie.

— Sedan azul de duas portas — falou Collins. — Testemunhas não concordam sobre o fabricante ou modelo. Pode não parecer muito com que começar, mas é meu nonagésimo primeiro atropelamento com fuga este ano. "Sedan azul de duas portas" é mais do que tivemos como ponto de partida em mais da metade deles.

— Alguém pegou a placa? — perguntou Andie.

— Sim. Chequei. Nenhuma conexão com qualquer sedan azul. É de um jipe roubado reportado há oito semanas.

Era prematuro indicar todas as conexões possíveis entre o roubo e o atropelamento com fuga, mas Andie fez uma nota mental sobre a oficina de lanternagem que desmontou uma certa picape Ford preta também ser uma fonte eficiente de placas de carro roubadas.

Um detetive da unidade de homicídio de trânsito se aproximou.

— Conseguimos algo — disse ele ao tenente. Andie ouviu enquanto os dois falavam. Era sobre um sem-teto vendendo gafanhotos de origami feitos de folhas de palmeira. Três testemunhas o viram pegar a mochila da vítima, entrar no carro e fugir com o motorista criminoso.

— Leve essas testemunhas até a delegacia para um retrato falado — disse Watts.

— Sim, senhor.

Ele saiu rapidamente, então Andie fez a pergunta para Watts.

— Tem câmeras nesse cruzamento?

— Nenhuma — respondeu.

— Quando conseguiremos a força de trabalho para verificar os estabelecimentos comerciais na rua? As câmeras de segurança deles podem ter registrado o carro, ou o sr. Origami Sem-Teto, talvez até o motorista.

— Vamos começar — disse Collins. — Mas mantenha em mente que isso é um acidente de atropelamento e fuga, não uma ameaça terrorista de explodir o Porto de Miami.

O FBI não era a única agência policial a sentir o baque das prioridades orçamentárias.

— Verei se consigo assistência de meus agentes técnicos — falou Andie.

Os policiais agradeceram a Andie e ela se foi. Octavio Alvarez era uma imensa interseção entre o roubo e o atropelamento com fuga, mas Andie não queria que a unidade de trânsito do departamento se tornasse um cãozinho disposto a agradar. A agente encontrou um lugar silencioso no estacionamento, ligou para Littleford e rapidamente o informou.

— Não consigo pensar em um bom motivo para que um motorista de carro-forte estivesse na rua fingindo ser sem-teto — disse Littleford.

— Nem eu — respondeu Andie. — Entendo isso como um encontro pré-arranjado para entregar a parte de Alvarez do roubo. Ele sabia que estaria sob vigilância do FBI, então veio disfarçado.

— Por que escolheria um cruzamento tão movimentado no pico da hora do rush?

— Pelo mesmo motivo que um traficante escolhe fazer uma entrega no shopping Lincoln Road na hora do almoço. Se não confia totalmente na outra parte da transação, faça em um local público onde é menos provável que acabe diante do cano de uma arma.

— Então, nenhuma arma aqui... mas o atropelaram.

— É assim que vejo. Esse atropelamento e fuga não foi acidente.

— É isso que diz o departamento de polícia?

— Ainda não, mas veja os fatos. Nenhuma marca de derrapagem; vi isso pessoalmente. O motorista colocou placas roubadas no veículo para evitar que o rastreássemos. Um cúmplice na rua não apenas pegou a mochila, mas provavelmente alertou o motorista quando Alvarez chegou. Sabiam que ele estaria aqui hoje, o atropelaram e fugiram com uma mochila cheia de dinheiro.

— Não sabemos se havia dinheiro dentro.

— Mas é uma presunção racional, considerando o que aconteceu com Marco Aroyo. Você previu: os bandidos estão se voltando uns contra os outros. Agora, temos dois mortos e, em algum lugar nesse bando de ladrões, há um porco coletando todos os espólios.

— Definitivamente plausível — disse Littleford. — Aonde quer chegar com isso?

— Vigilância.

— Em quem?

— Mindinho. Passei o domingo todo seguindo-o em meu tempo livre. Mandei algumas fotos por e-mail. Você as viu?

— Vi — respondeu Littleford.

— Vejo uma semelhança com o suspeito armado no vídeo das câmeras de segurança do aeroporto. Você não?

— Vejo dois homens usando máscaras de esqui e óculos escuros.

— Estou falando de tipo de corpo.

— Sim, acho que há *alguma* semelhança — falou Littleford.

— O suficiente para acrescentar algo ao nosso orçamento para vigilância dele?

— O suficiente para acrescentar um reconhecimento por escrito em sua ficha por seguir o homem em seu dia de folga e usando o próprio dinheiro.

— Nossa, obrigada.

— Tirar conclusões de comparações faciais em fotografias já é bem difícil, mas comparação corporal por si só é uma coisa muito frágil.

Um ônibus barulhento passou na rua, disparando fumaça de diesel. Andie tapou uma orelha.

— Estamos falando de uma ferramenta investigativa, não da evidência principal em um julgamento criminal.

— Mindinho tem um sedan azul como aquele do atropelamento?

— Não. Mas ele cumpriu pena por roubo de carro. Poderia ter facilmente colocado as mãos em um antes de vir até aqui.

— Vamos esperar e ver. Fez o certo ao dizer ao departamento de polícia que verificasse o vídeo de câmeras de segurança privadas. Se conseguirmos uma imagem boa do motorista para que nossos especialistas façam mapeamento facial e confirmem algumas semelhanças com Mindinho, darei sinal verde para a vigilância.

— Quando conseguirmos o vídeo, Mindinho pode ter fugido há muito tempo.

— Tem provas de que ele está prestes a fugir?

— Está morando em um hotel, nunca vai para casa. Se Priscilla, do Night Moves, não estivesse tentando ser minha melhor amiga, eu jamais saberia onde encontrá-lo. Vamos lá, chefe. O tempo é importante aqui. Vai mesmo me fazer implorar?

— Não implore — disse ele. — E não entenda errado também, mas...

— Mas o quê?

Littleford deu um suspiro tão pesado que, mesmo ao telefone, Andie conseguiu sentir que o sábio estava prestes a compartilhar sabedoria.

— A questão é a alocação de unidade que você pediu quando se transferiu para Miami — disse Littleford. — Ainda espero que fique na unidade de roubo a banco. Mas numa maneira subconsciente de mostrar ao FBI o lugar a que pertence de verdade, talvez parte sua queira que a grande descoberta neste caso venha de uma pista que você seguiu a partir de um trabalho infiltrada.

— Está me analisando, chefe?

— Isso se chama ser mentor.

Andie sabia que não deveria desrespeitar um supervisor com boas intenções, mas ficou incomodada por ele achar que ela estivesse "subconscientemente" buscando uma forma de sair da unidade de roubo a banco dele.

— É isso que acha mesmo? A semelhança de Mindinho com o suspeito no vídeo do armazém sou eu enxergando o que quero enxergar?

— Uma tatuagem, um cara com um braço só ou qualquer outro atributo físico distinto seria uma coisa. Mas neste caso não podemos sequer comparar as mãos do cara, porque os bandidos estavam usando luvas. Se pudéssemos pegar o vídeo granulado das câmeras de circuito interno e identificar suspeitos com base em comparações subjetivas de tipos de corpos, teríamos uma taxa de prisão e condenação de cem por cento em todos os casos que envolvessem câmeras.

— Mindinho não é alguém que escolhi da população como um todo. Ele era amigo de Marco Aroyo.

— Entendo.

— Não me deixa escolha a não ser trazê-lo para interrogatório. Assim que eu fizer isso, ele vai comprar uma passagem só de ida para Timbuktu, e provavelmente levará a parte de Aroyo e de Alvarez do roubo consigo.

Littleford parou, o que Andie tomou como um sinal de que o estava convencendo. Ela insistiu um pouco mais.

— Olhe, entendo perfeitamente sua mensagem sobre o orçamento. Entendo que tudo que fazemos nesta unidade precisa gerar resultados. Mas não teria passado o dia de folga seguindo Mindinho se achasse que era apenas um tiro no escuro.

Silêncio na linha, o que era melhor do que um não direto. Outro ônibus passou na rua, esse mais barulhento do que o anterior.

— Que tal isto — disse Littleford. — Mandarei para o Laboratório de Evidências Digitais para uma olhada e pedirei que um especialista forense compare suas fotografias com o vídeo da câmera de segurança. Talvez identifiquem algo distinto.

— E se o especialista vir o que eu vi? E então?

— Vou insistir na verba para vigilância sobre Mindinho.

Ótimo.

— Obrigada.

— Não me agradeça. Apenas pegue um bandido para mim antes que esses filhos da puta burros se matem e o dinheiro suma de vez.

— Pode deixar — falou Andie.

CAPÍTULO 31

Rubano dirigiu até a casa da sogra e esperou até as onze e meia da manhã, o que pareceu tempo o suficiente para a cena do "acidente" ser liberada. Estava na hora de voltar.

O motorista do atropelamento era Mindinho. Rubano tinha quase certeza disso. Quem mais sabia do encontro marcado com Alvarez? Tinha dito demais, muito mesmo, quando brigou com Mindinho pela mancada com a parte de Marco — por não ter feito um plano como aquele que fizera com Alvarez: "Terceira terça--feira, oito da manhã, na esquina da U.S. 1 com a Bird. Bum. Octavio sabe que deve estar lá." Graças a Rubano, Mindinho também sabia que deveria estar lá. Mindinho e o amigo "sem-teto" dele, quem quer que fosse. Rubano precisava descobrir.

— Beatriz, preciso pegar seu carro emprestado.

O carro de Rubano estava na garagem da sogra, onde ficaria. Ele precisava presumir que a polícia interrogaria o grupo de sem-tetos sobre o acidente. Cada um recebera a ordem de *jamais* contar à polícia para quem trabalhava ou como chegava ao cruzamento, mas aqueles não eram os SEALs da Marinha dos Estados Unidos, imunes a interrogatório. Não sabiam o nome de Rubano, mas podiam descrever o veículo dele. Nunca mais aquelas rodas veriam a luz do dia.

— Jeffrey precisa do meu carro para comprar o cereal dele quando acorda — respondeu Beatriz.

— Cereal?

— *Sí*. Ele acorda todo dia meio-dia. Pergunto: "Jeffrey, aonde vai?" Ele diz "Comprar Cornflakes".

Pobre Beatriz, nascida muito antes do advento do código de itens de café da manhã para drogas. Cornflakes era cocaína, manteiga era crack, Cocoa Puffs eram cocaína com maconha, e assim por diante.

— Frite um ovo para ele — disse Rubano. Depois, pegou as chaves e saiu.

A hora do rush tinha acabado, mas cada novembro marcava o retorno das pessoas que "migravam" no inverno para Miami, então Rubano levou quase uma hora para dirigir entre as fileiras de placas de carro de Nova York, Nova Jersey e Ontario de volta ao cruzamento. O trânsito voltara ao normal, nenhuma fita policial ou viatura na cena. O único sinal do que acontecera eram os resquícios de sinalizadores de estrada apagados, uma fileira chamuscada de marcas de queimadura no asfalto. Rubano parou no sinal vermelho, desceu o vidro e esperou que o sem-teto veterano da Guerra do Iraque se aproximasse.

— Reúna a equipe — falou Rubano.

— Hã? — disse ele, sem reconhecer Rubano a princípio. Então o homem se deu conta. — Ah, oi. Como assim reunir todo mundo? Não estamos nem perto dos ganhos. — Ele se referia ao mínimo de trezentos dólares diários.

Rubano deu uma nota de cinquenta ao homem.

— Vou cobrir a parte de vocês hoje. Reúna o grupo e me encontre na entrada da estação de metrô.

O sinal de trânsito mudou e Rubano deu a volta no quarteirão até a estação. Ele estacionou, comprou quatro passagens de ida na máquina e esperou do lado de fora das roletas. Cinco minutos depois, a equipe se aproximou. O dia estava ficando quente, e quatro horas de pé no sol tinham feito com que a equipe exalasse uns odores que o deixavam zonzo. Rubano os sentou em um banco à sombra do estacionamento. A jovem grávida que não estava grávida de verdade começou a falar sobre encurtar o dia, mas Rubano cumpriu com a promessa de pagar, o que a calou. Então ele começou o interrogatório.

— Tinha um sem-teto vendendo gafanhotos de folhas de palmeira esta manhã — falou Rubano. — Preciso encontrá-lo. Alguém já o viu antes?

O veterano fez que não com a cabeça. Os outros também.

— Algum de vocês viu o acidente esta manhã?

— Eu vi depois que aconteceu — falou o veterano.

— Alguém viu o que aconteceu de fato?

Mais negativas com a cabeça.

— Algum de vocês falou com a polícia?

Silêncio. Rubano deixara claro que jamais deveriam falar com a polícia, e sentia que houvera uma quebra de regras.

— Não vou ficar com raiva de ninguém por me contarem o que aconteceu — disse ele, ao abrir a carteira. — Aqui tem mais cinquenta para quem parar com a palhaçada.

O veterano falou.

— A polícia interrogou todos nós. Perguntou as mesmas coisas que você perguntou agora.

— O que disseram a eles?

— Nada.

Rubano percorreu a fileira deles: *você, você, você?* Todos disseram o mesmo. Nada a respeito do acidente, nada a respeito do cara vendendo gafanhotos, nada a respeito do acordo deles com Rubano.

Ele podia ter parado por ali, mas se Mindinho tinha se voltado contra ele e Octavio, era uma declaração de guerra. Precisava ter certeza absoluta. Ele pesquisou na internet pelo celular e encontrou a foto da prisão de Mindinho na página do Departamento Correcional da Flórida. Não queria plantar nas mentes dos sem-teto a ideia de que Mindinho era o motorista do atropelamento, então manteve a pergunta genérica.

— Algum de vocês já viu este cara antes? — perguntou Rubano, mostrando a foto.

Três cabeças fizeram que não. O veterano olhou com atenção.

— Nunca o vi pessoalmente. Mas vi a foto dele.

— Quando?

— Um dos policiais mostrou. Queria saber se eu já tinha visto. É igual a esse cara aí — disse ele, apontando para o telefone de Rubano.

— Que policial perguntou isso a você?

— Uma mulher. Não sei o nome dela. Não estava com roupa de policial.

Rubano se lembrou da descrição de Octavio da agente do FBI que o interrogara na Braxton.

— Era bonita?

— Eu pegaria.

— Você pegaria um morcego com raiva.

— Ela era *muito* bonita — disse a mulher não grávida.

Rubano pediu mais alguns detalhes, então deu a cada um mais uma nota de cinquenta e um ingresso só de ida de metrô.

— Quero que vocês todos voltem para o centro e fiquem de boca fechada. Entenderam?

Eles assentiram.

— Que bom — falou Rubano. — Agora vão.

Ele observou o grupo empurrar as roletas e se certificou de que tinham pegado a escada rolante que dava para a plataforma elevada. Então foi para o carro. Um dia ruim que só ficava pior. Um amigo morto. Um parente traidor com um cúmplice desconhecido. E agora uma agente do FBI estava seguindo uma pista que poderia levá-la diretamente para Mindinho e até Rubano. Ele entrou no carro e fechou a porta. O celular tocou antes que Rubano conseguisse ligar o motor. Era Jeffrey.

Era só o que faltava.

— Irmão, por que pegou o carro? — perguntou Jeffrey. — Preciso ir a um lugar.

— Eu soube. Comprar Cornflakes, não é?

Jeffrey riu da forma que viciados riem quando acham que são tão inteligentes.

— É. Cornflakes. Tem um problema com isso?

— Tenho mais problemas do que imagina, mas esse eu posso resolver agora mesmo. Vou colocar você de dieta. Entendeu o que estou dizendo?

— Claro, irmão. Mas isso só causa mais problemas. Se não comer meus *Cornflakes*, minha memória volta. Começo a me lembrar de merdas como quem estava no armazém naquela noite. Tenho quase certeza de que não éramos só eu e meu tio. Acho que lembro de um terceiro cara. Ainda está meio confuso. Consigo ver o rosto dele, mas não consigo lembrar bem do nome. Talvez Savannah saiba.

Rubano estava fervilhando de ódio. O Jeffrey contido e infantil que queria a aprovação de Rubano tinha sumido. *Drogas.*

— Seu merda. Está me ameaçando?

— Não. Você está fazendo isso consigo mesmo. Eu me torno um babaca completo quando não como meus *Cornflakes*. Compre a caminho de casa.

Ele desligou. A tela no celular ficou escura, mas quando ele apoiou o aparelho no painel, uma imagem reapareceu. Era a foto de prisão de Mindinho que Rubano buscara mais cedo.

Que família de merda, disse Rubano a si mesmo, o que desencadeou um outro pensamento. Ele sabia o que as drogas podiam fazer com a personalidade de alguém, mas se perguntou se a nova atitude de Jeffrey seria mais do que apenas um viciado que precisava de uma dose. Rubano se perguntou se o Tio Traste andara falando com o sobrinho.

Não fique paranoico.

Rubano ligou o carro, se afastou da estação e dirigiu até o Café Rubano, evitando o cruzamento que mudara tudo.

CAPÍTULO 32

Uma mensagem de texto disse a Rubano que se encontrasse com Savannah no ponto de ônibus às seis da tarde. Normalmente, ele buscava a mulher diretamente na creche, mas ela não respondeu quando o marido respondeu à mensagem para perguntar sobre a mudança. Ele viu Savannah na marquise do ponto na esquina, sentada em um banco, esperando. Parou no acostamento e estendeu a mão para destrancar a porta. Savannah se sentou no banco do carona.

— Por que está dirigindo o carro da mamãe? — perguntou ela.

Rubano arrancou para o fluxo da hora do rush da noite. O carro deles ainda estava na garagem da sogra, mas a verdade era complicada demais.

— Nosso carro quebrou — respondeu ele. — O mecânico quer dois mil para consertar. Hora de comprar um novo.

— Com que dinheiro?

— Daremos um jeito.

— Apenas não toque em nada do dinheiro de Jeffrey.

O dinheiro de Jeffrey. Rubano ficou aliviado ao ouvir a mulher falar daquela forma. Significava que o cunhado ainda não recuperara a memória a respeito do envolvimento de Rubano, embora não tivesse levado os Cornflakes para ele.

— Não faria isso — respondeu à esposa.

O crepúsculo se tornava noite. As luzes dos postes piscaram e se acenderam. Rubano olhou na direção dela, mas Savannah olhava para a frente, para o brilho enevoado de faróis vindo na direção oposta.

— Então. Por que busquei você no ponto de ônibus?

— Falei com o Departamento de Serviço Social Infantil e Familiar hoje — disse Savannah.

Rubano fervilhou de ódio.

— Savannah, eu disse a você que não queria tomar esse caminho.

— Achei que valia a pena. Estava errada. Não apenas disseram de jeito nenhum para a adoção, como a assistente social também disse que era melhor que você não fosse mais à creche.

— Isso é besteira. Então de agora em diante eu preciso deixar e buscar você no ponto de ônibus?

— Sim.

— Estão me tratando como um molestador de crianças por causa de uma condenação idiota de quando eu era adolescente?

— Não — falou Savannah. — Por causa de uma condenação por violência doméstica sobre a qual não me contou.

Ah, merda.

— Rubano? Quero a verdade.

Ela olhava diretamente para o marido, o olhar intenso como laser, o suficiente para queimar metal. Rubano parou em um posto de gasolina e estacionou. Ele organizou os pensamentos antes de falar.

— O nome dela era Mindy — falou Rubano. — Moramos juntos durante oito meses.

— Você a machucou?

— Não.

— O que fez com ela?

— Nada.

— Homens não são condenados por violência doméstica por não fazerem nada.

— São quando as mulheres mentem.

— Então essa Mindy é uma mentirosa? Essa é sua resposta?

Rubano virou o rosto na direção dos motoristas que disputavam uma vaga nas bombas de gasolina, então olhou para a esposa novamente.

— Mindy era complicada. Não tão ruim quanto seu irmão, mas ruim o bastante para que eu dissesse que me mudaria se ela não parasse com as drogas. Uma semana depois, voltei do trabalho e a encontrei totalmente chapada de metanfetamina. Foi isso.

— Você a deixou?

— Tentei deixar. Ela ficou louca.

— Como assim?

— A cena toda foi nauseante. Ela chorava, se segurava em mim, prometia nunca mais fazer de novo. Foi além de me implorar para ficar. Eu estava enfiando minhas coisas em uma mala, e Mindy ficava tirando minhas coisas e as enfiando de volta na gaveta. Por fim, simplesmente decidi deixar tudo e sair. Ela se agarrou em mim e eu me sacudi para que se soltasse. Foi quando o temperamento de Mindy tomou conta. Ela começou a me bater.

— Você bateu nela de volta?

— Não. Nunca. Só continuei andando.

— O que ela fez?

Rubano hesitou, o olhar dele passou de novo para as bombas.

— Quer mesmo saber?

— Sim. Quero saber.

Ele encarou a mulher, o rosto dela estava iluminado pela luz do painel.

— Ela rasgou a blusa, disse que eu a estava usando e que eu devia foder com ela mais uma vez porque era só o que eu queria mesmo. Então correu até o quarto e pegou minha arma.

Savannah prendeu a respiração.

— Ia atirar em você?

— Não esperei para descobrir. Disparei para a arma e consegui tirá-la de Mindy. Foi quando a polícia chegou. Os vizinhos nos ouviram discutindo e ligaram.

— Você contou o que aconteceu?

— Não tive a chance. Eles entraram correndo com as armas em punho. A primeira coisa que viram foi Mindy no chão com a blusa rasgada e eu de pé com uma pistola na mão. Em dez segundos eles me colocaram com o rosto para baixo e algemaram minhas mãos às costas. Levaram Mindy para o quarto para falar com ela longe de mim. A história que ela contou era que estava me expulsando do apartamento e eu me recusava a sair, que eu tinha sacado a arma e comecei a rasgar as roupas dela.

Savannah piscou duas vezes, como se fosse muita coisa para processar.

— Isso é inacreditável.

— É, essa é uma boa palavra — falou Rubano. — Porque ninguém acreditou em mim. Acreditaram em Mindy.

— A polícia fez ela passar pelo detector de mentiras?

— Se fizeram, não me contaram.

— Tem alguma forma de provar que ela estava mentindo?

— Quer que eu *prove* para você?

— Não para mim — falou Savannah, subitamente agitada, como se tivesse ocorrido a ela uma ideia brilhante. — Para as agências de adoção que nos rejeitaram. Talvez mudem de ideia se pudermos provar que sua condenação foi baseada em uma mentira.

— Como eu conseguiria provar isso? Mindy e eu éramos os únicos no quarto.

— Se puder encontrar uma forma...

— Savannah, esqueça as agências de adoção — falou Rubano, um pouco firme demais.

As faíscas nos olhos de Savannah sumiram, tão rapidamente quanto surgiram.

— Esquecer? Já tentei tudo. O departamento de serviço social era nossa última opção, e agora *eles* disseram que não.

— Não precisamos do departamento de serviço social. Não precisamos das agências de adoção.

— Precisamos se quisermos adotar uma criança!

Rubano ouviu o transtorno na voz da mulher — ouvira muitas vezes antes. Ele estendeu o braço pelo painel e pegou a mão de Savannah.

— Na verdade, não precisamos. Não mesmo.

— Aonde quer chegar?

— Tem mais uma coisa que deveria saber sobre Mindy e eu.

O tom de voz de Rubano era de desculpas, mas Savannah pareceu sentir a animação na voz dele também. Ele estava ansioso para ir além de dizer o quanto sentia muito pelo que acontecera depois do acidente de moto; finalmente, era capaz de consertar.

— O que foi, Rubano?

Ele engoliu em seco e respirou fundo. Então contou a Savannah.

CAPÍTULO 33

O sol estava se pondo no espelho retrovisor conforme Andie dirigia pela ponte até Miami Beach. O agente especial Benny Sosa estava com ela, mas dessa vez não era um encontro como infiltrados no Night Moves. Andie tinha a tarefa muito mais delicada de entrevistar a namorada de Octavio Alvarez menos de 12 horas depois da morte dele. Estavam a cerca de dez minutos do condomínio Westwind Apartments quando Andie ligou para o tenente Watts para saber as atualizações sobre o atropelamento.

— A única novidade é mais uma não novidade — falou Watts.

— Como assim? Ninguém ligou para confessar?

— Isso acontece — respondeu ele. — Mas vou dar um "por exemplo" mais frequente. Motorista atropela pedestre. Motorista entra em pânico e foge da cena. Motorista fala com advogado esperto. Motorista estaciona o carro no gueto de Grove com a porta escancarada e o motor ligado, então liga para o departamento de polícia e reporta o roubo do carro uma ou duas horas antes do acidente.

Andie conteve o cinismo, mas estava subitamente pensando em Barbara Littleford e no pobre primo disponível dela: "O que acha de advogados, Andie?"

— Se estou ouvindo direito, ninguém ligou hoje para relatar que esse sedan azul foi roubado algumas horas antes do atropelamento da manhã.

— Isso está certo — falou Watts.

— Então, o que isso lhe diz?

— O motorista pode estar com medo de se apresentar. Talvez ache que uma testemunha o viu. Pode haver um mandado de prisão contra ele. Talvez seja um imigrante ilegal.

Talvez tenha medo que a polícia o reconheça como o atirador no roubo.

— Me mantenha informada — disse Andie.

Ela agradeceu a Watts e desligou quando a ponte terminou na versão do norte de Miami Beach da Main Street. Palmeiras ladeavam as calçadas. Os moradores caminhavam por restaurantes familiares e lojas nas quais os clientes eram conhecidos pelo nome. Delicatéssen e mercadinhos que só vendiam comida kosher. Um posto de gasolina que não era self-service. Westwind Apartments destoava bastante do bairro antigo e tradicional. O prédio branco de dois andares ficava a uma breve caminhada do oceano, era popular entre os amantes da praia, servindo a uma mistura de hóspedes do hotel que pernoitavam, aqueles que alugavam por temporada e inquilinos anuais. Andie encontrou uma vaga na rua, logo atrás de uma longa fileira de Vespas, as scooters italianas que eram *o* meio de transporte em Miami Beach para qualquer um que se achasse imortal e intocável, alheio ao fato de que para o motorista comum do sul da Flórida, scooters eram o equivalente a insetos no para-brisa.

Andie e Sosa verificaram com a recepcionista, que os levou por um corredor até o apartamento 103. Uma jovem atendeu e Andie se identificou ao exibir o distintivo.

— Sinto muito por sua perda — disse Andie —, mas gostaríamos de falar sobre Octavio Alvarez.

— Já falei com a polícia de Miami-Dade. Sobre o que se trata?

Andie tomou a decisão estratégica de não mencionar o roubo. Se Jasmine sabia sobre ele, não diria nada; e se sabia ou não, perguntas específicas do FBI apenas a deixariam na defensiva e encerrariam a conversa.

— Apenas acompanhamento. Reunindo o máximo de fatos que conseguirmos sobre o atropelamento.

Foi o suficiente para que fossem convidados para entrar.

Jasmine Valore era uma morena bonita com o corpo torneado de alguém que não tem motivo para sentir vergonha na praia. Ela usava short jeans e uma camiseta regata, como qualquer outra jovem que Andie vira a caminho do prédio. Uma pesquisa do passado de Jasmine dissera a Andie que a jovem tinha se formado na escola de ensino médio Miami Beach Senior e estudava em meio período na Faculdade Miami-Dade; e não tinha ficha criminal. Jasmine morava sozinha em um pequeno apartamento de um quarto. O cheiro de mingau de aveia cozido vinha da minúscula cozinha, um jantar razoavelmente saudável para uma jovem que vivia com orçamento apertado. A sala estava arrumada, mas o espaço era gravemente limitado; Jasmine precisou tirar a bicicleta para abrir caminho para que os convidados se sentassem no sofá.

— Isso nem parece real para mim — disse Jasmine, com a voz vazia. — Não acredito que Octavio se foi.

— Há quanto tempo o conhecia?

— Alguns meses. Eu o conheci em uma festa e ficamos amigos a princípio. Começamos a sair no verão.

— Desculpe por fazer uma pergunta pessoal, mas o quão bem conhecia Octavio?

Jasmine deu de ombros.

— Era meu namorado. Ficava aqui às vezes. Eu ficava na casa dele. Não estávamos falando em morar juntos ou ficarmos noivos, se é o que está perguntando.

— Está envolvida nos preparativos para o funeral?

— Sim. Ele não tem mais ninguém. A família toda ainda mora em Cuba. Braxton vai pagar por tudo. Era parte dos benefícios dele. Pagam uma miséria para os motoristas de carros-fortes, mas pelo menos têm seguro para cobrir custos de enterro caso algo aconteça.

— Quando dizem que pagam uma miséria, é algo que Octavio falou?

— De vez em quando.

— Ele falava sobre formas de consertar isso?

— Tipo o quê? Ganhar na loteria?

— Não. Qualquer coisa.

Jasmine olhou pela janela, a expressão dela ficou mais séria quando o olhar da jovem retornou para Andie.

— Teve uma coisa. Tivemos uma discussão bem séria quando descobri. Não gostei.

Andie conteve a animação.

— Conte.

— O detetive do departamento de polícia contou que Octavio estava vestido como um sem-teto. Eu não mencionei isso a ele, mas talvez devesse. Todas as esmolas naquele cruzamento são controladas. Octavio tinha um quinhão. Ele dirigia até o centro uma vez por semana para reunir um grupo de sem-teto e os levava para a Bird Road. Eles dividiam o dinheiro.

Isso era novidade para Andie, mas não era o que ela estava esperando ouvir.

— Só isso?

— É. Octavio me disse que não era ilegal, mas achei que era mau-caratismo.

— Acha que era isso que ele estava fazendo no cruzamento esta manhã?

— É a única coisa que faz sentido para mim. Talvez tenha se vestido como um sem-teto e estava meio que trabalhando disfarçado, sabe? Verificando a equipe, se certificando de que não estavam de palhaçada ou roubando. Eu só queria que Octavio tivesse me ouvido e largado esse trampo idiota. — Jasmine fungou para conter o primeiro sinal de lágrimas. — Talvez isso não tivesse acontecido.

Andie observou a expressão da jovem. Ou Jasmine não sabia nada do roubo ou merecia um Oscar. Andie recuou.

— Se me permite perguntar, o que vai fazer para o funeral?

Jasmine suspirou.

— A casa funerária basicamente toma conta de tudo. Trabalham com a seguradora para escolher o caixão e tudo. Na maior parte, eu faço ligações, mando e-mails e mensagens de texto, aviso aos amigos de Octavio sobre o que aconteceu.

— Posso pedir um favor? Gostaria muito de ter uma lista das pessoas para quem ligou.

— Bem... — Jasmine hesitou, mas Andie não interpretou como mais do que o estranhamento normal a qualquer tipo de invasão de privacidade. — Por que quer isso?

Andie continuou mantendo a conversa longe do roubo.

— Achamos que o motorista do atropelamento poderia ser alguém que conhecia Octavio.

— Quer dizer um amigo dele? Isso é terrível. Por que pensariam isso?

— Se você fosse a esposa de Octavio, eu compartilharia esse nível de detalhamento. Mas pela situação, espero que coopere conosco e entenda que sua lista pode ser muito útil para nossa investigação.

— Não tenho uma lista de verdade. Só tenho ligado para pessoas em quem penso.

— Poderia me dar os nomes dos amigos mais próximos dele?

Jasmine pegou o celular da mesa de centro e recitou alguns nomes e números. Andie os anotou. Nenhum era familiar, e Mindinho não estava entre eles.

— Mais algum? — perguntou Andie.

— Tenho certeza de que esqueci alguém — falou Jasmine. — É um trabalho em andamento, principalmente com os amigos mais antigos de Octavio. Eu poderia fazer uma lista definitiva e entregar a você.

— Perfeito — disse Andie. — Tem mais uma coisa que eu gostaria que você fizesse. Quando é o funeral?

— Quinta ou sexta. Depende de quando o legista liberar o corpo.

— Tem alguma página na internet em que as pessoas podem postar lembranças de Octavio ou expressar condolências?

— Sim, isso é parte do pacote com a funerária. Deve entrar em funcionamento esta noite.

— Bom. Eis o que quero que faça. Antes do funeral, liste todos que acha que devem comparecer. Depois do funeral, circule o nome de qualquer um da lista que não aparecer. Então verifique a lista de novo. Se alguém cujo nome está circulado não ligou para você, não respondeu à mensagem de texto ou ao e-mail, ou não acessou a página para postar alguma coisa, quero que marque com uma estrela o nome dessa pessoa. Pode fazer isso?

— Claro.

— Tem alguém em especial que está procurando?

— A resposta a essa pergunta é sim — falou Andie.

— Não vai me dizer o nome dele, vai?

Andie fez que não com a cabeça.

— Não, Jasmine. Você vai.

CAPÍTULO 34

Rubano esperava uma resposta, qualquer resposta, mas Savannah parecia entorpecida. Ainda estavam dentro do carro da mãe dela, estacionados no posto de gasolina. Ela encarava o nada pelo para-brisa.

— Você tem uma filha? — disse ela, por fim. Não era uma pergunta de verdade. Era mais uma expressão de incredulidade. — E nunca me contou?

— Eu nem sabia que Mindy estava grávida quando me mudei. Foi um dos motivos pelo qual meu advogado me aconselhou a alegar culpa e evitar a prisão. Eu disse a ele que as acusações de agressão eram mentirosas, mas ele disse que eu só podia ser louco para enfrentar um julgamento com uma ex-namorada grávida me acusando.

Por fim, Savannah olhou para ele. Metade do rosto dela estava na sombra, a outra metade era iluminada pelas luzes no entorno do posto de gasolina.

— Não sei o que dizer, Rubano.

— Está agindo como se isso fosse uma coisa completamente ruim.

— Como seria uma coisa boa?

— Não vê aonde quero chegar, Savannah? Kyla pode ser nossa filha. Podemos adotá-la.

A boca de Savannah se escancarou.

— Não, não podemos.

— Estou falando sério. Podemos fazer isso acontecer.

— *Fazer* acontecer? Não pode simplesmente atirar uma coisa dessas na minha cabeça antes mesmo de saber se eu *quero* que aconteça.

— Mas é isso o que você sempre quis.

— Sim, mas não assim. "Ei, querida, tive uma filha com outra mulher. Ei, vamos adotá-la. Ei, não é uma ótima ideia?" Merda, Rubano.

— Então você adotaria o filho de um estranho, mas não a *minha* filha?
— Não falei isso. Não me torne a vilã da história.

Rubano pegou o celular.

— Tirei uma foto dela. Vou mostrar...
— Não! Não faça isso comigo.

Rubano parou por um momento, apenas o bastante para que a tensão se aliviasse.

— Desculpe. Você está certa. Não é justo.
— Não, nada justo — respondeu Savannah. — Porque mesmo que eu quisesse que isso acontecesse, não *posso*. Você está andando em círculos. Uma condenação criminal por violência doméstica é um impedimento à adoção. Ponto-final. Fim da história.
— Não — falou Rubano. — Há uma clara exceção.
— Não há exceção — falou Savannah. — Falei com o departamento de serviço social.
— Mas não falou sobre isto: tenho permissão de adotar minha filha biológica, se conseguir o consentimento de todos que têm a guarda da criança.

Savannah piscou com força, como se tentasse entender.

— Sinceramente, não sei se isso é mesmo verdade. Mas esqueça isso. Você foi condenado por violência doméstica. Por que sua ex-namorada consentiria com a adoção?
— A mãe de Kyla é irrelevante. Está presa. A avó de Kyla, Edith, é a única pessoa que tem a guarda. Ela a adotou.
— Tudo bem. Por que a avó de Kyla consentiria depois que você foi condenado por agredir a filha dela? Essa situação não tem jeito.
— Falei com Edith. Ela está disposta a permitir que a adoção aconteça.

Savannah pareceu confusa.

— Não entendo. Como ela pode fazer isso?
— Pense bem, Savannah: Edith consentiria a adoção se as acusações de violência doméstica contra mim fossem verdadeiras?

Rubano quase conseguia ver a mente da mulher trabalhando, mas ele não esperou a resposta.

— Obviamente *não* — disse ele. — A própria mãe de Mindy sabe que aquelas acusações e minha condenação foram falsas. É o único motivo pelo qual ela consentiria.

Savannah ainda parecia confusa.

— Não entendo. Mesmo que fosse tudo mentira, por que alguém abriria mão de uma criança que adotou e criou por quase cinco anos?

Rubano hesitou. Era o momento da verdade: o dinheiro.

— Ela não vai abrir mão de Kyla para qualquer um. *Eu sou* o pai. Ela também está criando duas outras crianças que Mindy teve com outros homens, então Edith tem mais do que consegue dar conta. Acho que ela se sente culpada pela forma como a condenação ocorreu, e como está nos impedindo de adotar uma criança agora. E...

— E o quê?

De volta àquele momento da verdade. Dinheiro, dinheiro, dinheiro. Rubano não podia tocar nesse assunto.

— Eu contei a ela sobre você. Sobre como seria uma excelente mãe.

— Sério?

— Sim. As coisas se desenrolaram ao seu redor, *tudo*. Foi isso que influenciou a situação.

A expressão de Savannah começou a mudar, assim como sua postura. Ela parecia se abrir.

— Vou pensar a respeito.

— Deveria.

— Não estou prometendo que vou dizer que é uma boa ideia.

— Entendo.

— Mas se seguirmos em frente, quando posso conhecê-la?

— Kyla.

Savannah fez que não com a cabeça.

— Não, não. Não estamos nem perto disso. Edith. Gostaria de falar primeiro com a avó de Kyla.

— Ah.

Savannah esperava mais. Rubano estava buscando as palavras.

— Ah? — Respondeu Savannah. — É tudo o que consegue dizer?

— Eu não tinha pensado em você conhecer Edith.

— Não achou que adotaríamos Kyla sem que eu conhecesse a avó, pensou?

— Isso é realmente necessário?

Savannah lançou um olhar de curiosidade para Rubano.

— Tem algum motivo pelo qual você *não* quer que eu a conheça?

— Não. De jeito nenhum.

— Tem algum motivo pelo qual ela não gostaria de me conhecer?

— Não um em que eu consiga pensar.

— Tudo bem, então, aí está. Por que não vê se pode fazer isso acontecer?

— Um encontro? Entre você e Edith?

— Ou nós três, se isso for mais confortável para ela.

Rubano inspirou. Não era a situação que ele planejara, mas não havia qualquer outra forma de convencer Savannah de que o encontro não deveria acontecer. A não ser, é claro, que Edith se recusasse a conhecê-la.

— Tudo bem — respondeu Rubano. — Vou cuidar disso.

CAPÍTULO 35

A tilápia na geladeira ainda tinha cheiro fresco, então Savannah cozinhou com couve no vapor e arroz selvagem para o jantar. Rubano tinha uma noite cheia no restaurante e não pôde ficar, então ela comeu sozinha no balcão da cozinha.

A casa estava silenciosa demais, e a quinta vez que Savannah repassou a conversa com Rubano a respeito de Kyla foi o ponto de saturação. Ela pegou o controle da TV e ligou no noticiário local. A história principal era um atropelamento seguido de fuga durante a hora do rush da manhã, mas não chamou muito a atenção de Savannah até que a "repórter ao vivo com uma notícia exclusiva" passou para a rua do lado de fora da matriz da Braxton Segurança.

— A vítima foi identificada como Octavio Alvarez, de 28 anos — disse a repórter para a câmera, com o microfone na mão. — Em caráter exclusivo, o programa *Eyewitness News* confirmou que o Sr. Alvarez era um dos guardas da Braxton Segurança em serviço quando, há pouco mais de duas semanas, ladrões fugiram com quase dez milhões de dólares em dinheiro de um armazém no Aeroporto Internacional de Miami.

Savannah quase deixou o garfo cair.

A repórter continuou, afastando uma longa mecha de cabelo que oscilava à leve brisa noturna.

— Embora o roubo permaneça sem solução, fontes relataram ao *Eyewitness News* que a polícia investiga ativamente a possibilidade de um funcionário infiltrado. A polícia de Miami-Dade se recusou a comentar sobre qualquer conexão suspeita com o acidente fatal dessa manhã envolvendo o guarda da Braxton, mas manteremos os espectadores informados de qualquer atualização. Ao vivo de Doral, sou Cynthia...

Savannah pressionou o botão de mudo, pegou o telefone e ligou para Rubano. Os ruídos de um restaurante cheio soavam ao fundo, e ela quase precisou gritar para que o marido a ouvisse.

— Devagar — disse Rubano. — Qual é o problema?

Savannah contou, a voz acelerada.

— Octavio quem? — perguntou Rubano.

— Diaz... não, Alvarez. Não sei. O importante é que o noticiário fez parecer que ele podia ter feito parte do roubo.

— Falou com Jeffrey?

Pareceu uma primeira pergunta esquisita.

— Não. Jeffrey ainda não sabe que eu sei de alguma coisa.

— Tudo bem, bom. Não fale com ele.

— Não fale com ele? Rubano, isso é sério. Primeiro foi o amigo de meu tio. Agora é o segurança da Braxton. Duas das pessoas envolvidas estão mortas. E você diz para não falar com Jeffrey? E se ele for o próximo?

— Não é.

— Como sabe disso?

— Porque...

Rubano parou subitamente e pediu que Savannah esperasse. Os ruídos do restaurante ao fundo diminuíram quando ele, aparentemente, passou para um lugar mais reservado.

— Não precisamos nos preocupar com Jeffrey — disse ele. — É Mindinho quem me preocupa.

— Esqueça Mindinho. Meu tio pode cuidar de si. Jeffrey não pode.

— Essa não é a questão. Não vejo Mindinho como o próximo da lista. Acho que ele está por trás do que aconteceu com esses dois caras.

Savannah sentiu calafrios.

— Então precisamos ir à polícia — disse ela. — Não ligo se é meu tio.

— Não podemos ir à polícia. Seu tio me tem nas mãos.

— Do que está falando?

Savannah esperou por uma resposta, e ela quase conseguia sentir a luta interna de Rubano do outro lado da linha. Então ele respondeu.

— Tem algo que preciso contar.

— Então conte.

— Promete que não vai ficar com raiva? — perguntou ele. — Não importa o quanto seja ruim?

— Rubano, apenas conte o que está acontecendo!

— Tudo bem. É o seguinte. Lembra no domingo à noite, quando voltei tarde para casa e falei para você que não era uma intervenção? Que Jeffrey e seu tio tinham executado o roubo?

— Como eu poderia me esquecer disso?

— Eu disse que os fiz esconder o dinheiro até pensarmos no que fazer. Você e eu concordamos que deveríamos fazer o possível para manter Jeffrey fora da cadeia.

— Sim, me lembro de tudo isso.

— E você ficou muito grata porque eu ajudei sua família.

— Sim, Rubano! Aonde quer chegar?

Ele respirou tão profundamente que um estalo soou ao telefone.

— Seu tio está usando isso contra mim.

— Não entendo.

— Ele está me *chantageando*, Savannah. Se formos à polícia, vai contar a eles que eu participei do roubo.

Savannah não conseguiu falar por um momento, então tudo veio de uma só vez.

— Ai, meu Deus! O que... *como?*

— Vai contar à polícia que eu fui o cúmplice dele. Vou para a cadeia.

— Não! Ele não pode sair ileso disso. Jeffrey vai defender você. Ele sabe que não estava envolvido.

— A polícia vai pensar que Jeffrey está mentindo para me proteger. Seu tio tem todas as cartas na manga agora. Pode me colocar na cadeia pelos próximos trinta anos.

A mão de Savannah estava trêmula, e ela segurou o telefone com um pouco mais de força para acalmar os nervos.

— Rubano, eu... eu sinto muito.

— Não peça desculpas. Não é sua culpa.

— Mas você só estava tentando ajudar Jeffrey, e agora foi metido nisso.

— Posso lidar com isso — disse ele. — Mas você precisa ficar ao meu lado. Não podemos ir à polícia. Ainda não.

— Quando?

— Assim que eu descobrir como lidar com seu tio.

— Acha mesmo que ele matou esses dois homens?

— Acho mesmo. Liguei para o celular dele e o número não funciona mais. Parou de ir trabalhar. Nunca vai ao apartamento dele. Além disso, acho que seria capaz de fazer algo assim.

Não era a coisa mais absurda que Savannah ouvira, mas um ladrão na família era uma coisa. Um assassino era outra bem diferente.

— Estou com medo por Jeffrey.

— Não precisa ter medo.

— Ele já foi sequestrado uma vez.

— Isso foi minha culpa, por tentar assustá-lo. Não teve nada a ver com o que seu tio fez com o amigo Marco e Octavio Alvarez.

— Ainda estou com medo, Rubano.

— Não tem motivo para isso, Savannah. Por mais que seu tio seja mau, ele não vai machucar os filhos da irmã. Você e Jeffrey não têm nada com o que se preocupar.

— E você? Você escondeu o dinheiro. E se ele for atrás de você?

— Vou ficar bem.

Savannah parou de caminhar de um lado para outro e ficou parada diante do balcão. Dali ela podia ver o fim do corredor, até o armário trancado do outro cômodo.

— Rubano, está carregando uma arma?

— Não é nada com que se preocupar.

— Levou uma das pistolas do armário?

— Estou tomando precauções — respondeu ele.

— Não gosto disso. Pessoas estão morrendo. Você está andando armado. Jeffrey está... — Savannah se interrompeu, sentido que Rubano não estava prestando atenção. Ela o ouviu falar com alguém ao fundo. Então ele voltou para o telefone.

— Savannah, preciso ir agora. Podemos conversar mais quando eu chegar.

— Não vou ficar aqui sozinha.

— Se eu achasse que você está em perigo, seria o primeiro a dizer para sair de casa. Mas não está.

— Vou para a casa da mamãe. Me busque lá.

— Como vai chegar lá? Não tem carro.

Savannah expirou, exasperada.

— Vou pegar o ônibus.

— Tudo bem. Vá para sua mãe. É um bom plano. Mas tudo vai ficar bem, Savannah. Prometo. E amo você.

Rubano se despediu e desligou antes da resposta dela.

— Amo você também — falou Savannah, para ninguém.

Ela imediatamente ligou para a mãe. Jeffrey atendeu.

— Mamãe está em casa? — perguntou ela. — Quero ficar aí um tempo.

— Sim, está aqui. A que horas vem?

— Talvez em uma hora. Preciso pegar o ônibus.

— Não, eu busco você.

— Com que carro?

— O seu. Está na nossa garagem.

— Rubano disse que o motor está quebrado.

— Isso é mentira. Ele me disse o mesmo para que eu não o dirigisse. Não tem nada errado com o motor. Dirigi o carro o dia todo.

Savannah hesitou, sem saber o que dizer.

— Por que ele trocaria de carro?

— Não sei. Pergunte a ele.

Outra mentira. *Melhor manter Jeffrey fora disso.*

— Eu vou.

— Quer que eu vá buscar você ou não?

— Pode vir me buscar agora?

— Claro. Chego em dez minutos.

A ligação terminou e Savannah colocou o celular no balcão; estava com a mente acelerada. As mentiras e meias verdades estavam começando a se acumular, e a melhor explicação que podia dar era que Rubano estava tentando protegê-la e evitar que se preocupasse. A explicação estava se tornando mais difícil de engolir.

Savannah foi até a ponta do balcão da cozinha, onde a bolsa da creche estava. O plano de aulas do dia seguinte estava dentro: hora de grupo, hora da história, atividades em pequenos grupos. Enfiada ao lado dele estava outra pasta, a qual continha cópias dos registros do tribunal que a assistente social lhe dera. Savannah passou os olhos mais uma vez pelos documentos, então ligou para o número da casa de Betty.

— Desculpe ligar para você em casa.

— De forma alguma — disse Betty. — Eu falei que poderia me ligar sempre que quisesse, e fui sincera.

— Tenho um favor a pedir — disse Savannah. — Eu estava lendo os arquivos que me deu. Reparei que o nome da vítima está bloqueado.

— Sim. A identidade dela foi preservada por ordem judicial. Não é a situação típica em casos de violência doméstica, mas não é incomum.

— Rubano me contou que o primeiro nome dela é Mindy. Tem alguma forma de descobrir o sobrenome?

— Por que não pergunta a seu marido?

— Eu poderia fazer isso — disse Savannah, inspirando. — Mas não quero que ele saiba que estou investigando isso.

— Ah, entendo. Savannah, vocês estão com algum tipo de dificuldade?

— Não. Nada com que se preocupar.

— É como eu disse mais cedo: estou preocupada com você.

— Não precisa ficar.

— Tudo bem. Não vou me meter. Mas por que quer saber o nome dela?

Savannah engoliu em seco. Talvez Rubano tivesse uma explicação perfeitamente plausível para a pequena mentira a respeito do motor do carro, e ela provavelmente poderia perdoar o marido por isso. Mas se ainda havia mais mentiras, mentiras maiores, Savannah não tinha tanta certeza.

— Quero falar com Mindy — disse Savannah. — Quero saber a verdade sobre ela e Rubano.

Silêncio na linha. Então, Betty respondeu.

— Verei o que posso fazer.

Savannah olhou mais uma vez para a súmula do caso *Estado da Flórida v. Karl Betancourt*, o dedo dela percorreu as barras pretas que ocultavam o nome da vítima.

— Obrigada — respondeu Savannah. — Muito obrigada.

CAPÍTULO 36

A ligação de Savannah deixou a cabeça de Rubano latejando. Uma dor lancinante atrás do olho direito dele o obrigou a reduzir a iluminação e se sentar, em silêncio, na mesa por um minuto. Era a clássica dor de cabeça de estresse.

Estava sozinho no escritório entulhado do Café Rubano, o qual não era exatamente um escritório. Não havia janela. Os ruídos constantes da cozinha passavam direto pelas paredes. A única forma de abrir o armário era levantar e mover a impressora e o fax. Os arquivos estavam em algum lugar atrás das sacas de 15 quilos de arroz, caldo de frango enlatado e as sobras de outros mantimentos da despensa.

Rubano enfiou o celular no bolso, se recostou na cadeira que rangia e fechou os olhos, desejando que a dor de cabeça fosse embora. Só estava piorando.

Mentiras. Mais mentiras. Havia quase mentiras demais para acompanhar.

Ele chegara tão perto de contar a verdade a Savannah a respeito do roubo, ainda mais perto do que na noite em que deitara na cama deles com cheiro de dinheiro nas mãos e mentira pela primeira vez. Não tinha certeza de quando inventara a história de que Mindinho estava ameaçando chantageá-lo caso fossem à polícia — de que Mindinho tinha o poder de prender Rubano por trinta anos, e de que Savannah só precisava apoiar o marido e tudo daria certo. Uma mentira tão grande. Quase parecia a verdade. Se fora de fato Mindinho quem matara Marco e Octavio, não demoraria muito para que Rubano estivesse na lista dele. A mentira que contara a Savannah não estava tão longe assim da verdade.

Então por que minha cabeça está latejando?

Alguém bateu à porta e a gerente-assistente de Rubano colocou a cabeça para dentro do escritório.

— Nosso sous-chef está ameaçando ir embora de novo. Já estou cheia dele. Precisa lidar com isso.

Sua chef principal tinha a noite de folga, o que deixava o sous-chef no comando.

— Estarei lá em dois minutos — respondeu Rubano.

— Tudo bem, mas está ficando muito intenso. E há muitas facas naquela cozinha.

Ela estava brincando apenas em parte, mas ele pareceu se lembrar de que uma discussão em um restaurante chique em Coral Gables fora resolvido da mesma forma. A ideia desencadeou um momento de pânico. Rubano destrancou a gaveta da escrivaninha e abriu. Para seu alívio, a arma ainda estava ali — nenhum lunático armado na cozinha.

Ele sempre guardara uma arma no restaurante, só por precaução, mas os instintos de Savannah estavam certo. Depois do atropelamento, ele foi até o armário de casa e trocou o revólver por uma pistola com mais poder de fogo. Não estava ansioso para usá-la. Na verdade, estava determinado a evitar um confronto com Mindinho, pelo menos até que o choque e o ódio iniciais devido ao atropelamento passassem. Não podia dizer o que faria se esbarrasse com Mindinho no atual estado mental dele. Será que sentiria o impulso de vingar a morte do amigo? Será que ao menos tinha a capacidade de agir com relação àquilo? Não queria descobrir. Se não fosse atrás de Mindinho, não podia se autodestruir. Mas se ele fosse atrás de Rubano...

Não posso deixar chegar a esse ponto.

Ninguém — nem Mindinho, nem Jeffrey e muito menos Savannah — sabia da amizade. Rubano e Octavio tinham perdido o contato anos antes. No início do verão, Alvarez procurara o amigo, um retorno ao passado. Ouvira pelas ruas que Rubano tinha uma ficha criminal e achou que o amigo poderia estar disposto a algo grande. Tinham se encontrado em um bar depois do trabalho para conversar a respeito.

— Foi por isso que entramos naquela balsa de merda e viemos até aqui — disse Octavio a Rubano com aquele sorriso sarcástico. — Para virarmos milionários, certo, irmão? — O plano estava finalizado antes do fim de semana do 4 de Julho, a última vez em que se falaram ou se encontraram pessoalmente. A estratégia deles para evitar que a polícia ligasse os pontos entre dois amigos de infância de Cuba era impecável: nenhum contato durante os quatro meses antes do roubo, e nenhum por seis meses depois dele. Havia apenas duas exceções. A ligação pelo celular descartável feito do armazém do aeroporto, depois da qual Octavio destruiria o aparelho e o jogaria descarga abaixo. E a troca entre homem e sem-teto na Bird Road.

Não havia plano de contingência para o caso da morte de um deles.

Ele sofria por não poder sequer ir ao funeral. Uma mensagem da nova namorada de Octavio chegara a Rubano pela página do Facebook do restaurante naquela tarde. Ele não conhecia Jasmine. Ela e o amigo tinham se conhecido durante o blecaute que acontecera antes do roubo. Rubano não podia nem deixar um bilhete para expressar condolências. Não podia fazer *nada* que o ligasse a Octavio, principalmente com o programa *Eyewitness News* nomeando o amigo como o potencial infiltrado no roubo do aeroporto.

A porta se abriu. Era a gerente-assistente de novo. Rubano fechou a gaveta da escrivaninha antes que a mulher visse a arma.

— Rubano, é sério. *Preciso* de você.

Ele trancou a gaveta. Apenas ele tinha a chave.

— Estou indo.

Os dois foram direto para a cozinha, onde o sous-chef nervoso gritava obscenidades para os cozinheiros "incompetentes e desrespeitosos". Rubano puxou o homem para o lado, mas a gritaria continuou. Eles saíram para o beco, para tomar ar fresco. Um cigarro pareceu acalmar o homem. Rubano fingiu ouvir enquanto o sous-chef desabafava. Como na maioria das cozinhas, o problema eram os egos. No Café, as coisas pareciam empacar sempre que a chef Claudia tirava a noite de folga e o *sous-chef* assumia.

— Vou consertar, vou consertar — disse Rubano, uma dezena de vezes.

O *sous-chef* apagou o cigarro e, depois de um pouco mais de massagem no ego, voltou para a cozinha. Rubano voltou para dentro para verificar o salão. Estava lotado, o que o fez sorrir. Assim como o bar, o que deixou o seu sorriso ainda mais largo. Os lucros aumentavam quando os fregueses entornavam coquetéis enquanto esperavam por uma mesa. Ele foi até a fila e agradeceu cada freguês por esperar. Era a época do ano com mais turistas do que moradores. Naquela noite, não havia rostos familiares, exceto por um: a mulher sentada sozinha na ponta do bar, que conseguiu tirar o sorriso do rosto de Rubano.

— Oi, Rubano. — Era Edith Baird. Ela colocou batom e penteou o cabelo, mas Rubano reconheceu o mesmo vestido de verão da conversa deles no trailer.

Ele se aproximou para que nenhum dos fregueses no bar ouvisse.

— O que está fazendo aqui? — perguntou, com os dentes trincados.

— Aquela olhadela na sua mochila me levou a crer que devia estar se saindo bem. Eu queria vir aqui ver o *quão* bem.

— Vamos sair daqui — disse ele.

— Não paguei por meu Martini.

— Deixe comigo — respondeu Rubano.

— É isso que eu gosto de ouvir.

Edith o seguiu para fora do bar e ele a levou pela saída dos fundos. Estava no beco de novo, e os dois estavam de pé exatamente onde o sous-chef tinha apagado o cigarro, momentos antes.

— Jamais volte aqui — disse Rubano.

— Não é muito hospitaleiro de sua parte. Foi uma longa viagem de carro para mim.

— Não quero que me contate. Eu entrarei em contato com você. Essa é a regra.

— Todas essas coisas são negociáveis.

— Não — respondeu Rubano. — Isso não é negociável. Entendeu?

— Claro — disse Edith. — Entendi.

— Que bom. Testou a nota de cem dólares que dei a você?

— Sim. Fui à Macy's esta tarde. Sem problemas. É verdadeira.

— Tem mais de onde aquela veio.

— Fico feliz ao ouvir isso — disse Edith. — Porque será preciso muito mais.

Rubano hesitou. Ele reconhecia aquela expressão ardilosa no rosto dela, a velha Edith.

— Quer dizer mais de cem?

Ela suspirou profundamente, então falou com o sotaque falso do sul que gostava de usar. Sempre irritara Rubano.

— Sabe, gosto muito, muito de Kyla. Bem, vejo que ficaria livre se a deixasse ficar com o papai. Mas vai partir meu coração dizer adeus.

— Quanto você quer?

Outro suspiro.

— Minha nossa. Como uma pessoa coloca um preço em tais coisas? Não ver mais o doce rosto dela toda manhã. Nada mais de beijos de boa noite.

— Edith — disse Rubano, sem emoção. — Quanto quer, porra?

— Nem um centavo menos do que 250 — falou Edith, e o sotaque sumira subitamente. A velha Edith estava em modo de negociação.

— Darei 125.

— Isso é um insulto.

— Saio meia-noite — falou Rubano. — Vamos conversar.

— Estou na cama nesse horário, querido. Venha até o trailer na quinta-feira. Traga a carteira.

Rubano queria dizer a Edith exatamente como se sentia, mas segurou a língua. O rastro de mentiras para Savannah era como bile na garganta dele, e

Rubano teve uma sensação nauseante de que a mulher começava a enxergar através das mentiras. Nenhuma explicação poderia acabar com todas as dúvidas de Savannah. Mas Kyla talvez pudesse fazer com que elas sumissem.

— Tudo bem — disse Rubano. — Vejo você na quinta-feira.

CAPÍTULO 37

Andie estava atrás de vaga para estacionar, o que era um tipo de esporte radical em Miami Beach, algo que podia rapidamente se tornar tão violento quanto um safári na África. O truque era mirar em uma gazela distraída caminhando pela calçada com as chaves do carro na mão, seguir a uma velocidade constante e paciente de cinco quilômetros por hora até o carro estacionado e então embicar no espaço assim que a gazela arrancar. Andie encontrou o alvo e reivindicou a caça diante da loja Dylan's Candy Bar.

A Dylan's ficava no centro do shopping Lincoln Road, uma extensão a céu aberto exclusiva para pedestres, de oito quarteirões, com lojas e restaurantes. O shopping estava cheio de lugares como a Dylan's, lojas de celebridades que guias de atrações em ônibus de dois andares gostavam de apontar para turistas: "A loja à esquerda com os pirulitos gigantes na janela é da filha de Ralph Lauren..." Andie atravessou a avenida Meridian e encontrou uma mesa de café disponível sob as palmeiras do lado de fora do café.

O relatório do especialista em mapeamento corporal do FBI fora, de fato, bom, embora a teleconferência tivesse levado muito mais tempo do que o necessário. Cientistas adoravam explicar as metodologias deles, e o Dr. Vincent não era exceção.

— Ao contrário do que diz o velho ditado sobre uma imagem valer mais do que mil palavras — disse o especialista a eles —, imagens não falam por si mesmas: requerem interpretação. Apliquei diversos métodos aceitos de fotoantropometria, análise morfológica de suas imagens, inclusive a sobreposição de duas imagens de tamanhos semelhantes, conhecida como superimposição fotográfica; a rápida transição entre duas imagens, ou a "técnica de piscada"; e a transformação gradual de uma imagem em outra, conhecida como "varredura".

— Cinco minutos depois, chegou à conclusão: — Posso dizer com grau razoável de certeza científica que o homem nas fotos da agente Henning é o mesmo no circuito interno de TV do armazém.

Era uma pequena vitória para Andie, e o chefe da unidade dela cumpriu com a palavra: vigilância sobre Craig Perez, conhecido como Mindinho, foi um item aprovado no orçamento operacional. Havia apenas um problema: ele tinha desaparecido. Saíra do hotel no qual Andie o encontrara no fim de semana. De acordo com o carteiro, não recolhia a correspondência no apartamento havia quase três semanas. Não tinha conta de celular e, presumivelmente, usava um celular descartável. Andie tinha uma pista a seguir. Não envolvia outra viagem para o Night Moves, mas requeria um encontro entre "Celia", a personagem infiltrada de Andie, e Priscilla.

— Bom ver você de novo, querida — disse Priscilla quando puxou uma cadeira da mesa de Andie.

Ela parecia surpreendentemente suburbana para Andie, nada particularmente sexy a respeito da blusa de algodão e do short cáqui de Priscilla. A maquiagem estava exagerada. Aparentemente, ela reservava a aparência "quero você agora" para o clube. Andie repensava a própria escolha de batom vermelho e saia justa para Celia. Elas pediram cafés descafeinados para a garçonete e Priscilla acendeu um cigarro.

— Eu esperava que você entrasse em contato — disse a mulher, soltando a fumaça.

— Está surpresa?

— Não — respondeu Priscilla, então sorriu. — Talvez um pouco. O clube está realmente em um momento incerto.

— Como assim?

— Jorge está tentando vender.

Jorge Calderón, o dono da oficina de desmonte. Estava na lista de Andie, mas Celia precisava ser muito discreta se queria descobrir mais tanto sobre ele quanto Mindinho.

— Por que ele iria querer vender?

— Não sei. Por quê? Quer comprar?

Andie podia ter brincado a respeito do local tóxico e das questões com a agência de proteção ambiental EPA, das coisas que deviam ter sido derramadas naquele chão. Mas deixou para lá.

— Não acho que poderia pagar.

A garçonete levou os cafés das duas e saiu. Priscilla provou o dela e falou:

— Não vai adivinhar quem quer comprar.

— Quem?

— Mindinho.

Andie quase deixou cair a xícara. Trabalhara uma estratégia prévia para voltar a conversa na direção dele, mas ficou mais do que feliz em esbarrar com aquele *brinde*.

— Mindinho é rico?

— Eu não achava. Aparentemente estava errada.

Dois homens ocuparam a mesa ao lado delas. Os cães deles rapidamente atraíram interesse dos pedestres e Andie não pôde deixar de ouvir que o mastiff de cem quilos se chamava "Laurel" e o magricela thai ridgeback era "Hardy".

— Então, quer entrar para o Night Moves? — perguntou Priscilla.

— Hmm...

Era o clássico desafio de se infiltrar: como parecer interessada em sexo sem nunca, de fato, praticá-lo.

— Eis o problema — falou Andie. — Meu namorado é totalmente contra o clube.

— Mesmo? Eu soube que ele ficou todo animado com o lugar.

Parece mesmo Sosa.

— Estava todo a favor de *ele* transar com outras mulheres. Não está nada interessado em que *eu* transe com outros homens.

— É, um problema muito comum — disse Priscilla. — Acha que pode fazer com que mude de ideia?

— Nunca.

— Uma pena. Talvez devesse encontrar um novo namorado.

Andie subitamente se imaginou entrando no Night Moves com o pobre primo de Barbara Littleford, o advogado. Era um pensamento bizarro, e ela o afastou da mente.

— Tinha outro plano em mente.

— Conte.

— Estava esperando que pudéssemos pensar em algo um pouco menos formal do que uma filiação ao clube.

— Está procurando algo específico, querida?

— Sim — disse ela. — Algo extragrande.

— Sua safadinha — disse Priscilla, sorrindo. — Está falando de Mindinho?

— Sim — falou Andie. — Quero muito conhecer esse Mindinho.

CAPÍTULO 38

Às dez horas da manhã, Rubano acordou sozinho na cama deles.

Era bom dormir até tarde, sem necessidade de acordar e levar Savannah para o trabalho, mas a forma como tudo acontecera incomodou Rubano. Ela ligara para o restaurante por volta das onze da noite para perguntar até que horas ele planejava trabalhar.

— Com certeza depois da meia-noite — respondeu Rubano.

— Estou cansada, e preciso estar na creche às sete horas. Vou dormir aqui na casa da mamãe esta noite.

— Tudo bem. Busco você umas seis e meia e levo para o trabalho.

— Não se preocupe. Jeffrey me levará. Ele pode usar nosso carro, que está na garagem de mamãe e funcionando bem, sem problema no motor.

Uma mentira. Uma armadilha. Uma explicação rápida e breve, sem necessidade de pânico.

— Ah, flagrante.

— Por que mentiu, Rubano?

— Desculpe. Não deveria ter tentado enganar você para comprar um carro novo. Só estou cansado de dirigir aquela lata-velha. Mas juro que não ia usar nada do dinheiro de Jeffrey para comprar outro. Eu juro. Conversamos sobre isso amanhã, tudo bem? Durma bem, querida.

Mentiras para acobertar mentiras. Controle de danos estava se tornando uma forma de vida. Aquela mentira era a menor de todas, sobre o carro idiota deles, mas a mais preocupante. Pela primeira vez, Savannah tinha armado para surpreender Rubano. Estava tentando pegar o marido desprevenido. Uma emboscada.

Ela quer me irritar.

Rubano rolou para fora da cama e vestiu o short de corrida, camiseta e tênis. No verão, tinha começado uma rotina de exercícios para entrar em forma para o roubo, mas não corria desde então. Odiava correr. A única motivação fora o medo de que algo desse errado no armazém e precisassem fugir a pé. Dia após dia, mesmo no calor insuportável e na umidade de agosto e de setembro, Rubano ia para a pista de corrida. Sem falta, uma cãibra lateral aparecia mais ou menos depois de um quilômetro e meio. Para enfrentar a dor, ele dizia a si mesmo que precisava ser mais rápido do que a polícia; mas uma voz ainda mais alta na cabeça dele lhe dizia para desistir, que em qualquer fuga, ele só precisava ser mais rápido do que Jeffrey.

Rubano seguiu a rota habitual da entrada da garagem, pela rua e até o parque. Jamais chegara ao ponto em que a corrida não exigia esforço, nem mesmo quando corria todo dia. Naquela manhã, foi como começar do zero. Rubano continuou na "trilha central". O caminho de lascas de madeira era mais suave aos joelhos, e havia estações de ginástica ao longo do caminho nas quais os ambiciosos podiam parar e fazer flexões com barra e outros desafios. Rubano passou por várias estações, sem tempo para parar mesmo que quisesse. Às dez e meia em ponto tinha um encontro na estação de abdominais.

Rubano chegou um minuto mais cedo e esperou. Um senhor passou por ele correndo. Rubano esperou mais um minuto, caminhando com as mãos nos quadris enquanto recuperava o fôlego. Suor ensopava a camisa dele. A brisa era gostosa. Então ele ouviu passos na trilha. Outro corredor se aproximava. Com um olhar, soube que era ela. Era exatamente o tipo de Octavio.

A mulher parou na estação, subiu na tábua inclinada de abdominais e começou a se exercitar. Ela falou sem perder o ritmo.

— Sei que não pode ir ao funeral — falou a mulher. — E sei por quê.

Rubano não reagiu. Jasmine dissera o mesmo à meia-noite, quando ligou para o restaurante e falou com ele — logo antes de dizer que precisavam "se encontrar e conversar sobre negócios". Rubano escolhera a hora e o local.

— Eu queria poder ir — disse ele.

Nenhuma parada nas abdominais. Jasmine era uma máquina.

— Octavio me contou muito a seu respeito.

— Como o quê?

— Tudo o que você pode esperar. E talvez algumas mais. — A mulher parou em posição erguida, os olhos encaravam Rubano. — Cerca de nove ou dez milhões mais.

Se havia um motivo para se perguntar a que tipo de "negócios" ela se referira ao telefone na noite anterior, toda as dúvidas tinham sumido.

— O que quer? — perguntou Rubano.

— A parte de Octavio.

Rubano riu com escárnio, quase uma gargalhada.

— Espera que eu a entregue, simples assim? Meio milhão de dólares?

— Boa tentativa — disse Jasmine. — Sei que era um milhão. Quero toda ela.

— E se eu disser que não tenho ideia do que está falando?

Jasmine começou mais uma série — baixo; cima; baixo; cima — falando sem esforço.

— O FBI foi me visitar ontem.

— Quem foi?

— A mesma mulher que interrogou Octavio na Braxton. Agente especial Andrea Henning.

Rubano fez uma nota mental; ouvira muito sobre uma agente, mas aquela era a primeira vez que ouvia um nome.

— O que contou a ela?

— Nada — respondeu Jasmine, fazendo mais algumas repetições antes de acrescentar: — Ainda.

— O que Henning queria saber?

Jasmine contou as últimas repetições — "quarenta e nove, cinquenta" —, depois parou e recuperou o fôlego.

— Estava fingindo que a questão era o atropelamento. Mas você e eu sabemos sobre o que era de verdade.

Rubano não respondeu.

— Enfim — falou Jasmine. — Henning me pediu para passar o nome de qualquer um dos amigos de Octavio que deveria estar no funeral, mas não aparecesse.

Rubano considerou a lógica; Henning não era burra.

— Está planejando dar meu nome a ela?

— Não contei sobre você — falou Jasmine.

— Essa não foi minha pergunta. Perguntei se está planejando.

Jasmine deu de ombros.

— Está planejando me dar minha parte?

A parte dela. Octavio não estava nem enterrado e já não era mais a parte *de Octavio*.

— O que ganho com isso?

— Tudo o que tinha com Octavio.

— Por que eu deveria confiar em você?

— Que escolha você tem?

O argumento de Jasmine era convincente.

— Tudo bem — disse Rubano. — Mas temos um pequeno problema. Octavio estava com a parte dele em uma mochila quando foi atropelado. Ela foi roubada.

— Isso não é problema meu — falou Jasmine. — É seu.

— Estou dizendo que não estou com o dinheiro dele.

— Estou dizendo que consiga.

— Você é bem atrevida.

— Sim, sou. — Jasmine voltou a fazer abdominais. — Vamos nos encontrar de novo na semana que vem. Mesma hora, mesmo lugar. Agora dê o fora.

Rubano observou a mulher fazer mais vinte repetições, rápida e furiosamente. Ela parecia capaz de manter aquele ritmo até cem repetições. Não havia mais nada a dizer mesmo. Ele disparou pela trilha de lascas de madeira e seguiu para casa.

Não tinha certeza de como a mulher esperava que ele conseguisse o milhão de Octavio em uma semana. Jasmine parecia pensar que tinha Rubano encurralado contra uma parede, e fizera uma pergunta legítima: "Que escolha você tem?"

Eles não se conheciam. E mais claro ainda estava o fato de que ela não o conhecia.

Rubano sempre tinha escolhas.

CAPÍTULO 39

Era Noite da Festa Selvagem no Gold Rush. Jeffrey chegou às dez da noite, um cruzamento entre uma hiena bêbada e um urso de pelúcia cheio de cocaína no nariz.

— Festa, festa, festa — disse Jeffrey, ao entrar. — Chegou a festa.

Os bolsos dele estavam cheios de grana de novo. Rubano estava completamente errado quanto a El Padrino se recusar a devolver o dinheiro do cunhado. Ele só precisou de uma visita à "igreja" e duas horas choramingando e balbuciando. O padrinho entregara dois pacotes selados a vácuo apenas para fazer Jeffrey sumir.

Jeffrey deu duzentos dólares à recepcionista para conseguir uma boa mesa. Ela o guiou pela multidão, bem na ponta da passarela. O dance tocava às alturas. Ele não apenas substituíra a arcada inferior de coroas dentárias, mas terminara a superior, e seu sorriso dourado brilhava sob as luzes estroboscópicas coloridas. Ele prometera a Rubano que jamais voltaria, mas era mentira. O Gold Rush não era perigoso. O perigo era Rubano, que contratara aquele jamaicano para dar um susto nele. Os amigos dele, não o pessoal do Gold Rush, eram o problema. O clube era como a sua casa.

— Que tal esta? — perguntou a recepcionista.

Jeffrey se acomodou em um banco destinado para três pessoas. No caso dele, mal cabiam ele e a dançarina escolhida.

— Perfeito — respondeu ele, ao entregar mais cinquenta dólares à mulher, em agradecimento.

"Festa Selvagem" era a noite temática preferida de Jeffrey, a versão seios e bundas de uma atração circense com felinos selvagens. As dançarinas nos mastros usavam arcos de tigresa e coleiras com espinhos, chiavam e se agitavam ao ouvirem o estalo do chicote da dominatrix. A "treinadora" convidada da noite atravessava a passarela de uma ponta a outra, vestindo apenas um paletó preto de smoking, cartola alta e saltos de 12 centímetros. O salão estava lotado e a multidão era predominantemente masculina, mas havia um grupo de mulheres que não pagavam o valor da entrada ao concordarem em usar as caudas de raposa ou as orelhas de coelho fornecidas à porta.

Uma dançarina usando gravata borboleta com listras de zebra e nada mais desceu do palco e se sentou ao lado de Jeffrey, deixando que o cliente sentisse o calor do braço exposto contra o dele. O sotaque da mulher parecia russo, mas ela podia ser uma das mulheres da Romênia ou da Eslováquia que pareciam inundar o Gold Rush todo mês de novembro.

— Que tal uma garrafa de Cristal, gracinha?

Isso custaria uns mil dólares. *Sem problemas.*

— Traga duas — falou Jeffrey.

A Mulher Zebra sinalizou para o atendente, um gesto exagerado que fez os seios dela se levantarem diante dos olhos de Jeffrey. Ele gostaria de puxar a mulher ainda mais para perto, mas as regras do clube proibiam qualquer contato físico que não fosse iniciado pela dançarina. Era rigorosamente supervisionada — algo que ele aprendeu do modo mais difícil.

— Sou Sylvia — disse ela.

Jeffrey murmurou o nome dele e a Mulher Zebra disse como era um nome "grande, forte", como os olhos dele eram bonitinhos, o quanto ela adorava as coroas de ouro e as tatuagens que ele tinha — todas as coisas que os homens ouviam de mulheres nuas que trabalhavam em troca de gorjetas. Jeffrey queria aproveitar, mas a cabeça dele estava zunindo. Cocaína demais. Jamais tivera uma overdose, mas exagerava com frequência, o que o fazia suar, o que o fazia feder, o que não excitava as dançarinas. Ele conseguia sentir a umidade sob as axilas. O odor não deveria estar muito bom. A coisa educada a se fazer seria pedir licença e passar o perfume caro demais vendido pelo funcionário no banheiro masculino, mas Jeffrey não se moveu. Não estava tentando impressionar a Mulher Zebra. Ela era gostosa, sem dúvida, mas ele estava procurando outra pessoa.

— Bambi está aqui esta noite? — perguntou ele.

— Ela é sua garota, não é?

Jeffrey quase corou.

— Só queria saber se estava aqui esta noite.

— Desculpe partir seu coração, gracinha, mas Bambi não trabalha mais aqui.

— Para onde ela foi?

— Decidiu entrar para um convento. Mas eis a boa notícia. Ela me pediu para cuidar de você enquanto estiver fora.

A despedida de solteiro na mesa ao lado estava ficando mais barulhenta. Dois bêbados cambalearam para a mesa de Jeffrey. O mais baixo tinha algo a dizer, mas a língua dele estava enrolada demais para que conseguisse pronunciar as palavras direito.

— Oi, linda. Vou me casar amanhã.

— Parabéns — disse ela.

O homem se aproximou, com as palmas das mãos sobre a mesa, quase incapaz de ficar em pé.

— Posso perguntar uma coisa? — disse ele, com um sorriso de panaca. — Acho que estou perdido. Sabe me dizer como chego na Avenida Xoxota?

A Mulher Zebra permaneceu inexpressiva.

— Sim. Enfie a língua na garganta do padrinho de casamento e faça uma curva em U.

O noivo levou a mão ao coração partido, como se tivesse levado um soco no peito, então caiu para trás na cadeira. Todos na despedida de solteiro caíram na gargalhada. Tinham uma história para contar. Jeffrey tinha uma nova paixão.

— Aquilo foi incrível, porra — disse ele à dançarina.

A mulher deslizou a mão por debaixo da mesa e a colocou no maço de dinheiro no bolso da calça de Jeffrey.

— Fique com Sylvia, gracinha — disse a mulher, ao deslizar os dedos entre as coxas dele. — Quem precisa de Bambi?

As garrafas de Cristal chegaram. O atendente do bar as entregou pessoalmente. Era Ramsey.

— Está maluco, cara? O que está fazendo aqui de novo?

Sylvia tirou o arco e colocou as orelhas de zebra em Jeffrey.

— Ele veio para a Festa Selvagem. Não enxerga, Ramsey?

O jamaicano colocou as garrafas na mesa.

— É, cara. Eu vejo muito bem.

Rubano sentiu cheiro de alho. O odor impregnou as paredes da cozinha, fluiu pela ventilação e preencheu o escritório do restaurante.

O especial de quarta-feira à noite no Café Rubano era "Camarão ao Alho com Casaco de Pele", uma salada exclusiva na qual os *camarones* cubanos substituíam um prato russo tradicional de camadas de frutos do mar, batatas, ovos e maionese, cobertas por beterrabas raladas. O casamento culinário funcionava, exceto quando um dos cozinheiros perdia a habilidade de diferenciar uma cabeça de alho de um dente de alho.

Estou com cheiro de uma pizzaria do Brooklyn.

A atenção de Rubano retornou para a tela do computador. Durante a noite toda tentou achar 15 minutos para ficar sozinho, e, por fim, conseguiu fugir para o escritório. Rubano apenas desejava que a página do governo carregasse um pouco mais rápido.

Vamos lá, vamos lá...

Uma das últimas coisas que Octavio dissera a Rubano era que aquela agente bonita do FBI o entrevistara na Braxton. Ele sabia pela equipe de sem-teto que uma agente "gostosa" do FBI tinha visitado a cena do acidente e mostrado a eles uma foto de Mindinho. Jasmine também falara com uma agente do FBI. Até mesmo dera um nome a Rubano, mas ele precisava de informações mais específicas a respeito de como era essa agente Henning.

Rubano percorria a página oficial do FBI, a qual tinha um botão separado no menu para "Mulheres no FBI". Na aparente ansiedade para afastar a imagem de um clube de cavalheiros, o FBI gostava de exibir algumas das duas mil agentes do sexo feminino. Havia um perfil de mãe e filha, um testemunho da primeira mulher a integrar a Equipe de Busca e Resgate Submarina e mais. Parecia loucura colocar os rostos de agentes do FBI na internet, mas o mecanismo de busca o levara diretamente para aquela página: "Henning" tinha de estar nela. Rubano procurou mais para baixo e, de fato, encontrou o nome dela: Agente Especial Andrea Henning. Podia muito bem ter a própria página no Facebook.

O FBI é mais burro do que Jeffrey.

Havia apenas uma frase escrita a respeito de Henning, mas foi o suficiente para confirmar que ela não fora selecionada ao acaso. A mulher era "a mais nova agente do sexo feminino a integrar o 'Clube Possível', uma fraternidade honorária informal para agentes com histórico perfeito em um dos cursos de armas de fogo mais difíceis da força policial". A mulher sabia atirar, o que a fez ganhar o respeito imediato de Rubano. A biografia não mencionava que tipo de pistola ela usava, mas ele julgou que preferisse uma de alta performance com tamanho ajustável de coronha e de extensão do gatilho para servir às necessidades e ao tamanho da mão dela. Provavelmente uma Sig Sauer. Talvez a P250?

Rubano clicou no ícone e a imagem de Henning preencheu a tela do computador.

Droga. Atiradora e bonita.

Rubano pressionou o botão para imprimir. A velha máquina emitiu um guincho e rangeu conforme cuspiu a imagem. Ele pegou o papel.

Agente Henning, disse ele a si mesmo, memorizando a foto. *Jamais esquecerei seu bonito rosto.*

CAPÍTULO 40

Jasmine estava sentada sozinha no salão onde ocorreu o velório. O funeral acabara oficialmente às dez horas da noite, mas ela ficou por mais tempo.

Um caixão aberto às vezes convida ao drama, principalmente com um cadáver jovem e belo, mas aquele fora um funeral e tanto. Nada de choro. Nenhuma acusação. Nenhuma oração ou elegia. Vinte e dois convidados tinham assinado o livro de registro. Meia dúzia das amigas de Jasmine aparecera para dar apoio. Os colegas de trabalho do falecido e os companheiros de pesca tinham aparecido, mas não ficaram muito tempo. Octavio não tinha família nos Estados Unidos, mas mantinha contato com uma irmã que morava na província de Oriente, no leste de Cuba. Um amigo da família de Hialeah levara uma câmera e tirara uma foto para a irmã de Octavio. Jasmine achou estranho, mas Octavio não pareceu se importar.

O velório era opcional no pacote funerário, e o instinto inicial de Jasmine fora contra fazer um. Uma missa no túmulo parecia suficiente. A visita inesperada da agente Henning ao seu apartamento a fizera mudar de ideia. Estava bastante claro que o interesse de Henning era no roubo quando pediu que Jasmine fizesse uma lista de todos que deveriam comparecer ao funeral e não fossem. A lógica, no entanto, se aplicava com igual força ao atropelamento. Talvez o motorista *fosse* alguém que Octavio conhecia. Jasmine não tinha intenção de ajudar o FBI a resolver o roubo, mas ainda parecia uma boa ideia criar uma lista para uso próprio. Talvez revelasse o assassino do namorado.

— Precisamos fechar — disse o gerente a Jasmine, com a voz suave.

Ela estava sentada na primeira fileira de cadeiras brancas dobráveis, a dez metros do caixão.

— Só mais um momento, por favor?

Ele assentiu, parecendo entender, e se afastou em silêncio.

Jasmine ficou de pé e, devagar, se aproximou. Ela parou diante do genuflexório, mas permaneceu de pé, apoiando a mão na borda do caixão. Octavio estava bonito de azul, e Jasmine escolhera a camisa preferida dele. Ao olhar para ele naquele momento, não dava para perceber que tinha sofrido um acidente de carro. Ela escolhera não ver o corpo até depois que o trabalho tivesse sido feito, mas soube que o golpe mortal tinha sido na parte de trás da cabeça.

— Menti — sussurrou ela.

Para a agente Henning, era o que queria dizer. Jasmine e Octavio tinham falado sobre muito mais do que ela levara o FBI a acreditar. O roubo, é claro, era uma omissão. A promessa de Octavio de se casar com ela era outra.

Jasmine levou a mão ao corpo dele. A quietude era, por definição, uma parte da morte, mas o único Octavio que ela conhecera era cheio de vida, e a perturbava ver o homem exibir absolutamente nenhum sinal daquilo. Sua mão tremeu quando ela a apoiou sobre a de Octavio. A pele dele estava fria, tão fria. Lembranças muito mais calorosas levaram uma lágrima ao olho de Jasmine. Ela a limpou e se recompôs.

— Era um bom plano — falou baixinho. — Um plano bom mesmo. Não tenho certeza do que deu errado, mas prometo que vou descobrir. Vou fazer isso dar certo. Você gostaria disso, não é?

Jasmine se abaixou e beijou a testa de Octavio.

— Éramos uma grande equipe.

Ela sentiu o gerente de pé nos fundos do salão e um rápido olhar por cima do ombro confirmou que seu tempo tinha acabado. Jasmine sabia que o caixão seria fechado e selado quando fosse embora, e jamais veria Octavio de novo.

— Adeus, meu amor.

Ela se virou e seguiu para a porta. O gerente expressou suas condolências de novo, ao que Jasmine agradeceu. Ele ofereceu acompanhá-la até o carro, mas ela se recusou, preferindo ficar sozinha. A lua despontava pelas nuvens, ajudando-a a encontrar as chaves. Sentou-se no banco do motorista e fechou a porta.

Octavio se foi.

Parecia inacreditável, mas Jasmine não podia fazer nada para trazê-lo de volta. O melhor que podia fazer era continuar com o plano e se certificar de que os riscos que Octavio assumira e o trabalho que tinha feito não fossem em vão. A reunião de Jasmine com Rubano fora um bom começo. Porém, e se realmente não pudessem recuperar a parte de Octavio? E se aquele dinheiro tivesse sumido para sempre?

Eles tinham passado muitas noites juntos pensando nos "e se". "E se Rubano nos trair? Ele é seu amigo, mas e se a mulher dele ficar gananciosa? E se pagarem menos a você do que devem?" Os dois entendiam os riscos desde o início, mas o que realmente os incomodava era a partilha: como dois merdas como Jeffrey e o tio acabaram com mais de dois milhões cada, mais do que o dobro da parte de Octavio? Era uma injustiça que Jasmine estava dando duro para corrigir, mesmo antes da morte de Octavio. Estava na hora de redobrar os esforços.

Ela tirou o celular da bolsa. Sabia o número de cor, e discou. Ele atendeu no terceiro toque, e Jasmine usou a voz do "clube".

— Oi, Jeffy — disse ela, com doçura. — Sou eu. Bambi.

CAPÍTULO 41

Rubano seguiu para o sul no pedágio, até a comunidade de casas pré-fabricadas Eden Park. O encontro com Edith Baird estava marcado para as dez horas da manhã. Kyla estava em jogo.

Savannah dormira na cama na quarta-feira à noite, mas o beijo de boa noite fora frio, e a viagem de carro até a creche na manhã fora totalmente gelada. Ela aceitou as explicações do marido sobre a mentira com relação ao carro, mas se recusou a acreditar que Rubano não planejara usar o "dinheiro de Jeffrey" para comprar um novo. Savannah superaria a história em um ou dois dias, e Rubano podia lidar com a raiva dela. O que não podia arriscar — e o que não podia contar à mulher — era a possibilidade de que uma testemunha tivesse visto Octavio, momentos antes de ser atropelado na rua, conversando com um homem em um Chevy branco com o painel dianteiro da carroceira cinza. Livrar-se da lata-velha era a solução preferencial, no entanto, uma pintura resolveria. Rubano deixou o carro na oficina naquela manhã. Azul metálico. Ficaria pronto no fim da tarde de sexta-feira. Até então, estava empacado com um carro econômico alugado que deveria ter vindo com pedais.

Ele estacionou na estrada, do lado de fora da casa pré-fabricada de Edith e foi até a porta. Ela ainda estava de pijama, o que não era uma visão bonita. Aquilo também dizia a Rubano que Kyla e os meios-irmãos dela tinham provavelmente caminhado sem um adulto até o ponto de ônibus do outro lado da movimentada autoestrada diante de Eden Park. Ele subitamente se sentiu melhor com relação ao negócio que faria por Kyla.

Rubano seguiu Edith para a cozinha e se sentou à mesa.

— Café? — perguntou ela.

— Não, obrigado.

Ela pegou o roupão rosa de um cabide ao lado da geladeira e o vestiu. Bolinhas no tecido se estendiam desde o colarinho esfrangalhado até a bainha rasgada, e os cotovelos estavam esfiapados. O palpite de Rubano era que a mulher usava aquele roupão desde que Mindy estava no jardim de infância.

Edith puxou uma cadeira do lado oposto da mesa.

— Vejo que trouxe a mochila.

Estava no chão, aos pés de Rubano.

— Chegaremos a isso.

— Sim, senhor. Pode apostar.

Rubano se inclinou para a frente para se impor, mas sua mão grudou em xarope de bordo.

Edith estendeu o braço para trás e pegou um retalho molhado na pia.

— Porcaria de crianças — resmungou a mulher enquanto limpava a fórmica. — Estou sempre mandando limparem a bagunça que fazem.

Outro palpite, mas Rubano imaginou que o xarope provavelmente estava ali havia duas semanas.

— Sem problemas — disse ele.

— Tem certeza de que não quer café?

— Não. Isso vai ser rápido e fácil.

— Por mim tudo bem. Não vou ceder: 250 é o valor.

Rubano pegou a mochila e a colocou na mesa.

— Que pena. Só tem 150 na mesa.

Edith estendeu a mão para o dinheiro, mas Rubano puxou a mochila de volta.

— Calma, garota.

— Preciso contar — disse ela.

— Pode contar depois que fecharmos negócio.

— Não é complicado. Pague 250 mil dólares e você adota Kyla. Contrate o advogado e assino o que for preciso.

— Eu disse 150.

— Isso não vai fechar o negócio.

— Vai sim. Nosso *novo* negócio.

— Adotar a Kyla foi tudo o que discutimos.

— Eu subi de cem para 150. Você aumenta o preço e eu aumento a exigência.

Edith se moveu, desconfortável, como se sentisse o que Rubano estava prestes a pedir.

— Preciso que meu nome seja limpo — disse ele.

Edith fez que não com a cabeça.

— Não posso fazer isso.

— Mindy pode — replicou ele.

— Então fale com Mindy.

— Sabe que isso é impossível. Há medidas protetivas. Não posso ligar, escrever ou me aproximar a menos de cem metros dela.

— O que quer que eu faça?

— Diga a sua filha que retrate o testemunho dela.

— Como é?

— Quero que Mindy afirme, sob juramento, que as acusações que fez contra mim eram falsas.

— Está pedindo demais.

— Tudo o que ela disse era mentira.

— Talvez fosse, talvez não fosse.

— Você *sabe* que era. Não me deixaria adotar Kyla se fosse verdade.

— Não sei de nada, Rubano. Não estava lá. Isso tudo é entre você e Mindy.

Rubano abriu a mochila e tirou de dentro o dinheiro, um monte de notas por vez. Quinze, no total.

— Cento e cinquenta mil dólares — falou Rubano.

Os olhos de Edith pareciam pratos, de tão arregalados.

Ele pegou cinco montes e os empurrou na direção da mulher.

— Cinquenta mil agora.

Edith encarou a pilha de notas, mas não se moveu.

Rubano separou o restante do dinheiro em duas pilhas de cinco montes.

— Cinquenta mil quando Mindy retratar as acusações contra mim sob juramento, e mais cinquenta mil quando a adoção se completar. E ninguém, nem mesmo Mindy, *principalmente* Mindy, pode saber que paguei você. Esses são os termos.

Edith olhou desconfiada para Rubano. Os olhos dela se semicerraram.

— Onde, nesta terra de Deus, você conseguiu todo esse dinheiro, Rubano?

— Temos um *acordo*?

— Sério, de onde veio esse dinheiro?

— Acordo ou não?

Edith considerou, o olhar dela disparava da pilha de dinheiro para a expressão impassível de Rubano, os cotovelos da mulher estavam apoiados na mesa. Nem por um nanossegundo ele acreditou que Edith se importasse de verdade com a origem do dinheiro. Só precisava de mais um minuto para que toda aquela fortuna falasse com ela.

— Fechado — falou Edith, ao envolver com os braços os montes de dinheiro, puxando-os para si.

Rubano segurou o pulso de Edith, interrompendo-a subitamente.

— Se aceitar o dinheiro, não tem volta. Entende o que estou dizendo?

Os olhos deles se encontraram, então Edith piscou.

— Entendido.

Rubano a soltou. Ela puxou o dinheiro para o decote e sorriu. Rubano enfiou o restante na mochila e se afastou da mesa.

— Quando você vai me dar novas informações sobre Mindy? — perguntou ele.

— Vou falar com ela este fim de semana.

— Para mim está bom — disse ele, ao jogar a mochila por cima do ombro.

Edith o seguiu até a porta.

— Um prazer fazer negócios com você, senhor.

— Não se arrependerá — respondeu Rubano, então a voz dele assumiu um tom mais assustador. — A não ser que me traia. Então, vai se arrepender do dia em que nos conhecemos.

— Tudo bem. Não tem com que se preocupar.

Rubano abriu a porta e foi até o carro alugado, sentindo a mochila no ombro um pouco mais leve.

CAPÍTULO 42

Andie estava sozinha no carro, a três quarteirões do estúdio de ioga da amiga, e mal acreditava que conseguiria ir à aula.

Rachel trocara o ensino da ioga na praia ao alvorecer por uma aula de ioga Bikram suada em ambiente fechado.

— Uma estufa de 37 graus Celsius é bem do seu gosto — dissera Rachel em vários convites, mas Andie sempre tinha muitas desculpas. Por volta das quatro e meia daquela tarde, ela percebeu que o dia de trabalho estava parado. Aquilo durara apenas tempo o suficiente para que Andie tivesse a ilusão de que conseguiria encaixar uma aula no início da noite.

O celular tocou assim que Andie virou na avenida Collins. Era o tenente Watts, da sede do departamento de polícia. A oferta de recompensa da Braxton atraíra mais um informante com credibilidade.

— Merda.

— Como é?

— Quero dizer, que bom — falou Andie. — Estou a caminho.

Pela segunda vez em várias semanas, Watts a tirara da ioga. Parecia que sempre que Andie pegava o tapete, alguém tentava pegar a recompensa. O primeiro informante, Leonard Timmes, fora útil, mas não decisivo. Timmes trabalhava na oficina de lanternagem que fez o desmonte do carro de fuga, e a pista dele ligara Marco Aroyo à aquisição e ao descarte da picape preta. Aroyo estava morto, no entanto, e a aposta de Andie era de que ninguém jamais encontraria o corpo que tinha sido separado do dedo dele, o que significava que o FBI estava bem longe de uma prisão e uma condenação no crime. As esperanças eram maiores para o informante número dois.

Andie chegou à sede do departamento de polícia em Doral por volta das seis e meia. Watts a encontrou do lado de fora da sala de interrogatório. A investigadora olhou pelo espelho unilateral e viu uma mulher obesa de meia-idade sentada sozinha à mesa.

— O nome dela é Edith Baird — falou Watts. — Entrou sozinha na delegacia uns 15 minutos antes de eu ligar para você.

— Do nada?

— É. Engraçado. Ficamos todos com raiva quando o *Eyewitness News* vazou que Octavio Alvarez era suspeito de ser informante no roubo. Aquele vazamento pode se revelar uma benção. A Sra. Baird viu na TV e está remoendo a informação desde terça-feira à noite. Diz que se Alvarez estava infiltrado, ela tem o nome do colega dele do lado de fora.

— Não tenho dúvida de que Alvarez estava envolvido — falou Andie.

— Nem eu. Um porém — disse Watts, ao entregar-lhe o dossiê. — Ela tem uma ficha criminal.

Andie leu. Era como muitas que tinha lido durante a curta estadia no sul da Flórida, que era o estado campeão em fraudes ao seguro social.

— Basicamente, temos uma artista dos golpes em busca de uma gorda recompensa.

— É uma investigação criminal, não um concurso de beleza — falou Watts. — Não podemos escolher nossos jogadores.

— Tudo bem, vamos ouvir a história dela.

Watts abriu a porta e Andie os seguiu para dentro. Edith continuou sentada durante as apresentações. A investigadora agradeceu à mulher por se apresentar e obteve permissão para chamá-la de "Edith". Conversa inútil se seguiu, apenas o bastante para que os policiais avaliassem a mulher e desenvolvessem alguma conexão. Andie evitou a condenação criminal, pelo menos no início.

— Diga como conhece Octavio Alvarez — falou Andie.

— Eu o conheço.

— Quão bem?

A expressão de Edith ficou tensa.

— Bem o suficiente.

— Quanto tempo faz desde que o viu pela última vez?

— Faz um tempo.

— Quanto tempo?

— Um tempo.

— Tudo bem — falou Andie —, vamos recuar um pouquinho. O que a trouxe à delegacia?

Edith inspirou profundamente, olhando para Watts.

— Já disse ao detetive. Soube pelo noticiário que acham que Alvarez estava infiltrado no roubo do aeroporto. Eu sei quem o ajudou.

— Adoraríamos ouvir o nome dele.

— Tenho certeza que sim — falou Edith. — E por 250 mil dólares, darei a vocês.

— Deixe eu explicar como funciona a recompensa — falou Andie. — Você nos dá a informação. Se essa pista levar a uma prisão e condenação, a Braxton paga a recompensa. Parece justo?

— Besteira. Não trabalho dessa forma — replicou Edith.

— Não estamos sendo engraçadinhos. É assim que funcionam as recompensas.

— Vocês não estão ouvindo. *Eu* não trabalho dessa forma.

— Tudo bem. Diga o que quer.

— Tenho certeza de que já me investigou. Sabe que tenho ficha. Então, vamos deixar de palhaçada. Você não confia em mim, eu não confio em você.

— Se tiver alguma informação útil, podemos construir confiança.

— É, podemos sim. Sei o que vai acontecer. Eu dou o nome. Você verifica. Consegue sua prisão e condenação. Então volta para mim e diz: "Ah, nós já estávamos seguindo aquela pista quando você veio até a delegacia. Uma pena, Sra. Baird. Nada de recompensa para você."

— Nunca vi isso acontecer — falou Andie. — Todo o sistema de denúncias de crimes desabaria se a polícia entrasse nesse jogo.

— Não dou a mínima para o sistema. Eu me importo com minha recompensa. Então, vamos fazer o seguinte: você me dá uma lista de todos os nomes que tem até agora. Acrescento o nome do meu cara à lista. Se for novo, e ele for o seu cara, recebo o dinheiro.

— Isso é bom em teoria, Edith, mas nossos arquivos são confidenciais. Não vamos dar uma lista de nomes a você.

— Então não receberão nenhum nome de mim. É simples assim.

Os termos eram inaceitáveis, mas Andie podia entrar no jogo para evitar que a conversa empacasse.

— Não vou dizer que não — respondeu Andie. — Mas não posso dizer que sim.

— "Sim" é a única palavra que quero ouvir.

— Não posso simplesmente voltar para o chefe de minha unidade e dizer a ele que precisamos entregar nossa lista de suspeitos para uma criminosa condenada.

Edith sorriu.

— Então não diga nada a ele.

— Você tem experiência — falou Andie. — Sabe como funcionam essas negociações.

— Sim, eu sei.

— Que bom. Então sejamos sinceras. Se fôssemos seguir suas regras, eu precisaria de mais do que sua promessa de me dar um nome. Serei motivo de chacota no FBI se contar a meu chefe que tenho um informante que está disposto a identificar um suspeito apenas sob a condição de que revelemos todos os nomes em nosso arquivo primeiro. Se você espera que eu ao menos considere fazer uma sugestão dessas, precisa me dar *alguma coisa* para mostrar que é uma informante com alta credibilidade.

Edith não disse nada, mas sua linguagem corporal dizia a Andie que as palavras estavam sendo absorvidas.

— Sabe que não estou sendo irracional — falou Andie.

— *Shhh!* Estou pensando — disse Edith.

Andie deu um minuto a ela.

— Tudo bem — respondeu Edith.

— Tudo bem o quê?

A mulher apoiou as mãos no tampo da mesa e entrelaçou os dedos, como se estivesse pronta para falar.

— Me traga um café — disse ela —, e darei algo a você.

CAPÍTULO 43

Rubano ouviu o celular tocar na escuridão. Ele se sentou na cama. Silêncio, exceto pelo som baixo da respiração de Savannah.

Será que eu estava sonhando?

Ele olhou em volta. As cortinas estavam fechadas e o quarto estava escuro, exceto pelo brilho esverdeado no celular, o qual estava carregando na mesa de cabeceira. O olhar de Rubano repousou no rosto de Savannah, meio enterrado sob mechas dos longos cabelos castanhos. Ela estava dormindo profundamente.

Ele não contara nada à mulher sobre a última conversa com Edith. Ainda estava tentando descobrir como evitar o encontro que Savannah queria ter com a ex-sogra. Edith certamente exigiria mais dinheiro para encarar o interrogatório de Savannah, e de maneira alguma um encontro cara a cara com ela daria à esposa qualquer tipo de paz. Limpar a ficha criminal dele era a resposta. Rubano precisava *provar* para Savannah que a condenação por violência doméstica tinha sido construída sobre mentiras. Não bastava observar que Edith jamais consentiria a adoção de Kyla se Rubano fosse realmente um agressor. Ele precisava de negação irrefutável das acusações pela acusadora.

Rubano se deitou de novo e deixou que a cabeça afundasse no travesseiro. Levou um tempo para que seus olhos se fechassem. Assim que se fecharam, seu celular tocou de novo. Ele pegou o aparelho antes que Savannah acordasse.

— Alô? — sussurrou.

— Sou eu, cara. Ramsey.

— Espere aí. — Rubano saiu da cama, com o cuidado de não acordar a mulher, e foi para o banheiro. Ele se sentou no piso frio de azulejo, com as costas contra a porta fechada, e manteve a luz apagada. — Por que está me ligando?

— É seu cunhado, cara. Foi sequestrado de novo.

Rubano podia ter esmagado o celular com a mão.

— Seu filho da puta. Está me enganando para conseguir outro resgate?

— Não, não, cara. Não enganei você da última vez. Nós dois fomos traídos.

— Vá para o inferno, Ramsey.

— Não, ouça, cara. Jeffrey acabou de me ligar.

— Por que ele ligaria para você?

— Está com medo de ligar para você, cara. Acha que você ficaria puto com ele por ter voltado para o Gold Rush.

Rubano mal conseguiu entender.

— Ele *voltou*?

— É o que estou dizendo, cara. Jeffrey veio até o clube esta noite. Foi como nos velhos tempos. Todo cheio de cocaína, torrando dinheiro. Comprando garrafas caras de champanhe. O amigo Sully vendendo os relógios Rolex.

— Sully estava aí?

— É claro que Sully estava aqui. Essas dançarinas são comerciantes inteligentes. Veem Jeffrey entrar no clube, pegam os celulares e ligam para o Sr. Sully, o joalheiro. Ganham mil dólares sempre que ele vende um relógio bom.

— Jeffrey estava com aquela dançarina que o levou até meu carro? Bambi?

— Não, cara. Bambi foi embora. Jeffrey estava com Sylvia.

— Quem é Sylvia?

— Ah, é uma esperta. Romena.

O ódio de Rubano aumentava. Ele quase conseguia sentir o cheiro do golpe.

— Está trabalhando com *ela* desta vez, Ramsey?

— Não, você entendeu tudo errado, cara. Não teve "última vez", e não tem "*desta* vez". Tenho feito o melhor para ajudar você e seu cunhado. Hoje, fui até a mesa dele e falei: "Jeffrey, está maluco, cara? Por que voltou aqui? Este lugar não é seguro para você." Eu disse que podia ser o anjo da guarda dele.

— O que dele?

— Eu disse que podia ficar de olho nele. Prometi contar se entrasse no clube alguém com quem Jeffrey deveria se preocupar.

— Parece que fez um trabalho de merda.

— Eu fiz o melhor, cara. Trabalho no bar. Não posso ajudar depois que Jeffrey vai embora.

— Ele foi embora sozinho?

— Não. Com Sylvia. Então, três horas depois, às cinco da manhã, ele ligou para meu celular. Está chorando. Estava com medo. A voz falhando. Disse que tinha sido sequestrado de novo e precisava que o anjo da guarda o ajudasse.

— Isso parece mentira deslavada.

— Não é mentira! É verdade, cara!

— Que tipo de idiota acha que sou? Você me enganou da última vez. Não vou cair nessa de novo.

— Rubano, está cometendo um erro, cara. Isso não é um truque!

— Jeffrey está duro, não está?

— O quê?

— Achei que ele já estivesse duro, mas obviamente tinha mais dinheiro escondido em algum lugar. Agora ele queimou as reservas também. Então você, Jeffrey e essa cadela romena planejaram um segundo sequestro para me enganarem e conseguirem outro resgate. Bem, foda-se, Ramsey! Não vai acontecer.

— Está errado, cara. Não é golpe. Jeffrey está com problemas de verdade. Precisa de ajuda de verdade.

— Jeffrey precisa de ajuda? Tudo bem. Diga para ligar para a mãe dele. E não me ligue de novo.

Rubano desligou, a tela do celular se apagou, o banheiro ficou mais escuro. Respirou fundo. Uma batida leve soou à porta do banheiro.

— Rubano? — perguntou Savannah. — Está tudo bem aí?

Ele se levantou, colocou o celular na gaveta da penteadeira e abriu a porta.

— Tudo bem — respondeu ele, com a voz calma.

— Com quem estava falando?

— Ninguém.

Savannah coçou a cabeça, mais sonolenta do que confusa.

— Ouvi você falando com alguém.

Rubano beijou a testa da mulher e seguiu para a cama.

— Não era ninguém — disse ele. — Ninguém importante.

CAPÍTULO 44

Andie passou a sexta-feira de manhã no Museu Histórico do Sul da Flórida, sendo empurrada de um curador para o outro. Uma série de aparentes becos sem saída por fim se conectaram em uma cadeia que levou a um velho exilado cubano chamado Valentín Cruz.

— Fico feliz em ajudar — disse Cruz. Ele deu a Andie o endereço residencial e concordou em se encontrar lá na hora do almoço.

O interrogatório de quinta-feira com Edith Baird não dera em nada muito substancial. Andie deixara a sede do Departamento de Polícia do Condado de Miami-Dade com pouco mais do que pistas, generalizações e a promessa daquela mulher de entregar um nome pela quantia exata de 250 mil dólares. O melhor "aperitivo" foi a observação de Edith de que Octavio Alvarez e o cúmplice tinham sido amigos de infância em Cuba. Andie sabia pelo dossiê do FBI que Alvarez tinha chegado nos Estados Unidos no êxodo de 1994, a terceira maior onda de refugiados cubanos da história americana. Era razoável pensar que dois amigos de infância — homens que tinham permanecido próximos o bastante para realizarem um roubo ousado anos mais tarde — também pudessem ter feito aquela perigosa viagem de Cuba juntos. Os registros de imigração forneceram os nomes de 38 mil refugiados processados no verão de 1994. Para a surpresa de Andie, no entanto, era praticamente impossível identificar "colegas de balsa", a não ser que os refugiados fossem parentes. Valentín Cruz tinha a ligação que faltava — ela esperava.

A residência de Cruz ficava em Cutler Ridge, um subúrbio vintage de 1970 a meio caminho entre Miami e Florida Keys. A casa de um andar parecida com uma caixa era uma relíquia de uma era arquitetônica perdida, nem as janelas de gelosia nem o telhado plano atendiam às exigências do código contra furacões do século XXI. Cruz cumprimentou Andie com um sorriso e a levou para a garagem.

— *El Museo* — chamou Cruz. O museu.

Ele era um veterano ferido na fracassada invasão da Baía dos Porcos que acreditava que Deus poupara a vida dele naquela maldita praia cubana em abril de 1961 por um motivo. Dedicara a vida no exílio à realocação bem-sucedida de refugiados cubanos. Sua maior realização foi no verão de 1994, três anos após o colapso da União Soviética, quando o fim dos subsídios do Bloco Comunista levou Cuba ao extremo e milhares fugiram desesperados. Cruz serviu como diretor da Casa de Transição de Key West, em Stock Island, um tipo de estação de transição não governamental para os *balseros* que sobreviveram à jornada de 145 quilômetros de Cuba. A Casa de Transição recebeu refugiados da guarda costeira e os distribuiu entre as casas de caridade católicas em Miami, as quais conduziram esforços de orientação e reassentamento para até trezentos recém-chegados por dia.

— Meu plano era transformar a casa de Stock Island em um museu — falou Cruz —, mas não pudemos pagar o aluguel. Tentamos mudar para Coconut Grove, bem ao lado da prefeitura, mas isso deu errado. Nossa última tentativa foi um velho farol em Little Havana que a cidade estava disposta a alugar por um dólar por mês, mas o prédio estava aos pedaços, e não conseguimos angariar o dinheiro para consertá-lo. Então, todas as coisas que coletei e guardei para *El Museo del Hogar de Tránsito* — as balsas, as fotografias, os documentos — está tudo aqui.

A atenção de Andie se voltou para o pedaço de isopor que pendia do teto.

— Essa é uma das balsas?

— Sí. Apareceu na praia de Marathon. Precisei me livrar de muitas, muitas como essa. Não tinha espaço para guardar todas. Essa eu guardei. Acabou na praia de ponta-cabeça. Não havia ninguém nela. Torcemos para que os balseiros tivessem sido recolhidos no mar. Mas jamais saberemos.

Era uma parte assustadora da história. Cruz estava ansioso para compartilhar mais dela — o suficiente para preencher um museu que jamais foi construído — mas a necessidade de Andie era urgente e muito específica.

— Quero saber sobre os documentos que guardou.

Cruz tirou outra balsa do caminho e levou Andie até a pilha de caixas nos fundos da garagem. Elas cobriam a parede inteira, cada coluna tinha a espessura de três e a altura de 12 caixas.

— Isso é tudo — disse ele.

— Estava esperando um CD para fazer uma busca ou, na pior das hipóteses, um disquete. — Está tudo em papel?

— Sim. Trabalhávamos à moda antiga. Minha esperança era escanear esses registros para um computador, mas isso nunca aconteceu.

— Como está organizado?

— Cronologicamente, mais ou menos. O ápice foi em agosto, mas por volta de maio pudemos ver os primeiros sinais de um fluxo crescente. Dezenas de cubanos ocuparam a residência do embaixador belga e pediram asilo. Outro grupo entrou na embaixada alemã. As coisas só pioravam. No fim de junho, recebíamos centenas de cartas de pessoas em Miami nos dizendo que o pai, a tia, os primos, quem fosse, tinha deixado Cuba em uma balsa uma semana antes, dez dias antes. A família não tinha informação. Será que os entes queridos tinham chegado à praia? Será que a guarda costeira os resgatara? Teriam se afogado? Será que a corrente do Golfo os carregara para o mar?

— Então, é isso o que tem nestas caixas? Essas cartas?

— Isso é parte. Como falei, recebemos notícias de muitas famílias preocupadas. Queríamos ajudar, mas imagine a tarefa. Milhares de pessoas deixaram Cuba sem documentos, ou os perderam no mar. Então, começamos a fazer nossas entrevistas e conseguir informações detalhadas sobre os balseiros que entraram pela Casa de Transição.

— Mais do que o que a Guarda Costeira coletou, quer dizer.

— Muito mais. A maior preocupação do governo naquelas entrevistas iniciais era verificar se os refugiados eram realmente de Cuba. Precisa se lembrar de que balsas também vinham do Haiti, o que era um processo totalmente diferente. Apenas cubanos recebiam asilo automático. Nosso trabalho era unir famílias.

— É o que estou perguntando. Vocês coletaram mais do que nome, data de nascimento, de que cidade eles vinham em Cuba?

— Coletamos toda informação que conseguimos. Que dia deixaram Cuba, de onde se lançaram ao mar, onde pararam. Tudo.

— E quanto aos nomes de outros refugiados na balsa? Conseguiram essa informação?

— É claro. Era importante saber com quem viajavam, principalmente se algum passageiro tinha se perdido no mar. Se a balsa tinha nome, escrevíamos também. *La Esperanza. Tío B.* Qualquer coisa que pudesse ajudar a ligar uma balsa a uma família ou amigos.

Andie sentiu que estava chegando a algum lugar.

— Serei mais específica. Se a guarda costeira me dissesse que um homem chamado Otavio Alvarez veio parar em Key West em 23 de agosto, você saberia me dizer quem mais estava na balsa dele?

— *Sí, sí*. Ele teria passado pela Casa de Trânsito. Era para onde a guarda costeira mandava os balseiros que chegaram a Key West.

— Pode me mostrar em que caixa essa informação estaria?

— Bem, aqui não é exatamente o Arquivo Nacional. Mesmo com uma data específica, só posso dar uma ideia geral de onde procurar.

Andie olhou para a parede de caixas. Não era uma tarefa simples, mas enterrado em algum lugar sob toneladas de papel amarelado estava o nome do cúmplice de Octavio Alvarez — ela podia sentir isso.

— É bom o bastante — falou Andie. — E a diversão pode começar.

CAPÍTULO 45

De novo não. Jeffrey não conseguia afastar aquele pensamento.

Aquilo lembrava do velho filme com Bill Murray, *Feitiço do tempo*, mas não havia nada engraçado em ser sequestrado diversas vezes. Ele se lembrava de sair cambaleando do Gold Rush, atravessar o estacionamento escuro, congelar ao sentir uma arma ser pressionada contra sua lombar. O primeiro sequestro o deixara cauteloso com relação a estranhos, e Jeffrey jamais teria deixado o Gold Rush com Sylvia, mas, no fim das contas, Bambi não tinha fugido para entrar para um convento. Na verdade, ela ligara para convidar ele *e* Sylvia para uma festa na casa dela.

— Sylvia é uma de minhas melhores amigas — dissera Bambi a ele ao telefone, uma garota de confiança. Que melhor amiga! Sylvia tinha enganado Bambi.

Preciso avisar Bambi quando sair daqui.

Jeffrey tentou se sentar, mas não conseguiu tirar a cabeça do colchão. Sua mente estava confusa, mas a lembrança daqueles momentos tensos do lado de fora do clube era bastante clara.

— Cale a boca e olhe para a frente — dissera o homem a Jeffrey. Diferentemente da primeira vez, no entanto, ele não identificou um sotaque jamaicano, e não levaram seu carro. O homem o levou para outro veículo, empurrou-o para a mala e lá se foram eles. Daí em diante, o segundo sequestro não foi nada como o primeiro. Dessa vez, não teve golpe na nuca para nocautear Jeffrey. Nada de acordar em uma garagem escura sobre o piso de concreto. Nada de correntes ou de agressão. Ele seguiu vendado da mala do carro até a **casa** ou apartamento, Jeffrey não tinha certeza do que era. O quarto não tinha janelas, mas tinha ar-condicionado, era mobiliado com uma cama confortável, uma cadeira e uma luminária sobre a mesa de cabeceira. Era como uma pequena suíte master. O closet estava fechado com cadeado, mas Jeffrey tinha liberdade para usar o banheiro. Havia um cooler cheio de lanches e água mineral. E, o maior alívio de todos, Jeffrey ainda estava com as coroas douradas novas.

Aqueles primeiros sequestradores o espancaram e o torturaram desde o início, o chutaram no rosto com botas de bico de aço, arrancaram as unhas e as coroas de ouro com alicate, rindo de sua dor. Exigiram saber quanto dinheiro Jeffrey tinha e onde estava escondido. Esse novo cara era bem diferente, e não apenas porque era *um cara*. Jeffrey não tinha certeza de por quanto tempo seria mantido em cativeiro, mas fazia horas e o sequestrador ainda não mencionara dinheiro. Era como se ele soubesse que Jeffrey tinha torrado tudo, que tinha gastado os últimos dólares naquelas garrafas de Cristal para Sylvia — que o resgate viria de outra pessoa que não fosse ele.

Ele ouviu passos do outro lado da porta, então o chacoalhar de chaves. A tranca girou e Jeffrey recuou um passo quando a porta se abriu.

— Na cama, virado para a parede — disse o homem, do corredor escuro.

Jeffrey teve a sensação pesarosa de que a folga estava prestes a acabar. Ele se deitou de lado, com as costas para a porta, quando o homem entrou no quarto.

— Como dormiu, grandalhão?

Jeffrey hesitou, confuso pelo tom cordial.

— Bem — disse ele.

O homem puxou a cadeira.

— Pode me olhar. Sente.

Jeffrey rolou para longe da parede, deixou que os pés descessem pela beira da cama e se sentou diante do sequestrador. O homem usava jeans azul, um moletom com "I ♥ New York" estampado e uma máscara de borracha de Halloween. Jeffrey estava falando com Barack Obama.

— Gosto de você, Jeffrey.

Ele não tinha certeza de como responder.

— Também gosto de você.

— Michelle e eu esperamos sinceramente conseguir passar por isso sem deixar você muito fodido.

— Michelle?

— Foi uma piada.

A máscara.

— Ah. Entendi.

— Mesmo?

Jeffrey reparou na mudança de tom, um toque de amargor.

— Mesmo o quê?

— *Entendeu* mesmo?

De novo, o tom o confundiu; a resposta certa não estava nada clara.

— Acho que sim.

O homem se inclinou para a frente, apoiando os antebraços nas coxas.

— Você *acha* que entendeu. Isso me preocupa, Jeffrey. Quando alguém é sequestrado do lado de fora de um clube de striptease, isso me faz pensar: ele *entende* de verdade? Ou é apenas um traste inútil?

— Não sou inútil.

O homem levou a mão ao bolso e pegou um canivete com cabo de madrepérola com a lâmina ainda fechada. Ele abriu, o que fez Jeffrey se assustar. Não era tecnicamente uma faca. O homem segurava uma lâmina de barbear.

Um nó se formou na garganta de Jeffrey.

— Por favor, não me machuque.

— Ei, ei — disse o homem, quase rindo. — Machucar você? Está se adiantando.

— O que vai fazer com isso?

O homem aproximou a cadeira e empurrou a luminária para a beira da mesa de cabeceira, abrindo espaço no tampo de vidro. Ele tirou de dentro um pacote de cocaína do tamanho de um palmo e despejou o conteúdo no vidro.

— Essa merda é boa de verdade — disse o homem, ao dividir a pilha branca em cinco carreiras com a ponta afiada da lâmina. — Prove.

Jeffrey recolheu um pouco do pó na ponta do dedo e colocou na língua. A sensação fria e entorpecente era quase melódica para ele.

— Isso é bom.

— Tem uma nota para a gente enrolar? — perguntou o homem. — Não, espere. Esqueci. Você torrou todo o dinheiro, não foi?

Foi a primeira menção do sequestrador a dinheiro. Jeffrey não respondeu.

O homem pegou uma nota nova de cem dólares na carteira, enrolou bem apertada e entregou a Jeffrey.

— Vá em frente, amigo.

Jeffrey hesitou, ainda imaginando o que o homem poderia fazer com a lâmina. O sequestrador parecia sentir a preocupação, então guardou a lâmina. Jeffrey se debruçou sobre a mesa e foi atrás da cocaína como um aspirador de pó, uma carreira por vez, uma série de explosões gloriosas ao centro de prazer do seu cérebro. Mesmo a queimação nas narinas era estranhamente agradável, e Jeffrey saboreou o familiar gosto amargo que surgia no fundo da garganta. Ele inclinou a cabeça para trás para pegar os resquícios, então deixou a nota de cem dólares de lado e sorriu ao sentir a onda.

— Uau — foi tudo o que Jeffrey conseguiu dizer. — Tem mais?

— Quer mais?

— Depois que eu começo, é difícil parar.

O homem abriu a gaveta da mesa de cabeceira, tirou de dentro um pacote muito maior de cocaína e o apoiou no vidro. Era tão grande quanto o punho dele.

— Isso é muita coca — disse Jeffrey.

— Sim. Tudo para você.

Jeffrey olhou para o pacote cheio, então de volta para a máscara de Obama.

— Acho que vou ficar aqui um bom tempo. É isso que está dizendo?

— Não. Vai cheirar tudo isso... *agora*.

Jeffrey deu uma risada de nervosismo, mas não detectou senso de humor por trás da máscara.

— Até a última carreira — disse o homem —, até não sobrar nada.

— Mas... isso é coca o suficiente para matar um elefante.

— Isso mesmo, Dumbo. — O homem despejou a cocaína do saco, derramando uma montanha branca no tampo da mesa.

— Por favor — disse Jeffrey. — É sério?

— Qual o problema?

— Isso é muito.

— Muito de uma coisa boa? Um pouco tarde para começar a bater nessa tecla, não acha?

Jeffrey limpou o nariz, nervoso, fungando o resíduo de cocaína.

— Por favor, cara. Sério. Não quero morrer.

O homem pegou a lâmina e separou a primeira carreira.

— Todos vamos morrer, Jeffrey. Vamos começar a festa.

CAPÍTULO 46

Andie encontrou o homem que procurava na Casa de Transição de Key West, caixa número 47.

Valentín Cruz dera a Andie uma "ideia geral" de onde encontrar os registros relacionados a Octavio Alvarez, e a definição dele de "geral" estava entre as mais amplas que já vira. Ela vasculhou pilhas de caixas de papelão, milhares de páginas escritas à mão, e a luz fluorescente que piscava na garagem lhe forçava a vista. Por ter morado com trabalhadores imigrantes em Yakima Valley, em Washington, Andie falava espanhol bem o suficiente, mas ler era um fardo, e as anotações apressadas de voluntários sobrecarregados na Casa de Transição representava um desafio especial. Horas depois de iniciar a tarefa, Andie foi recompensada. Os documentos amarelados no piso de concreto diante dela eram folhas originais de registro de Octavio e do homem que Andie estava procurando: Karl Betancourt. Cada um identificara o outro como colega de balsa, além de uma mulher e sua filha de 15 anos. Os dois homens tinham relatado o nome da embarcação:

— *Se Vende* — falou Andie, lendo em voz alta.

Anotações na folha de registro de Octavio explicavam que o homem de Havana que fizera a balsa decidiu que a viagem era perigosa demais, então colocou a balsa à venda. Os compradores mantiveram a placa de "Se Vende" e assim chamaram a embarcação. Não era exatamente como *Niña, Pinta ou Santa María*, mas sentimental de um jeito próprio.

Andie selou as folhas de registro em uma sacola de evidências e dirigiu do museu que não se realizou até o escritório do FBI. A seguir vieram verificações de histórico de vida, acompanhadas por mais investigação e brainstorming. No fim do dia, Andie entrou no escritório do chefe da unidade para convencê-lo do caso.

— Acho que identifiquei o segundo criminoso no armazém do aeroporto — disse ela.

Uma pilha de documentos se estendia de uma ponta à outra da mesa de Littleford. Ele olhou por cima dos óculos de leitura e simplesmente perguntou:

— Quem?

— Karl Betancourt. Atende pelo nome Rubano. É gerente de um restaurante em Sunny Isles chamado Café Rubano.

— Ouvi falar. Um cardápio russo-cubano, não é?

Andie se sentou na poltrona diante da mesa de Littleford.

— Exatamente. Por isso o nome Rubano, uma brincadeira com "russo--cubano".

— Está dizendo que tem uma conexão russa com esse roubo?

— Ainda não sei. Mas definitivamente uma conexão rubana.

— Diga.

Andie contou como Edith Baird tinha ligado Alvarez a um amigo de infância em Cuba, e como juntara as peças pelos registros da Casa de Transição. Como sempre — Andie estava se acostumando com o estilo dele —, a reação inicial de Littleford era ceticismo.

— Edith Baird parece uma caça-níqueis. Por que deveríamos acreditar nela?

— Primeiro, porque faz sentido. Alvarez e Betancourt cresceram juntos, arriscaram as vidas para virem para este país juntos, enriqueceram juntos. Segundo, Edith Baird o conhece bem. Betancourt morou com a filha dela, e se declarou culpado de violência doméstica. Sem tempo de prisão, mas é um criminoso condenado.

— Eu ficaria mais impressionado se a condenação fosse por assalto a mão armada.

— Tem mais — disse Andie. — Betancourt está casado agora. E ouça isto: a esposa dele é a sobrinha de Craig Perez.

Littleford precisou de um segundo para fazer uma varredura mental pela árvore genealógica.

— Betancourt é parente de Mindinho?

— Por causa do casamento da sobrinha.

— Lembre de novo: qual é o status de Mindinho?

— Você autorizou vigilância, mas não conseguimos encontrá-lo. Estou trabalhando pela perspectiva de infiltrada com Priscilla, do clube Night Moves, tentando marcar uma reunião. Mas Betancourt é uma via mais segura que potencialmente une toda a gangue.

— Gosto disso. O problema é que se trouxer Betancourt para interrogatório, Mindinho provavelmente vai deixar o país, se é que já não deixou.

— Concordo. Sugiro cancelarmos a vigilância que você aprovou para Mindinho e passarmos para Betancourt. Sem despesas a mais. E colocamos uma escuta nele: duas linhas telefônicas fixas, doméstica e profissional, e o celular dele. Já verifiquei com a operadora que ele utiliza. Taxa de ativação de quatrocentos dólares mais dez dólares por dia para acesso às mensagens de texto, caixa de mensagens e e-mail. No todo, impacto mínimo em nosso orçamento.

As pessoas comuns não faziam ideia de que os federais tinham, na verdade, de pagar à operadora pela vigilância na atividade telefônica, e Littleford pareceu gostar da preocupação de Andie com as dores de cabeça administrativas que a maioria dos agentes no nível dela deixava para os supervisores. Mas ele não pareceu totalmente convencido.

— Se acrescentar a real despesa com pessoal para o monitoramento de vigilância, sabe qual é o custo médio de uma escuta federal, Andie?

— Tenho certeza de que não é pouco.

— Cinquenta e sete mil dólares. Por isso este escritório fez um total de 12 este ano. Isso aqui não é a televisão, na qual pedimos uma por episódio semanal.

— Está dizendo que não?

— Eu me sentiria mais disposto a dizer que sim se tivéssemos uma utilidade mais definida. Tenho certeza de que seus amigos no escritório da promotoria se sentiriam mais confiantes se tivéssemos contato recente entre Alvarez e o velho amigo dele, Betancourt. A conexão da balsa foi há muito tempo.

Andie, usando a carta na manga, colocou uma pasta fina na mesa de Littleford.

— Registros de celular — disse ela.

— De quem?

— De Betancourt.

— Como conseguiu isso?

— Nunca tive muito sucesso obtendo informações de histórico com operadoras de celular sem um mandado. A de Betancourt não teve problema algum em me mostrar quais números ele vem discando durante os últimos seis meses. Destaquei cada ligação para ou do celular de Alvarez.

Littleford percorreu os registros.

— Nada depois do 4 de Julho.

— Curioso, não acha? Conversa, conversa, conversa. Então, nada. É como se tivessem chegado a um acordo para não fazer mais ligações um ao outro antes do roubo.

Littleford devolveu a pasta.

— Confira com o escritório da promotoria.

— Vai autorizar a escuta?

— Vamos conseguir isso o mais rápido possível — disse Littleford, retornando à papelada dele.

Andie levantou da cadeira e seguiu para a porta.

— Henning — disse Littleford, e a agente parou à porta.

— Sim?

— Percebe que acabou de se retirar daquela missão infiltrada com Priscilla, do Night Moves, certo?

— Eu sei. Betancourt é obviamente o melhor caminho.

Littleford olhou para Henning com um misto de orgulho e curiosidade, como se para reconhecer que nem toda agente aspirante a infiltrada teria a mesma lógica.

— Bom trabalho — disse ele, e voltou à papelada.

Andie sorriu consigo mesma e disparou pelo corredor.

CAPÍTULO 47

Jeffrey não conseguia parar de andar. Em volta da cama, até a porta, até a luminária, de volta à parede oposta. Ele caminhava com intensidade, como se determinado a marcar uma trilha no carpete. O coração estava acelerado, não apenas no peito, mas nas têmporas e no tríceps esquerdo também. A respiração estava breve, rápida. O quarto parecia ficar inexplicavelmente menor. E mais quente também.

Não fique paranoico.

Mais duas voltas pelo quarto, mais e mais rápidas. Ele parou apenas por tempo o bastante para verificar o termostato na parede. Vinte e sete graus Celsius. Não, não estava paranoico; estava ficando mais quente a cada minuto. A marcha continuou. A volta mais rápida até então. Jeffrey parou de novo diante do termostato e tirou do AUTOMÁTICO para a posição contínua de LIGADO. Nada. Obama tinha desligado o ar-condicionado.

Filho da puta!

Jeffrey continuou a caminhada, contando os passos do início ao fim, então começou de novo: *dezoito, dezenove, um, dois, três...* Sua camisa estava ensopada de suor. O carpete parecia carvão quente sob os pés. O rosto e o pescoço de Jeffrey formigavam de febre. Febre de cocaína. Pele pegando fogo no corpo inteiro — costas, peito, braços, pernas. Ele tirou a camisa, ficou nu até a cintura, mas não fez diferença. Verificou o termostato mais uma vez: 28 graus.

— Merda! — disse Jeffrey, socando a parede.

A cocaína jamais fizera aquilo com ele antes, e aquele pacotão na mesa de cabeceira não podia conter mais do que um quarto de pó. Qualquer coisa mais pura o teria matado naquela quantidade, com certeza. Aquelas primeiras cinco carreiras no vidro foram totalmente estimulantes, mas o pacote estava diluído em algo. O gosto de amido de milho ou outro tipo de açúcar era inconfundível, um truque comum dos traficantes. Mas devia haver um agente mais volátil naquela montanha branca — uma substância química que estava fervilhando dentro de Jeffrey, fervendo o sangue dele, queimando a pele.

Jeffrey correu para o banheiro. Um banho gelado ajudaria. Ele nem se deu o trabalho de tirar a calça antes de abrir o registro marcado com "P". Nenhuma gota. Tentou o outro, onde estava escrito "Q", girou, girou e girou com o máximo de força que conseguiu. O registro quebrou na mão de Jeffrey. Ainda nada de água. Ele puxou a cortina do chuveiro, arrancando-a do varão, e correu para a pia. Nada além de um ruído estranho de vibração nos canos da torneira de água fria. Nada da de água quente. Obama tinha desligado a água.

Filho da puta!

Jeffrey se ajoelhou e levantou a tampa da privada. Água! Ele pegou com as mãos em concha e jogou no rosto até que a privada estivesse vazia. Jeffrey deu descarga para conseguir mais, ansiosamente abaixando a cabeça e os cabelos na água corrente fria, sem jamais pensar que poderia ter simplesmente retirado a tampa do tanque e evitado a privada suja.

Um barulho vindo do corredor o interrompeu subitamente. Ele ouviu a tranca virar e a porta se abrir. Ficou de pé e saiu do banheiro. O Sr. Obama estava de volta.

— Sente na cama — disse ele.

Água da privada pingou dos cabelos e do rosto de Jeffrey.

— Não posso. Preciso continuar me mexendo.

— Sente!

O tom ríspido assustou Jeffrey, e ele rapidamente se sentou na beira do colchão. As duas pernas se moviam, quicando para cima e para baixo incontrolavelmente.

— Quer mais cocaína? — perguntou o homem com a máscara de borracha.

— Sim, sim. Quero dizer, não. Quero dizer... merda! — gritou Jeffrey, enterrando o rosto molhado nas mãos. — Você me fodeu todo, irmão!

O sequestrador puxou a cadeira, se sentou e cruzou as pernas, totalmente relaxado.

— Você está perturbado — disse o sequestrador, calmamente.

Jeffrey continuava vibrando.

— Não consigo evitar!

— Consegue, sim. Vou dar uma chance, Jeffrey. Apenas uma chance de você se ajudar.

A febre tinha passado; a água do vaso tinha ajudado. Jeffrey estava se sentindo frio. Ele cruzou os braços sobre o peito nu e começou a se balançar para trás e para a frente.

— Obrigado, obrigado, irmão. Vou fazer o que for preciso.

O homem tirou uma fotografia do bolso e a segurou diante do rosto de Jeffrey.

— Pare de se balançar e me diga quem é este.

Jeffrey se obrigou a ficar sentado.

— Esse é Marco — disse ele, e então voltou a se balançar.

— Fico feliz por não ter mentido para mim. Sei o que fez no aeroporto. Eu sei que Marco Aroyo era parte da equipe. É muito importante que me diga a verdade.

Jeffrey estava se balançando tão rápido que estava sem fôlego.

— Não vou mentir para você.

— Que bom. Sabe o que acontece se mentir para mim?

Jeffrey não respondeu. Nem mesmo queria pensar naquilo.

O homem tirou outra foto do bolso e a segurou para que Jeffrey pudesse ver. Ele congelou — nada de se balançar, nada de movimento das pernas, mal tomou fôlego. Era a fotografia do "depois" de Marco Aroyo.

— Merda, cara! — Disse Jeffrey, ao virar o rosto, se encolhendo. — Não vou mentir, prometo. Não faça isso comigo. Por favor, não!

O homem apoiou a foto.

— Agora, quanto àquela chance de se ajudar, eis como funciona: vamos fazer uma ligação para seu cunhado. É um esforço conjunto. Nós dois vamos lembrá-lo do quanto ele ama você. Tudo bem?

— Sim, tudo. Como quiser.

O presidente tirou um isqueiro do bolso, pegou a fotografia do "depois" e acendeu a ponta. Ela queimou devagar a princípio, então se inflamou. Jeffrey observou, nervoso, até que o homem atirasse a foto no chão, bem diante dos seus pés. A foto queimou o dedão dele, e Jeffrey gritou, mais de medo do que de dor.

— Não me machuque! Por favor, não!

O fogo se extinguiu, o restante da fotografia estava apenas levemente mais carbonizado do que o homem retratado nela.

— Nada com que se preocupar — disse ele a Jeffrey —, contanto que seu cunhado nos mostre amor.

CAPÍTULO 48

Rubano passou o *happy hour* de sexta-feira na concessionária da BMW.

Buscara o velho Malibu da oficina de pintura e lanternagem por volta do meio-dia. A ideia era que uma mudança de cor tornasse seguro dirigi-lo de novo, só para o caso de alguém tê-lo visto com Octavio antes do atropelamento. Ficou lindo em azul-metálico, e Rubano decidiu que teria atingido o valor máximo para troca, irresistível para qualquer respeitável membro de gangue que tivesse dinheiro para decorar com bordas cromadas e suspensão rebaixada. Tinha chegado a hora de se livrar do carro.

— Temos um financiamento muito atraente disponível — disse o vendedor.

Eram apenas os dois no minúsculo escritório de vendas. Uma parede de vidro separava os homens do cavernoso salão de exibições. Atrás deles, sob as lâmpadas de LED, uma variedade de novos veículos alemães reluzia.

— Pagarei em dinheiro — falou Rubano. — Menos cinco mil pela troca do meu carro.

— Em que veículo está interessado?

— A Série Seis. Conversível. Em preto.

— Vamos ver o que tenho no estacionamento — disse o vendedor, verificando o computador dele.

Rubano observou do outro lado da mesa enquanto o vendedor verificava a lista. O valor anunciado em muitos daqueles carros chegava perto dos seis dígitos, mas ainda era uma fração do que Rubano conseguira no roubo.

Esconder o dinheiro tinha sido o plano inteligente, mas não se Rubano era o único fazendo isso. Estava de saco cheio de Jeffrey e Mindinho. Sabia que Edith Baird era uma golpista que o enganaria em um minuto. A namorada de

Octavio dava todos os indícios de ser uma cadela gananciosa. Rubano não tinha certeza de como convenceria Savannah de que não tinha usado o "dinheiro de Jeffrey" para comprar um carro de oitenta mil dólares, mas se preocuparia com isso depois. Estava na hora de ele gastar algum maldito dinheiro — antes que todo mundo torrasse tudo.

— Temos dois pretos — disse o vendedor. — Um é esportivo.

— É esse que eu quero.

— Excelente escolha. Nosso mecânico vai precisar das chaves do seu carro para avaliar o valor de troca. Enquanto isso, vou verificar com meu gerente e ver se consigo o melhor preço para você.

Rubano entregou as chaves e tentou não cair na gargalhada quando o vendedor deixou o escritório. *O melhor preço para você.* O roubo do aeroporto era nada em comparação à conversa fiada do vendedor de carros. *E por falar em ladrões mentirosos.*

O celular dele tocou e o número de Jeffrey apareceu. Rubano deixou cair na caixa postal, mas outro toque se seguiu imediatamente, o mesmo número. Dessa vez ele atendeu. Não era Jeffrey.

— Estou com seu cunhado, o gordo — disse o interlocutor.

Sem sotaque jamaicano; não era Ramsey.

— Quem é?

— Seu despertador. Sei o que vocês fizeram, e não quero me envolver com os federais ou nada assim. Não é problema meu. A única coisa que quero é meu dinheiro.

— *Seu* dinheiro?

— Isso. É meu agora. Meio milhão deve dar.

Rubano controlou a raiva, então esticou a mão para trás e fechou a porta do escritório.

— Ouça, babaca. Não sei quem você é, e não me importa. Não vou dar um centavo para você ou qualquer outra pessoa.

— Precisa de uma atitude melhor, ou seu cunhado vai sentir muita dor.

Rubano não acreditava. Colocara Ramsey no lugar mais cedo, e aquela ligação não parecia menos com um golpe. Ele não tinha certeza de quem era aquela nova voz, o cara que estava fazendo papel de "sequestrador", mas Rubano não conseguia resistir a pagar o blefe dele.

— A dor é temporária — falou.

— O quê?

— Você ouviu. Dor é o cacete. Jeffrey vai superar.

— Estamos falando de seu cunhado.

— Entendo. Mas não tenho nada a ver com o que Jeffrey fez com a vida dele. Faça o que precisar fazer, amigo.

Silêncio na linha, como se o interlocutor não entendesse muito bem.

— Espere aí. Quero que diga isso a Jeffrey

Rubano se sentiu tentado a desligar, mas queria que o cunhado soubesse que estava por dentro do joguete dele.

Jeffrey pegou o telefone, estava com a voz acelerada.

— Irmão, precisa consertar isso!

— O que quer que eu faça?

— Pague! Onde está seu dinheiro?

— Gastei tudo.

— Não!

— Strippers, cocaína, diamantes no relógio, tigres em coleira de ouro. Torrei tudo.

— Não faça isso! O dinheiro significa mais para você do que eu, do que minha vida?

— Ei, você foi atrás disso, irmão. Agora resolva o problema. Eu falei para dar o fora de Miami, mas queria festejar. Agora resolva.

— Não acredito que está dizendo isso!

Rubano olhou por cima do ombro, pela janela de vidro. Nenhum sinal do vendedor no salão de exibições, mas ele com certeza voltaria em breve. Estava na hora de acabar com aquela besteira.

— Jeffrey, não vou mais fazer esses joguinhos. Está por conta própria.

— Por favor, por favor, não diga isso. Esse cara é um assassino, irmão. Ele me mostrou a foto de Marco.

Rubano hesitou. A menção de Marco fez parecer menos com um jogo, mas ele não cedeu.

— Não acredito em você. Parece cheio de cocaína na cabeça!

— Sim, eu estou! Ele me obrigou a cheirar uma montanha de coca!

— Obrigou — falou Rubano, debochando. — Sim, sequestradores são generosos assim, sempre compartilham a cocaína deles. Que tipo de idiota acha que sou, Jeffrey?

— Isso é sério, irmão! Se não pagar, ele vai me acender como fogos de artifício, como fez com Marco.

— Pare com isso, Jeffrey! — disse Rubano, amargamente. — Já chega desse jogo. Ramsey me ligou esta manhã e me contou a mesma mentira.

— Hã?

— Foi patético — falou Rubano, usando um sotaque jamaicano, imitando Ramsey: — "Jeffrey ligou para o meu celular, cara. Está chorando. Está com medo. A voz falhando. Diz que foi sequestrado de novo e precisa que o Anjo da Guarda ajude."

— Nunca liguei para Ramsey!

— Não minta para mim. O que vocês fizeram, planejaram isso no Gold Rush com um grama de coca e uma garrafa de champanhe de mil dólares? "Ei, que tal esse plano, cara" — disse Rubano, voltando com o sotaque. — "Vamos ligar para Rubano e dizer a ele que o cunhado foi sequestrado, tirar meio milhão dele."

— Não, não! Jamais liguei para Ramsey a respeito do sequestro. Isso não é um golpe, irmão!

— Quem conseguiu para se fingir de sequestrador? Um dos amiguinhos de Ramsey?

— Não sei quem ele é, mas queimou Marco até virar carvão! Isso *não* é uma piada! Ele vai me incinerar!

— Bem, é uma pena, Jeffrey. Pode queimar agora. Pode queimar no inferno. Não me importo mais. Não me ligue de novo.

Rubano desligou, tão cheio de ódio que ficou sem fôlego. Percebeu que para alguém de fora as palavras teriam soado tão frias quanto gelo, mas era a única forma de lidar com um viciado desesperado que estava sem dinheiro. Esse sequestro não era real. Jeffrey estava trabalhando com Ramsey. Ninguém o queimaria. De maneira nenhuma.

A não ser que não seja um golpe.

Havia essa possibilidade. Rubano estendeu a mão para o celular, pronto para discar o número de Ramsey, então parou. Se era para descobrir a verdade, um telefonema não adiantaria. Melhor ter uma conversa cara a cara com o jamaicano e pegá-lo desprevenido, numa emboscada.

A porta se abriu.

— Boa notícia — disse o vendedor quando entrou alegremente no escritório. — Posso deixar que você saia dirigindo um lindo Série Seis preto conversível com o pacote esportivo por oitenta e três mil.

— São três mil além do preço anunciado.

— Eu sei, não é ótimo? Meu gerente jamais fez isso com um carro em lista de espera. Um pequeno prêmio coloca você à frente de todos na fila.

Rubano ficou de pé.

— Me dê a chave do meu carro.

— Ei, aonde vai, amigo?

— Para fora daqui.

— Estou vendo que sabe negociar. Talvez eu consiga que meu gerente abaixe até 82.500.

— Quero minhas chaves.

— Vamos sentar e conversar...

— Minhas chaves. *Agora.*

O vendedor deu um tapinha no bolso da calça, como se procurasse.

— Droga. Devo ter deixado com o mecânico. Infelizmente, ele acabou de sair para uma folga e só vai voltar...

Rubano segurou o homem pelo colarinho e se aproximou do rosto dele.

— Me dê a porra das chaves do carro ou vou quebrar seu pescoço magricela.

Devagar, o vendedor tirou as chaves do bolso do paletó. Rubano as arrancou da mão dele e o empurrou ao sair, então seguiu em disparada pelo luxuoso salão de exibição até o estacionamento. Aquela brincadeira — *"Chaves, chaves, quem tem as chaves do carro?"* — irritou Rubano, mas ele não ganharia nada descontando em um vendedor de meia-tigela.

Guarde isso para Ramsey.

Rubano entrou no Malibu azul-metálico e dirigiu até o Gold Rush. As mentiras estavam para acabar.

CAPÍTULO 49

Por volta das oito horas, Andie teve notícias do assessor da promotoria ao telefone. Sexta-feira à noite não era o pior momento para que a promotoria entrasse com um pedido de emergência para uma escuta diante de um juiz federal, mas estava longe do ideal. De toda forma, a notícia era boa: "Requerimento aceito." Andie entrou em contato com um agente técnico a respeito das linhas fixas e com a Equipe de Intercepção e Rastreamento Sem Fio a respeito do celular. O agente Gustafson era o contato de Andie na Equipe de Interceptação e Rastreamento Sem Fio.

— Quando precisa dela? — perguntou Gustafson.

— Doze horas atrás — respondeu Andie.

— Deveria ter vindo até mim então. Nenhum técnico digno do salário precisa da cooperação da operadora para monitorar celulares.

— Nenhum bandido digno do dinheiro dele usa mais o celular se pode evitar. Precisamos das linhas fixas também.

— Há formas de ouvir conversas de celular antes de conseguir o mandado que cobrem a coisa toda. É só o que estou dizendo.

Interceptações sem fio estavam na zona cinzenta legal, mas de acordo com a forma de Andie de pensar, havia uma hora e um local para testar os limites da Quarta Emenda.

— Vou manter isso em mente da próxima vez em que estiver tentando impedir um terrorista de explodir um prédio. Agora, estou atrás de uma condenação por roubo, não um debate constitucional por causa da admissibilidade de evidência em um tribunal.

— Entendi.

Às nove horas da noite, o FBI tinha cercado o alvo de três formas: o celular de Rubano Betancourt e as linhas fixas do Café Rubano e da residência Betancourt. Andie atualizou a equipe de monitoramento e deixou a vigilância em tempo real para os especialistas. Ela estava dirigindo para casa do escritório do FBI quando o celular tocou. Foi a linha que Andie estabelecera para a missão infiltrada no Night Moves. A ligação era de Priscilla.

— Oi, amiga, onde você está? — perguntou Priscilla.

O papel de Andie infiltrada como Celia Seller estava tecnicamente encerrado. Ela aceitou a ligação de Priscilla apenas para ver se a semente que plantara a respeito de Mindinho tinha gerado frutos.

— Vou ficar em casa hoje — respondeu Andie. — Acho que estou pegando uma gripe.

— Aaah, que pena. Estou no clube agora. Estava esperando que viesse.

Andie trocou de faixa, passando para o tráfego mais lento da I-95 conforme falava.

— Chegou a ver aquilo sobre o que falamos?

— Quer dizer... Mindinho?

— Sim... Falou com ele sobre mim?

— Tentei, mas o celular está desligado, e não o tenho visto no clube. O cara parece que sumiu.

Nem me fale. Andie permaneceu no papel.

— Deve haver alguém no clube que o viu.

— Ninguém com quem eu falei.

— Hmm. Que pena.

— Tem muitos outros homens aqui no clube, Celia.

— Tenho certeza. Mas eu estava meio que ansiosa para... Bem, você sabe.

— Conhecer a grande personalidade? — perguntou Priscilla com uma risada.

— Certo, *personalidade*. O que toda garota quer. Alguma ideia de como podemos fazer isso acontecer?

— Só uma. Eu poderia perguntar ao melhor amigo dele, Pedro. Mas isso é uma má ideia, mesmo.

Andie queria um sobrenome, mas não parecia uma pergunta que Celia Seller poderia fazer.

— Por que isso seria ruim?

— Pedro é um canalha doentio.

Um "canalha doentio" de acordo com os padrões de Priscilla devia ser um traste e tanto.

— De que forma? — perguntou Andie.

— Se eu disser a Pedro que você está interessada em sair com Mindinho, pode apostar que ele vai querer um pouco da ação. Já peguei esse caminho e não recomendo. É só o início da loucura quando ele saca a torre de fogo.

— A o quê?

— Nunca ouviu falar da torre de fogo?

— Não.

— Nem eu — falou Priscilla —, até conhecer Pedro. É como aquele velho truque em que você cobre o dedo de álcool, acende e mergulha na água antes que queime sua pele. Exceto com Pedro. Não é o dedo, e ele não o mergulha na água. Também é chamado de "fogo grego", o que pode dar uma ideia melhor sobre qual buraco é usado para apagar a chama.

Andie manteve a concentração policial. Subitamente pensou em Marco Aroyo e as queimaduras no compartimento de carga do caminhão.

— Então o amigo de Mindinho gosta de fogo?

— É um maldito piromaníaco. "Piro Pedro", é como o chamamos. Acho que é soldador, ou algo assim.

Morte por maçarico.

— Pedro parece safado.

— É mais do que safado. Uma noite com ele é como transar nas chamas do inferno. Mesmo.

Andie considerou. A rigor, encontrar o assassino de Marco Aroyo era o trabalho do detetive Watts e da unidade de homicídios do Departamento de Polícia do Condado de Miami-Dade, mas também poderia ser o caminho para desvendar o roubo — o que era trabalho de Andie.

— Não sou do tipo que descarta uma possibilidade rápido demais. Talvez eu queira conhecer esse Pedro.

— O quê? Está falando sério?

— Sim, estou — falou Andie. Ela forçou uma tosse, ainda fingindo estar doente. — Mas não esta noite. Vou pensar direito nisso.

— Boa ideia — falou Priscilla. — Pense bem. Sabe, preciso dizer, quando conheci você, jamais teria adivinhado que iria querer se divertir com um cara como Pedro. Você é uma caixinha de surpresas. Alguém já disse isso?

— O tempo todo — falou Andie.

— Melhoras, amiga.

— Já estou melhorando — falou Andie, então deu boa noite.

CAPÍTULO 50

Jeffrey podia sentir que estava apagando.

A montanha de cocaína não o matara, mas estava começando a desejar que tivesse matado. Estava sozinho no quarto sem janelas, sentado na beira da cama, encarando a parede. O olhar estava fixo em uma rachadura que começava no canto superior direito do portal. Ela seguia em linha reta por mais ou menos um metro antes de descer direto pela parede até o rodapé. Jeffrey observara a rachadura do início ao fim inúmeras vezes, o olhar dele seguiu o mesmo caminho de novo e de novo por quase uma hora.

Sete?

Parecia um pouco com um grande número na parede, mas os ângulos eram retos demais. Lembrava mais a Jeffrey de um jogo de forca que ele e Savannah costumavam brincar quando crianças. A porta com desenho de painéis era o boneco palito morto pendurado na forca. Se a encarasse por tempo o suficiente, o "corpo" parecia se mover, como se oscilasse na ponta da corda. O movimento começava a incomodá-lo, mas Jeffrey não conseguia virar o rosto. Ele inclinou a cabeça para a esquerda, então para a direita, tentando parar o movimento, mas aquele boneco palito morto continuava se movendo.

Pare!

A porta se abriu, e Jeffrey prendeu o fôlego. Obama estava de volta.

— Como estamos, gorducho?

Jeffrey limpou o suor do lábio superior. O sequestrador ainda não se incomodara em atar as mãos dele. O torpor da cocaína fora o suficiente para imobilizá-lo.

— Já estive melhor — falou Jeffrey.

Obama estava com uma caixa de arquivo de papelão. O chacoalhar informou a Jeffrey que a caixa continha algo feito de vidro. O sequestrador puxou a cadeira, apoiou a caixa no chão e a abriu. Frascos de vidro, um béquer e várias garrafas estavam dentro dela. Era como um kit de química.

— Já purificou? — perguntou ele.

Jeffrey estremeceu. A última coisa de que precisava era mais cocaína; aquilo que o corpo dele desejava era mais cocaína.

— Algumas vezes — respondeu ele.

— Aquelas carreiras que cheirou mais cedo tinham muita porcaria. Nem perto de serem puras.

Jeffrey gesticulou com as mãos.

— Que bom. Ou eu estaria morto.

— Verdade. Mas agora vai ficar sério. Precisamos dissolver a merda e chegar à parte boa.

O sequestrador tirou um pequeno frasco da caixa. Jeffrey vira aquilo ser feito antes e sabia que havia apenas água dentro. Ele observou o cara colocar, com uma colher, cerca de um grama de cocaína no frasco. Ela se dissolveu diante de seus olhos.

O homem pegou outro frasco da caixa.

— Sabe o que é isto?

— Amônia?

— Muito bom. Você *já fez* isso antes.

Jeffrey observou as gotas caírem de um conta-gotas, e a solução no frasco se tornou branco-leitosa. Então o homem pegou outro frasco na caixa, o qual tratou com mais cuidado do que a amônia.

— Sabe o que é isto, não sabe?

Jeffrey não respondeu.

— Éter etílico — disse Obama. — Um passo final muito importante na separação da cocaína pura, mas também muito perigoso. Se não manusear com cuidado, pode entrar em combustão espontânea. *Puf*. Explode bem na sua cara.

— É por isso que eu não uso — falou Jeffrey.

— Então nunca fez direito.

O homem começou a abrir a garrafa de éter, então parou.

— Já ouviu falar de um comediante chamado Richard Pryor?

— Não.

— Ele purificava desde antes de você nascer. Se queimou todinho. Foi uma das primeiras celebridades a avisar publicamente sobre como isso é perigoso. O interessante é que assim que aconteceu, havia apenas alguns boatos sobre como foi exatamente. Boato um: purificando. Éter explodiu nele. Mas então teve o segundo boato.

Jeffrey observou, trêmulo, enquanto o homem colocava a garrafa de éter de volta na caixa e retirava de dentro outra muito maior de bebida. Ele tirou a tampa, se levantou e se aproximou de Jeffrey, que olhou direto para a frente, sem mover um músculo.

— O segundo boato sempre me intrigou — disse o homem. — A história é que, estando em um estupor bêbado, Pryor se embebeu em rum 151, de alto teor alcoólico, e se incendiou. Psicose da cocaína, e não purificação.

Jeffrey sentiu o gelado 151 sendo despejado no corpo dele. O cheiro de rum embebeu a pele, o cabelo, a camisa e a calça de Jeffrey até que a garrafa estivesse totalmente vazia. O homem jogou a garrafa longe, no colchão.

— Eram apenas boatos, é claro. Mas mesmo assim, imagino qual teria sido o modo mais doloroso de morrer. Já vi éter etílico queimar um cara inteiro. Não é bonito. Foi o que aconteceu com seu amigo Marco. O filho da puta burro não queria me dizer onde estava o dinheiro dele.

O sequestrador pegou o celular, abriu a imagem e a segurou diante dos olhos de Jeffrey. Era a mesma que tinha visto antes, impressa em papel lustroso, mas não foi mais fácil olhar para ela na segunda vez.

— Muito doloroso — disse o homem. — Pelo menos presumo que tenha sido. Sinceramente, não consegui muita informação de Marco, a não ser que conte todos os gritos.

Jeffrey engoliu o nó na garganta.

— Não me queime, irmão. Não faça isso comigo.

— Eu realmente não quero — falou o homem. — Mas estou tendo problemas para acreditar que você não tem mais nenhum dinheiro.

— Acabou! Eu torrei tudo.

— Ainda tem uma parte de mim que acha que você está mentindo.

— Não estou mentindo! Não sobrou nada!

O homem voltou para a cadeira, encarando Jeffrey friamente pelos buracos dos olhos daquela máscara de borracha ridícula.

— Nada, é o que diz?

— *Nada*. Nem um centavo!

O sequestrador levou a mão ao bolso e pegou uma caixa de fósforos.

— Não, cara — falou Jeffrey, com a voz falhando. — Não faça isso.

Ele abriu a caixa.

— Meu cunhado tem dinheiro — falou Jeffrey. — Muito. Ele vai pagar você.

— Já disse que não vai.

— Minha irmã vai obrigá-lo!

— Sua irmã, é?

— É. Savannah não vai deixar que você me machuque. Ela jamais deixaria que isso acontecesse. Guarde os fósforos, por favor!

— Então, o que está dizendo é que eu deveria manter você vivo porque seu cunhado vai pagar?

— Isso mesmo!

— Faz sentido, acho, mas ainda não acredito que você esteja sem dinheiro.

— Estou, eu juro! Sou um idiota, um completo idiota. Pode perguntar a qualquer um. Até minha mãe dirá: ela deu à luz um completo e maldito idiota! Gastei tudo com strippers e relógios e todo tipo de merda idiota!

— Se tivessem restado dez centavos do seu dinheiro, você me diria onde estavam, certo?

— Sim! Com certeza! Mas não sobrou nada! Eu juro!

O sequestrador acendeu o fósforo e ergueu o brilho amarelo-alaranjado.

— Por favor, por favor, não!

— Vejamos se essa é sua história quando terminarmos aqui — disse o homem. — Então acreditarei em você.

CAPÍTULO 51

A fila do lado de fora do Gold Rush estava longa. Sexta-feira era sempre a noite mais tumultuada da semana, e às nove horas o clube tinha atingido a capacidade máxima, de acordo com o corpo de bombeiros. Rubano estava do lado de fora da entrada principal com uma dezena de outros homens que prefeririam esperar a molhar a mão do leão de chácara para entrar imediatamente. O homem atrás de Rubano estava sozinho, e tudo, desde o corte de cabelo ruim até a tatuagem escrita de forma errada — *Vilião* — gritava "perdedor". Rubano presumiu que o homem deveria ser um cliente regular.

— Quanto tempo isso costuma levar? — perguntou Rubano.

— Vinte minutos, no máximo. Vale a pena esperar.

Um grupo de mulheres chegou. Estavam bêbadas do happy hour, falando alto e rindo demais. Dois rapazes no fim da fila começaram a dar em cima delas, mas o cliente regular atrás de Rubano não pareceu feliz.

— Odeio quando as mulheres entram no nosso clube — disse ele, resmungando.

Rubano não disse nada, mas o Vilião não parou.

— Sabe do que estou falando, cara? Estão por toda parte. O campo de golfe, os jogos dos Dolphins. Não podemos ao menos ter as porras dos clubes de striptease para nós?

Rubano enfiou as mãos nos bolsos e fez um gesto de ombros, sem saber como responder.

— Acho que dificulta entrar em contato com seu pervertido interior.

— Isso mesmo! — falou o homem, tão alto que as mulheres ouviram. — Como um cara vai conseguir entrar em contato com o pervertido interior dele com um monte de garotas dando risinhos na mesa ao lado?

Rubano se afastou, apenas para acabar ao lado de um turista que usava uma camisa do Buffalo Bills e estava tão embebido em perfume barato, tão forte, que ele provavelmente poderia ter atravessado os Everglades da Flórida sem levar uma única mordida de mosquito. Rubano espirrou, estilo metralhadora, cinco vezes seguidas.

— Merda, cara. Obrigado pelo banho.

Rubano não pediu desculpas. "Vilião", o pervertido interior e o almíscar sintético de Buffalo Bill eram mais do que ele podia suportar. Deu uma nota de cinquenta ao leão de chácara e correu para dentro.

Era a primeira visita de Rubano ao Gold Rush, mas era como ele esperava, apenas maior. As dançarinas pareciam capazes de farejar os esbanjadores que subornavam o leão de chácara para entrar. Uma morena alta que ficava ainda mais alta com um par de saltos agulha se aproximou imediatamente de Rubano. A calça de couro vermelha e o colete da mulher estavam cheios de buracos estrategicamente posicionados, o que deixava muito espaço para que um olho agitado se deliciasse. O olhar de Rubano foi atraído para o Rolex no pulso dela.

— Bonito relógio — disse Rubano, por cima da música.

— Obrigada. — A mulher se movia de forma sedutora ao som de Lady Gaga conforme falava, incapaz de ficar parada. — Foi um presente.

— Eu sei que foi.

Rubano passou pela mulher e ela se concentrou no próximo alvo quando ele seguiu na direção do bar. A música ficava ainda mais alta conforme ele entrava no clube. Cada banquinho do bar estava ocupado, uma mistura de strippers e clientes, e as pessoas ao lado uma da outra gritavam para serem ouvidas. Rubano se espremeu por trás de uma stripper loira em um banquinho, acidentalmente roçando o corpo contra o trapézio da mulher. Ela era forte como uma fisiculturista.

— Não toque — disse a mulher, com atitude ousada. — A não ser que eu diga que não tem problema.

— Desculpe.

— De verdade? — falou a mulher. Mais atitude.

— Sim. Eu pedi desculpas.

A stripper se virou para olhar para Rubano, flexionando o peitoral superdesenvolvido.

— Diga com sinceridade.

— O quê?

— Diga com sinceridade e talvez eu deixe você se banhar na minha água.

A atuação agressiva nórdica era obviamente a marca da mulher, e provavelmente não faltavam clientes no Gold Rush que gostavam daquele tipo de coisa.

— Dê o fora, Ingrid — falou o atendente do bar. O sotaque dele era jamaicano. Era Ramsey.

Ingrid lançou a Ramsey um olhar brincalhão, então jogou os cabelos para trás e se afastou, levando a atuação de dominatrix para a outra ponta do bar.

— Veio me ver? — perguntou Ramsey.

— Não vim para distribuir Rolex.

Ele não tinha certeza se Ramsey conseguia ouvir, mas aparentemente a mensagem foi entendida. O jamaicano sinalizou para que o outro atendente fosse informado de que ele faria um intervalo. Rubano o seguiu até a outra ponta do bar, passando por várias mesas e se direcionando para a saída dos fundos. Ramsey parou antes de chegarem à porta.

— Vamos sair — disse Rubano.

— Aqui é longe o bastante.

Estavam no meio do corredor, ainda à vista do outro atendente e de pelo menos um leão de chácara. Estava quieto o suficiente para terem uma conversa, e Ramsey obviamente não se sentia seguro ao sair para o estacionamento com Rubano.

— Tudo bem — disse Rubano. — Diga o que está acontecendo.

— Eu disse, cara. Estava falando a verdade sobre Jeffrey.

Rubano se aproximou.

— Vou explicar uma coisa, Ramsey. O único motivo pelo qual não estou com as duas mãos em volta desse seu pescoço agora é porque estamos no seu território. Mas não pode ficar neste clube para sempre. Cedo ou tarde, precisa sair por aquela porta. Quando o fizer, estarei esperando. A não ser que me diga a porra da verdade aqui e agora.

— Por que está me ameaçando?

— Não acredito que Jeffrey tenha ligado para você esta manhã.

— Por que eu mentiria sobre isso?

— Porque esse sequestro é um golpe. E você faz parte dele.

— Não, cara. Entendeu tudo errado.

— Olhe, não tenho tempo para joguinhos. Uma das desvantagens de você ter trabalhado para mim é que conheço seu status de migração. Sei que veio para Miami com um visto K-1 de noventa dias. Sei que jamais se casou com sua noiva americana bonitinha e que seu visto de trabalho expirou há muito tempo. Provavelmente não é o único ilegal trabalhando aqui no Gold Rush, mas é o único do qual eu sei, e é meu dever como um cidadão responsável reportar você e seu empregador para a Imigração.

— Seu bosta.

— Você mentiu sobre Jeffrey. Não foi?

— Tudo bem, cara. A verdade é a seguinte. Ele não me ligou. Mas não era mentira que ele foi sequestrado de novo.

— Como sabe disso?

— Ele esteve aqui no clube ontem à noite. Sylvia estava com ele.

— Sylvia?

— Uma das dançarinas. É amiga de Bambi, então tenho certeza de que sabe como Bambi enganou Jeffrey por dinheiro. Fui até a mesa dele e o avisei, mas ele não ouve ninguém. Por volta de duas da manhã, Sylvia foi até o estacionamento com ele, então eu observei.

— O que aconteceu?

— O que eu contei, cara. É *déjà vu* de novo. Sequestrado.

— Mesmos caras?

— Não. Esses eram amigos de Sylvia, não de Bambi.

— Onde posso encontrar Sylvia?

— Quem sabe? Essas garotas vão e vêm.

Os olhos de Rubano se semicerraram. Ele se aproximou, a voz ameaçadora.

— Você sabe onde Sylvia está?

Ramsey não respondeu, mas o tom de voz de Rubano o fez engolir o nó que se formou na garganta.

— Primeiro Bambi. Agora Sylvia. Das duas vezes Jeffrey acaba sequestrado, e nas duas vezes o dinheiro passa por você.

— Eu não disse nada sobre dinheiro de resgate.

— Mas é para onde isso estava se dirigindo. Por isso me ligou hoje de manhã e disse que Jeffrey ligou para você, como se estivéssemos todos juntos nessa. O próximo passo é você entregar o resgate. Quanto é sua parte, Ramsey? Vinte por cento? Vinte e cinco? Quanto disso vai para Sylvia?

— Não, cara. Não é nada disso.

Rubano bateu no peito de Ramsey.

— Seu golpezinho não vai funcionar.

— Não é um golpe. Esses homens são maus, cara. São capazes de coisas bem ruins. Estou tentando ajudar.

— Ajudar? — disse Rubano, rindo com escárnio. — Vou dizer como pode ajudar. Passe esta mensagem para Jeffrey. Qualquer dessas "coisas bem ruins" que esses "homens maus" fizerem com meu cunhado... não... esqueça isso. Mesmo as coisas que eles só *ameaçam* fazer com Jeffrey, é o que eu vou fazer com você. Entendeu?

Eles se encararam. Ramsey respondeu, com a voz baixa.

— É, cara. Entendi.

Rubano olhou com raiva para Ramsey mais uma vez, por tempo o bastante para garantir que a mensagem e o olhar ficassem marcados na memória do jamaicano. Então se dirigiu para a saída, contando os Rolex que viu nos pulsos das strippers.

CAPÍTULO 52

Mindinho ouviu o sobrinho gritando no quarto ao lado quando entrou no prédio.

Estavam mantendo Jeffrey preso em um armazém de aluguel barato que Mindinho reformara com objetivos comerciais. O Super Bowl XLIV chegaria a Miami em fevereiro, junto com muitos homens que estavam dispostos a pagar por sexo. Mindinho reunira meia dúzia de guatemaltecas ilegais para uma semana inteira. As jovens não sabiam ainda, mas ficariam bem depois do Super Bowl. Até então, o local era perfeito para prender Jeffrey. Havia dois quartos simples, mas confortáveis, na frente. Cada um era como uma pequena suíte. O prédio não tinha janelas, então Jeffrey não tinha como descobrir onde estava, e ficava em uma área comercial isolada, então nenhum pedestre ouviria os gritos.

— Pare, por favor!

As súplicas desesperadas do seu sobrinho atravessaram a porta do quarto. Mindinho passou pela copa e seguiu pelo pequeno corredor. Ele pegou uma máscara de borracha do gancho na parede — era George W. Bush — e entrou.

A cama e a mesa de cabeceira estavam encostadas na parede. Jeffrey estava no centro do quarto, encarando o sequestrador. Ele estava amarrado como um leitão, com os pulsos e os tornozelos presos e acorrentados às costas. Não era a primeira vez que Mindinho via um homem naquela posição, mas Jeffrey era o primeiro que se parecia muito com um leitão de verdade.

— Bem-vindo, sr. Presidente — disse Pedro.

Mindinho se conteve para não rir, e não apenas pelo absurdo da máscara de Barack Obama de Pedro. Os braços, as pernas e o tronco de Jeffrey estavam atados com força com fita adesiva metálica. Ele parecia uma múmia gorda, só que mais escuro, o precursor vivo de *Cinquenta tons de cinza*.

— *Ahhhhhhhrgh!*

Quarenta e nove tons.

Pedro jogou a faixa cabeluda de fita adesiva para longe. A múmia perdera uma faixa de trinta centímetros do pelo do peito.

— Tem certeza de que não está mentindo para mim, Jeffrey? — perguntou Pedro.

— Juro pelo túmulo de minha mãe. Não tenho mais dinheiro!

Mindinho não disse nada, sabendo que Jeffrey reconheceria a voz dele. Gesticulou para que Pedro parasse, e fez um movimento inconfundível para que o comparsa o seguisse para fora do quarto.

— Agora não, irmão — disse Pedro. — O gorducho está só a dois minutos de me implorar para atear fogo nele.

Mindinho permaneceu à porta, de pé às sombras. Mesmo com a máscara de borracha na cabeça, temia que Jeffrey pudesse reconhecê-lo. Sinalizou de novo, com mais ênfase, exigindo que Pedro o seguisse.

Pedro xingou baixinho e chutou o rapaz na altura dos rins, o que fez a vítima gemer.

— Não terminei com você, gorducho — disse ele.

Pedro o deixou no chão e saiu do quarto com Mindinho. Ele fechou a porta e os dois homens tiraram as máscaras de borracha. O rosto de Pedro estava brilhando com suor; tortura era trabalho pesado.

— O que está fazendo ali dentro? — perguntou Mindinho.

— Me certificando de que ele não tem mais nenhum dinheiro.

— Eu disse que ele não tem.

— Marco me disse o mesmo — replicou Pedro.

Foi Pedro quem desmontou a picape de Marco, viu o noticiário sobre uma "Ford F-150 preta" usada no roubo, então o atacou com o maçarico. Marco deu o nome de Mindinho, então a aliança Pedro/Mindinho se formou. Mindinho prometeu a Pedro metade da parte de Marco, e muito mais se eles se juntassem, se voltassem contra os outros e chegassem ao número mágico: os cinco milhões de dólares pedidos pelo clube Night Moves.

— Marco não estava mentindo. Você o torturou por nada.

— Não por nada. Por minha paz de espírito, irmão. Quando terminei com ele, soube que ele estava dizendo a verdade.

— Como estou dizendo a verdade agora! Jeffrey torrou o dinheiro dele!

— Sem querer ofender, irmão, mas gosto de ouvir direto da boca do sujeito antes de decidir se você está me dizendo a verdade.

— Cale a boca.

— Ei, Marco me disse que você estava com a parte dele do dinheiro. Como eu descubro isso? Você me diz que o dinheiro de Jeffrey acabou. Como descubro isso?

— Não me chame de mentiroso, porra — disse Mindinho.

Pedro agitou a máscara de Obama no rosto de Mindinho.

— Ninguém está chamando ninguém de mentiroso. É a simples política da Casa Branca: confie, mas verifique. Pessoas encharcadas de rum 151 não mentem para um homem segurando uma caixa de fósforos. Só estou dizendo.

Mindinho afastou a máscara.

— *Não pode* queimar Jeffrey.

— Por que não?

— Porque ele é meu *sobrinho*.

— Ele é um merda de um ser humano inútil.

— Sim, ele é, mas a mãe dele é minha irmãzinha. *Não* vamos queimar o filho dela vivo.

— Então o que vamos fazer com ele?

Mindinho inspirou ao virar o rosto, pensando.

— Mantenha Jeffrey vivo até que Rubano pague — disse ele, por fim. — Então meta uma bala rápida na cabeça de Jeffrey. Rubano você pode queimar.

Pedro voltou para Jeffrey no "quarto de hóspedes". Mindinho foi até o cofre.

O cofre era daqueles de parede, dentro do armário. Apenas Mindinho sabia a combinação. Mal tinha espaço para todo o dinheiro. Mesmo depois das despesas, a parte original de Mindinho no roubo, mais as partes de Octavio e de Marco, lhe garantiam mais de quatro milhões de dólares. Porém, um milhão disso agora era de Pedro. Ele ainda teria trabalho para fazer se fosse comprar o Night Moves de Jorge Calderón. Era o sonho de Mindinho: ser dono do anexo e do clube. O que mais um homem poderia querer?

Ele digitou a combinação e abriu o cofre. Enfiados entre pilhas de notas estavam uma pistola nove milímetros e vários pentes de munição. Mindinho pegou a arma e a carregou. Precisou empurrar a porta de metal com força contra as notas para fechar o cofre. O espaço estava apertado. Provavelmente precisaria encontrar outro lugar para guardar a arma depois que o resgate fosse pago em mais uma pilha de notas seladas a vácuo. Se fosse pago.

Rubano vai pagar.

Rubano merecia pagar. Fora ele quem deixara cair a sexta sacola, dois milhões de dólares, e a largara no chão do armazém.

Mindinho enfiou a pistola no cinto, pegou a máscara de George W. Bush e seguiu pelo corredor para o quarto de hóspedes. Ele parou do lado de fora da porta fechada do quarto. Conseguia ouvir Jeffrey chorando e soluçando, e Pedro dizendo a ele diversas vezes para que se calasse.

— Não estou nem machucando você, porra de gordo chorão!

Mindinho hesitou de novo antes de entrar. Pedro estava certo. Jeffrey era um perdedor, um viciado e um ser humano patético. Ele não o suportava. Jamais o tinha suportado. Nem mesmo quando Jeffrey era criança, principalmente. O merdinha estava sempre no caminho, sempre em lugares onde não deveria estar. Provavelmente catando comida. Um dia, ele entrou no quarto da irmã e viu algo que jamais deveria ter visto. O tio Mindinho achou que a porta estivesse trancada, mas Jeffrey entrou. O tio estava com Savannah, então com oito anos, na cama. O short e a calcinha da menina estavam na altura dos tornozelos. Jeffrey congelara, os olhos se arregalaram. Então ele se virou e correu. Mindinho se preocupou durante dias. Ainda bem que ninguém disse uma palavra. Então, de alguma forma, pela primeira e única vez na vida, Jeffrey, com dez anos, encontrou coragem:

— Não ouse tocar na minha irmã de novo, ou vou contar. Eu juro que conto para todo mundo.

Foi a última vez que Mindinho colocou os pés na casa da irmã. O abuso permaneceu em segredo. Savannah parecia ter apagado da memória. De vez em quando, no entanto, Mindinho via um olhar lancinante de Jeffrey que dizia a ele que o sobrinho jamais esqueceria.

A vingança é uma droga.

Mindinho colocou a máscara, abriu a porta e entrou no quarto. Ele diminuiu a intensidade da luz para dificultar ainda mais que Jeffrey percebesse quem estava por trás da máscara de borracha. Então ele foi até o sobrinho e colocou a arma na cabeça dele. Pedro sabia o que fazer, e foi ele quem falou.

— Meu amigo republicano aqui não tem uma mira muito boa — disse ele a Jeffrey. — Pode atirar no seu joelho da primeira vez. Acertar suas bolas da segunda. Mas, por fim, vai enfiar uma bala na sua cabeça. A não ser que você faça exatamente como eu disser. Entendeu?

Jeffrey assentiu. A arma permaneceu pressionada contra a cabeça dele, movendo-se devagar e em coordenação com seus movimentos.

— Que bom. É o seguinte, gorducho. Vou ligar para a casa da sua irmã. Não vou dizer nada. Vou colocar você na linha. Vai dizer a ela que foi sequestrado e que seu cunhado se recusa a pagar. Entendeu até agora?

— Sim — disse Jeffrey, com a voz falhando.

— Então vai dizer a Savannah que ela precisa resolver isso. Rubano precisa pagar. Sua vida depende disso.

— Aham. Entendi.

— Perfeito — falou Pedro. — Por fim, e o mais importante: bem antes de desligar, vai gritar como se sentisse uma dor terrível.

Jeffrey estremeceu diante dos homens.

— Tudo bem, posso fazer isso. Posso gritar. Mas nós podemos fingir. Não precisa me machucar de verdade.

Pedro sorriu pelo buraco na máscara.

— Ah, por favor, Jeffrey. Qual seria a diversão se fosse desse jeito?

CAPÍTULO 53

Rubano chegou do restaurante depois da meia-noite. A casa estava escura e Savannah estava na cama. Sexta-feira era a "noite de dormir como uma pedra" dela, pois o turno da noite da lavanderia era seguido por mais tarefas enfadonhas no sábado de manhã. Rubano deixou a luz do banheiro apagada, passou pela mulher na ponta dos pés e foi direto para o banho. Precisava de um dos bons, depois de ter absorvido uma variedade de odores de comida do Café Rubano e sabia Deus o que mais da visita ao Gold Rush. Ele jurava que ainda conseguia sentir o almíscar de Buffalo Bill.

Pervertido interior.

Uma nuvem de vapor tomou conta do cômodo. Era como um banho turco quando Rubano puxou a cortina e entrou na banheira. O calor pareceu bom pelo corpo todo, mas ele se concentrou no alto da cabeça, com uma incrível massagem que fez a água quente descer em cascata pelo pescoço, pelos ombros e pela coluna. Era hipnotizante, e ele obrigou os olhos a se abrirem a cada minuto para não cochilar. Quando conheceu Savannah, Rubano era o mestre do banho de dois minutos, economizando a água quente para ela. O colapso do mundo financeiro dos dois mudara tudo isso. O banho se tornou sua válvula de escape, um lugar de conforto durante vinte, trinta minutos, às vezes até uma hora. Enquanto isso Savannah implorava ao telefone com os representantes do serviço ao cliente na Índia, sujeitos chamados "John Smith" ou "Bob Jones" que tentavam espremer mais um centavo deles antes de o banco levar a casa.

Um ruído súbito o assustou, e mesmo antes de perceber que era o som da porta do banheiro se abrindo, a cortina do chuveiro foi puxada para trás como na cena de *Psicose*.

— Rubano!

— *Merda!* — gritou ele de volta. — Droga, Savannah! Você me assustou.

— Saia do chuveiro! — Ela estava usando uma camisola e segurava com força o celular.

Rubano saltou para fora e pegou uma toalha, a água ainda estava correndo.

— *O quê?*

— Eles acabaram de ligar — disse ela, com a voz trêmula.

— Eles... quem?

— Jeffrey! E o sequestrador dele!

Rubano enrolou a toalha na cintura e fechou o chuveiro.

— Ligaram para o seu celular?

— Não. Para o telefone fixo. Peguei o celular e gravei. — Ela mexeu no aparelho. A imagem na tela era um vídeo inútil do fone do aparelho fixo deles, mas o objetivo era obviamente acompanhar a gravação do áudio. — Ouça — disse ela, ao apertar o PLAY.

— *Savannah?*

Era Jeffrey — um covarde fraco e assustado. A voz gravada de Savannah se seguiu.

— *Jeffrey? É você?*

— *Aham.*

— *Está bem?*

— *Não.*

— *Jeffrey, cadê você?*

A gravação continuou, mas houve apenas silêncio. Rubano deu de ombros, como se para perguntar se era só aquilo.

— Tem mais — disse a mulher.

Rubano se aproximou, como se pudesse ajudar. A voz seguinte na gravação não era de Jeffrey. Era a mesma voz que Rubano ouvira na ligação na concessionária.

— *Ele está vivo* — disse o homem. — *Por enquanto.*

— *Não machuque meu irmão. Por favor, não o machuque.*

— *Está nas suas mãos.*

— *O que você quer?*

— *Dinheiro. Meio milhão.*

— *Não tenho esse dinheiro todo.*

— *Seu marido tem, mas disse a Jeffrey que não vai pagar.*

— *O quê?*

— Você ouviu. O dinheiro significa mais para Rubano do que a vida de seu irmão.

— Está mentindo.

— Pergunte a Rubano. Então diga a ele para colocar as prioridades em ordem. Vou ligar de novo neste fim de semana. É melhor o maridão entrar na dança.

— Não desligue! Quero falar com Jeffrey.

— Claro. Ele também quer falar com você. Jeffrey, diga algo para sua irmã.

Mais silêncio se seguiu, e era difícil saber se Jeffrey estava se recusando, com medo ou simplesmente incapaz de falar. Rubano conseguia ver o celular de Savannah tremendo na mão dela — um pouco, a princípio, então quase incontrolavelmente, até que a mulher segurasse com mais força e os olhos se fechassem em antecipação pelo que estavam prestes a ouvir.

Foi um grito diferente de qualquer outro que Rubano tivesse ouvido, um grito de dor tão agudo que ele não conseguiu identificar o que o causou. Savannah arquejou e lágrimas escorreram pelas suas bochechas. O grito durou apenas alguns segundos, mas pareceu muito mais.

A voz gravada do sequestrador voltou.

— Se ainda acha que estamos brincando, verá que não estamos. Um pedaço de seu irmão está a caminho, entrega especial. Pague o resgate, ou é assim que ele vai voltar para casa: aos pedaços.

A gravação terminou. Savannah desligou o telefone e deixou que o braço pendesse ao lado do corpo, emocionalmente exausta.

— Jeffrey ligou para você esta noite, como disse o homem?

Rubano hesitou, mas escolheu não mentir.

— Sim.

— Disse a ele que não pagaríamos?

— Eu... — Rubano começou a falar, então parou, escolhendo as palavras com cuidado. — Não foi como a ligação que você recebeu. Eu juro, Savannah. Achei que Jeffrey estava querendo dinheiro e estava dando um golpe na gente.

O ódio no olhar de Savannah se intensificou.

— Disse a ele que não pagaríamos?

— Ouça, Savannah. Achei que Jeffrey e um dos atendentes do bar no Gold Rush estavam me enganando. Não achei que o sequestro fosse real.

— Não achou que fosse *real*? — Ela empurrou Rubano com o celular na mão. — Como isso não parece *real* para você?

— Eu disse: não foi assim. Jeffrey parecia drogado quando ligou, como ele fica quando está se divertindo durante dias. Pareceu um plano para colocar as mãos em mais dinheiro do roubo. Não podemos tocar naquele dinheiro, lembra? Eu disse a ele que não.

Savannah pensou a respeito, e parte do ódio pareceu diminuir. Ela pareceu menos estressada.

— Acho que está na hora de ligar para a polícia.

— Não podemos fazer isso. Savannah, tenho milhões de dólares escondidos. Acha que a polícia vai acreditar que eu não fazia parte do roubo? Vou preso pelo resto da vida.

A dor na expressão dela se intensificou.

— Então precisamos pagar o resgate. Rubano não respondeu. — Precisamos pagar o que estão pedindo — continuou ela. — Certo? Que escolha temos?

Rubano pegou a mão da mulher e tentou levá-la para o quarto.

— Vamos conversar sobre isso.

Savannah se desvencilhou e não cedeu, o espetáculo se refletia no espelho do banheiro.

— Falar sobre *o quê*, Rubano?

— Vamos nos perguntar o seguinte: e se pagarmos?

— Essa não é a pergunta certa. E se *não* pagarmos? Vão fazer picadinho do meu irmão. Você ouviu: *aos pedaços*.

— Acha que vão soltar Jeffrey se dermos meio milhão?

— Precisamos tentar.

Rubano inspirou, esperando não parecer insensível.

— Savannah, como eu disse, não acreditei em Jeffrey antes. Agora acredito. Você precisa saber disto: ele me contou que o sequestrador é o mesmo cara que matou Marco Aroyo.

Savannah congelou, sem palavras. Rubano explicou para ela.

— Esse cara não vai soltar Jeffrey, não importa o quanto a gente pague.

— É a única chance do meu irmão.

— Vamos jogar dinheiro fora.

— Quem se importa com o dinheiro?

— Eu me importo.

— O quê?

— Savannah, não percebe? Esse dinheiro pode mudar nossas vidas.

— Não é nosso dinheiro!

Rubano parou, ainda não estava pronto para contar à mulher que era o cérebro do roubo. Mas estava quase lá.

— Poderia ser nosso — disse ele.

— Ficou maluco? Está se ouvindo? Isso é dinheiro roubado. A única forma de mudar nossas vidas é se formos pegos escondendo e acabarmos na cadeia.

— Não seremos pegos.

— Como pode saber?

Rubano apoiou as mãos nos ombros da mulher, encarando-a diretamente, certificando-se de que Savannah entendia.

— Havia quatro caras envolvidos — disse Rubano, se deixando de fora. — Marco Aroyo está morto. Octavio Alvarez está morto. Seu tio sumiu e é esperto demais para ser pego se ainda estiver vivo. Jeffrey está...

— Praticamente morto? É isso que está dizendo?

Rubano não respondeu.

Savannah olhou para ele com incredulidade.

— Quer que Jeffrey morra, não quer?

— Isso não é verdade.

— Posso ver nos seus olhos. Quer Jeffrey fora do caminho. Quer ficar com aquele dinheiro.

— Savannah, só estou dizendo...

— Saia de perto de mim! — disse ela, quando se virou e seguiu para a porta.

Rubano seguiu a mulher para o quarto.

— Savannah, ouça.

Ela pegou uma mala no armário, jogou na cama e começou a esvaziar as gavetas da cômoda.

— O que está fazendo? — perguntou Rubano.

Savannah enfiou dentro da mala um suéter e o que mais conseguiu pegar.

— O que parece que estou fazendo?

— Não podemos simplesmente fugir disso.

— *Nós* não estamos indo a lugar nenhum.

— Então o quê? — perguntou Rubano, com deboche. — Vai me deixar?

— Espera que eu durma na mesma cama que um homem que preferiria ver meu irmão morto?

— Não foi o que eu disse.

— Foi o que *quis dizer*!

— Savannah, por favor...

— Não me toque — disse ela, recuando.

Rubano observou, incrédulo, Savannah tirar a camisola e se vestir em tempo recorde.

— Isso não vai resolver nada — disse ele.

— Não posso ficar aqui. — Ela pegou a mala e saiu correndo do quarto.

Rubano a seguiu pelo corredor até o saguão.

— Savannah, não faça isso.

Ela continuou na direção da porta. Rubano correu para a frente e segurou a maçaneta antes que sua mulher pudesse ir embora.

— Olhe para mim — disse ele, impedindo-a. Rubano estava entre ela e a porta, mas Savannah se recusava a fazer contato visual. — Estou pedindo que não faça isso.

Savannah não respondeu, ainda não olhava para ele.

— Precisamos ficar juntos — disse Rubano, vendo o ódio aumentar imediatamente na mulher.

— Como o quê? — perguntou Savannah, em tom áspero. — Como uma família? Você ao menos sabe o que é uma família, Rubano?

— Sim, eu sei. Quero que a gente tenha...

— Nem mesmo diga isso! Não sabe nada sobre família. Aquele foi *meu irmão* que eu acabei de ouvir gritando ao telefone! Meu próprio irmão!

— Savannah, me desculpe, tudo bem?

— Não, não está "tudo bem". Você mentiu para mim, me enganou, e agora me mostrou um lado seu que não consigo... não consigo...

Ela parou e Rubano se preparou para o que a mulher pudesse dizer: *Com que não consigo mais viver?*

— Não consigo entender — falou Savannah, sem lançar a bomba.

Os dois ficaram parados em silêncio por um momento. Rubano olhava para Savannah, o olhar dela estava fixo na porta.

— Precisa sair do caminho, Rubano.

— Aonde vai?

— Para a casa da minha mãe.

Rubano procurou algo para dizer, qualquer coisa que pudesse fazer Savannah mudar de ideia.

— Rubano, por favor, saia do meu caminho.

Ele saiu da frente devagar. Savannah soltou a trava e abriu a porta. Rubano não a impediu. Ele observou enquanto a mulher descia os degraus noite adentro, e talvez para fora do casamento deles.

CAPÍTULO 54

Andie encontrou o chefe da unidade no escritório do FBI no sábado de manhã. Littleford estava ao lado dela na central de audiovisual enquanto um agente técnico repassava a conversa telefônica que o equipamento de vigilância do FBI tinha interceptado e gravado da linha fixa dos Betancourt.

— *Se ainda acha que estamos brincando, verá que não estamos. Um pedaço de seu irmão está a caminho, entrega especial. Pague o resgate, ou é assim que ele vai voltar para casa: aos pedaços.*

A gravação terminou. Andie e o supervisor trocaram olhares, mas ela deixou que ele falasse primeiro.

— Bem assustador — disse Littleford.

Andie verificou o relógio na parede: 7h09.

— Faz mais de seis horas. Acha que ele ainda está vivo?

— Acho.

— Parece que conseguimos aquela escuta bem na hora — falou Andie.

Littleford se sentou na cadeira do escritório, à cabeceira da mesa retangular.

— Ligue os pontos para mim, Henning. Onde esse Jeffrey se encaixa?

Andie rapidamente resumiu o que o FBI sabia, a linha direta de Octavio Alvarez com Rubano Betancourt como colegas de balsa; de Rubano com o cunhado, Jeffrey Beauchamp; e de Jeffrey com o tio, Craig "Mindinho" Perez.

— Acho que está na hora de trazermos Betancourt para interrogatório — falou Andie.

Littleford pensou a respeito, e depois disse:

— Por quê?

— *Por quê?* Como Betancourt teria recursos para pagar um resgate de meio milhão de dólares se não fosse parte do roubo do aeroporto? É bem óbvio que o velho amigo dele, Octavio Alvarez, o levou para o roubo.

— Parece justo, mas não é o suficiente para uma prisão.

— Eu não disse para prender. Eu disse para trazê-lo para interrogatório.

Littleford lançou um olhar confuso.

— Não acho que gostaria de fazer isso a esta altura.

— Um homem foi sequestrado e acabamos de ouvir o sequestrador dele ameaçar cortá-lo em pedaços.

— Houve uma ameaça, sim.

— Uma ameaça bem convincente. Ele gritou como um bicho ferido.

— Talvez fosse um bicho ferido.

— Aquele grito foi real — disse Andie.

— Talvez.

— Nenhum talvez aqui. Não se esqueça do que aconteceu com Marco Aroyo.

— Não sabemos se são as mesmas pessoas que pegaram Aroyo.

Foi a vez de Andie de lançar o olhar confuso.

— Estou sentindo resistência aqui, e não entendo muito bem. Acabamos de ouvir uma ameaça crível de uma agressão corporal séria e iminente contra a vítima de um sequestro. Pode ter certeza de que Betancourt não vai ligar para a polícia se, e acredito que sim, participou do roubo e está sentado em milhões de dólares em dinheiro roubado. O cunhado pode ser um criminoso também, mas no momento é vítima de um sequestro. Precisamos agir.

Littleford assentiu devagar, mas estava longe da concordância total.

— Esse é um lado.

— Se há outro lado, estou doida para ouvir.

Littleford ficou de pé, caminhou até o quadro branco na parede e pegou uma caneta na bandeja.

— Eis o que não sabemos — disse ele, escrevendo em vermelho enquanto falava. — Um: onde está o dinheiro? Dois: onde está Mindinho? Três: há alguém mais, além de Aroyo, Alvarez, Betancourt, Beauchamp e Mindinho envolvido? Eis o que *sabemos* — continuou Littleford, ao apoiar a caneta, encarando diretamente Andie. — Se arrastarmos Betancourt para interrogatório agora, jamais teremos as respostas para essas perguntas.

— Vejo de outra forma. Betancourt deve estar sendo pressionado pela mulher para salvar o irmão dela. Podemos usar isso como vantagem. Podemos salvar o cunhado e oferecer um acordo aos dois com relação ao roubo se Betancourt nos contar onde está Mindinho e onde esconderam o dinheiro.

— E se ele não souber onde está Mindinho?

Andie não tinha uma resposta.

— E se ele nos contar onde está *metade* do dinheiro e então desenterrar o resto quando sair da prisão, em cinco anos?

De novo, ela não respondeu.

— Foi o que achei que diria — falou Littleford. — Seu plano não vai funcionar.

— De novo, respeitosamente, discordo — respondeu Andie.

— Foi respeitosamente vencida. Deixe que a escuta siga em frente.

— Essa é uma estratégia perigosa. Jeffrey Beauchamp poderia acabar morto.

— Não estou dizendo para deixar que siga até muito longe.

— Esse é o problema. Como sabemos até que ponto é longe demais? O sequestrador contou a Savannah que ligaria para o marido de novo neste fim de semana. Jeffrey Beauchamp pode acabar como Marco Aroyo, e não quero o corpo mutilado dele em minhas mãos.

— Não está em suas mãos — falou Littleford. — Está nas minhas.

Ela não estava convencida, mas respeitava a abordagem corajosa de Littleford. Ele era o oposto do que Andie vira em Seattle, onde a merda era empurrada do topo para baixo.

— A escuta pode não nos dizer tudo que precisamos saber — disse Andie. — E me sentiria melhor se colocássemos alguém para seguir Betancourt. E a mulher dele.

— Feito.

— Tudo bem — respondeu Andie, suspirando mais alto do que pretendera. — Então esse é o plano.

— Sim — falou Littleford. — Esse é o plano.

CAPÍTULO 55

Savannah pegou a linha verde do metrô em direção ao hospital Jackson Memorial e desceu na estação Civic Center. Ela passou a pé pelo campus da Escola de Medicina Miller e pelo hospital da Universidade de Miami, então seguiu a calçada rachada por baixo do viaduto da interestadual até um lugar em que a vida se tratava menos de esperança e cura. O Centro de Detenção de Mulheres do Condado de Miami-Dade, um prédio esmaecido de vários andares que despontava contra a barulhenta via expressa Dolphin, era exatamente como na fotografia da página da internet que Savannah encontrou. Ela sabia pela rápida pesquisa online que o local abrigava 375 detentas. Algumas aguardavam julgamento no tribunal próximo. Outras cumpriam pena.

Uma estava prestes a receber uma visitante inesperada.

— Estou aqui para ver Mindy Baird — disse Savannah ao guarda na entrada do centro de visitantes. Um painel de vidro à prova de balas estava entre os dois. Savannah passou a identificação pela abertura e o guarda abriu a porta de metal até a estação de revista. O telefone, a bolsa, o cinto, os brincos e tudo nos bolsos de Savannah foram para um armário de metal. Uma policial revistou Savannah com um detector de metal manual, fez uma breve revista física, então a levou até a área de espera, que estava cheia de outros visitantes.

— Sua primeira vez aqui? — perguntou a policial.

Savannah se perguntou como a mulher sabia, mas se parecesse tão nervosa quanto se sentia, não era surpreendente.

— É.

A policial entregou a Savannah uma cópia impressa das regras de visitação.

— Leia isso e espere aqui até que seu nome seja chamado.

Savannah prometeu que leria e encontrou um assento vago ao lado de uma senhora.

Betty cumprira com a promessa de pesquisar o nome da acusadora na condenação por violência doméstica de Rubano. A prisão de Mindy Baird complicava as coisas, mas Savannah estava determinada a conhecer a mulher. Os nervos, no entanto, estavam cobrando seu preço. Savannah mal dormira na casa da mãe, mas conseguira sair cedo, sem provocar perguntas, mantendo em segredo o destino. Estava nervosa demais para conversar com qualquer dos outros visitantes na sala de espera, e ficou feliz porque a senhora ao lado dela estava ocupada rezando em voz alta em espanhol, com o rosário na mão, sem interesse em jogar conversa fora. Era exatamente o que a mãe de Savannah estaria fazendo caso estivesse visitando a filha na prisão, e ela rapidamente afastou a ideia perturbadora de que a própria família poderia, de fato, se encontrar naquela posição — aos olhos da lei, Savannah estava ainda mais envolvida na confusão do roubo no aeroporto do que ela se dava conta.

— Savannah Betancourt? — disse a policial.

Ela deu um passo à frente. A policial inspecionou seu crachá de visitante e a levou pelo corredor até o centro de visitas. Savannah passara a noite toda estressada com o fato de que estaria na mesma sala que Mindy Baird, mas as regras especificaram que visitas com contato só eram permitidas se marcadas com antecedência. A policial levou Savannah até uma cabine e ela se sentou diante de um painel de vidro que separava os visitantes das detentas. Ela esperou, reparando nas manchas no vidro, cada impressão digital do lado dela equivalia a uma do outro lado, o "contato" entre entes queridos.

A porta se abriu do lado da ala das celas. Uma jovem vestida de laranja entrou na sala de visitas. Savannah tentou não encarar conforme a mulher se aproximava do vidro. Ela procurou um nome no macacão para confirmar a identidade, mas não havia: Mindy Baird era um número. A mulher ocupou a cadeira diante de Savannah. Nenhuma das duas pegou o telefone na parede. O primeiro minuto dos lados opostos do vidro foi o tempo para que se avaliassem.

Mindy era mais bonita do que o esperado, seu rosto era surpreendentemente limpo para uma mulher cumprindo pena por uso de drogas e prostituição. Os olhos eram seu traço mais atraente, grandes e castanhos, com cílios naturalmente longos. Os cabelos chegavam à altura dos ombros. Savannah supôs que as pontas quebradas tivessem sido cortadas, como as outras partes da vida de Mindy que diziam "viciada".

Mindy deu o primeiro passo e Savannah respondeu ao pegar o telefone do lado dela do vidro.

— Então você é a esposa de Rubano — disse Mindy. Ela não parecia impressionada.

— Como sabe?

— Betancourt. Rubano não tem irmã. Não achei que o nome fosse uma coincidência. Há quanto tempo são casados?

Savannah parou. Não fora até lá para compartilhar informação pessoal.

— Alguns anos.

— Ele bate em você?

Savannah se moveu, desconfortável, na cadeira.

— Na verdade, não. Nunca.

— Ora, você é sortuda! Ele contou o que fez comigo?

— Sim. Por isso estou aqui.

— O que ele disse a você?

Savannah repetiu as palavras do marido: Mindy abusou das drogas, implorou ao namorado para não ir embora e rasgou a blusa enquanto ele fazia a mala; Rubano derrubou Mindy quando ela sacou uma pistola; a polícia arrombou a porta do apartamento e a viu no chão, e Rubano no controle, com a arma na mão.

Mindy riu ao telefone.

— Por que isso é engraçado? — perguntou Savannah.

— É exatamente o que minha mãe me mandou dizer.

— Quer dizer quando aconteceu?

— Não. Ontem. Foi a primeira vez que ela veio me visitar desde que entrei aqui. Queria que eu assinasse uma declaração sob juramento que diz exatamente o que você acabou de dizer.

— Então é verdade?

— Claro que não é verdade. Por que alguém me pagaria 25 mil dólares para assinar o nome em uma declaração se fosse verdade?

— O quê? Vinte e cinco mil? De Rubano?

— *Sim*, de Rubano. Está tentando me dizer que não sabe nada sobre isso?

— Não, e também não posso dizer que acredito em você.

— Eu não iria querer acreditar em algo assim a respeito de meu marido também. Não que importe. Não vou assinar nada por 25 mil. Não quando minha mãe recebe cinco vezes esse valor.

Savannah piscou, chocada com o valor.

— Rubano vai pagar a você e sua mãe... quanto?

— Cento e cinquenta. É quanto ele colocou na mesa para limpar o nome. Minha mãe disse que minha parte é 25. Acredita nisso? Ela me disse que é o preço que pago por ter engravidado aos 17 anos e ter obrigado ela a criar minha filha.

Aparentemente, a vovó Baird não dissera uma palavra a Mindy a respeito da adoção, mas não era a única coisa que tinha deixado Savannah zonza.

— Espere um pouco. Você tinha *dezessete*?

— Quase 18 quando ela nasceu.

— Mas Rubano tinha...

— Vinte e seis.

Nojento. Total e completamente nojento. Foi a vez de Savannah de falar, mas ela foi consumida pelos próprios pensamentos, e as palavras não saíram.

— Você está bem? — perguntou Mindy.

— Na verdade, não.

— Posso fazer uma pergunta simples?

— Claro — respondeu Savannah.

— Faz cinco anos. Por que é subitamente tão importante para Rubano limpar a ficha criminal dele?

Obviamente, a mãe de Mindy não dissera nada a respeito da adoção. Savannah não tinha certeza se deveria tocar no assunto, mas entrou aos poucos, sendo intencionalmente vaga.

— Estamos pensando em adotar um filho.

— Adoção, é? Sei um pouco sobre isso. Minha mãe adotou meus...

Mindy parou subitamente. Savannah quase viu a lâmpada se acender na cabeça da mulher.

— Ai, meu Deus — disse Mindy. — Agora vejo o que está acontecendo. Parecia muito dinheiro, 150 mil dólares apenas para que eu assinasse uma declaração juramentada que limpasse o nome de Rubano. Mas agora entendo. O dinheiro não é só por minha assinatura. Vocês vão comprar meu bebê.

Savannah não respondeu.

— Sua vaca! Você vai *comprar meu bebê*!

A acusação deixou Savannah arrasada, mas ela não negou. Não tinha certeza se aquilo se encaixava na fileira de mentiras de Rubano — mentiras que faziam com que tudo fosse questionado, desde o passado criminoso até a própria negação do envolvimento dele no roubo.

Mindy ficou de pé e se inclinou na direção do vidro.

— Não pode levar minha filha — disse ela, sibilando. Então bateu com o telefone no gancho.

Savannah observou quando a mulher se virou e foi até a porta. A policial abriu e antes de desaparecer na ala de celas, Mindy virou para trás e mostrou-lhe o dedo médio. Savannah desligou o telefone, mas permaneceu na cadeira de visitante por mais um momento, incapaz de se mover.

— Senhora, precisa ir agora — disse a policial a Savannah.

Savannah não reagiu.

— Está na hora de partir — disse a mulher.

Hora de partir. Exatamente o que ela estava pensando.

— Sim — respondeu, e ficou de pé. — Está certa.

CAPÍTULO 56

Mindinho levou sanduíches para o jantar. Ele colocou a máscara de Bush e seguiu pelo corredor até o quarto de Jeffrey. Abriu a porta, mas não disse nada, ainda ciente de que até mesmo uma palavra poderia ser o suficiente para que Jeffrey o reconhecesse. Ele entregou ao sobrinho um sanduíche italiano de salame com recheio duplo de carne.

— *Não, o-rigado* — respondeu Jeffrey, com a fala enrolada.

Tinham arrancado as coroas de ouro dos dentes dele com alicate para incitar aquele grito terrível na ligação para Savannah. Provavelmente fora um exagero arrancar os dentes e as raízes de Jeffrey com as coroas, mas ele merecia, se tinha sido burro o suficiente para comprar mais ouro depois do primeiro sequestro.

— *Fó u-a e-ida.*

Mindinho entendeu aquilo como "Só uma bebida". Ele deu a Jeffrey uma garrafa d'água, então fechou e trancou a porta, tirou a máscara e foi até a copa. Pedro estava sentado à mesa. O sanduíche de trinta centímetros no pão francês ainda estava sobre o balcão, intocado. Um pequeno espelho estava no tampo da mesa, e carreiras perfeitas de pó branco eram o foco de sua atenção.

— Devagar com a coca — disse Mindinho.

Pedro cheirou a primeira das cinco carreiras com uma nota de cem dólares bem enrolada. Assim que a carreira sumiu, outra linha apareceu como por mágica. Mindinho olhou de novo e percebeu que não era um espelho, e que a carreira que surgiu em substituição não era real. Pedro estava cheirando da tela do iPad. As carreiras de verdade tinham sido inaladas; as substitutas no "espelho" eram virtuais.

Pedro riu.

— É meu aplicativo de cocaína infinita. A nota enrolada funciona como uma caneta, então, quando você suga a cocaína de verdade, o aplicativo gera uma carreira virtual para substituir. Vou investir minha parte do dinheiro do resgate nele. Brilhante, não é?

— Brilhante mesmo. Que viciado em coca à beira de uma psicose induzida por drogas não gostaria de ser enganado para pensar que tem mais cocaína quando na verdade acabou tudo?

Pedro parou, parecendo entender o que Mindinho quis dizer. Uma batida na tela do iPad apagou as cinco carreiras eletrônicas, deixando apenas o espelho virtual. Então ele dispôs mais cinco carreiras verdadeiras. Inalou duas e o aplicativo fez seu trabalho: ainda restavam cinco na tela, apesar de duas serem apenas gráficos de computação.

— Mandou as coroas de ouro para Savannah? — perguntou Pedro.

— Decidi não fazer isso.

— Mas dissemos a ela que um pedaço do irmão estava a caminho. "Aos pedaços", lembra?

— Sei o que dissemos a ela. — Mindinho pegou uma cerveja na geladeira, abriu metade do sanduíche de rosbife e se juntou a Pedro à mesa. — Embrulhei e preparei todas para mandar, então percebi: se começarmos a mandar partes do corpo, ela pode ligar para a polícia.

Pedro estava prestes a cheirar outra carreira real, mas parou, incrédulo.

— Merda, cara. Se achava que havia alguma chance de ela ir à polícia, jamais deveria ter arrastado Savannah para isso.

— A única forma de ela correr para a polícia é se as coroas de ouro ou os dedos do irmão dela ou o que seja aparecerem na caixa do correio. Até que isso aconteça, Rubano não vai deixar que ela vá até a polícia.

A terceira carreira real sumiu, e uma virtual ocupou seu lugar. Pedro apertou as narinas ao falar, se deliciando com a droga verdadeira.

— Grande erro — disse ele, sacudindo a cabeça. — Regra número um de sequestro: não mande a família procurar na caixa de correio por provas de que você está falando sério e então não mande a prova.

Mindinho bebeu mais cerveja.

— Apenas seja paciente.

Pedro esfregou as gengivas com o resíduo de uma carreira verdadeira.

— Eis o que acho disso, irmão. Em um trabalho como esse, ou você se compromete totalmente, ou dá o fora. Vamos reduzir nossas perdas e fugir. Ligue para Rubano e diminua o resgate para algo que ele pague.

— Isso é pior do que não mandar as coroas de ouro. Isso mostra fraqueza.

— Mostra inteligência. Aceitamos o que pudermos antes que a polícia seja envolvida.

— Você está entrando em pânico.

— Talvez com um bom motivo. Como sabemos que a polícia não está bem no nosso encalço, a dez minutos de nos prender pelo assassinato de Marco Aroyo ou de Octavio Alvarez? Acho melhor pegarmos o dinheiro que Rubano colocar na mesa e darmos o fora de Miami.

— Esse é o problema. Agora, não tem nada na mesa.

— A única forma de consertar isso é levar tudo isso a sério.

— Isso é sério.

Pedro ficou de pé, cruzou a copa e abriu uma das gavetas. Ele encontrou a faca que estava procurando, voltou e enterrou a ponta da lâmina de 25 centímetros no tampo de madeira da mesa.

— Estou falando de fatalmente sério.

A faca ficou em pé entre os dois, ainda oscilando devido ao impacto. Mindinho olhou além do objeto e encarou Pedro.

— O que eu faço com isso?

— É assim que abaixamos o resgate e saímos bem dessa.

— Não entendo.

— Vamos deixar Savannah fora disso se acha que ela pode ir até a polícia. Cortaremos o dedo de Jeffrey, mandaremos uma foto a Rubano e diremos a ele que o resgate desceu de quinhentos para 450 mil. Se não pagar, cortamos a orelha, mandamos mais uma foto para Rubano e abaixamos para quatrocentos. A cada hora cortamos mais um pedaço e abaixamos o resgate.

— Isso é loucura!

— Não, é jogar pesado.

— Pedro, isso é uma porra de um sequestro, não é uma promoção de produtos danificados.

Pedro estava nas últimas duas carreiras de cocaína de verdade no espelho virtual. Elas desapareceram com duas cheiradas rápidas e foram "substituídas" tão rapidamente quanto.

— Está certo. É burrice — respondeu Pedro, ao pressionar a lateral do nariz com o dedo, pensando. — Precisamos acelerar as coisas, e não arrastar.

— Isso é a cocaína de verdade falando. Está deixando você paranoico.

— Não, não. Estou vendo as coisas com muita clareza. Tudo bem, vamos deixar de lado abaixar o preço aos poucos. Faremos o seguinte: ligamos para

Rubano e dizemos a ele que o resgate passou para a metade, 250 mil. Sem negociação. Se não recebermos o dinheiro em duas horas, fim de jogo: cortamos Jeffrey ao meio.

— Isso é ainda mais idiota do que a primeira ideia.

Pedro considerou.

— Está certo. Jeffrey é gordo demais para ser cortado ao meio.

— Chega de conversa — disse Mindinho, resmungando. — Apenas cale a boca e me deixe comer.

Pedro tamborilou os dedos na mesa, pensando.

— Aos pedaços — disse ele. — Foi o que dissemos a Savannah. Precisamos mandar alguma coisa.

— Tudo bem. Mande as coroas de ouro, se quiser.

— Coroas podem ser substituídas. Precisamos de uma mensagem mais poderosa. Sei que é batida, mas gosto da ideia do dedo.

— Não vamos cortar o dedo de Jeffrey — disse Mindinho.

— Eu sei que não vamos. — Pedro tirou a faca do tampo da mesa e a segurou pela ponta. — *Você* vai — disse ele, ao oferece o cabo a Mindinho.

— Esqueça.

— É justo. Eu cuidei de Marco. Você cuida de Jeffrey.

— Eu atropelei Octavio. Estamos quites.

— Está contando os pontos agora?

— Não, você está! Olhe, você já levou Jeffrey ao limite de uma overdose de cocaína, ameaçou queimá-lo vivo, enrolou o cara com fita como uma múmia e arrancou os dentes. Chega por um dia. Jeffrey vai cair morto de um ataque cardíaco se vir George Bush e Barack Obama se aproximarem com uma faca de carne. Então não teremos nada.

— Isso é uma droga, irmão. Para mim parece que o tio Mindinho está protegendo o sobrinho dele.

— Não me importo com o que acontece com aquele filho da puta preguiçoso.

— Sei que não é verdade. Você não me deixou queimar Jeffrey.

— Apenas por consideração pela mãe dele. Eu sinceramente não dou a mínima para *ele*.

— Prove.

— Não preciso provar nada para você.

Pedro ainda estava segurando a faca pela ponta. Com um gesto ágil do pulso, ele subitamente a segurou pelo cabo. A lâmina estava apontada para Mindinho. Seu olhar se fixou na faca.

— Vai me cortar, Pedro?

— Provavelmente não. Acho que você entendeu a mensagem.

— E qual é a mensagem?

— A mesma que tenho para Rubano, Savannah e sua porcaria de família inteira. Sou um cara razoável. Estou disposto a negociar o resgate, mas quero meu dinheiro esta noite. Se não o conseguir, as coisas vão ficar bem desagradáveis, e não só para Jeffrey.

O olhar de Mindinho subiu e desceu rapidamente, da lâmina para o rosto de Pedro, então de volta para a lâmina.

Pedro moveu a faca para conseguir segurar melhor.

— Está de acordo, Mindinho? Ou quer lutar comigo pela faca?

Mindinho detectou um leve sorriso, mas não estava convencido de que Pedro estava brincando.

E não só para Jeffrey.

Ele podia estar falando de Rubano, Savannah, ou mesmo da mãe de Savannah. Ou podia estar falando de Mindinho. Não ficou claro, mas ele sabia que não deveria insistir na questão com um assassino sádico que queimara Marco Aroyo vivo e que, naquele momento, tinha uma faca na mão e estava com a cabeça cheia de cocaína.

— Vamos ligar para Rubano — falou Mindinho. — Vamos ver se conseguimos acabar com isso esta noite.

CAPÍTULO 57

Andie passou o sábado no escritório de Miami.

A preferência dela era por monitorar a escuta de Betancourt em tempo real, mas ficar entocada na sala de audiovisual o dia inteiro não era prático. Tinha um monte de papelada para fazer, afinal, e tinha uma sala de conferências do outro lado do corredor do centro de vigilância. O agente técnico encarregado da vigilância dos Betancourt estava alerta para correr até lá e buscar Andie quando a escuta se tornasse ativa. Ela estava revisando um Formulário 302, o registro oficial dos interrogatórios a testemunhas do FBI, quando o agente Gustafson correu até a sala de conferências.

— *Venha agora* — disse ele. — Betancourt está falando com o sequestrador.

Andie soltou o 302, correu para o outro lado do corredor e pegou os fones. Ela reconheceu a voz do sequestrador. Era o mesmo da ligação feita antes para Savannah.

— Não, não, não! Não desligue!

Era definitivamente o mesmo interlocutor da outra vez, mas a resposta era de uma voz que Andie não reconhecia.

— Como eu já disse antes — falou Rubano —, não vou pagar meio milhão de dólares. Juro que vou desligar se você disser isso mais uma vez.

Betancourt, rabiscou o agente técnico em um bloquinho para Andie.

— Feito. Não direi de novo. O valor é totalmente negociável, irmão.

— Não me chame de irmão. Não sou a porra do seu irmão.

— Sem problemas. Vejo que é um homem que não gosta de palhaçada, então vou direto ao ponto: 250.

— Atire nele.

— O quê?

— Quer 250 mil? Pode atirar nesse burro filho da puta.
— Mas...
— Chega de "mas". Ele é um pé no saco e não passa de um problema. Atire na cabeça dele.
— Cara, vamos lá. É seu cunhado. Que tal duzentos?
— Não.
— Eu sei que tem o dinheiro. Fez a sua parte. Ainda vai sair vencendo. Merda, me deixe ganhar também.
— "Não" é *não*. Entendeu?
— Está bem, está bem. Cento e setenta e cinto. Mas é minha oferta final.
— Atire nele. Eu pago pela bala.
— Por favor, cara. Por que está dificultando tanto isso? Eu sou como o Exército da Salvação aqui, tocando a campanhia, e ninguém quer pagar pelo gorducho.
— Você deveria *me* pagar para aceitá-lo de volta.
— Porra! Essa deveria ser a parte fácil.
Rubano riu, mas Andie não interpretou como diversão.
— Que tal o seguinte — falou Rubano. — Se prometer parar de me ligar, dou cem mil a você.
O sequestrador considerou por um momento.
— Que tal 150 mil?
— Que tal 75?
— Está bem, cem mil.
— Agora está em cinquenta.
— Merda! Tudo bem, tudo bem. Aceito cinquenta.
— Fechado — disse Rubano.
Houve uma comoção audível na linha, mas as palavras foram indecifráveis. Andie interpretou que o sequestrador estivesse ouvindo um sermão do parceiro por ter descido muito o preço.
— Tudo bem, estamos de acordo aqui — disse o sequestrador. — Cinquenta mil, mas tem que ser esta noite.
— Tudo bem. Esta noite.
— Faça o que costuma fazer normalmente em um sábado à noite. Ligaremos quando for a hora da troca.
A ligação acabou. Andie tirou o fone da cabeça, deu a volta pela escrivaninha no meio da sala e foi até o computador do agente técnico.
— Conseguiu? — perguntou Andie.
— Triangulando agora.

A tela estava dividida em duas: um mapa do condado de Miami-Dade à esquerda, o qual Andie reconhecia; uma sequência de números e letras à direita, a qual só podia presumir serem cálculos matemáticos. Era a chave da "triangulação", o processo de coletar e interpretar o pulso eletrônico que um celular ligado transmitia para torres celulares ao redor.

— Consegui — disse ele.

A tela dividida sumiu, deixando apenas o mapa. A área do alvo estava sombreada.

— É o melhor que pode fazer? — perguntou Andie.

— São quase seiscentos mil metros quadrados. Isso é muito bom, na verdade.

— Não se é uma área populosa.

— Essa parte de Hialeah é mais comercial.

— Mostre — disse Andie. A tela mudou do modo de mapa para imagem de satélite. — Armazéns — concluiu ela.

— Isso é bom. Não deve haver muitos sinais de celular vindo de um aglomerado de armazéns em um sábado à noite. Quer mandar a Raia?

A Raia era um sistema mobilizado de rastreamento que podia varrer as áreas-alvo e enganar um celular para que pensasse que estava se conectando a uma torre de celular quando, na verdade, o usuário estava revelando um local mais preciso do que o FBI poderia obter por meio de triangulação com base nas próprias torres celulares.

— É nossa única opção?

— É nossa melhor opção.

Andie não tinha tanta certeza.

— Da última vez que mandamos uma Raia, os bandidos viram a van e fugiram muito antes de conseguirmos localizar qualquer coisa.

— A antena Amberjack é bem discreta. Podemos montar em qualquer veículo. Não precisa ser uma van de comunicação.

— Não foi a antena ou o tipo de veículo o problema. Foi a ronda metódica dos arredores que é necessária para encontrar o sinal. Qualquer bandido com um vigia pode enxergar o que está acontecendo.

— Esse é realmente um risco.

— Não tenho certeza de que é um risco que quero correr com um refém envolvido.

— A decisão é sua, mas é melhor agir rápido. Não temos garantia de que nossos criminosos estão parados. Aquela ligação de celular poderia ter sido feita de um carro estacionado em qualquer lugar na área-alvo, e esse carro pode estar se movendo enquanto conversamos.

Andie olhou de novo para a imagem de satélite na tela. A via expressa Palmetto e dezenas de ruas vicinais cortavam a área-alvo, e o pedágio da Flórida ficava próximo. Não tinha policiais de serviço o suficiente para cobrir quase seiscentos mil metros quadrados de um distrito de armazéns.

— Tudo bem — falou Andie. — Mande a Raia.

Rubano se serviu de mais uma dose de tequila e virou o copo. Era o quarto na última hora. Talvez o quinto. Não estava contando.

De maneira nenhuma pagaria o resgate de Jeffrey — nem por cinquenta mil dólares, nem por cinquenta centavos. Antes, sua parte do roubo parecera mais dinheiro do que ele e Savannah conseguiriam gastar. Como as coisas podiam mudar rapidamente. Savannah tinha ido embora. Se não tomasse cuidado, o dinheiro também iria.

Rubano pegou o telefone, começou a discar o número de Savannah e depois desligou. Ligar para ela não era a resposta. Ele não imploraria. Ela voltaria. Daria-se conta, diria que tudo fora um erro e pediria desculpas. Só precisava ficar tranquilo. Tinha certeza. Ora, seria Savannah quem imploraria, e Rubano nem mesmo tinha certeza de que a aceitaria de volta.

Droga, Savannah. Por que ainda não ligou?

Rubano soltou o telefone e se serviu de mais uma dose. Então pensou direito. Era essencial que ele permanecesse atento. Deixou a tequila na mesa e seguiu pelo corredor até o armário de armas. "Faça o que costuma fazer normalmente", dissera o sequestrador.

Aquela voz o deixara encucado. Nenhum reconhecimento. Poderia ser qualquer um. Um amigo de Ramsey. Um membro de gangue. Um oportunista qualquer que viu Jeffrey distribuindo relógios Rolex para strippers. Talvez um dos *muy amigos* de Mindinho. As possibilidades eram infinitas, e se Rubano não colocasse a cabeça no lugar, os sequestros não acabariam. Simplesmente se recusar a pagar o resgate não pareceu passar a mensagem.

Ele estava prestes a abrir o armário de armas, e então parou. Tinha bastante poder de fogo na coleção de pistolas para quase qualquer situação. Mas aquela não era "qualquer situação". Ele guardou a chave e continuou pelo corredor, passou pela cozinha e foi até a entrada do sótão. Usando uma escada da despensa, subiu e empurrou a porta embutida no teto. A diferença de temperatura era de pelo menos oito graus Celsius, e Rubano suou só de subir para o ar escuro e abafado. Uma lâmpada de cem watts pendia de um fio; um puxão na corrente deu a ele toda a luz de que precisava. O olhar de Rubano foi até uma caixa de madeira que estava enfiada atrás do duto do ar-condicionado. Ele não conseguia ficar totalmente de pé, mas conseguia se mover bem o bastante agachado. Digitou a combinação, tirou o cadeado e então abriu a tampa.

A maioria dos amigos de Rubano vira a coleção de pistolas que ele guardava no andar de baixo. Nenhum, no entanto, sabia o que estava guardado no sótão: o bem mais precioso de Rubano, uma autêntica submetralhadora Thompson 1928 West Hurley, novinha em folha.

Ele levou a mão à caixa e retirou a arma de dentro com cuidado, quase com carinho. Fora um presente de Octavio. A Braxton não entregava apenas dinheiro; armas de fogo estavam entre os muitos bens de valor que eram mandados pelo armazém do Aeroporto Internacional de Miami. E de vez em quando, itens sumiam. Esse raro item de colecionador jamais chegou ao vendedor de armas licenciado que pagou 27 mil dólares por ele em um leilão online. Quando a submetralhadora Thompson passou pelo armazém, praticamente falou com Octavio. Uma arma como aquela certamente convenceria Rubano de que muito mais — milhões mais — estava à disposição deles. Octavio deu a arma ao amigo, e a parceria nasceu.

Rubano não podia dizer com certeza que o sequestrador de Jeffrey tinha qualquer coisa a ver com a morte de Octavio. Não importava. Àquela altura, o ódio de perder o mais antigo amigo tinha se unido ao ódio por Savannah tê-lo abandonado, por vovó Baird tê-lo convencido a entregar seis dígitos, por limpar as sujeiras feitas pelo tapado chamado Jeffrey. Com uma taxa de disparos na casa de setecentos tiros, a arma de Octavio poderia vingar tudo aquilo.

Poderia, mas não estava na hora de ser bonitinho e bancar John Dillinger com uma submetralhadora. Rubano colocou-a de volta na caixa e pegou o rifle de assalto semiautomático UC-9 Centurion, ao estilo da Uzi. Totalmente legal, mais fácil de apontar para o alvo, com um pente nove milímetros de 32 projéteis — e, melhor de tudo, com uma coronha dobrável ela reduzia de tamanho para sessenta centímetros de comprimento, razoavelmente possível de esconder em uma mochila.

Ligaremos quando for a hora da troca.

Sim, haveria uma troca mesmo. Rubano estava pronto para apagar qualquer um burro o bastante para estar do lado errado.

CAPÍTULO 58

Mindinho verificou Jeffrey e o encontrou roncando como um urso negro hibernando no inverno. Era difícil entender como alguém podia dormir tão profundamente depois de se encher de cocaína, mesmo que todas as carreiras, exceto as primeiras, estivessem misturadas com substâncias inertes o bastante para fazer lucrar o traficante mais incompetente de todos. Da última vez que vira alguém usar tanta cocaína, ela batera o recorde do Night Moves pelo maior número de penetrações duplas antes da meia-noite, então dançou nua até o alvorecer. A tolerância a drogas de Jeffrey era incomparável. Por outro lado, o cara pesava uns cem quilos a mais do que a ninfomaníaca média.

Ele saiu em silêncio do quarto e voltou para a copa. Pedro estava sentado à mesa, dividindo algumas carreiras verdadeiras da cocaína mais pura no seu espelho virtual.

— Está estragando a tela do iPad — falou Mindinho.

Pedro cheirou mais uma carreira e deu um sorriso desejoso para a substituta virtual imediata, como se desejasse que fosse tão real quanto aquela que sumira em seu nariz.

— Vou me lembrar de mencionar isso para o pessoal do atendimento ao cliente do aplicativo da cocaína infinita.

Mindinho dispensou o comentário com um revirar de olhos.

— Quero ver seu celular.

— Por quê?

— Apenas me dê.

Pedro entregou o aparelho. Mindinho deu meia-volta e o atirou na parede com a força de uma bola de beisebol profissional, destruindo o celular.

— Por que fez isso?

Mindinho pegou o próprio celular, tomou mais um impulso digno de jogador de beisebol profissional e acertou a parede com o aparelho de novo, quase no mesmo lugar. Mais pedaços caíram no chão.

Pedro olhou para ele com incredulidade.

— E está dizendo que *eu* preciso ir devagar com as drogas?

Mindinho atravessou o cômodo e pisou no que restava até virar pó.

— Nunca assistiu a nenhum filme de sequestro? Está na hora de comprarmos celulares novos.

— Esses são celulares *pré-pagos* — disse Pedro. — Ninguém pode rastrear os aparelhos.

— Esse tipo de pensamento vai levar você para a Prisão Estadual da Flórida.

— O que você é, um especialista em tecnologia agora?

— Olhei na internet. Pré-pagos ainda têm um modem e ainda interagem com torres celulares. Só porque o número não pode ser rastreado até um titular de conta, não significa que um Peixe-Rei, uma Raia ou alguma bugiganga não possa acompanhar o sinal até o cara que está segurando o telefone.

Pedro deixou o iPad de lado. A cocaína de verdade tinha acabado e o espelho virtual ficou preto.

— O que faz você pensar que alguém está tentando rastrear nossos celulares?

— Eu não duvidaria de Rubano. Esses aparelhos são muito caros, mas ele tem bastante dinheiro nas mãos.

— Não acho que é com Rubano que está preocupado — falou Pedro, ficando de pé. — Está preocupado com sua sobrinha, não é?

— Tenho quase certeza de que Savannah não tem uma Raia.

— Não fique de gracinha comigo — disse Pedro, se aproximando. — Está com medo que ela tenha ido à polícia, por isso deu uma de jogador de beisebol com nossos celulares.

— Só estou tomando cuidado.

Os olhos de Pedro se semicerraram, e Mindinho devolveu o olhar; os dois homens estavam imóveis e se encarando.

— Se a garota se sente segura o bastante para ligar para a polícia, precisamos mudar isso — disse Pedro.

— Não. Ninguém coloca nem um dedo em Savannah.

— Não vejo escolha.

— Eu disse *não*.

— Olhe, não me importa que tipo de sentimentos calorosos e carinhos de preferida do titio você tenha por...

Mindinho segurou Pedro pelo colarinho, a voz dele sibilava.

— Nem diga isso, Pedro.

— Diga o quê?

— Que tenho uma queda por minha sobrinha.

Pedro encolheu o corpo diante da sugestão.

— Relaxe, irmão. Não estava falando de nada sexual. Só estava dizendo que é sua sobrinha, e você obviamente se sente de uma forma diferente em relação a ela do que a Jeffrey. Só isso.

Mindinho abriu a mão devagar. Talvez tivesse entendido errado a intenção de Pedro. Independentemente disso, sua reação exagerada expusera algo, e o fato de que aquilo estava no ar deixava os dois homens desconfortáveis. Eles continuaram se encarando por mais um momento, então Mindinho piscou.

— Vamos comprar mais pré-pagos.

— Claro — falou Pedro. — Jeffrey vem?

— Acorde aquele bundão e coloque ele na mala.

Mindinho pegou as chaves e levou o carro até os fundos do armazém. Pedro levou Jeffrey para fora, vendado, para que não visse o motorista. Eles taparam sua boca, ataram seus pulsos e tornozelos com corda de náilon e o enfiaram no porta-malas. Mindinho arrancou devagar. Pedro foi no banco do carona, ocupando-se com mais uma carreira de cocaína de verdade no espelho virtual.

— Nada de cheirar coca no carro — falou Mindinho.

— Mas é o aplicativo de coca infinita.

Mindinho estendeu a mão e virou o iPad, derrubando o pó na camisa de Pedro.

— Agora é uma vergonha infinita, irmão.

O shopping Mall of the Americas ficava a menos de três quilômetros do armazém, do outro lado da via expressa, e a loja de eletrônicos ficava, convenientemente, aberta até tarde. Mindinho estacionou do lado de fora da entrada principal e entrou. Pedro ficou no carro para garantir que Jeffrey ficaria calado no porta-malas. Cinco minutos depois, Mindinho voltou com três celulares sem contrato, cada um com o próprio número não rastreável e totalmente ativado.

— Por que três? — perguntou Pedro.

— Um para você, um para mim e um para Rubano.

— Rubano?

— Pense bem: se a polícia está rastreando nossos celulares com uma Raia, provavelmente estão rastreando o de Rubano também. Não ajuda muito usarmos aparelhos pré-pagos novos se ele ainda está falando no velho, não é?

— Acho que não. Mas se vamos ligar e dizer a ele onde buscar o novo telefone, podemos muito bem ligar e dizer onde entregar o dinheiro, certo?

— Seu burro. Não ligamos para o telefone velho dele para dizer nada. Mandamos entregar o novo telefone para ele, e *então* ligamos.

— Parece bom em tese. Mas quem é o entregador?

— Alguém que Rubano ouvirá — disse Mindinho, então começou a falar com sotaque jamaicano. — Alguém com quem posso contar, cara.

CAPÍTULO 59

Era sábado à noite, e o Café Rubano estava lotado.

As instruções dadas a Rubano pelo sequestrador de Jeffrey eram de seguir a rotina normal até a troca. Ele obedeceu, disparando de um lado para outro da cozinha barulhenta para o bar tumultuado, verificando as reservas da noite e agraciando os clientes nas mesas com a atenção pessoal dele, para se certificar de que todos estavam sendo devidamente cuidados. Nada a respeito daquela noite parecia "normal", no entanto — principalmente quando a linda noiva de Octavio apareceu com uma expressão irritada no rosto.

— Você e eu precisamos conversar — disse Jasmine. — Em particular.

A última vez que tinham se falado foi na pista de corrida, onde Jasmine ameaçara dar o nome de Rubano ao FBI se ele não entregasse a parte perdida de Octavio no roubo. Ele explicara como a mochila tinha sido roubada no atropelamento e, em um caso desesperado de esperança, acreditara que a jovem pudesse dar um tempo a ele. Parecia que o "tempo" tinha acabado.

— Vamos para meu escritório — disse Rubano.

Ela o seguiu do bar, depois dos banheiros, até o escritório atrás da cozinha. Rubano fechou a porta, o que reduziu pela metade o nível de decibéis do restaurante lotado, na melhor das hipóteses. Jasmine não lhe deu a chance de perguntar sobre do que se tratava.

— Você mentiu para mim — disse ela.

— Não posso dizer que sei do que está falando. Mas sei que não fui nada além de sincero com você.

— Me poupe, por favor. Você ficou com o dinheiro de Octavio.

— Eu já disse: a mochila foi roubada.

— Por acaso eu sei que a mochila estava vazia quando você a deu para Octavio.

— Isso é ridículo. Quem disse isso?

— Mindinho.

Rubano congelou. A conexão com Mindinho sempre o incomodara a respeito de Jasmine. Além do próprio roubo, os principais comparsas — Rubano, Mindinho e Octavio — estiveram no mesmo lugar ao mesmo tempo em apenas uma ocasião: uma sessão preparatória no verão anterior, no Night Moves, onde Mindinho apresentara Jasmine a Octavio.

— Havia um milhão de dólares em um plástico selado a vácuo dentro daquela mochila — falou Rubano. — Por isso Mindinho o atropelou e roubou.

— Ah, então *agora* você me diz que foi Mindinho quem o atropelou? Engraçado não ter mencionado isso da última vez que conversamos.

— Eu não tinha certeza de que era ele antes. Agora tenho. Como Mindinho conseguiria dizer a você que a mochila estava vazia se não tivesse sido ele quem atropelou Octavio e a roubou? Já pensou nisso?

Jasmine não mostrou qualquer reação, e Rubano não sabia dizer se a mulher sabia bem qual era o papel de Mindinho ou não. Talvez não importasse para ela.

— E quanto a Marco Aroyo? — perguntou ela.

Marco era um nome que Rubano nem mesmo se incomodara em dar a Octavio, já que o papel dele era tão limitado.

— Como você sabe sobre Marco?

— Mindinho me contou que você o fez sumir e ficou com o dinheiro dele.

— Dei a parte de Marco a Mindinho! Está com ele!

— Não é o que Mindinho disse.

— Por que você acreditaria em um traste como ele e não em mim?

— Porque *você* é o traste que contratou Ramsey para sequestrar o próprio cunhado.

— Mindinho disse isso a você também?

— Não — falou Jasmine, e o olhar de ódio dela se intensificou. — Ramsey contou.

Rubano subitamente se sentiu encurralado. O primeiro sequestro era uma verdade que virava a balança da credibilidade contra ele, e precisava explicar.

— Está bem, essa parte é verdade. Mas eu só estava tentando assustar Jeffrey para que tomasse jeito. Nunca fez parte do plano tirar qualquer dinheiro dele. Não traí Octavio dando a ele uma mochila vazia, e certamente não matei Marco.

— Não acredito em você, mas não importa. Ainda vou dar a chance de consertar as coisas. Esteja no Sunset Motel, na Flager, às duas horas da manhã.

— Para quê?

Jasmine colocou um celular na mesa de Rubano.

— Este é um celular pré-pago. Nunca foi usado, nenhum histórico de ligações, não tem rastro. Leve com você. Todas as instruções de que vai precisar para fazer a troca virão por esse telefone. Será somente por mensagem de texto. Chega de discussões.

— Ei, espere um pouco. Você diz que eu sou um traste porque contratei Ramsey para dar um susto em Jeffrey, mas agora é você quem está comandando a troca?

— Apenas esteja no Sunset Motel às duas.

— Quem eu vou encontrar lá? O idiota que ligou para minha casa e negociou contra ele mesmo? Ou o verdadeiro cabeça de vento por trás dessa operação?

— Vai descobrir.

Rubano sacudiu a cabeça, ainda espantado porque a mulher conseguia ignorar os pecados de Mindinho.

— Mindinho matou Marco. Ele matou Octavio. Provavelmente vai matar Jeffrey. E agora você está trabalhando para ele?

— Errado. Estou trabalhando *para mim*.

— Está assumindo um risco incrível para uma parte do resgate de cinquenta mil dólares.

— Pode ir sonhando com cinquenta mil. Eis o novo acordo: traga o milhão de Octavio *e* o de Marco. Então terá Jeffrey de volta.

— Você perdeu alguns episódios semanais aqui, querida. Sinceramente, não me importo se consigo ou não Jeffrey de volta.

— Não. Mas sua mulher se importa.

— Deixe Savannah fora disso.

— Tarde demais. Está dentro. Totalmente.

— O que isso quer dizer?

— Deveria perguntar isso a Mindinho quando o vir. E então faça o que precisar fazer, Rubano. Por Octavio.

Rubano subitamente entendeu.

— Então é esse seu interesse? Vai para a cama com Mindinho por tempo o suficiente para colocar as mãos na parte de Marco, além da de Octavio, então sai do caminho e dá a Mindinho o que ele merece por ter matado Octavio como um animal na estrada?

— Parece tão manipulador quando você fala.

Rubano engoliu o ódio, pensando no rifle de assalto no carro, junto com quatro pentes de 32 balas cada.

— Você é esperta — disse ele, se perguntando se teria munição o suficiente.

— Sim, eu sou. Não se atrase.

Jasmine abriu a porta e Rubano a viu sair.

Esperta até demais.

Andie observou a tela quando Jasmine emergiu do Café Rubano. Uma van de vigilância do FBI estava estacionada do outro lado da rua do restaurante, e os dois agentes dentro estavam transmitindo as imagens ao vivo para Andie, no carro dela, o qual estava um pouco mais no fim da rua. Littleford estava no banco do carona, também observando a tela.

— É ela com certeza — disse Andie. — É a noiva de Octavio Alvarez.

A resposta do agente de vigilância veio pelo rádio.

— Quer que a gente vá atrás dela?

— Não na van — disse Andie. — Prefiro chamar outra equipe.

— Não temos tempo. Ela está indo para o carro. Vamos perdê-la.

A chegada de Jasmine no restaurante tinha pegado Andie de surpresa. Não estavam equipados para seguir a mulher e Betancourt.

— Pegue a van e siga Jasmine até conseguirmos outro veículo — disse Littleford aos agentes de vigilância. — Nós nos encontramos depois.

— Entendido.

Littleford desligou.

— E se Betancourt deixar o restaurante antes de nos encontrarmos com a van de comunicação? — perguntou Andie.

— Então somos eu e você no *bucar* — falou Littleford, usando o termo antigo para designar um veículo do FBI. — Nada de Peixe-Rei, nada de Raia. Vamos segui-lo à moda antiga.

Andie não via muita escolha.

— Tudo bem — respondeu ela. — À moda antiga parece bom.

Jasmine entrou no carro e fechou a porta do motorista. Ramsey olhou do banco do passageiro. A luz do teto se apagou e os dois ficaram sozinhos na escuridão.

— Como foi? — perguntou ele.

— Perfeito. Deixei bastante claro para ele que Mindinho está envolvido.

Mencionar o nome de Mindinho no sequestro tinha sido diretamente contrário às instruções que ele dera a Ramsey, mas Jasmine e Ramsey tinham seu próprio esquema.

— Ele aceitou o celular?

— Sim. E disse a ele que seria só mensagem de texto, chega de conversas telefônicas.

Ramsey abriu o porta-luvas e pegou o celular pré-pago, aquele que Mindinho dera a ele para entregar a Rubano. Dois mil apenas para entregar um celular parecera um bom negócio para Ramsey, mas Jasmine tinha ideias mais grandiosas. Fora ideia dela parar em uma loja de eletrônicos, comprar outro celular pré-pago para Rubano e ficar com aquele. Mindinho não tinha como saber que as instruções que ele mandaria por mensagem para Rubano iriam, na verdade, para Ramsey, e que este mandaria por mensagem outras instruções para Rubano — as quais fariam com que a "troca" acontecesse de uma forma que atendesse aos objetivos de Ramsey e de Jasmine.

— Irmã, me diga. Acha que Rubano vai aparecer com dois milhões de dólares? — perguntou ele.

— Acho, sim. Se não por outro motivo, vai querer mostrar a Mindinho o que ele *não* vai levar antes de matá-lo.

Ramsey inspirou fundo, contendo a ansiedade.

— O que vai fazer com seu milhão?

— Ainda não sei. O que vai fazer com o seu?

Ele se inclinou até o outro lado do carro e deu um breve beijo nos lábios de Jasmine.

— Você é esperta, Bambi.

Ela sorriu.

— Engraçado. Foi exatamente isso o que Rubano me disse.

CAPÍTULO 60

Rubano deixou o restaurante por volta de uma hora e passou em casa. Não ficava exatamente no caminho do Sunset Motel, mas tinha bastante tempo para chegar lá às duas horas, e esperava que Savannah estivesse em casa. Não tinha motivos para achar que estaria, e, é claro, ela não estava. Ainda na casa da mãe, presumiu. Usou o telefone dele, não o pré-pago, para digitar uma mensagem de texto — "Desculpe... amo você... por favor, volte para casa" —, mas não enviou. Ninguém nas últimas de uma relação amorosa tinha conseguido enviar uma mensagem de texto que virasse o jogo à uma e meia da manhã.

Não seja patético.

Rubano pressionou CANCELAR, abriu a porta de correr de vidro na cozinha e saiu. A noite estava limpa e fria, e ele foi até o limite do quintal, além do brilho fluorescente da cozinha. Um tijolo da pavimentação oscilou sob seu pé e ele parou. Havia dinheiro embaixo; havia dinheiro pesando sobre seus ombros.

Dois milhões de dólares, o equivalente à parte de Octavio e de Marco. Entregar tudo aquilo a Jasmine acabaria com Rubano. A parte dele inteira tinha sido apenas dois milhões e meio, e estava gastando aos poucos com tudo, desde os primeiros cinquenta mil de Edith Baird até o depósito não reembolsável na casa que Savannah não quis. Mindinho estava tentando ser o grande vencedor — a parte dele mais a de Octavio. Ele e Jasmine, sua nova comparsa. *Cadela.*

Estava na hora de mudar isso.

Ele voltou para dentro, até o armário de armas, e escolheu duas pistolas, uma para o cinto e uma de reserva, caso a primeira emperrasse. O rifle de assalto ao estilo da Uzi passava uma mensagem mais poderosa, mas Rubano só conseguia escondê-lo com a coronha dobrada, então não podia contar com usar a arma numa emergência. Pegou dois pentes de munição sobressalentes, trancou o armário e foi até o quarto. O total do dinheiro que separara para Edith Baird ainda estava na mochila. Rubano tirou tudo de dentro, exceto dois pacotes selados a vácuo com 25 mil dólares cada. Não era sua intenção pagar um resgate, mas precisava ser capaz de blefar durante a "troca". O toque final era uma jaqueta corta-vento para esconder a pistola no cinto. Ele trancou a casa, foi até o carro e pegou o rifle no porta-malas. Com a coronha dobrada, cabia muito bem na mochila. Colocou a arma no chão do banco do carona, deu partida e arrancou com o carro.

Flagler é uma das ruas mais antigas e mais tumultuadas de Miami, e o Sunset Motel ficava na ponta oeste dela, a meio caminho entre a Little Havana de Miami e os Everglades da Flórida. A maioria dos velhos hotéis naquela área um dia badalada estava em declínio e destinada à demolição, e Rubano supôs que os últimos turistas a pararem e passarem a noite no Sunset provavelmente estavam a caminho de Miami Beach em um carro utilitário Ford 1996. O prédio de dois andares era típico de uma era passada. Os quartos davam para o estacionamento e as portas abriam diretamente para o exterior. Aparelhos barulhentos de controle de temperatura despontavam abaixo das janelas da frente. As letras de neon na placa à beira da estrada estavam parcialmente queimadas, e a palavra "vagas" estava um pouco apagada, o que fez Rubano ler *vaca*. Acrescentando isso aos porcos que afluíam para aquele lugar em busca de prostitutas, o Sunset Motel era um verdadeiro celeiro.

Rubano achou uma vaga perto da marquise e deixou o motor ligado. Estava alguns minutos adiantado. O telefone pré-pago de Jasmine estava no painel. Uma abordagem seria esperar pela mensagem de texto e entrar no jogo deles, mas tinha outra estratégia. Ele pegou o telefone pré-pago e a mochila, saiu do carro e caminhou pelo estacionamento até o escritório da gerência. A porta de vidro estava trancada, uma precaução racional naquele bairro, mas Rubano podia ver a gerente sentada atrás do balcão da recepção. Ela apoiou o cigarro no cinzeiro e, ao pressionar um botão, a voz grave da mulher estalou pelo interfone.

— Posso ajudar?

— Preciso de um quarto — disse Rubano.

— Vou abrir para você. Deixe a mochila do lado de fora. E um aviso, senhor: tenho uma arma, já usei antes e não erro.

Bem, então temos algo em comum.

— Entendido.

A campainha tocou e Rubano entrou na pequena área da recepção. A mulher idosa atrás do balcão observou-o atentamente conforme ele se aproximou.

Ela não disse nada, mas o crachá preso na blusa dela dizia muito: *Oi, Meu Nome É A. Cadela.*

Rubano colocou uma nota de cem dólares no balcão.

— Isso é pelo quarto — disse ele, e colocou mais duas notas ao lado daquela. — Isso é por sua ajuda.

A mulher deu um trago no cigarro, os olhos se semicerraram quando ela inalou, o que ressaltava todo um novo padrão de rugas provocadas pelo fumo.

— Que tipo de ajuda?

— Estou procurando um quarto com três homens.

— O último cara que veio aqui e me disse isso era um congressista americano.

Rubano sorriu, mais feliz com a informação do que com a piada.

— Pode me ajudar?

— Eu adoraria aceitar seu dinheiro, mas não presto atenção.

Aquilo parecia verdade. Rubano tentou outra abordagem.

— Acho que a maioria dos quartos aqui é paga por hora, estou certo?

— A maioria.

Rubano colocou outra nota no balcão.

— Que tal me dizer que quartos não são de sua clientela habitual que paga por hora? E vamos limitar a hóspedes que chegaram durante as últimas oito horas.

A mulher olhou para Rubano com atenção, como se tentasse discernir por que ele iria querer aquela informação. Mas não perguntou e, aparentemente, não se importava. A gerente verificou o registro e anotou alguns números em um Post-it.

— Não quer o quarto de verdade, quer?

— Não, senhora. — Rubano pegou o Post-it, então empurrou a nota de cem dólares "para o quarto" na direção dela. — Pode ficar com tudo. — Ele se virou e seguiu para a porta, mas a mulher não abriu imediatamente.

— Não me importo com praticamente nada aqui — disse ela —, contanto que ninguém saia ferido. Entendeu?

— Em alto e bom som.

A campainha soou e Rubano saiu. Ele pegou a mochila e seguiu o corredor até os quartos. O telefone pré-pago no bolso vibrou e Rubano parou para verificar. Havia uma mensagem de texto à 1h59 da manhã.

"Caminhe até o vão da escada. Espere."

Rubano olhou pelo corredor. O hotel tinha dois vãos externos de escadas, um em cada ponta. Como os corredores do primeiro e do segundo andar que percorriam a extensão do prédio, as escadas ficavam expostas, mas seus vãos eram parcialmente cobertos por três paredes de blocos de cimento pintados. Aquilo impediria que alguém atirasse em Rubano da rua ou do estacionamento, mas era impossível saber o que o estava esperando atrás daquelas paredes. Ele não era tolo o bastante para caminhar para uma emboscada. Armaria a própria emboscada em um dos quatro quartos no Post-it de "A. Cadela". Mas entrou no jogo e mandou uma mensagem em resposta.

"A caminho."

Mindinho estava ficando ansioso, caminhando de um lado para o outro do quarto. Pedro estava sentado na cama mais próxima da janela. Jeffrey estava trancado no banheiro, amarrado e vendado, mas ainda vivo.

— Verifique o celular de novo — disse Mindinho.

Pedro fez isso.

— Nada ainda.

— Tem certeza de que a mensagem de texto chegou?

— Eu mandei há quase uma hora. Disse a ele que estacionasse na vaga número 22, à uma e meia da manhã. Ele respondeu imediatamente e disse que estaria lá.

Mindinho parou de andar.

— Tem certeza de que falou o hotel certo para ele?

— Sim. O Vagabond, na Calle Ocho.

— Mande de novo.

— Já mandei três mensagens. Nenhuma resposta.

Mindinho pegou o celular da mão de Pedro e verificou. O histórico de mensagens confirmava.

— Ele está quase 45 minutos atrasado. Não vem.

— Vamos dar mais alguns minutos.

Mindinho foi até a janela e puxou a cortina apenas o suficiente para uma visão rápida do estacionamento. Cada vaga estava numerada no asfalto, e a de número 22 estava logo ao lado de uma cerca-viva alta de fícus. Estava vazia.

— Rubano está de palhaçada com a gente — falou Mindinho.

— Vai ver esses pré-pagos estão fodidos.

— Ligue para o celular verdadeiro dele.

— Tem certeza?

Mindinho começou a caminhar de um lado para outro de novo. Os pré-pagos tinham sido uma precaução, mas ele não tinha informação que de fato a polícia ou qualquer outra pessoa estivesse rastreando o celular de Rubano.

— Sim — respondeu Mindinho. — Ele me fodeu pela última vez. Ligue para ele.

O celular de Rubano tocou. Não o pré-pago, mas a linha normal. Ele não reconheceu o número, mas aceitou a ligação mesmo assim.

— Quem é?
— Onde você está?

Rubano reconheceu a voz do sequestrador das ligações anteriores.

— A caminho.
— Deveria estar aqui à uma e meia.
— A mensagem dizia duas horas.
— Eu disse uma e meia.
— Não disse não. Você disse... não importa. Estou aqui agora.
— O cacete! A vaga está vazia.
— Que vaga?
— Número 22!

Rubano segurou o telefone com mais força, confuso.

— Não sei do que está falando.
— Seu saco de merda mentiroso! Fui muito claro. Uma e meia. Vaga de número 22. Vagabond Motel na Calle Ocho.
— Cara, estou no Sunset, na Flagler, como fui instruído.
— Eu jamais disse isso!
— Sim, duas horas no...
— Vai se foder, Rubano! Cansei. Fique com os cinquenta mil dólares e seu cunhado morre.

A ligação terminou antes que Rubano conseguisse responder. Jasmine claramente dissera a ele no Sunset, às duas da manhã, quando entregou o celular no restaurante. Tudo aquilo era confuso, até as últimas palavras: "Fique com os cinquenta mil." Jasmine dissera dois milhões. Rubano se sentiu tentado a ligar de volta, mas o pré-pago vibrou com outra mensagem de texto:

"Vão da escada. Onde está?"

Rubano encarou a tela. Não tinha o panorama completo ainda, mas subitamente enxergou a traição de Jasmine. Então respondeu imediatamente:

"A caminho."

CAPÍTULO 61

A van de comunicações do FBI estava em polvorosa. Andie e o agente Littleford estavam no meio da situação.

A equipe de vigilância tinha seguido Jasmine até o Sunset Motel; Andie seguira Betancourt "à moda antiga" e acabara no mesmo lugar. Ela e Littleford encontraram a van logo antes das duas da manhã no estacionamento atrás da Snuffy's Tavern, um boteco do outro lado da rua do hotel. A Raia tinha encontrado o sinal do pré-pago usado pelos sequestradores para ligar para Betancourt. A escuta no celular de Betancourt pegara a conversa inteira. As palavras de despedida dos sequestradores — "seu cunhado morre" — deixaram Andie com poucas escolhas. Ela abriu o microfone e transmitiu uma mensagem para a van da SWAT, que estava estacionada no fim da rua.

— Temos uma ameaça direta contra o refém. Novo local: Vagabond Motel, esquina da Calle Ocho com Red Road.

— Entendido. Número do quarto?

— Desconhecido. Estamos transmitindo a identificação do modem para seu Peixe-Rei. — O Peixe-Rei operava como uma Raia, mas era manual e podia literalmente localizar um celular em um quarto específico.

— Entendido. Mobilizando agora.

Andie desligou o rádio e Littleford deu a ordem seguinte.

— Vamos pegar Betancourt.

— Acho que deveríamos deixar a "troca" acontecer.

— Não tem troca.

— Essa é a questão — disse Andie. — Com base no último telefonema, parece que há outro jogador envolvido em algum tipo de traição entre ladrões. Poderia ser Jasmine, ou talvez outra pessoa. Se pegarmos Betancourt agora, pegamos apenas ele. Sugiro observarmos para ver quem aparece e agir contra todos. Limpar tudo de uma vez.

Littleford pareceu gostar da ideia, mas com reservas.

— Precisamos esperar por reforços.

— Diga que se apressem.

— E coloque seu colete.

— Sim, senhor.

Rubano caminhou até os fundos do Sunset Motel, encontrou uma área relativamente particular atrás da caçamba de lixo e abriu a mochila. Estava na hora de se armar.

Ele pegou o rifle e abriu a coronha, o que estendeu a arma até a extensão total de oitenta centímetros. O pente se prendeu no lugar sem esforço, trinta e duas balas nove milímetros. Rubano duvidava que qualquer bala adicional fosse necessária, mas enfiou alguns sobressalentes nos bolsos da jaqueta corta-vento mesmo assim.

Jasmine definitivamente tentara enganá-lo. A referência do sequestrador a "cinquenta mil dólares" confirmara: o cara ignorava completamente a renegociação de dois milhões. Rubano não podia negar a esperteza de rua de Jasmine, mas uma ação como aquela tinha a cara de Mindinho. Sua interpretação era simples: Mindinho tinha enganado o comparsa para que segurasse as pontas no Vagabond com Jeffrey, esperando pelo resgate de cinquenta mil, um alvo fácil para a polícia caso algo desse errado. Mindinho e a comparsa cadela estavam no Sunset, traindo o comparsa de Mindinho, pensando que podiam trair Rubano.

Esperta até demais.

Ele fez uma última verificação de armas. Pistola no cinto. Reserva presa ao tornozelo. O rifle era semiautomático com sistema de ferrolho fechado, o que significava que só dispararia tão rápido quanto o dedo de Rubano conseguisse apertar o gatilho, e isso era bem rápido. Tudo estava em ordem. Ele saiu de detrás da caçamba e seguiu para o vão da escada a oeste.

O Sunset Motel tinha quatro alas; cada uma formava um lado de um quadrado que cercava um pátio a céu aberto. Rubano caminhou com cuidado pelo local. Ervas daninhas brotavam entre as placas de pedra, algumas na altura dos joelhos. O luar brilhava em uma velha fonte quebrada no centro do pátio. *Jogue uma moeda para dar sorte*, dizia a placa corroída pelo tempo, mas a fonte estava seca, e Rubano não tinha nada menor do que uma nota de cem mesmo. Ele continuou, além da fonte, e seguiu até o limite do pátio, invisível às sombras. Parou a poucos metros do vão da escada e encostou as costas à parede.

Com o dedo no gatilho, esperou. Ouviu. A noite estava estranhamente silenciosa, mas não por muito tempo. Um ruído distante mudou tudo. Sirenes. Inconfundíveis: sirenes da polícia. Estava na hora de agir, e rapidamente.

Corra!

CAPÍTULO 62

Mindinho dirigia como um louco pela Calle Ocho, cantando pneus conforme fazia uma curva acentuada no sinal de trânsito.

Deixara o carro e Pedro no Vagabond Motel. Estava em uma picape de quatro portas, exatamente como aquela usada no roubo, mas dessa vez Mindinho estava ao volante. Jeffrey estava no banco traseiro, meio sentado e meio deitado de lado, suas mãos atadas e a boca coberta com fita. Ele ficou calado até que uma fileira de buracos transformou o passeio em um verdadeiro rali. A cabeça de Jeffrey se chocou contra o banco à frente, e ele gemeu alto o bastante para ser ouvido mesmo com a fita.

— Cale a boca, gorducho!

Jeffrey ficou em silêncio. Mindinho continuou dirigindo.

Mindinho não discordara de nada do que Pedro tinha dito a Rubano ao telefone, mas aquela breve ligação tinha chegado perto de expressar a intensidade da raiva de Mindinho. Desde o dia em que Rubano começou a namorar Savannah, ele não gostava do rapaz. Depois que a sobrinha se casou com aquele panaca, ódio passou a ser uma palavra melhor. Mindinho pesquisara o passado de Rubano por conta própria, até mesmo descobrira boatos sobre uma garota de 17 anos. Ficara de boca fechada, no entanto; jamais dissera nada a ninguém. Tinha a própria sujeira a esconder. Não tinha chance alguma nessa batalha de acusações.

A picape parou em um sinal vermelho. Mindinho se inclinou para o banco traseiro e segurou Jeffrey pelo colarinho, forçando o contato visual.

— Ouça, Jeffrey. Vamos ligar para seu cunhado. Quando eu entregar o telefone a você, vai dizer exatamente o que eu mandar. Entendeu?

Jeffrey assentiu.

Antes do início da noite, era o plano de Mindinho libertar o sobrinho se Rubano pagasse o resgate. Não era mais. Rubano e Jeffrey receberiam o que mereciam. Rubano diria a Mindinho onde estava o resto do dinheiro, e então veria Jeffrey morrer. Iria com ele para o túmulo.

Mindinho viu um restaurante italiano adiante. Estava fechado, as janelas escuras, e a única fileira de vagas de estacionamento na frente do estabelecimento estava vazia. O motor roncou quando ele virou para o beco lateral até o estacionamento maior ao fundo. O asfalto irregular deu lugar ao estalar do cascalho. Mindinho dirigiu até o outro lado do estacionamento e parou ao lado da cerca retorcida corroída, longe da única iluminação de segurança que brilhava sobre a entrada dos fundos do restaurante. Ele desligou o motor, então se inclinou sobre o banco, pressionou a pistola contra a testa de Jeffrey e disse ao sobrinho o que dizer. O pré-pago não tinha o número de Rubano na discagem rápida, mas o de Jeffrey tinha. Fazia mais sentido ligar de um número que Rubano reconheceria mesmo. Era mais provável que atendesse.

Mindinho discou do telefone de Jeffrey e deixou tocar.

Rubano estava dirigindo na direção da via expressa quando ouviu o toque: do seu celular, não do pré-pago. Ele verificou o bolso, mas o aparelho não estava ali. Não tinha certeza de onde o tinha enfiado na pressa de fugir.

Na mochila?

Deixara negócios inacabados no Sunset Motel, mas tudo era secundário em comparação com ficar fora da prisão. Não tinha certeza de quem poderia ter encontrado no vão da escada se aquelas sirenes não tivessem soado ao longe, mas tinha certeza de que estaria mais armado.

O toque continuou. Rubano guiou o volante com a mão esquerda enquanto vasculhava a mochila no banco do carona. O celular estava no fundo, preso sob a coronha dobrada do rifle de assalto. Ele soltou o aparelho e verificou a tela. Ela piscou com a identificação personalizada gerada pela lista de contatos dele: *Viciado*. Era Jeffrey. Rubano atendeu. A voz do outro lado da linha não era a esperada, mas não o chocou.

— Adivinhe quem é — falou Mindinho.

Rubano riu com deboche.

— Eu sabia que você estava por trás disso.

— Infelizmente para você, esta é uma daquelas situações em que conhecimento *não é* poder.

— Vá se foder, Mindinho.

— Seu cunhado está em uma picape preta estacionada atrás do restaurante italiano Blue Grotto, em Red Road. Não tenho mais tempo para isso. Fique com os cinquenta mil. Apenas leve Jeffrey.

— Não quero ele.

— Pare de ser um canalha arrogante. Meu parceiro de negócios está pronto para enfiar uma bala na cabeça dele. É sua última chance de ver Jeffrey com vida.

— Como eu sei que já não está morto?

Rubano ouviu a fita ser arrancada da boca de Jeffrey, seguida pelo grito de dor que tinha se tornado familiar demais. Então o cunhado recitou as frases com os dentes quebrados.

— Ir-ão, tô a i-ca-e. Em e us-car!

A linha ficou silenciosa; a ligação tinha terminado. Rubano guardou o celular. Ele sabia que era uma armação, mas não se importava. Se Mindinho queria um confronto, tudo bem. Rubano tinha a Uzi.

Na esquina, ele encostou em um posto de gasolina e virou o carro.

CAPÍTULO 63

Andie se manteve distante, com o cuidado de não entregar a Betancourt que o *bucar* estava seguindo. Littleford estava no assento do carona.

— Ele está dando meia-volta naquele posto de gasolina — disse ele. — Não entre lá. Passe do posto e faça uma curva em U.

Andie teria pensado naquilo sozinha, mas Littleford parecera ansioso para dar a ela uma lição sobre vigilância à moda antiga desde que tinham deixado o Sunset Motel.

Ela estava a momentos de agir para executar a prisão. Betancourt obviamente estava preparado. O rifle de assalto dele estava bastante visível aos binóculos de visão noturna de Andie. Para a agente, esse foi o fim da linha: era perigoso demais deixar que ele perambulasse pela propriedade do hotel tão fortemente armado. Algo alertara Rubano, no entanto. Ele subitamente dobrou o rifle, guardou na mochila e correu para o carro. Andie ainda queria fazer a prisão, mas foi voto vencido:

— Deixe que ele fuja um pouco mais — disse Littleford. — Veja se nos leva aos sequestradores.

Andie passou pelo posto de gasolina e foi até um restaurante de fast-food, onde fez a volta.

— Ele está acelerando — disse Littleford.

— Estou vendo.

O rádio estalou e Andie virou o carro e retomou a perseguição. Era a equipe de vigilância da van de comunicações. A escuta no celular de Betancourt tinha interceptado uma ligação recebida.

— Vamos ouvir — disse Littleford.

Andie ouviu conforme seguia as luzes laranja pela Red Road. A ligação tinha menos de um minuto, terminava com as palavras arrastadas de Jeffrey: "Em e us-car."

Littleford imediatamente chamou reforços no restaurante Blue Grotto. Andie mandou uma mensagem por rádio ao líder da SWAT no Vagabond Motel.

— Refém não está mais no Vagabond — disse Andie ao microfone. — Repito, refém não está mais no Vagabond.

— O Peixe-Rei ainda está recebendo um sinal de celular do quarto 207.

— Não se sabe o paradeiro do segundo sujeito. Ainda pode estar aí.

— O gerente do hotel confirmou que o único quarto no segundo andar ocupado naquela ala é o 207. Sujeitos especificamente pediram um quarto isolado quando se registraram. O departamento de polícia evacuou o primeiro andar. Está dando sinal verde para uma abertura?

Abertura era o termo da SWAT para entrada à força de uma equipe tática. Não era uma boa ideia quando o paradeiro de um refém era desconhecido, mas esse não era mais o caso.

Andie olhou para Littleford, que assentiu.

— Sinal verde — disse.

Pedro foi até a janela do quarto 207 e puxou o canto da cortina para olhar mais uma vez para o estacionamento. Nada tinha mudado. As mesmas vagas vazias. Os mesmos carros estacionados.

Ele verificou o relógio na mesa de cabeceira. Dizia 2h37 da manhã.

Fazia quase 15 minutos desde que Mindinho saíra com Jeffrey.

— Vou cuidar dele — dissera. — Espere aqui. — Minutos depois, sirenes soaram, cada vez mais altas, como se estivessem se aproximando do hotel. Pedro esperara ver luzes azuis piscando no estacionamento a qualquer momento. Então, silêncio. Nenhuma luz policial girando. Nada. Nada além de espera. Possivelmente a polícia passara direto pelo Vagabond a caminho de um outro crime em progresso. Talvez tivessem parado a picape de Mindinho. Talvez ele já estivesse morto, assassinado em uma troca de tiros. Ou sob custódia, delatando o comparsa.

Eles podiam estar lá fora, observando.

Pedro ligou a TV. Os boletins de "Plantão" sobre atividade policial eram os melhores amigos de um criminoso. Nada útil estava no ar. Canal após canal da habitual programação da madrugada, a maioria comerciais de colchões, auxílio para dormir e qualquer coisa que pudesse animar os insones a abrirem a carteira.

Pedro pegou o celular pré-pago. Mindinho dissera a ele que evitasse usá-lo — "Pré-pagos ainda têm um modem" —, mas precisava de informação. Estava na hora de agir. Ficar sentado em um quarto de hotel não era uma estratégia.

Subitamente, um clarão de luz branca iluminou a fenda na cortina, perfurando o quarto como um laser, mais forte do que o sol matinal. Pedro soltou o pré-pago, pegou a pistola e desligou a lâmpada e a televisão. O feixe de luz perfurou a escuridão, como uma luz branca queimando o quarto. Tão rápido quanto conseguiu se mover, Pedro virou a cama, empurrou o colchão e a base contra a janela e fez uma barricada na porta com a cômoda. O filete de luz sumiu.

A linha fixa do quarto tocou na escuridão. Uma vez. Duas. Pedro arrancou o fio do aparelho. Silêncio. Segundos depois, o pré-pago tocou, como se para dizer como a polícia o havia encontrado. A tecnologia o entregara; os policiais tinham literalmente identificado o telefone dele no ar. Pedro atendeu a chamada e respondeu com duas palavras:

— Me chupa.

— Acabou. Está cercado. Entregue-se e se salve.

— Eu disse para me chupar.

Ele desligou, jogou o celular longe e verificou a pistola. Quinze balas de munição nove milímetros no pente. Dois pentes sobressalentes no bolso. Talvez não fosse o bastante para sair com vida, mas o bastante para morrer lutando.

A janela se quebrou do outro lado da barricada, e, por puro reflexo, Pedro disparou contra a própria barreira protetora, enfiando cinco tiros rápidos em sessenta centímetros de espuma e molas. Fumaça fluiu de dentro e de trás do colchão, a bomba de efeito moral lançada tinha se enterrado no tecido. Uma nuvem de irritantes químicos irrompeu e "Piro Pedro" era esperto o bastante para perceber que o calor daquela bomba poderia rapidamente atear fogo a um colchão de espuma.

Estão tentando me queimar vivo.

Algo entre o pânico e um senso de urgência aguçado percorreram Pedro e no fundo da mente ele ouviu os gritos de Marco Aroyo, o sibilar do próprio maçarico e o cheiro de carne queimando. As lembranças sumiram quando a voz baixa da autoridade soou por um alto-falante em algum lugar no estacionamento.

— Solte a arma. Saia com as mãos acima da cabeça.

A nuvem de fumaça ficou mais espessa e se espreitou pelo quarto. Os olhos de Pedro começaram a se encher d'água. Ele pegou uma fronha e cobriu a boca e o nariz. Não ajudou. Mal conseguia respirar. A visibilidade era quase zero, nada além de fumaça e escuridão. Então ele viu a chama, um rompante de laranja dos lençóis e do cobertor na barricada de colchão. Bombas de efeito moral não eram letais, mas calor era calor, e aquele estava se tornando mortal.

— Trinta segundos — anunciou o homem no alto-falante —, ou entraremos.

Pedro não esperou. Ele afastou a barricada da cômoda da porta e a escancarou. Um holofote ofuscante apenas exacerbou a perda temporária de visão devida à fumaça, mas ele continuou correndo, guiado apenas pelo instinto, explodindo para fora do quarto a toda velocidade, disparando a pistola semiautomática ainda mais rápido do que seus pés se moviam.

Os estalos dos disparos de resposta perfuraram a noite, diversos tiros de uma variedade de posições estratégicas. Pedro sentiu um golpe pesado sobre o peito, outro no ombro, e uma explosão na barriga. Os estalos repetidos de sua arma sendo descarregada se misturaram com as saraivadas da polícia. Era uma cacofonia balística enquanto Pedro sentia o quadril se chocar contra um corrimão. Sentiu os pés se erguerem acima da cabeça e se sentiu flutuando em câmera lenta. Por um instante breve, mas bizarro, ele conseguiu se ver caindo da passarela do segundo andar. Pedro observou a pistola cair de sua mão. Podia até mesmo ver o conjunto de coroas de ouro que saiu do seu casaco e refletiu o feixe das luzes da polícia no ar.

Pedro viu o brilho de ouro ao seu redor quando o corpo se chocou contra o asfalto.

CAPÍTULO 64

Rubano estacionou no beco atrás de uma loja de ferragens, a cerca de meio quarteirão do restaurante Blue Grotto. Nenhum outro veículo estava à vista. Foram precisos apenas alguns segundos para tirar da mochila o rifle de assalto dobrado, certificar-se de que a munição de revestimento total estivesse no lugar e fazer as verificações habituais de segurança antes de abrir fogo. Tudo estava em ordem. Pronto, com o dedo na guarda do gatilho, Rubano começou a andar.

Ele estava agindo de acordo com a presunção de que aquilo era uma armação, de que Mindinho estava esperando dentro da picape e que Jeffrey nem mesmo estava presente. O plano não era elaborado. Saraivar o lado do motorista de balas. Mudar de pente. Caminhar até o outro lado. Descarregar mais 32 balas. Chegar perto devagar. Confirmar que Mindinho estivesse morto. Fugir. Simples e eficiente. Nem uma porta de aço é páreo para munição totalmente revestida disparada diretamente, à queima-roupa, de um rifle de assalto.

Mas e se Jeffrey estiver lá dentro?

Esse pensamento arrasou com a consciência dele como um cortador de grama. Uma coisa era se recusar a pagar um resgate e permitir que Jeffrey *fosse morto* graças à própria burrice. Outra coisa era puxar o gatilho — ser o assassino dele.

Rubano parou subitamente na ponta do beco. Um estacionamento de cascalho se estendia diante dele, com cerca de metade do tamanho de uma quadra de basquete, com apenas um poste funcionando na rua. A picape estava do outro lado, estacionada contra a cerca retorcida. Rubano respirou fundo. Era justificável de várias maneiras. Ele avisara Jeffrey. A burrice tem consequências. Jeffrey tinha feito aquilo com ele mesmo.

"É meu irmão, Rubano!"

Começou a caminhar para a picape, afastando da mente as súplicas de Savannah quando ergueu a coronha até o ombro e mirou na porta do motorista — quando a voz de outra mulher o impediu.

— FBI! Parado!

Rubano permaneceu calmo.

— Está cometendo um erro. Meu cunhado foi sequestrado. Está naquela picape ali.

— Solte a arma e coloque as mãos na cabeça.

— Meu carro está estacionado no beco. Olhe em minha mochila. Tem cinquenta mil dólares em dinheiro para o resgate.

— Eu sei que tem. É do voo 462, Frankfurt para Miami. Agora solte a arma.

Flagrante. Rubano não conseguia ver atrás de si, mas aquilo parecia estranho. *Uma agente? Sozinha?*

— Você não pode ser do FBI — disse ele. — Quem é você?

O motor rugiu, pneus giraram e a picape subitamente disparava na direção deles em marcha ré, com a caçamba voltada para os dois. Rubano e a agente caíram no chão e rolaram em direções opostas quando o carro passou entre eles. Ela derrapou até parar, então disparou para a frente, não mais de ré. Cascalho subiu pelos ares e uma nuvem de terra se levantou quando o carro seguiu direto para a agente no chão. Rubano ficou de pé e saltou para a caçamba aberta. Pela janela traseira, viu Mindinho ao volante. Um minuto antes, teria enfiado uma bala na nuca do cunhado, mas tudo tinha mudado. A picape passou pela agente em disparada, errando por pouco quando a mulher rolou para fora do caminho. Rubano ficou abaixado, mas ergueu o rifle acima da porta da caçamba e puxou o gatilho, várias e várias vezes, disparando uma saraivada de balas que percorreram o estacionamento enquanto a picape batia contra a cerca retorcida e disparava pela noite.

Andie ficou de pé e correu pelo beco. Littleford estava no carro, correndo até ela, e a encontrou no meio do caminho. Ela se sentou no banco do carona e Littleford deu um sermão na agente enquanto disparava em marcha ré, de volta para a rua.

— Henning! O que acha que está fazendo? Eu disse para esperar reforços!

— Betancourt estava prestes a esvaziar uma Uzi naquela picape — disse a agente, sem fôlego. — Precisei agir.

— Não sozinha, droga! — A briga continuou enquanto o carro acelerava para longe do beco. — Tem sorte de estar viva.

— Nosso refém não estaria vivo se eu não tivesse feito alguma coisa.

Sirenes soaram alto e luzes piscaram atrás deles. Uma fileira de viaturas em alta velocidade se juntou à perseguição. Eram subitamente parte da armada policial.

— Então *agora* nós temos reforços — falou Andie. — Onde estavam há dois minutos?

— Eles desviaram para o Vagabond Motel. A SWAT lançou uma bomba para afugentar o bandido do quarto 207, e a granada acabou no colchão. Grande incêndio. Metade do prédio está em chamas.

— Alguém ferido?

— Apenas o primeiro sujeito. Morto.

O rádio estalou. O Departamento de Polícia do Condado de Miami-Dade tinha avistado a picape:

— Sujeito entrando na via expressa Palmetto, direção sul da rampa de entrada da Flagler Street.

Andie abriu o microfone. Havia um bom motivo pelo qual não tinha atirado no estacionamento, e queria se certificar de que o departamento de polícia fizesse o mesmo.

— Possível refém na picape. Prossigam de acordo com protocolo.

— Entendido.

Littleford acelerou.

Andie olhou para trás. A fileira de viaturas ainda estava com eles.

— Todos juntos agora.

CAPÍTULO 65

Rubano se agachou na caçamba da picape, a jaqueta corta-vento esvoaçava enquanto eles disparavam pela Palmetto. Mindinho estava ao volante. A nuca dele era um alvo fácil, imóvel pela janela traseira do carro. Uma bala era tudo que seria preciso, mas Rubano perdera os pentes sobressalentes quando rolou pelo estacionamento, e estava sem munição. Ele soltou o rifle, tirou a pistola do cinto, soltou o pino de segurança e parou.

A picape se movia como um foguete. Às três horas da manhã, a via expressa estava tão vazia quanto uma pista de testes de cinco faixas. A caçamba vibrava sob Rubano, e os vãos dos pneus rugiam com o poder de oito cilindros barulhentos. Àquela velocidade, um motorista morto significaria um passageiro morto.

O rosto de Jeffrey subitamente apareceu do outro lado da janela traseira. Os dois se encararam, uma boca desdentada se escancarou e Jeffrey gritou algo que foi impossível para Rubano ouvir. Ele entendeu, no entanto.

— *Irmão!*

A janela se estilhaçou como uma teia de aranha quando uma bala quebrou o vidro e perfurou a porta da caçamba, a apenas centímetros do ombro de Rubano. Mindinho estava atirando nele! Rubano estava prestes a devolver o fogo, mas o rosto do cunhado estava no caminho. Jeffrey socava a janela rachada com os punhos, incapaz de destruir o vidro de segurança, e gritando a plenos pulmões.

— *Rubano!*

O vento continuava uivando. Estavam a pelo menos 130, talvez 150 quilômetros por hora. Rubano não podia saltar sem se matar. Não podia atirar no motorista. Pelas rachaduras, além de Jeffrey, ele viu Mindinho virar o rosto e erguer a arma. Estava dirigindo com uma das mãos enquanto mirava sua pistola com a outra. Rubano precisaria atirar primeiro.

— *Ruuuu-bano!*

Ele não conseguia uma linha de tiro livre, mas o cunhado não estava apenas no caminho da forma habitual e imprestável. Como uma orca mergulhando, Jeffrey conseguiu se atirar da traseira da cabine. Com as mãos presas com fitas às costas, ele mergulhou de cabeça no banco da frente e caiu de barriga nos ombros de Mindinho. A picape desviou para a esquerda, então para a direita, depois de volta. Rubano se debateu de um lado para outro. Os pneus cantaram, os freios guincharam e o cheiro de borracha queimada subiu do asfalto. A picape derrapou até parar, e Rubano se chocou contra o painel lateral.

A pistola voou da mão dele, disparando como se tivesse sido catapultada.

CAPÍTULO 66

O FBI foi o segundo a chegar na cena, logo atrás de uma viatura. Andie e Littleford saltaram para fora. A caçamba da picape estava vazia. Um policial uniformizado cuidava de um homem inconsciente no assento da frente, do lado do motorista. Pelo tamanho, Andie soube que era Jeffrey Beauchamp, embora não tivesse certeza de por que os braços e as pernas dele estavam atados com fita como uma múmia cinza.

— Dois homens fugiram a pé — disse o policial. — Meu parceiro foi atrás de um deles. O outro foi por ali. — Ele apontava na direção de um aglomerado de prédios na escuridão, logo além do guarda-corpo.

— Vamos! — disse Littleford.

Eles sacaram as armas, saltaram pelo guarda-corpo e correram pela margem da estrada até uma estrada de acesso de duas faixas que seguia paralelamente à via expressa. Armazéns ao longo da estrada de acesso eram construídos sem que sobrasse espaço no terreno, cada prédio era separado do seguinte por um beco estreito. O suspeito poderia ter fugido por qualquer um deles.

Um tiro ecoou. Os agentes instintivamente abaixaram. Viera de um dos becos, mas um único disparo na noite era difícil de localizar.

— Espere por reforços — disse Littleford, e o tom de voz acrescentava *desta vez* às palavras.

— Aquele policial na picape disse que o parceiro dele perseguiu a pé. Pode estar ferido.

Mais dois oficiais chegaram a pé. Eles tinham a mesma preocupação de Andie. Um plano foi montado em segundos. Eles se dividiram em equipes, uma liderada por Andie, a outra por Littleford. Saíram correndo para cantos opostos do armazém, cada equipe com o próprio beco para percorrer antes que se reencontrassem na estação de carga e descarga atrás do armazém.

Encostada na parede do prédio, Andie inclinou a cabeça pela lateral, espiando com cuidado pelo beco escuro. Os armazéns eram muito mais profundos do que largos, quase da extensão de um campo de futebol americano de uma ponta à outra. O beco não tinha lâmpada, ou pelo menos não uma que funcionasse. O luar fazia pouco mais do que criar sombras confusas no que parecia ser um túnel preto interminável. Se havia um policial ferido, Andie não saberia dizer; e se o atirador estava escondido, Andie também não saberia dizer.

A agente sinalizara para Littleford. Ele sinalizou de volta e a varredura coordenada teve início.

Andie entrou no beco, mantendo-se perto da parede, com a arma em punho. O oficial seguia pela outra parede, diretamente à frente dela. Estavam três metros escuridão adentro quando Andie sinalizou para que parassem. Eles ouviram e ela reavaliou. Venezianas de rolagem cobriam as janelas e as portas que davam para o beco, bloqueando rotas de fuga. Caixas de papelão, desmontadas e empilhadas para serem jogadas fora, estavam umas sobre as outras, como torres de papelão ao longo da parede perto da caçamba de lixo. A agente deu mais um passo adiante, então parou. Um ruído. Algo, ou alguém, estava atrás da caçamba. Ela e o parceiro se esconderam atrás de uma pilha espessa de caixas desmontadas e esperaram. O coração de Andie batia forte. O coro de sirenes ao longe ficou mais alto. Mais reforços estavam a caminho. Aquilo lhe deu conforto.

Por outro lado, era motivo de preocupação.

Dois disparos rápidos ecoaram. Andie ouviu os estalos no papelão empilhado. Ela se abaixou e viu um homem correndo para longe.

— FBI! Parado! — gritou.

O homem se virou e disparou de novo na direção dela, ainda correndo. Andie começou a persegui-lo, mas parou logo, seus medos se concretizaram: um oficial do Departamento de Polícia do Condado de Miami-Dade estava do outro lado da caçamba, imóvel.

— Policial ferido!

Andie verificou a pulsação do homem. Ainda havia. O ferimento era na coxa. O policial teve a reação inicial de arrancar uma amarra das caixas empilhadas e fazer um torniquete, mas a perda de sangue o levara quase à inconsciência. Andie verificou o torniquete. O outro policial pediu ajuda pelo rádio. Um terceiro tiro perfurou a escuridão, a bala disparou acima da agente no momento em que ela se abaixou para se proteger entre o atirador e o policial caído. Andie se preparou para mais disparos, mas só ouviu o eco de passadas no asfalto. O atirador estava fugindo.

O policial aplicava pressão no ferimento da perna do outro.

— Eu fui paramédico. Pode deixar — disse o policial a Andie.

Ela saiu da posição de proteção com um salto. O atirador estava bem à frente, virando a esquina e saindo do beco. Andie correu para o canto e parou. Irromper inconsequentemente a céu aberto teria feito dela um alvo fácil. Olhou pela esquina. A área de carga e descarga estava fechada e deserta, exceto por um único caminhão de 18 rodas parado de ré na estação. O veículo estava estacionado com as luzes externas da cabine acesas. Andie conseguia ver o motorista do lado de dentro, atrás do volante, mas não estava se movendo.

Dormindo?

Provavelmente dirigira a noite toda e estava dormindo na cabine até que o armazém abrisse, totalmente alheio ao fato de que um assassino armado estava indo até o caminhão.

— Parado!

O comando dela foi ignorado. Andie mirou, ciente de que um tiro nas costas era uma situação complicada.

— Eu disse *parado*!

O bandido continuou na direção do caminhão. Uma variedade de possibilidades perigosas percorreu a mente de Andie. O motorista podia ser levado como refém ou ser golpeado com a pistola, arrancado de dentro do caminhão e violentamente atirado ao chão. Ou então podia levar um tiro na cabeça à queima-roupa — um assassinato cruel —, como aqueles criminosos de Nova York tinham atirado no pai de Littleford no carro-forte.

Andie disparou um tiro de aviso para o céu. Ele acordou o motorista, mas não parou o atirador, que saltou para o estribo do caminhão e escancarou a porta. Mais um tiro soou — de dentro da cabine. A cabeça do atirador balançou para trás. A arma dele caiu quando cambaleou e caiu no asfalto.

Andie gritou para o motorista:

— FBI!

O homem ergueu as mãos. Não estava armado. Andie correu até o caminhão e, ao se aproximar, viu que a porta do passageiro também estava escancarada.

Littleford estava de pé no estribo, com a arma em punho. Na varredura, ele passara para o outro lado do armazém pelo beco.

Andie verificou o corpo e reconheceu o rosto. Mindinho Perez estava morto.

Ela subiu no estribo e mostrou o distintivo do FBI para o apavorado motorista do caminhão. Os olhos do homem eram como moedas de prata.

— Está bem, senhor?

— Acho que sim. O que aconteceu?

Andie olhou para o outro lado da cabine, direto para Littleford. Ele ainda estava no estribo, mas a mente parecia estar em outro lugar. Algum lugar no passado.

— Muitas coisas — respondeu o agente, ao descer do caminhão.

CAPÍTULO 67

Rubano acordou com o som de uma campainha irritante na mesa de cabeceira. Ele se sentou na escuridão, confuso, momentaneamente se esquecendo de que estava em um hotel. A campainha continuou. Rubano não tinha ajustado o despertador, mas, aparentemente, o antigo hóspede do quarto acordava cedo. Ele silenciou aquela porcaria com um golpe no botão e se acomodou de volta no travesseiro.

Fugir da polícia era um trabalho exaustivo. Com uma grande vantagem, Rubano facilmente vencera a corrida a pé contra os policiais do departamento de polícia que o perseguiram na via expressa Palmetto. Precisava de descanso, mas a noite lhe custara muito mais do que o sono.

O carro: se fora. O rifle de assalto e a pistola sobressalente: se foram. A mochila também sumira, junto com o dinheiro do resgate para Jeffrey. Mais cinquenta mil torrados. Rubano só tinha trezentos dólares e uns trocados na carteira, mas era mais do que o suficiente para pagar pelo quarto em espécie. Muitos hóspedes pagavam em dinheiro no Princess Lodge, um hotel feito de estuque rosa com suítes de temática kitsch, como o Quarto da Selva e o Quarto Disco. Cada unidade tinha a própria garagem, um disfarce conveniente para um executivo que talvez temesse que um advogado especializado em divórcios estivesse escondido nos arbustos, pronto para tirar uma foto da garota nova do RH saindo do Porsche 911 do chefe. Rubano achou a garagem particularmente útil, pois chegara em um carro roubado. Ele perdera uma arma de reserva, mas ainda tinha a pistola do tornozelo, a qual funcionara no posto de gasolina aberto a noite inteira. O coitado do garoto que colocava gasolina no carro sabiamente entregara as chaves enquanto encarava o cano da arma.

Preciso de um descanso.

Era inútil. Rubano não conseguia dormir, mas doía sair da cama. O passeio radical na caçamba da picape o deixara cheio de hematomas e destruído. Estava realmente preocupado com Jeffrey. A ação do cunhado fora incrivelmente corajosa. Burra, mas corajosa. Mindinho deve ter ficado chocado. Era difícil o bastante dirigir e atirar ao mesmo tempo, mas praticamente impossível com 150 quilos de geleia pressionados contra o pescoço e os ombros.

Rubano foi até o banheiro, jogou água fria no rosto e então voltou para o quarto. Ele queria ligar para Savannah, mas não podia entrar em contato. Com certeza a polícia estava cercando a esposa e a sogra dele. Se o celular não estivesse grampeado antes, certamente estaria àquela altura do jogo, e o mesmo valia para o de Savannah. Ir para a casa da sogra, ou qualquer lugar próximo dela, estava fora de questão.

O despertador digital soou de novo. Rubano apertara "soneca" na primeira tentativa. Ele silenciou de vez o aparelho e reparou na hora: cinco da manhã. Tudo que acontecera depois das onze horas da noite estaria no noticiário da manhã, edição do amanhecer. Rubano ligou a TV, se sentou na beira da cama e percorreu os canais locais até encontrar uma âncora que não poderia parecer mais feliz por estar acordada desde a três horas da manhã.

A história principal estampava o título "Operação Miami".

"O motorista foi identificado como Craig 'Mindinho' Perez, declarado morto depois de uma troca de tiros com a polícia que deixou um oficial do Departamento de Polícia do Condado de Miami-Dade ferido. O sargento Frank Sanchez foi levado para o hospital Jackson Memorial, e pelo relatório sua condição é estável. O sobrinho de Perez, Jeffrey Beauchamp, que pelos relatos foi encontrado coberto com fita adesiva prateada, também foi levado para o Jackson e seu quadro também é estável."

Rubano sorriu, feliz porque o cunhado tinha sobrevivido. A sensação se dissipou rapidamente.

"A polícia ainda procura Karl Betancourt, o Rubano, suspeito de ser o líder do roubo multimilionário no Aeroporto Internacional de Miami, há apenas três semanas. A polícia também procura um segundo homem que desapareceu com a esposa de 29 anos de Betancourt, Savannah."

Rubano sentiu calafrios quando uma foto de Savannah surgiu na tela.

"De acordo com a polícia, Savannah Betancourt estava na casa da mãe quando um homem invadiu o local e a levou. Ele é descrito como um homem negro, possivelmente jamaicano. Fugiu em um carro sedan de modelo japonês. A polícia solicita que qualquer um que tenha informações sobre o paradeiro de Rubano Betancourt ou sobre o desaparecimento de Savannah Betancourt ligue para a central de denúncias no número que aparece na tela. Mais notícias...."

Rubano parou de prestar atenção. Era tudo que precisava ouvir.

Ramsey, seu filho da puta.

Ele pegou o telefone fixo, mas pensou duas vezes. O identificador de chamadas de Ramsey revelaria a localização de Rubano. O celular dele era inútil, mas lembrou que ainda tinha o pré-pago que Jasmine lhe dera. Ele começou a ligar para o celular de Ramsey, mas parou de novo. Deveria ousar ligar para ele? O noticiário dissera que estavam procurando um homem negro, possivelmente jamaicano. Será que já teriam descoberto que era Ramsey?

Rubano pensou a respeito. O desgraçado estava com Savannah. Não era hora de ser covarde, mas também precisava ser inteligente.

Pense, Rubano, pense.

Então ele se deu conta. O noticiário não mencionava Jasmine, mas Rubano vira o verdadeiro lado da mulher. Ele discou o número dela. Não foi surpresa quando Ramsey atendeu.

— Estou esperando essa ligação há duas horas, cara. Por onde andou?

— O que você fez com Savannah?

— Nada. Estou com ela bem aqui. Esse vai custar tudo, cara. Fique com o pré-pago ligado. Ligo para você depois.

Ramsey desligou antes que Rubano pudesse responder. Ele segurou o telefone com tanta força que quase quebrou a tela de LCD.

— Faça isso, Ramsey — falou Rubano em voz alta. — Me ligue. — Ele colocou o telefone de lado e pegou a arma na mesa de cabeceira.

Mal posso esperar para estourar sua cabeça, cara.

CAPÍTULO 68

O serviço de quarto levou panquecas, bacon e café. A camareira levou seis lâminas descartáveis e tesoura. Rubano tomou café da manhã no quarto e então raspou a cabeça. Ele mal se reconheceu no espelho, o que era exatamente o objetivo. Era seguro sair, mas não correu riscos desnecessários. Caminhou até a loja de departamentos no fim da rua, comprou roupas limpas, um chapéu, óculos escuros, comida e produtos de higiene o suficiente para três dias. Então voltou para o hotel. Deixou o pré-pago ligado.

Nenhuma chamada.

No fim da tarde, Rubano não conseguia mais ficar parado. Verificou se o celular estava com bateria. Restava mais de trinta por cento. Checou duas vezes se o toque estava ativado. Sim, o som do Big Ben. Sem qualquer motivo, verificou a arma, um pequeno revólver Smith & Wesson. Ainda carregado. Ele reparou que os bebês pelados estampados no papel de parede eram, na verdade, cupidos disparando as flechas de amor, mais uma prova de que um homem que levasse uma mulher para aquele chiqueiro não dava valor ao dinheiro ganho com suor.

Dinheiro. Não tinha como pagar o resgate de Savannah. *Merda!*

Ramsey não mencionou um número, mas obviamente estava pensando alto: "Esse vai custar tudo, cara."

Recusar-se a pagar o resgate de Savannah não era uma opção. Não estavam falando de Jeffrey, o viciado em cocaína. Rubano tinha cerca de dois milhões restantes, pelos seus cálculos, mas estava tudo escondido na casa. Não podia ir para lá. Precisava de dinheiro rápido, muito dinheiro; e precisava conseguir em algum lugar no qual a polícia não o estivesse procurando.

Rubano sabia exatamente onde.

Ele colocou o chapéu, que na verdade era um tipo de bandana que os jogadores de futebol americano usam por baixo dos capacetes. Tecido camuflado. Rubano gostou do novo visual, principalmente com os óculos escuros e a camisa preta. A calça jeans era larga, para acomodar o coldre de tornozelo. O novo Rubano estava pronto para ir. Ele chamou um táxi e dez minutos depois o pegou do lado de fora do saguão.

— South Miami — disse ao motorista.

O senhor haitiano ligou o taxímetro. O sol estava se pondo quando eles se afastaram do hotel, e o motorista parecia ter dificuldades com os faróis acesos na direção oposta. A audição dele também não era muito boa. O rádio estava aos berros, sintonizado em uma estação AM que emitia estalos e cobria ao vivo o jogo dos Miami Dolphins. A mente de Rubano voltou para outra tarde de domingo, quando estava com Jeffrey e Mindinho na picape de Marco; os três ouviam o jogo dos Dolphins no rádio enquanto aguardavam a ligação de Octavio do armazém. Apenas três semanas, e tanto tinha mudado. Rubano era o único que não estava morto ou preso. E os Dolphins estavam fora da disputa das eliminatórias. *Porra de time.*

— Pare aqui.

Estavam a meio quarteirão da Sabor e Calda, a sorveteria em que Jeffrey comprara uma banana split para o café da manhã. Dali, Rubano podia andar. Ele pagou o motorista, atravessou a rua de três pistas até a loja de ferragens e comprou duas medidas de corda de náilon e um rolo de fita adesiva metálica. Rubano usou a saída dos fundos da loja, a qual dava para a parte residencial da cidade, e seguiu o passeio curvo até o silencioso bairro de High Pines.

Savannah sequestrada. Era culpa dele, de novo, como era culpa dele ela ter caído da garupa da motocicleta. Era difícil encontrar qualquer ponto positivo no acidente de moto, mas talvez o sequestro tivesse sido intervenção divina. Era a chance de Rubano de se redimir e provar a Savannah o quanto a amava, como faria de tudo para conquistá-la de volta, como ela significava mais para ele do que qualquer dinheiro.

Do que o dinheiro de Sully, pelo menos.

Rubano não sabia o endereço, e as casas estilo rancho podiam ser muito parecidas depois da escuridão, mas ele se lembrava do imenso flamboyant no jardim da frente. Rubano foi até os fundos. Uma cerca-viva espessa de fícus de três metros percorria o limite da propriedade. Sully gostava de privacidade. Que bom.

Rubano pegou a pistola do coldre do tornozelo e foi até as portas de correr nos fundos. A casa era a típica renovação do século XXI da arquitetura dos anos 1960, em que tudo, exceto as paredes de sustentação interiores, tinha sido removido para criar um espaço amplo estilo "Flórida". Rubano prestou atenção. A televisão estava ligada alto o bastante para ser ouvida pela porta de vidro. Sully era fã dos Dolphins. Ou talvez não. Rubano conseguia ver o homem dormindo no sofá.

Ele tentou a porta. Ela deslizou e se abriu, destrancada. Rubano atravessou a cozinha até a sala de estar. Sully não se moveu do sofá. Estava deitado de costas, roncando alto. Muito mais do que uma barba por fazer cobria o rosto dele, como se não tivesse se barbeado o fim de semana todo. Provavelmente passara a noite fora, no Gold Rush, vendendo relógios Rolex. Rubano apostava nisso.

Ele foi até o sofá e pressionou o cano da pistola contra a testa de Sully.

O homem se mexeu, então piscou e abriu os olhos.

— Não se mova — disse Rubano —, ou estouro seus miolos.

Rubano estava de volta ao quarto de hotel às oito horas da noite. Sully, presumiu ele, ainda estava trancado no armário, atado com corda de náilon e com a boca tapada com fita. O espólio de Rubano valera a viagem: quase cem mil dólares. Ele também levou seis relógios Rolex. Sabia que não valiam os 25 mil dólares que Sully pedia, mas talvez Ramsey fosse tão ingênuo quanto Jeffrey.

O telefone tocou. Big Ben. O pré-pago. Rubano o pegou. O número da chamada era de Jasmine, o mesmo para o qual tinha ligado naquela manhã.

— Estou ouvindo — falou Rubano.

— Rubano!

Ele quase deixou o celular cair. Era Savannah. Ela estava sussurrando, a voz cheia de urgência.

— Graças a Deus atendeu! Fui sequestrada!

— Está bem?

— Sim! Não! Quero dizer...

— Calma, está bem? Ramsey está com você no quarto agora?

— Não! Ele acabou de sair. Vi que usou esse aparelho para falar com você de manhã. Não sabe que estou com ele. Deixou no roupão, então peguei e liguei.

— Roupão dele? Onde você está?

— É uma boate. Ramsey me trouxe pela porta dos fundos ontem à noite e me trancou em algum tipo de quarto privado. Esse lugar é tão nojento. E Ramsey está me enojando ainda mais com o papo dele de pessoas casadas transando com outras pessoas casadas.

— Você está no Night Moves — falou Rubano, percebendo ao mesmo tempo em que dizia as palavras.

— Sim! Isso. Você conhece?

— Seu tio praticamente vivia aí. Savannah, ouça. Precisa tentar sair enquanto Ramsey está fora. Olhe em volta do quarto. Tem alguma saída?

— Não, eu procurei! Não tem janela. A porta está trancada pelo lado de fora. Da primeira vez que Ramsey me deixou sozinha, bati na parede para pedir ajuda. Ele voltou e me deu um tapa tão forte que achei que tivesse quebrado o maxilar.

— Vou matar esse filho da puta.

— Rubano, não! Essa não é a resposta. Se conhece este lugar, apenas venha. Só temos um ao outro. Jeffrey está preso. Se eu ligar para a polícia desse número, vamos para a cadeia também. A polícia nunca vai acreditar que não tivemos nada a ver com o roubo. Quem sabe o que Jeffrey está dizendo a eles? Precisamos correr o mais rápido possível por quanto tempo pudermos. Apenas traga o que restou do dinheiro de Jeffrey, e você e eu fugiremos para outro país, se precisarmos, e jamais olharemos para trás. Começaremos do zero.

Rubano engoliu em seco. Ela ainda se referia ao dinheiro como "de Jeffrey". Havia esperança.

— Está falando sério sobre tudo isso?

— Sim. Pessoas como Ramsey vão continuar nos sequestrando enquanto acharem que temos a porcaria do dinheiro, então podemos muito bem ficar com ele.

O coração de Rubano se encheu de alegria.

— Prometo, Savannah, tudo vai ficar bem. Amo tanto você.

— Ramsey está destrancando a porta. Preciso ir! Corra!

— Eu vou — disse Rubano, quando a ligação foi encerrada. — Estou a caminho.

CAPÍTULO 69

Rubano não esperou por um táxi. Por duas notas, um funcionário do estacionamento do hotel estava disposto a "pegar emprestado" o Porsche de um dos hóspedes que passariam a noite e levar Rubano até a Night Moves. Eles chegaram em 15 minutos. O carro saiu cantando pneu do estacionamento escuro e voltou para o hotel enquanto Rubano corria para dentro do clube.

Domingo não era a noite mais cheia da semana, mas a boate nunca estava vazia no fim de novembro, o início oficial da "estação" do sul da Flórida. A pista de dança ficava logo adiante, além de um conjunto de portas duplas, mas Rubano não passou da recepção. A recepcionista o parou, uma loira de pernas longas cujos lábios pareciam ter sido picados por uma abelha.

— Posso ajudar, senhor?

Ele hesitou. Qualquer indício de sequestro ou de atividade criminosa de qualquer tipo levaria a mulher a ligar para a polícia, o que levaria Rubano à cadeia.

— Estou aqui para encontrar minha esposa.

— Assim como todo mundo — disse a mulher, então sorriu. — Um pouco do humor da Night Moves.

Rubano não achou engraçado.

— Estou com um pouco de pressa. Se puder me deixar entrar para dar uma olhada, eu agradeceria.

— Se não é membro, precisa comprar o passe de um dia.

Rubano entregou à mulher uma nota de cem.

— Isso cobre?

— Muito. Agora, se puder preencher algumas informações para mim...

— Nada de papelada — disse Rubano ao entregar outra nota de cem à mulher.

Ela aceitou e Rubano passou pela recepcionista.

— Mais uma coisa — disse, parando-o. — Temos uma política rígida de zero drogas e zero armas aqui.

A pistola estava presa ao tornozelo de Rubano, sob a perna da calça.

— Sem problemas.

— Que bom. Divirta-se.

Rubano prosseguiu pelas portas duplas e entrou na pista de dança. A música alta e as luzes estroboscópicas em um arco-íris de cores eram como em qualquer outra boate. Os vídeos pornográficos que passavam nas televisões de tela plana pelo salão eram característicos do Night Moves. Cerca de uma dezena de casais estava na pista de dança, mas era mais como uma dança em grupo, o que tornava difícil dizer quem estava formando par com quem. Ninguém estava completamente nu — ainda era cedo —, mas várias mulheres teriam chamado a atenção de Rubano se ele não estivesse em uma missão. Ele olhou bem em volta do salão inteiro, procurando Ramsey. O bar ficava à direita. À esquerda havia sofás e assentos embutidos. Mesas baixas eram complementadas com mastros de latão para as aspirantes a stripper. Rubano não viu sinais de Ramsey, mas reconheceu a mesa em que ele e Octavio tinham se encontrado com Mindinho para planejar o roubo. Fazia vários meses, mas Rubano se lembrava de Mindinho dizer algo a respeito de quartos particulares nos fundos — os "banheiros", como ele chamava. A entrada ficava atrás do DJ.

Savannah deveria estar lá.

Rubano seguiu pela pista de dança. A música passou de algo que ele não reconhecia para um remix do último sucesso de Rihanna, o que atraiu ainda mais dançarinos. Ziguezagueou em meio a um mar de olhos distantes. A pista de dança era o epicentro em uma terra de oportunidades, o lugar em que começavam os encontros. Uma mulher começou a dançar na direção dele, uma morena bonita com uma blusa de lantejoulas que subia acima do umbigo quando erguia os braços ao ritmo da música. Rubano evitou contato visual, mas a mulher não estava prestes a deixá-lo passar, colocando-se, de brincadeira, no caminho dele.

— Quer dançar?

— Não, obrigado.

Ela sorriu e se aproximou dele, perto o bastante para ser ouvida apesar da música, perto o bastante para permitir que Rubano sentisse seu perfume.

— Ah, por favor, bonitão.

— Não, é sério.

A mulher fez sinal para a amiga, que se juntou a eles. Loiras não costumavam ser o tipo de Rubano, mas aquela era uma dançarina incrível. Corpo lindo.

Rubano estava subitamente no topo de um triângulo com a loira e a morena, o objeto das fantasias masculinas. Mas não mordera a isca. Tentou passar pelas mulheres, mas a loira de corpo bonito se colocou no caminho dele, ainda dançando.

— Você é bonito — disse ela.

— Preciso ir.

— Tímido também. Gosto disso. Vai ficar coradinho se eu tirar a blusa?

Rubano estava começando a suar. Deveria ser por causa das lâmpadas.

— Vamos tomar um champanhe — falou a morena.

— E pegar um óleo — disse a amiga.

Mais suor. Não eram as lâmpadas. Rubano começava a se sentir como o cara que é finalmente enfiado entre Eva Longoria e Charlize Theron — no meio da sua lua de mel. Elas se aproximaram, uma para cada braço.

— Sério, moças. Eu não...

Os momentos seguintes eram como um borrão. Antes mesmo que Rubano pudesse começar a entender o que estava acontecendo, a morena pegou o braço direito dele, a loira pegou o esquerdo, as mãos de Rubano foram para as costas e algemas se fecharam em seus punhos. Foi um movimento sutil, e acabou com ele no chão da pista de dança, de barriga no chão. A morena pressionava o rosto dele contra a madeira envernizada e o cano de uma arma estava subitamente na base do crânio de Rubano.

— FBI. Você está preso.

A música parou. Uma fileira de luzes brancas se acendeu. Conforme a multidão se dispersava, alguns gritos foram ouvidos, mas as coisas se acalmaram rapidamente. As dançarinas na pista eram, na maioria, da força policial — agentes do FBI ou oficiais da unidade da força-tarefa Tom Cat, liderada pelo agente Littleford, realizando seu primeiro trabalho como infiltradas.

Andie exibiu o distintivo do FBI diante dos olhos de Betancourt. A loira tirou a peruca e leu os direitos dele.

— Você tem o direito...

— Isso é um erro terrível! Minha mulher está em perigo! Ela foi sequestrada. Está presa em um dos quartos nos fundos.

— Sua mulher jamais foi sequestrada — disse Andie.

— Sim, o sequestrador é um jamaicano chamado Ramsey. Falei com ele hoje de manhã.

— Você falou com um agente jamaicano do FBI.

— O quê?

— Ramsey foi preso no Sunset Motel ontem à noite, com a comparsa dele, Jasmine.

— Mas... eu ouvi no noticiário. Savannah foi sequestrada. Ela me ligou daqui!

— Ela ligou do escritório do FBI.

— Hã?

— Sua mulher arrumou um advogado, contou tudo e concordou em fazer o que fosse necessário para trazer você sob custódia e para recuperar o máximo possível do dinheiro, Sr. Betancourt.

— Não! Savannah jamais faria isso!

— Faria e fez. Supere isso, espertão. E bem-vindo ao FBI.

CAPÍTULO 70

Às nove horas da segunda-feira de manhã, Andie tinha uma reunião no escritório da promotoria no centro de Miami. Littleford estava com ela à mesa, em uma sala de conferências sem janelas. Eram observadores silenciosos, junto com dois outros promotores da divisão criminal. O promotor-chefe da seção de crimes graves estava no meio, os agentes do FBI à esquerda dele e a equipe da promotoria estava à direita. O promotor falou pelo governo. Savannah Betancourt não estava lá, mas seu advogado estava do outro lado da mesa. Ele falava mais do que qualquer um.

— O acordo não era cumprir tempo na prisão — disse o advogado.

O FBI ficara grato pela cooperação de Savannah. Depois que Rubano contou a ela que estava basicamente tentando comprar a filha, Savannah ficou emocionalmente farta dele. Depois de se encontrar com Mindy Baird e descobrir que o marido tinha levado uma adolescente para a cama, ficou completamente enojada. Savannah o deixou, foi para a casa da mãe e entrou em contato com o FBI. As coisas ficaram mais complicadas quando ela contratou um advogado. Foi ele quem concebeu o plano de fingir o sequestro dela. A princípio, o FBI tinha rejeitado a ideia; não precisavam da ajuda de Savannah para capturar Rubano. Porém, não sabiam se ele tinha mais dinheiro escondido fora da casa. Se tivesse, a melhor chance de recuperá-lo seria levar Rubano a crer que Savannah estava pronta para fugir para Antígua com ele e com qualquer quantia em que o marido conseguisse colocar as mãos.

O advogado de Savannah parecia, para Andie, um cara bem inteligente. O nome dele era Jack Swyteck.

— Um acordo é um acordo — disse Swyteck.

O promotor ponderou a resposta.

— Não cumprir pena na cadeia pela execução do roubo tudo bem. Mas tenho um problema com dar a ela um passe livre por ter sido cúmplice depois do fato. Está claro que teve um papel ativo em esconder o dinheiro.

— Savannah não escondeu nada do dinheiro.

— Ela admite que sim.

— Minha cliente não admite nada disso.

— Usou um Rolex no aniversário dela que foi comprado com dinheiro roubado. É do entendimento de nossa equipe na promotoria que não foi honesta a respeito do que aconteceu com aquele relógio. Até onde sabemos, ela o escondeu em algum lugar.

Andie não mostrou reação, mas a afirmativa a surpreendeu: aquilo não era do entendimento *dela*.

— Savannah obrigou o marido a devolver o relógio para o traste que o vendeu a ele — respondeu Swyteck.

O promotor verificou os documentos.

— Não foi isso que a Sra. Betancourt nos contou.

— Contou quando?

— Na primeira entrevista com o FBI — disse ele, olhando para Andie.

— Isso foi antes de ela me contratar como advogado.

— Sei disso. Mesmo assim, aqui está o 302 — disse o promotor, e entregou uma cópia ao advogado. — Está tudo bem aqui, em preto e branco.

Andie observou do outro lado da sala enquanto Swyteck lia. De acordo com o procedimento padrão do FBI, Andie conduzira a entrevista inicial enquanto outro agente tomara notas. Um "302" era o registro por escrito de um agente do FBI do que uma testemunha tinha dito, era criado pelo agente, a partir de suas anotações; não era uma transcrição fiel ou uma declaração assinada pela testemunha.

Swyteck ergueu o rosto do documento ao terminar.

— Em lugar algum neste 302 está escrito que minha cliente ficou com o Rolex.

— Também não diz que ela obrigou o marido a devolver — falou o promotor.

— Talvez jamais tenham perguntado isso a ela.

— É o tipo de coisa que teria mencionado mesmo que não fosse perguntada.

— Talvez ela tenha dito, mas o agente que fez o interrogatório simplesmente se esqueceu de anotar.

— Acho que não — disse o promotor.

Swyteck olhou para Andie, metade da presença do FBI na sala. Ela não disse nada, mas não ficou totalmente confortável com a forma como o promotor apresentava o 302.

Ele aceitou o silêncio de Andie e se dirigiu ao grupo como um todo.

— Se o FBI entrasse para o século XXI e gravasse entrevistas, não teríamos esse desentendimento.

Littleford falou.

— Não é política do escritório gravar eletronicamente entrevistas com testemunhas.

— E o FBI é também a única agência policial do mundo moderno que adere a essa política.

— Fazemos as coisas de outra forma.

— Sim, vocês fazem — falou Jack. — E todos sabemos que o motivo pelo qual o FBI não grava entrevistas é o Título 18 do Código dos Estados Unidos, seção 1001, que torna criminoso qualquer um que preste falso testemunho ao FBI. Se não há registro literal do que a testemunha disse de fato, quaisquer que sejam as palavras que o agente escolha escrever no 302 se tornam, em efeito, as palavras da testemunha. Quaisquer que sejam as palavras que o agente escolha omitir do 302, se tornam as omissões da testemunha. A testemunha não pode jamais contradizer nada do que o agente escreva ou escolha não escrever no 302 sem enfrentar a ameaça de acusações criminais de acordo com a seção 1001. Um sistema bastante capcioso que vocês têm aí.

— Isso é uma completa distorção — disse o promotor.

— É mesmo? Bem... Com licença um segundo. — Swyteck pegou o iPhone e ditou uma mensagem, olhando diretamente para o promotor-chefe da seção enquanto falava: — Lembrete: escrever artigo de opinião para o *Miami Herald* com relação ao abuso de formulários 302 pelo Escritório da Promotoria do Distrito do Sul da Flórida. — O advogado soltou o telefone. — Desculpe. Enfim, onde eu estava?

O assistente-chefe olhou para a equipe da promotoria à direita, então para os agentes do FBI à esquerda, mas seu contato visual com Littleford durou mais. Sem palavras, registradas ou não, as duas agências pareceram chegar a um entendimento de que Savannah Betancourt não valia a disputa.

— Acho que estamos todos dispostos a concordar com nenhuma pena na cadeia — falou o promotor.

A reunião terminou por volta das dez horas. Andie e seu chefe atravessaram a rua para o café cubano que ficava na esquina. O sol estava brilhando, quente, as ruas eram totalmente planas e a caminhada não se parecia em nada com os passeios gelados que ela e o antigo chefe costumavam fazer pela colina íngreme, indo do escritório de Seattle até o Starbucks em Spring Street. Mas Miami era seu novo lar, e ela estava se acostumando. Eles pediram dois expressos no balcão e então encontraram uma mesa perto da janela aberta.

O FBI tinha recuperado o dinheiro na casa dos Betancourt e no armazém de Mindinho, assim como os cem mil que Rubano pegara de Sully. Acreditaram mesmo em Jeffrey Beauchamp quando ele jurou pela alma da mãe que não conseguia se lembrar de quanto dera ao padrinho para que guardasse, o que era tudo que lhe restava. Ao todo, quase três milhões não foram encontrados.

Andie misturou uma pequena colher de açúcar na xícara.

— Acha que encontraremos mais do dinheiro?

— Não — respondeu Littleford.

— Acha que Savannah sabe onde está?

Ele pensou.

— Realmente não acredito que saiba.

Andie provou o café.

— Como está pagando Swyteck?

— Boa pergunta.

— Ele deve ser caro.

— Todos são caros.

— Mas me parece ser melhor do que a maioria. Não deve ser barato.

— Acho que sim.

— Ele trabalha apenas com defesa criminal?

— Você está bastante curiosa a respeito desse cara.

— Não estou, não.

— Estou captando a sensação de que você espera que ele possa ser especialista em algo mais do que defesa criminal.

— Só estou falando.

— Esse caso será fechado em breve. Se quiser conhecê-lo, tenho certeza de que...

Andie tossiu o café.

— Não. *Não*. Não mesmo. Só estou dizendo que é um bom advogado.

Littleford sorriu.

— A dama protesta demais.

— Agora está sendo ridículo.

— O pai dele foi governador da Flórida. Isso foi muito antes de você se mudar para cá. O velho era um cara bom, sempre apoiou a polícia. Jack, por outro lado, fez seu nome defendendo presidiários condenados à morte.

— Ótimo. Um do lado negro.

Andie olhou para o café, então olhou novamente. Swyteck se sentou ao balcão. Ele não pareceu notar a agente ou o chefe dela à janela, embora estivessem perto o bastante para ouvi-lo pedir um *café con leche*, em espanhol. Espanhol muito *ruim*. Littleford viu Andie olhando.

— Sabe, ficarei bem sentado aqui sozinho — disse Littleford. — Tem um lugar vazio no balcão. Por que não vai até lá e diz oi para ele?

— Não pode estar falando sério.

— Ei, ele não pode ser pior do que o primo de minha mulher.

Andie sorriu e fez que não com a cabeça.

— É inútil. Agente do FBI com um advogado de defesa criminal? Como isso poderia dar em qualquer outra coisa que não desastre?

— Provavelmente está certa. Jamais daria certo.

— Exatamente — falou Andie, olhando mais uma vez para Swyteck. — *Jamais* daria certo.

AGRADECIMENTOS

Todas as histórias, imagino, são, até certo ponto, inspiradas em eventos verdadeiros. Para mim, a inspiração costuma ser uma coleção de experiências pessoais e observações que se reviram em minha mente durante meses ou mesmo anos antes de, por fim, poderem ser tecidas em um trabalho de ficção consistente. De vez em quando, no entanto, eventos da vida real me afetam como um relâmpago, e dessa faísca de inspiração brota um trabalho de ficção completo que parece quase se escrever sozinho. Sou grato ao honorável Paul Huck, juiz da corte distrital do distrito do sul da Flórida, por me indicar os "eventos verdadeiros" que inspiraram *Operação Miami*.

Como sempre, também sou grato a minha editora, Carolyn Marino, e meu agente, Richard Pine, ambos amigos de longa data que guiaram minha carreira de escritor desde o início. Meus leitores versão beta, Janis Koch e Gloria Villa, deixaram a marca deles em mais de uma década de meu trabalho. Ainda cometo muitos erros, mas eles me tornam um escritor melhor.

Por fim, minha profunda gratidão a minha esposa, Tiffany. Obrigada por me encorajar a seguir meus sonhos, e por encorajar nossos filhos a seguirem os deles.

SOBRE O AUTOR

James Grippando é um autor de suspense best-seller do *New York Times*. *Operação Miami* é seu vigésimo terceiro romance. Grippando foi advogado por 12 anos antes da publicação do primeiro livro, em 1994 (*The Pardon*), e atualmente advoga na firma Boies, Schiller & Flexner LLP. O autor mora na Flórida com a esposa, três filhos, dois gatos e um golden retriever chamado Max, que não tem a mínima ideia de que é um cachorro.

Publisher
Kaíke Nanne

Gerente editorial
Renata Sturm

Coordenação de produção
Thalita Aragão Ramalho

Produção editorial
Isis Batista Pinto

Copidesque
Juliana Pitanga

Revisão
Lara Gouvêa
Marcela Isensee

Diagramação
Abreu's System

Capa
Guilherme Xavier

Este livro foi impresso no Rio de Janeiro, em 2016,
pela Edigráfica, para a HarperCollins Brasil.
A fonte usada no miolo é Arno Pro, corpo 11,5/14,4.
O papel do miolo é Chambril Avena 80g/m², e o da capa é cartão 250g/m².